DONGSUH MYSTERY BOOKS 76

A COFFIN FOR DIMITRIOS
디미트리오스의 관
에릭 앰블러/임 영 옮김

동서문화사

옮긴이 임 영(林英)

동국대학교 문리대 영문과 졸업, 미국 인디애나대학 수학. 한국일보, 일간스포츠, 대한일보 편집국장 역임. 영화평론가. 옮긴책《추운 나라에서 돌아온 스파이》등이 있으며 미스터리문학 평론 글을 많이 썼다.

DONGSUH MYSTERY BOOKS 76

디미트리오스의 관

에릭 앰블러 지음/임 영 옮김
초판 발행/1977년 12월 1일
중판 발행/2003년 6월 1일
발행인 고정일/발행처 동서문화사
창업 1956. 12. 12. 등록 16-345(윤)
서울강남구신사동540-22 ☎ 546-0331~6 (FAX) 545-0331
www.epascal.co.kr

*

이 책의 출판권은 동서문화사(동판)가 소유합니다.
의장권 제호권 편집권은 저작권 법에 의해 보호를 받는 출판물이므로
무단전재와 무단복제를 금합니다.

편찬·필름·제작 일체 「동판」 자본으로 이루어짐에 따라
출판권 소유권자 「동판」에서 제조출판판매 세무일체를 전담합니다.
사업자등록번호 211-90-02201
ISBN 89-497-0161-8 04840
ISBN 89-497-0081-6 (세트)

디미트리오스의 관
차례

망집의 시작 …… 11
디미트리오스의 기록 …… 25
1922년 …… 41
피터스 씨 …… 60
1923년 …… 77
우편엽서 …… 95
50만 프랑 …… 118
글로덱 씨 …… 135
베오그라드, 1926년 …… 151
팔천사 골목 …… 181
파리, 1928~1931년 …… 198
C K 씨 …… 224
회견 …… 248
디미트리오스의 가면 …… 266
낯선 거리 …… 284

스파이 소설의 거장 에릭 앰블러 …… 303

그러나 망각은 영원한 가치의 유무를 무시하고 함부로 양귀비 꽃을 흩뿌리면서 멋대로 사람들의 기억을 지워버린다 …… 영원한 기억으로 선택받을 은혜가 없다면 최초의 인간도 최후의 인간도 한결같이 어둠 속 존재로 변해버리고 메토세라의 긴 수명도 한낱 개인의 연대기로 끝나고 말리라
　　　　　　　　《독무덤론(壺葬論)》토머스 브라운 경

앨런, 페리스 허베이 부부에게 바친다

등장인물

찰스 라티머 미스터리 소설가. 경제학자

허키 대령 터키 비밀경찰 장관

디미트리오스 매클로포로스 국제적 범죄자

숄렘 고리대금업자

페돌 무이쉬킨 스미르나의 통역원

프레데릭 페타젠(피터스) 마약 밀매단의 한 사람

N. 마르커키스 기자

일라나 플레베사 디미트리오스의 옛 정부(情婦)

레디슬로 글로덱 폴란드인, 은퇴한 스파이

헬 블릭 해군 본부에 근무하는 관리

망집의 시작

 일찍이 샹폴이라는 프랑스 사람이 재사(才士)로 이름을 날린 사나이였음에도 불구하고 우연이란 신의 뜻을 일컫는 말이라고 이야기한 적이 있다.
 이것은 아주 편리한 순환론법적 경구라 할 만한 것으로, 그 말이 겨냥하는 바는 우연이 인생의 여러 가지 일에 지배적이라고까지는 할 수 없다 할지라도 매우 중요한 역할을 하는 경우가 있다는, 그다지 유쾌하지 못한 진실을 믿지 못하게 하려는 것이다. 그렇다고 해서 그것을 완전히 부정해 버릴 수는 없는 일이다. 실제로 우연이 남의 눈에 띄지 않는 신의 의지로 받아들여져도 어쩔 수 없는, 그다지 질서 정연하지는 못하더라도 얼마쯤 일관성을 갖춰 작용하는 경우가 가끔 있기 때문이다.
 디미트리오스 매클로포로스의 이야기도 그 한 예라고 할 수 있다.
 라티머 같은 사나이가 디미트리오스라는 인간의 존재를 알게 되었다는 사실만으로도 괴상하기 이를 데 없는 일인데, 하물며 그가 디미트리오스의 시체를 발견하고 수수께끼에 싸인 그 사나이의 일생을 조사하기 위하여 바쁜 나날 속에서 여러 주일을 허비한 끝에 결국은 한 악당의 묘한 실내 장식 취미 덕분에 아슬아슬하게 목숨을 건지는 처지에 빠져들었다는 것은 도저히 믿기 어려운 기괴한 일이라고 할 수밖에 없다.

더욱이 이런 사실을 사건의 다른 사실과 견주어볼 때 미신적인 두려움마저 느끼게 된다. 실제로 일어난 사건이 너무도 기이하여 '우연'이라든가 '우연의 일치'라는 말을 쓰고 싶지 않은 기분이 드는 것이다. 그러나 회의적인 인간에게도 꼭 한 가지 위안이 있다. 비록 인간의 사고를 초월한 힘이라는 것이 있다 할지라도 그 힘은 인간보다도 더 비능률적으로 행사되고 있다는 점이다. 그렇지 않다면 어지간히 어리석은 자가 아닌 이상 라티머를 앞잡이로 택하는 일은 결코 하지 않았을 것이다.

어른이 된 뒤 최초의 15년 동안 찰스 라티머는 영국 이류 대학의 경제학 강사가 되었다. 35살이 되었을 때 그는 강의를 하는 한편 세 권의 책을 써냈다. 그중 맨 첫 번째 저술은 19세기 이탈리아 정치사상에 미친 프루동의 영향에 관한 연구였다. 두 권째는 《1875년의 고타 강령(綱領)》이라는 제목이었다. 세 권째는 로젠베르크의 〈20세기 신화〉에 포함된 경제학적인 의의에 대한 평가였다.

찰스 라티머가 처음으로 미스터리소설을 쓴 것은 이 세 권째 저작의 방대한 교정쇄를 끝낸 바로 뒤의 일로, 국가 사회주의 사상 및 그 예언자인 로젠베르크 박사와의 일시적인 교제 뒤에 남은 어두운 우울감을 떨쳐버리고 싶었기 때문이었다.

《피에 젖은 삽》은 아주 큰 성공을 거두었다. 이어서 《파리의 고백》과 《살인 병기》를 써냈다. 얼마 안 되어 라티머는 여가에 미스터리소설을 쓰고 있는 수많은 대학 교수 중에서 이 일로 돈을 모아 부끄러워하고 있는 몇 사람 속에 끼게 되었다. 머지않아 그가 명실 공히 직업작가가 되리라는 것은 피할 길 없는 운명인 것 같았다. 세 가지 사정이 이러한 운명을 재촉했다. 첫째는 신념상 그가 주장하는 것과 대학 당국의 의견이 일치되지 않는 일이었다. 둘째는 병이었다. 셋째는 우연히도 그가 독신이었다는 사실이다. 《문을 닫는 못이 아니다》가 출판된 지 얼마 안 되어 타고난 건강체를 근본적으로 해치는 병을 앓았는데, 그 병이 회복되자 그는 별로 망설이지 않고 사표를 제출한 뒤 햇빛 아래에서 다섯 권째 미스터리소설을 쓰기 위해 나라를 떠났다.

찰스 라티머가 터키로 간 것은 여섯 권째의 미스터리소설을 다 쓰고 난 다음의 일이었다. 아테네 거리와 그 주변에서는 이미 1년을 지냈으므로, 어느 다른 고장으로 옮겨가고 싶은 생각이 들었던 것이다. 건강 상태는 꽤 좋아졌으나, 가을에 영국으로 다시 돌아가는 일이 아무래도 마음 내키지 않았다. 그리스 인 친구의 권유로 필레우스에서 기선을 타고 이스탄불로 향했다. 그가 허키 대령한테 처음으로 디미트리오스의 이야기를 들은 것은 이스탄불에 있을 때였다.

소개장이란 그다지 믿을 수 없는 것이다. 어쨌든 소개장을 가진 자가 소개자와 단순히 알고 지내는 정도이고, 그 소개자와 소개를 받게 되는 쪽은 그보다 더 서먹한 경우도 적지 않기 때문이다. 소개장을 제시함으로써 세 사람 다 만족할 수 있는 결과를 가져올 가능성은 아주 드물다. 라티머가 이스탄불로 가지고 간 것 중에는 샤베 부인이라는 여자 앞으로 보내는 소개장이 있었다. 그녀는 보스포루스 해협이 바라다 보이는 별장에 살고 있다고 했다. 그곳에 도착한 지 사흘째 되는 날 그녀에게 편지를 보냈더니 별장에서 나흘 동안 개최되는 파티 초청장을 보내왔다. 그다지 마음이 내키지는 않았으나 받아들이기로 했다.

샤베 부인에게 있어 부에노스아이레스에서 고국으로 돌아오는 길은 문자 그대로 황금으로 아낌없이 포장되어 있는 것이나 다름없었다. 차림새가 아주 단정한 터키 여성인 그녀는 아르헨티나의 부유한 육류 중개상인과 결혼했다가 이혼했으며, 그 거래로 얻은 이득의 일부를 떼어 일찍이 터키 왕가의 사람들이 살고 있었던 작은 궁전을 사들였다. 궁전은 꽤 외진 곳에 있어 교통이 불편하지만, 딴 세상처럼 느껴지는 아름다운 만을 내려다보는 위치에 있었으며, 아홉 개나 되는 욕실에 물을 제대로 공급할 수 없는 점을 빼고는 모든 설비가 나무랄 데 없이 잘되어 있었다. 다른 손님이 없을 때 마음에 안 드는 일이 있는 경우——그런 경우는 자주 있었다——하인의 얼굴을 심하게 때리는 여주인의 터키식 습관만 없었다면, 편히 쉬기에 더없이 호화스러운 곳이었으므로 그런 환경을 처음으로 경험한 라티머는 그곳에 머무는 동안 진심으로 즐길 수가 있었을 것이다.

다른 손님이란 마르세유에서 와 있는 아주 시끄러운 부부, 세 사람의 이탈리아 인, 젊은 터키 해군사관 두 사람과 그들의 '약혼자'들, 부부 동반한 이스탄불의 실업가들이었다. 손님들은 무진장 있는 것으로 보이는 그 집의 네덜란드진을 마시기도 하고, 하인 하나가 전축 앞에 붙어 서서 손님이 춤을 추거나 말거나 상관없이 계속 틀고 있는 레코드에 맞춰 춤을 추기도 하며 시간을 보내고 있었다. 건강이 좋지 않다는 것을 구실로 라티머는 술도 정도껏 마시고, 춤은 거의 거절하다시피 추었다. 대개의 경우 그는 무시된 상태에 있었다.

그곳에 머물기로 한 마지막 날 오후 늦게 그가 레코드 소리를 피해 덩굴로 덮인 테라스의 의자에 앉아 있노라니 포장을 씌운 대형차가 별장으로 통하는 먼지투성이인 긴 길을 구불거리며 올라오는 것이 보였다. 차가 그 주위에 소음을 일으키며 안뜰로 들어오자 채 멎기도 전에 뒷자리에 앉아 있던 사나이가 기운차게 문을 열고 뛰어내렸다.

키가 큰 사나이로, 홀쭉하게 여윈 볼이며 가무스름하게 탄 살빛이 독일군처럼 짧게 깎은 백발과 대조를 이루고 있었다. 좁은 이마, 새의 부리같이 긴 코, 얄팍한 입술이 어딘지 식육조(食肉鳥) 같은 느낌을 주었다. 50살 이하로는 보이지 않는다고 라티머는 생각하며 코르셋을 입었나 안 입었나 하고 멋지게 만든 장교복 허리 부분을 신중히 살펴보았다.

라티머는 그 키 큰 장교가 소매에서 비단 손수건을 꺼내 반짝반짝 닦은 에나멜가죽의 승마 구두에 묻은 눈에 보이지 않는 먼지를 털고 모자를 멋지게 비스듬히 고쳐 쓴 다음 성큼성큼 시야에서 사라져가는 것을 바라보고 있었다. 별장 어딘가에서 벨이 울렸다.

허키 대령이라는 그 장교는 곧 파티에서 인기를 독차지했다. 그가 도착하고 15분쯤 지났을 때, 샤베 부인은 뜻하지 않은 대령의 방문으로 몹시 난처하다는 사실을 초대 손님들에게 분명히 알리려는 듯 수줍음을 띤 혼란된 표정으로 그를 테라스에 안내하여 모든 사람들에게 소개했다. 대령은 미소를 띤 정중한 태도로 남자들에게는 뒤꿈치를 딱 붙이고, 부인들에게는 머리를 숙여 손에 입을 맞추었으며, 해군사관들의 경례에 답례하고, 실업가 부인들에게 윙크를 던졌다. 라티머는 너무도 멋진 그 연기에 넋을 잃고 있었으므로, 자신이 소개받을 차례가 되어 이름이 불리자 정신이 번쩍 들며 당황했다. 대령은 악수한 손을 반가운 듯 몇 번이나 흔들며 말했다.

"당신을 만나게 되어 정말 반갑습니다."
"대령님은 영어를 아주 잘하신답니다."
샤베 부인이 프랑스 어로 설명했다.
"뭘요, 아직 서투릅니다." 허키 대령은 프랑스 어로 말했다.
라티머는 상냥하게 상대방의 연한 잿빛 눈을 쳐다보았다.
"건강은 어떠십니까?"
"아주 좋습니다." 허키 대령은 진지하고 정중하게 대답하더니 다음 차례로 옮겨 수영복 차림의 뚱뚱한 아가씨 손에 입술을 대며 어떤 여자인가 평가하려는 듯 살펴보았다.

라티머가 다시 대령과 말을 나눈 것은 그날 밤 상당히 늦어서였다. 대령은 농담을 하며 크게 웃고, 부인들에게는 익살을 부리며 넉살좋게 굴고, 미혼 여성에게는 좀더 조심스러운 추파를 던지는 등 명랑한 태도로 파티에 활기를 불어넣었다. 그러다가 라티머와 눈이 마주치자 그는 한심한 듯이 쓴웃음을 지었다. '나는 늘 이렇게 익살스럽게 굴어야 합니다. 모든 사람이 이렇게 해주기를 바라고 있거든요' 하고 그 웃음은 말했다. '내가 좋아서 이렇게 한다고 생각하시면 곤란합니다.' 저녁식사가 끝나고 꽤 시간이 지난 뒤 손님들이 차츰 춤추는 데 흥미를 잃고 남녀 혼성의 스트립 포커에 관심을 쏟기 시작했을 무렵, 허키 대령은 라티머의 팔을 잡고 테라스로 데리고 나갔다.

"실례를 용서하십시오, 라티머 씨." 그는 프랑스 어로 말했다. "당신과 꼭 이야기하고 싶었습니다. 저 여자들은 정말이지 사람을 피곤하게 만듭니다." 그는 담배 케이스를 라티머의 코끝에 내밀었다. "한 대 피우시겠습니까?"

"고맙습니다."

허키 대령은 어깨 너머로 뒤를 보며 말했다.

"저쪽 끝이 더 조용하군요." 둘이서 걷기 시작하며 대령은 이야기를 계속했다. "실은 내가 오늘 여기 온 것은 특별히 당신을 만나고 싶었기 때문입니다. 샤베 부인한테 당신이 와 계시다는 말을 듣고 나로서 탄복해 마지않는 책의 저자를 꼭 만나고 싶었던 겁니다."

라티머는 상대방의 찬사에 걸맞는 감사의 말을 했다. 그는 난처했다. 대령이 경제학과 미스터리소설 가운데 어느 것을 생각하고 있는지 알 수 없었기 때문이다. 언젠가 한 번 그의 '먼젓번 책'이 재미있더라고 말한, 사람 좋은 노학감에게 살인방법으로서 사살과 박살 중 어느 쪽을 좋아하느냐고 물어 상대방 노인을 놀라게 하고 마음 상하게 해준 일이 있었다. 그러나 어느 책을 말하는 것이냐고 묻는 건 아무래도 잘난 체하는 것 같은 느낌을 줄 듯싶었다.

그러나 허키 대령은 그런 질문을 할 여유를 주지 않았다.

"나는 요즈음 나온 미스터리소설을 모두 보내달라고 파리에 주문해 놓았지요." 그는 말을 계속했다. "나는 미스터리소설이 아니면 읽지 않습니다. 나의 콜렉션을 보여드리고 싶군요. 특히 영국과 미국의 작품을 좋아합니다. 두 나라의 뛰어난 작품은 모조리 프랑스 어로 번역되어 있지요. 프랑스 작가 자체에는 그다지 호감을 갖고 있지 않습니다. 프랑스 문화는 일급의 미스터리소설을 빚어내는 종류의 것이 아닙니다. 얼마 전 당신의 《피에 젖은 삽》을 나의 장서에 포함시켰지요. 무서운 작품이더군요! 다만 나로서는 이 제목의 뜻을 제대로 이해할 수 없었지만……."

라티머는 상당한 시간에 걸쳐 '곡괭이를 곡괭이라고 하는 정직한 사람'이라는 표현을 빌려 제목 그 자체에 '곡괭이를 삽이라고 한다'라는 뜻을 포함시켜서 진범인에 대한 중요한 단서를 이해력 있는 독자에게 제공하는 그 말의 표현을 프랑스 어로 설명하려 애썼다.

허키 대령은 열심히 듣더니 라티머가 충분히 요점을 설명하기도 전에 고개를 끄덕이며 말했다.

"아아, 그렇군요. 이제 잘 알았습니다."

라티머가 실망하여 설명을 체념하자 대령은 말했다.

"라티머 씨, 어떻습니까? 이번 주일 안에 한번 나와 함께 점심식사를 할 수 있을까요? 실은……" 하며 그는 아리송한 말을 덧붙였다. "당신에게 도움이 될지도 모릅니다."

라티머는 어떤 면으로 허키 대령이 자기에게 도움을 줄 수 있다는 것인지 짐작이 가지 않았으나, 기꺼이 점심을 같이하겠다고 대답했다. 두 사람은 사흘 뒤 페라 팔레스 호텔에서 만나기로 했다.
 라티머가 그 점심 약속에 대해 열심히 생각하기 시작한 것은 그 전날 저녁때부터였다. 그는 자신이 묵는 호텔의 담화실에서 거래 은행의 이스탄불 지점장과 이야기를 하고 있었다.
 콜린슨은 인상이 좋은 사람이었으나, 이야기 상대로서는 지루하게 생각되었다. 콜린슨의 이야기는 거의 다 이스탄불에 살고 있는 영국인과 미국인 사회에서 일어난 사건들이었다.
 "피츠윌리엄 부부를 알고 계십니까?" 콜린슨이 이야기를 꺼냈다.
 "모르신다고요? 유감이군요. 틀림없이 당신도 마음에 드실 텐데. 네, 얼마 안 된 일인데……"
 콜린슨은 케말 아타튀르크의 경제개혁에 관한 정보원으로서는 전혀 도움이 되지 않았다. 미국인 자동차 세일즈맨의 터키 태생 아내의 행실에 대한 이야기를 한바탕 듣고 난 다음 라티머는 입을 열었다.
 "그런데 허키 대령이라는 사람에 대해 알고 계신 것은 없습니까?"
 "허키 대령요? 왜 그 사람 생각이 났습니까?"
 "내일 함께 점심을 하기로 되어 있습니다."
 콜린슨이 눈썹을 치켜올렸다.
 "이거 놀라운 일인데요. 정말입니까?" 콜린슨은 턱을 긁적였다.
 "그에 대한 소문은 들었습니다만——" 그는 말을 끊고 잠깐 머뭇거렸다. "이 고장에서 이름은 자주 듣습니다만, 절대로 정체를 알 수 없는 사람입니다. 즉 비밀에 싸인 존재지요. 앙카라 정부의 최고위층 인물들보다 훨씬 강한 영향력을 가진 사람입니다. 1919년에 특별 임무를 띠고 아나톨리아에서 머물던 케말 파샤의 심복으로, 임시정부의 대의원이었지요. 그 즈음 그의 행동에 대한 소문도 들었습니다. 피에 굶주린 악마라고 하더군요. 누구나 모두, 죄수를 고문하는 방법이 심했다는 말이겠지요. 그러나 그때는 양쪽에서 모두 하고 있던 일이고,

내가 보기에는 황제측이 먼저 시작한 것 같습니다. 또 들리는 바에 의하면, 그는 단번에 스카치를 두 병이나 비우고도 말짱하다는 겁니다. 그러나 이 말은 그다지 믿을 만한 것이 못 됩니다. 그래, 어떤 계기로 그와 알게 되었습니까?"

라티머는 설명했다. 그러고 나서 덧붙여 말했다.

"지금은 무슨 일을 하고 있습니까? 그 제복이 아무래도 이해할 수 없더군요."

콜린슨은 어깨를 움츠렸다.

"확실한 소식통을 통해서 들은 바에 의하면, 비밀경찰의 장관이라더군요. 하지만 이것도 한낱 억측일지도 모릅니다. 이 고장에서 가장 난처한 것은 그 점입니다. 클럽에서 들은 이야기는 한 마디도 믿을 수가 없거든요. 사실 며칠 전만 해도······."

다음날 라티머는 전보다 훨씬 깊은 흥미를 안고서 약속 시간에 나갔다. 허키 대령을 상당히 괴벽한 사람으로 느끼고 있었는데, 콜린슨의 모호한 정보가 그 느낌을 뒷받침해 주었던 것이다.

대령은 20분쯤 늦게 와서 정중하게 사과하며, 라티머를 곧 레스토랑으로 안내했다.

"빨리 위스키소다를 주시오."

대령은 큰 소리로 '조니'를 한 병 주문했다.

식사하는 동안 허키 대령은 대부분 그가 읽은 미스터리소설에 대한 이야기, 작품에서 받은 인상, 등장인물에 대한 의견, 사람을 죽이는 데 있어 총으로 사살하는 살인범을 좋아한다는 등의 말을 했다. 그러다 보니 이윽고 술병이 거의 비게 되어 그것을 옆으로 밀어놓았다. 그리고 딸기 아이스크림을 앞에 놓은 다음 대령은 테이블 위로 몸을 내밀었다.

"라티머 씨, 나는 당신에게 도움될 일을 할 수 있을 것 같습니다."

한순간 몹시 당황한 라티머는 자기를 터키의 비밀경찰로 고용하려는 것인가 하고 생각했으나 곧 마음을 가라앉히며 "정말 친절한 말씀입니다" 하고 대답했다.

"내 손으로 직접 뛰어난 미스터리소설을 쓰는 일이" 하고 허키 대령은 말을 계속했다. "오래 전부터 가져온 나의 야심이었습니다. 시간만 있으면 나도 쓸 수 있다고 늘 생각하고 있었지요. 문제는 그 점입니다. 시간. 나도 이제야 그 점을 알아차렸지요. 그러나……" 하며 정성을 다하는 듯 대령은 잠깐 입을 다물었다.

라티머는 상대방이 말을 계속하기를 기다렸다. 라티머는 시간만 있으면 미스터리소설을 쓸 수 있다고 생각하는 사람을 많이 만나 왔던 것이다.

"그러나……" 허키 대령은 다시 입을 열었다. "구상은 이미 되어 있습니다. 그리고 그것을 당신에게 드리고 싶은 겁니다."

라티머는 정말 친절한 일이라고 말했다. 대령은 손을 흔들어 그의 말을 가로막았다.

"당신의 작품으로 나는 많은 즐거움을 맛보고 있습니다. 그러므로 신작 아이디어를 제공해 드릴 수 있다면 나로서도 매우 기쁜 일입니다. 나는 그것을 사용할 만한 시간이 없는데다 아무래도 나보다는 당신이 멋지게 이용할 것 같으니까요."

라티머는 적당히 무난한 대답을 했다.

"이야기의 무대는……" 대령은 연한 잿빛 눈으로 라티머를 쳐다보며 말을 계속했다. "영국의 부유한 로빈슨 경의 영지에 있는 저택입니다. 영국식 주말 파티가 열리고 있지요. 파티 도중 로빈슨 경이 서재의 책상 앞에 앉아 있는 것을 누군가가 발견합니다. 관자놀이에 총을 맞고 상처가 타들어가서 책상 위에 피가 고이고, 종이 한 장이 피에 푹 젖어 있습니다. 그 종이는 로빈슨 경이 막 서명하려던 새 유언장이었습니다. 그전 유언장에 의하면 재산은 그 파티에 참석한 여섯 명의 친척에게 나누어주기로 되어 있었지요. 그러나 살인범이 쏜 총알로 그가 서명하지 못한 새 유언장에는 전 재산을 그 여섯 친척 중 한 사람에게 주기로 되어 있었습니다. 그러니까……." 허키 대령은 논고를 하듯 아이스크림 스푼을 라티머에게로 내밀었다. "그 사람이 아닌 다섯 사람 가운데 범인이 있는 거지요. 어떻습니까? 논리가 서 있다고 생각지 않습니까?"

라티머는 입을 열려다 말고 고개를 끄덕였다.

"그것이 트릭입니다." 허키 대령은 의기양양하게 웃음지으며 말했다.

"트릭이라고요?"

"로빈슨 경은 용의자 중 누구에게 사살된 게 아니라 집사에게 사살되었던 겁니다. 집사의 아내를 로빈슨 경이 유혹했던 거지요! 이 점을 어떻게 생각하십니까?"

"아주 교묘한 생각이군요."

허키 대령은 만족스러운 듯이 의자에 기대앉아 윗옷의 구김살을 쓰다듬어 내렸다.

"단순한 트릭에 지나지 않지만 마음에 드신다니 기쁩니다. 물론 전체적인 구상은 상세하게 짜여져 있습니다. 탐정은 런던 경시청의 총감입니다. 그는 용의자의 한 사람인 아름다운 여자와 사랑하고 있는데, 그녀를 위해 사건을 해결하려고 노력합니다. 아주 고상한 줄거리지요. 아무튼 아까도 말했듯이 전체의 줄거리는 이미 써놓았습니다."

"그 줄거리를 쓴 노트를 꼭 보고 싶군요." 라티머는 진심으로 말했다.

"그렇게 말씀해 주시기를 바라고 있었습니다. 그런데 지금 무슨 예정이라도?"

"아무 예정도 없습니다."

"그럼, 내 사무실에 가서 그것을 보여드리기로 하지요. 프랑스 어로 썼습니다."

라티머는 잠시 망설였다. 그러나 달리 할 일도 없고, 허키 대령의 사무실을 보는 것도 흥미있는 일일는지 모른다는 생각이 들어 "함께 가보겠습니다" 하고 대답했다.

허키 대령의 사무실은 이스탄불의 비즈니스 거리 개러타 지구의, 전에는 싸구려 호텔이었던 것으로 보이는 건물 맨 위층에 있었는데, 안에 들어가 보니 꼭 관공서 같았다. 복도 막다른 곳에 있는 큰 방이었다. 두 사람이 들어가자 제복 차림의 서기가 책상 위에 엎드려 있다가 벌떡 일어나 뒤꿈치를 딱 붙이고 서서 터키 어로 뭐라고 말했다. 대령이 대답을 하고 가도 좋다고 고개를 끄덕였다.

대령은 의자 쪽을 가리키며 라티머를 앉게 한 다음, 담배를 권하고 서랍 속을 뒤지기 시작했다. 그 속에서 타이프로 친 종이를 두어 장 꺼내어 내밀었다.

"이겁니다, 라티머 씨. 《피에 묻은 유언장의 수수께끼》라고 제목을 붙였지만, 아무래도 적당한 제목 같지는 않군요. 가장 적당하다고 생각되는 제목은 이미 다른 사람들이 다 사용해서요. 그러나 뭔가 다른 제목을 생각해 볼 작정입니다. 읽어보신 뒤 사양 마시고 솔직하게 의견을 들려주셨으면 합니다. 바꾸는 편이 좋겠다고 생각되는 점이 있다면, 그대로 바꿔도 됩니다."

라티머가 종이를 받아서 읽고 있는 동안 허키 대령은 책상에 걸터앉아 번쩍이는 장화에 감싸인 긴 다리를 흔들고 있었다.

라티머는 줄거리를 두 번 되풀이 읽고 종이를 내려놓았다. 몇 번이나 웃음이 터져 나올 것 같아 자신을 부끄럽게 생각했다. 오는 것이 아닌데…… 그러나 이렇게 따라온 이상 무슨 구실이든 찾아서 빨리 돌아가는 수밖에 없다.

"현재로 보아 특별히 손댈 만한 점은 생각나지 않습니다." 라티머는 천천히 말했다. "물론 충분히 검토할 필요는 있겠지요. 이런 줄거리로는 잘못을 범하기가 아주 쉽습니다. 신중하게 생각해야 할 점이 많이 있지요, 영국 법률상의 수속이라든가……."

"물론 그것이 필요하지요." 허키 대령은 책상 위에서 내려와 의자에 앉았다. "그런데 이 줄거리는 쓸 만합니까?"

"정말 친절하게 해주셔서 진심으로 감사합니다." 라티머는 모호하게 대답했다.

"인사를 받을 정도는 아닙니다. 책이 나오면 한 권 보내주십시오. 기다리고 있겠습니다."

의자에 앉은 채 대령은 방향을 바꾸어 전화기를 들었다. "당신이 가지고 갈 것을 복사하도록 하겠습니다."

라티머는 의자에 기대앉았다. 이것으로 그럭저럭 해결이 난 것이다. 복사하는 데는 그다지 많은 시간이 걸리지 않을 것이다. 대령이 전화로 누군가와 이야기하는 말을 듣고 있는 동안 그가 미간을 찌푸리고 있음을 알아차렸다. 그는 전화기를 놓고 라티머 쪽으로 돌아앉았다.

"실례입니다만, 간단한 일을 처리해도 될까요?"

"그러십시오."

허키 대령은 두툼한 서류철을 끌어당겨 그 속에 있는 서류를 넘기기 시작했다. 그리고 찾고 있던 서류를 꺼내어 읽기 시작했다. 방 안이 조용해졌다.

라티머는 담배를 피우기에 정신이 없는 척하며 책상 쪽을 바라보았다. 허키 대령은 서류철을 천천히 넘기고 있었는데, 그 얼굴에는 라티머가 지금까지 본 일이 없는 표정이 감돌고 있었다. 자기가 잘 알고 있는 분야의 일을 처리하고 있는 전문가의 얼굴에서 볼 수 있는 표정이었다. 그 얼굴에서는 여러 해 동안 경험을 쌓은 고양이가 아직 어리고 미숙한 쥐를 노려보고 있는 모습을 연상케 하는 신중한 침착성이 엿보였다. 그 표정을 보고 라티머는 허키 대령에 대한 생각을 달리했다. 조금 전까지 그는 아무것도 모르고 남의 웃음거리가 되는 일을 한 사람에 대해 느끼는 것과 똑같은 동정심을 대령에게서 느꼈던 것이다. 그런데 지금 그러한 동정은 대령에게 전혀 불필요하다는 것을 깨달았다.

대령의 노르스름한 긴 손가락이 서류철을 넘기고 있는 것을 보고 있던 라티머는 콜린슨의 말이 생각났다. '죄수를 고문하는 방법이 심했다는 말이겠지요.' 그는 갑자기 자기가 비로소 허키 대령의 참모습을 보고 있다는 사실을 알아차렸다. 그때 대령이 얼굴을 들고 무엇을 생각하며 연한 잿빛 눈으로 라티머의 넥타이를 바라보고 있었다.

한순간 라티머는 책상 저쪽에 있는 사나이가 자기 넥타이를 바라보고 있는 것처럼 보이기는 하지만, 실제로는 자신의 마음속을 들여다보는 듯하여 불안했다. 그러다가 라티머와 눈이 마주치자 대령은 빙긋이 웃었다. 라티머는 자기가 무엇을 훔치려다 들킨 것 같은 기분이 들었다.

대령은 말했다.

"나는 이런 것을 생각하고 있었습니다만, 라티머 씨. 당신이 진짜 살인자에게 관심이 있을까 하고요······."

디미트리오스의 기록

라티머는 얼굴이 붉어지는 것을 느꼈다. 상대방을 내려다보는 프로의 입장에서 갑자기 익살스러운 아마추어의 입장으로 바뀐 듯한 느낌이었다. 그는 조금 망설여졌다.

"글쎄요……" 라티머는 천천히 대답했다. "관심이 있지요."

허키 대령은 입을 꼭 다물었다.

"솔직히 말해서 라티머 씨, 나는 진짜 살인자보다 미스터리소설의 살인범 쪽에 호감이 갑니다. 소설에서는 시체, 몇 사람의 용의자, 탐정, 사형대로 이어집니다. 거기에는 일종의 운치가 있지요. 그러나 진짜 살인범에게는 운치 같은 게 없습니다. 일종의 경찰관인 나는 그 점을 단언할 수 있습니다." 그는 책상 위의 서류철을 소리나게 두드리며 말을 이었다. "여기 진짜 살인자가 있습니다. 우리는 지난 20년 가까이나 그의 존재를 알고 있었습니다. 그밖에도 우리가 전혀 모르는 살인 사건이 여러 건 있었을 겁니다. 이 사람은 전형적인 살인자입니다. 교활하고 속되고 나쁘고 비열한 인간 쓰레기입니다. 살인, 스파이 행위, 마약 밀매 등의 경력을 지니고 있지요. 그밖에 암살 사건도 두 건이나 있었습니다."
"암살! 그건 얼마쯤 용기가 필요한 일이 아닙니까?"
대령이 비웃듯이 소리내어 웃었다.
"디미트리오스는 직접 총을 쏘는 일은 일체 하지 않습니다. 절대로 하지 않습니다. 그런 사람들은 자신의 몸을 위험하게 하는 일은 절대로 하지 않으니까요. 그들은 암살 계획의 바깥에 머물러 있습니다. 그들은 프로입니다. 청부업자지요. 결과를 추구하며 수단을 가리지 않는 실업가, 정치가, 그리고 신념을 위해선 죽음도 두려워하지 않는 광신자, 이상주의자의 중간 역할을 하는 존재지요. 암살, 또는 암살미수에 대해 알아두어야 할 중요한 일은, 누가 총을 쏘았느냐가 아니라 누가 그 총탄에 대해 돈을 지불했느냐 하는 겁니다. 그 점을 가장 자세히 설명할 수 있는 것은 디미트리오스와 같이 비열한 악당들입니다. 놈들은 자유롭지 못한 형무소 생활을 피하기 위해 언제나 모든 것을 내팽개칠 준비를 갖추고 있지요. 디미트리오스 역시 다른 사람들과 마찬가지였을 겁니다. 용기라니, 당치도 않은 이야기지요!"
허키 대령은 또 웃고 나서 말을 이었다.
"디미트리오스는 다른 사람들보다 좀 머리가 좋았지요. 그 점은 인정합니다. 내가 아는 한 어느 나라 정부에서도 그를 잡은 일이 없으며 그가 관련된 사건의 서류에 사진 하나 붙어 있지 않습니다. 그러나 우리는 그의 존재를 알고 있습니다. 그 점은 소피아(불가리아 정부)도, 베오그라드(유고슬라비아 정부)도, 파리(프랑스 정부)도, 아테네(그리스 정부)도 마찬가지입니다. 넓게 각국에 다리를 걸치고 있던 사람이었지요, 디미트리오스라는 사나이는."
"죽은 사람의 이야기처럼 들리는군요."
"그렇습니다, 그 녀석은 죽었습니다." 허키 대령은 아주 깔보듯이 얄팍한 입술을 일그러뜨렸다. "어젯밤 어부가 그의 시체를 보스포루스 해협에서 끌어올렸지요. 배에서 칼로 찔러죽여 바다로 집어던진 모양입니다. 그는 인간 쓰레기처럼 바다에 떠 있었습니다."
"그러니까 뜻밖의 죽음을 당한 셈이로군요. 어쩐지 인과응보 같은 느낌이 듭니다."
대령은 마음이 내키는 듯 바싹 다가앉았다.
"네, 그렇습니다! 지금의 그 말은 바로 작가의 말입니다. 모든 것이 미스터리소설처럼 우아하게 분별되어야 직성이 풀린다는 말이지요. 좋습니다!"
대령은 서류철을 끌어당겨서 펼쳤다.
"잘 들어보십시오. 그리고 우아한 점이 조금이나마 있는지 말씀해 주십시오."
대령은 읽기 시작했다.
"디미트리오스 매클로포로스……."
대령은 잠시 말을 멈추고 얼굴을 들었다.
"이것이 그를 양자로 삼은 집의 성인지, 아니면 일반적으로 부른 이름이었는지는 끝내 알 수 없었습니다. 대개의 경우 그는 디미트리오스라고 알려져 있었습니다."
대령은 다시 서류철로 눈길을 돌렸다.
"디미트리오스 매클로포로스, 1889년 그리스의 라리사에서 태어나 버려진 상태로 발견되었다. 부모는 모름. 어머니는 루마니아 인인 것 같다. 그리스 인으로 등록되어 그리스 인 집안의 양자가 되었다. 그리스 당국에 범죄 기록이 있다. 상세한 것은 모름."
허키 대령은 얼굴을 들고 라티머를 쳐다보았다.
"우리들이 그의 존재를 안 것은 그 뒤의 일입니다. 이즈미르에서 처음으로 그의 이름을 들은 건 1922년에 우리 군대가 그 거리를 점령하고 며칠 뒤의 일이었지요. 회교로 개종한 숄렘이라는 유대인이 자기 방에서 목이 잘려 죽어 있는 게 발견되었습니다. 숄렘은 고리대금업자로 돈을 마룻바닥 밑에 숨겨놓았습니다. 그런데 그 마루청을 뜯고 돈을 훔쳐갔습니다' 당시 이즈미르에서는 흉악한 범죄가 끊임없이 발생하여 군 당국에서도 그다지 주의를 하지 않았지요. 나는 혹시 우리 병사들의 짓인지도 모른다는 생각이 들었습니다. 그러나 숄렘의 친척인 다른 유대인이, 도리스 모하멧이라는 흑인이 카페에서 돈을 마구 뿌리며 유대인이 무이자로 돈을 빌려줬다고 했다는 말을 군 당국에 통보해 왔습니다. 조사가 이루어지고 도리스가 체포되었지요. 군사법정에서 한 그의 증언은 당국을 만족시킬 만한 것이 못되어 결국 그는 사형을 선고받았습니다. 그러자 그는 고백했습니다. 그는 무화과 짐을 꾸리는 인부였는데, 디미트리오스라는 동료 인부가 숄렘이 돈을 마룻바닥 밑에 숨겨놓았다는 말을 해줬다고 말입니다. 둘이서 강도 계획을 세우고 밤에 숄렘의 방으로 들어갔답니다. 그의 말에 의하면 유대인을 죽인 것은 디미트리오스였다고 합니다. 그리스 인으로 등록되어 있는 디미트리오스는 도망쳐 해안의 비밀 장소에서 대기하고 있던 한 피난선에 거액의 돈을 주고 탔을 거라고 그 흑인은 주장했지요."

허키 대령은 어깨를 움츠렸다.

"군 당국은 그의 말을 믿지 않았습니다. 당시 우리는 그리스와 전쟁을 하고 있었으며, 죄를 범한 사람이 사형을 면하기 위해 생각해낸 것같은 이야기였으니까요. 당국은 디미트리오스라는 무화과 짐을 꾸리던 인부가 있었다는 사실과, 동료 인부들이 그를 싫어했다는 사실 및 그가 모습을 감췄다는 사실 등을 조사했습니다."

대령은 빙긋 웃었다.

"그 무렵 모습을 감춘 그리스 인 가운데 디미트리오스라는 이름을 가진 사람이 많이 있었지요. 그들의 시체가 거리에 뒹굴어 있거나 항구에 떠 있었습니다. 따라서 그 흑인의 이야기는 실증할 수가 없었으므로 그는 교수형에 처해졌지요."

대령은 말을 끊었다. 여기까지 이야기하는 동안 그는 한 번도 서류철을 보지 않았다.

"여러 가지 사실을 용케도 잘 기억하고 계시는군요."

라티머가 말했다.

"내가 그 군사법정의 재판장이었으니까요." 대령은 싱긋 웃으며 말을 이었다. "그때 그런 일이 있었으므로 그 뒤부터 나는 디미트리오스에게 주목하게 되었습니다. 1년 뒤 나는 비밀경찰로 자리를 옮겼습니다. 1924년에 케말 파샤 암살계획이 발각되었지요. 그가 칼리프(회교 교주 겸 국왕) 제도를 폐지한 해로, 음모는 표면상 종교적인 광신자의 짓으로 꾸며져 있었습니다. 사실 그 일당은 국경을 접한 어떤 우호국 정부의 도움을 받고 있는 자들의 앞잡이였지요. 그들에겐 케말 파샤를 없애려는 충분한 이유가 있었습니다. 그러나 음모는 미리 발각되었지요. 이 경우 그 구체적인 내용은 중요하지 않습니다. 그런데 도망친 일당 중 한 사람이 디미트리오스라는 이름이었지요."

대령은 담배 케이스를 라티머 쪽으로 밀어놓으며 말했다.

"피우시지요."

라티머는 담배를 거절하고 나서 물었다.

"같은 디미트리오스였습니까?"

"그렇습니다. 그런데 라티머 씨, 솔직한 의견을 듣고 싶습니다. 지금까지 한 이야기 속에 뭔가 우아한 점이 있었습니까? 이 이야기라면 당신은 훌륭한 미스터리소설을 쓸 수 있겠지요? 지금의 이야기 가운데 조금이나마 작가의 흥미를 돋운 점이 있었습니까?"

"물론 나는 경찰 일에 대단한 흥미를 가지고 있습니다. 그런데 디미트리오스는 어떻게 했습니까? 이야기의 결말은 어떻게 되었습니까?"
허키 대령은 딱 하고 손가락 마디를 꺾어 소리를 내었다.
"좋습니다! 당신이 그렇게 물어주기를 기다리고 있었지요. 당신이 물을 줄 알았습니다. 이것이 그 대답입니다. 이야기는 그것으로 끝난 것이 아닙니다!"
"그럼, 어떻게 되었습니까?"
"이야기하지요. 첫째 문제는 이즈미르의 디미트리오스와 에디르네(아드리아노플)의 디미트리오스가 동일 인물임을 증명하는 일이었습니다. 그리하여 우리는 숄렘 살인사건으로 되돌아가 살인 용의자로서 그리스 인 인부 디미트리오스 앞으로 체포장을 발부하고, 그것을 바탕으로 각국 경찰에 협력을 의뢰했습니다. 대수로운 정보는 얻지 못했지만 그래도 우리로선 충분했습니다. 디미트리오스는 마케도니아 장교단의 반란에 앞선 불가리아의 스탐볼리스키 암살미수사건에 관계하고 있었거든요. 소피아 경찰 당국은 그가 이즈미르에서 온 그리스 인으로 알려져 있다는 사실밖에 거의 아무것도 모르고 있었습니다. 소피아에서 그가 사귀었던 여자가 신문을 받았지요. 그녀는 얼마 전에 그가 보낸 편지를 받았다고 했습니다. 그의 주소는 씌어 있지 않았지만, 여자가 급한 용건으로 그를 만나보고 싶어했으므로 소인을 조사했습니다. 편지는 에디르네에서 온 것이었습니다. 소피아 경찰이 그의 인상을 묻자 이즈미르의 흑인이 말했던 인상과 똑같았습니다. 그리스 경찰이 그에게는 1922년 이전으로 거슬러 올라가는 전과가 있다면서 아까 말한 출생에 대한 자료를 제공해 주었습니다. 그 체포장은 아직도 유효하였지만, 우리는 끝내 디미트리오스를 찾아낼 수가 없었습니다.
그 뒤 우리가 그의 이름을 들은 것은 그로부터 2년 뒤였습니다.

우리는 유고슬라비아 정부로부터 터키 국적의 디미트리오스 탈라트라는 남자에 대해 조회를 의뢰받았습니다. 강도혐의로 찾고 있다고 그들은 말했지만, 베오그라드에 있는 우리측 첩보원의 보고에 의하면 사실은 해군의 어떤 기밀 서류 도난 사건에 관계된 것으로, 유고슬라비아가 그에게 내리려는 죄명은 '프랑스를 위한 스파이 행위'라는 것이었지요. 그 디미트리오스라는 성과 베오그라드 경찰에서 보내온 인상서로 보아, 우리는 그 탈라트라는 사나이가 보나마나 이즈미르의 디미트리오스일 거라고 추정했습니다. 거의 같은 무렵에 우리측의 스위스 영사가 분명히 앙카라에서 발행한 것으로 보이는 탈라트라는 사람의 패스포트를 갱신해 주었습니다. 터키에서는 탈라트라는 이름이 아주 흔하지요. 그러나 갱신한 내용을 장부에 기입할 때, 그런 번호의 패스포트는 발급되지 않았음을 알게 되었습니다. 패스포트는 위조된 것이었지요. 어떻습니까?"
대령은 두 손을 폈다.
"어떻습니까, 라티머 씨? 결국 이런 이야기입니다. 미완성, 비예술적, 탐정의 활약이 없고, 용의자며 숨은 동기도 없고, 다만 불순하고 불결한 이야기에 지나지 않습니다."
"그러나 아주 흥미 있는 이야기임에는 틀림없군요." 라티머는 그 의견에 반대했다. "탈라트 사건은 어떻게 되었습니까?"
"아직도 결말을 알고 싶어하시는군요, 라티머 씨? 좋습니다. 이야기해 드리지요. 탈라트에 대해서는 아무 일도 일어나지 않았습니다. 단순한 이름에 지나지 않는 것이었으니까요. 우리는 그 뒤로 그 이름을 들은 일이 없습니다. 그가 그 패스포트를 썼다 하더라도 우리로선 알 수 없는 일이지요. 그리고 그런 건 문제가 안 됩니다. 우리는 이제 디미트리오스를 붙잡았습니다. 비록 시체지만, 그를 체포한 것은 사실입니다. 누가 그를 죽였는지는 아마 영원히 모르겠지요. 그리고 일반 경찰에서 곧 조사해 보고 범인을 찾아낼 가망이 없다고 우리에게 보고해 올 겁니다. 그러면 이 서류는 보관 창고에 들어가게 되지요. 이런 종류의 수많은 사건 중 한 가지에 지나지 않게 되는 겁니다."

"뭔가 마약에 대한 말을 하셨는데……."

허키 대령은 싫증이 난 듯한 표정을 보이기 시작했다.

"그랬지요. 내가 생각하기에 디미트리오스는 어떤 시기에 큰돈을 손에 넣었으리라고 여겨집니다. 이것 역시 미완성인 이야기입니다만, 베오그라드 사건이 있은 지 3년 뒤에 우리는 또 그의 이름을 듣게 되었지요. 우리와는 전혀 관계없는 일이었지만, 그 정보는 사무 처리상 서류철에 들어가게 되었습니다." 그는 서류철을 훑어보았다. "1922년에 국제연맹의 마약밀매를 다루는 자문위원회가 프랑스 정부로부터 스위스 국경에서 대량의 마약을 압수한 사건에 대한 보고를 받았습니다. 그 마약은 소피아에서 온 침대차의 매트리스 속에 숨겨져 있었지요. 그 침대차의 한 차장이 밀매범이라는 게 밝혀졌는데, 그 사나이는 그것밖에 몰랐는지 아니면 경찰에 고발할 생각이 없었는지 알 수 없지만, 파리의 역 구내에서 일하고 있는 사나이가 그 마약을 받기로 되어 있다는 말만 했을 뿐입니다. 그는 그 사나이의 이름도 모르며 말을 나눈 일도 없었으나 인상은 알고 있었습니다. 뒤에 파리의 사나이가 체포되었지요. 그는 마약밀수는 인정했으나, 마약이 최종적으로 어디로 가는지는 모르고 있었습니다. 매달 한 번씩 짐을 받아서 그것을 제3의 사나이에게 넘겨준 겁니다. 경찰이 함정을 파놓고 그 제3자를 붙잡아서 신문해 보았으나 네 번째의 중개인이 있다는 사실을 안 데 지나지 않았지요. 경찰은 그 사건에 관련된 여섯 번째의 사나이를 다시 체포했으나, 중요한 단서를 한 가지 알아냈을 뿐입니다. 그것은 그 밀수조직의 두목이 디미트리오스라는 이름으로 알려진 사람이라는 사실이었지요. 그 뒤에 마약위원회는 불가리아 정부가 라드밀에서 비밀 마약제조 공장을 발견하고, 발송 준비가 끝난 마약 230킬로그램을 압수했다는 것을 발표하였습니다. 그 짐을 받을 사람의 이름은 디미트리오스였답니다. 그 뒤로 1년 동안에 프랑스 정부는 디미트리오스 앞으로 보내는 대량의 마약을 한두 차례 더 발견하는 데 성공했습니다. 그러나 디미트리오스의 신변에까지 손을 뻗치지는 못했지요. 경찰은 여러 가지 곤란을 겪었습니다. 마약은 다시 같은 경로를 통해 보내지지 않았고, 그해, 즉 1930년 끝 무렵까지 체포한 것은 많은 밀수 관계자와 조무래기 밀매인들뿐이었습니다. 경찰이 압수한 마약의 양으로 판단해 보건대 디미트리오스는 거액의 이득을 얻고 있었음에 틀림없습니다. 그런데 그로부터 1년쯤 지났을 무렵, 디미트리오스는 갑자기 마약밀수에서 손을 떼었습니다. 경찰이 그 사실을 최초로 알게 된 단서는 그들이 받은 익명의 편지였습니다. 그 편지에 일당 가운데 주요 인물의 이름과 경력과 각자에 대한 증거를 입수하는 방법 등이 자세히 적혀 있었지요. 그 즈음 프랑스 경찰은 그 일에 관해 독자적인 견해를 가지고 있었습니다. 디미트리오스 자신이 마약 중독자가 되었다는 것입니다. 그것이 사실인지 아닌지는 모르겠습니다만, 12월쯤 일당이 모두 체포되었습니다. 그 중에는 사기행위로 체포장이 발부된 여자도 있었지요. 체포된 사람들 가운데는 형무소에서 나오면 디미트리오스를 죽여 버리겠다고 벼르는 자도 몇 사람 있었습니다. 그러나 디미트리오스에 관해 그들이 경찰에 말할 수 있었던 것은 그의 성이 매클로포로스이고, 파리 제17구에 아파트를 가지고 있다는 정도였습니다. 경찰은 그러나 그 아파트도 디미트리오스도 발견하지 못했습니다."

서기가 들어와서 책상 옆에 섰다.

"아아……" 허키 대령이 말했다. "당신에게 드릴 사본이 완성되었군요."

라티머는 사본을 받아들고 건성으로 고맙다는 인사를 했다.

"디미트리오스의 소문을 들은 것은 그게 마지막이었습니까?"

"아니오, 그렇지 않습니다. 우리가 마지막으로 그의 이름을 들은 것은 약 1년 전이었습니다. 한 크로아티아인이 저글레브에서 유고슬라비아의 정치가를 암살하려고 했지요. 그 사나이가 경찰에 자백했을 때, 자기가 사용한 권총은 친구들이 로마에서 디미트리오스라는 사나이로부터 입수했다고 말했습니다. 만일 그것이 이즈미르의 디미트리오스라면, 그는 그전 직업으로 되돌아간 것이 분명합니다. 참으로 비열한 사나이지요. 그처럼 보스포루스의 바다에 떠오를 인간이 그밖에도 몇 명인가 있습니다."

"한 번도 사진을 입수한 일이 없다고 하셨는데, 어떻게 그인 줄 알아보셨습니까?"

"그의 윗옷 속에 프랑스에서 발행한 신분증명서가 꿰매어져 있었지요. 약 1년 전 리옹에서 디미트리오스 매클로포로스 앞으로 발행한 것이었습니다. 일시 입국자에게 발행되는 카드로서, 무직이라고 기재되어 있었습니다. 그 점에는 아무 뜻도 없습니다. 그 카드에는 물론 사진이 붙어 있었지요. 우리는 그 카드를 프랑스 당국에 넘겨주었습니다. 그들은 틀림없는 진짜라고 하더군요." 허키 대령이 서류철을 옆으로 밀어놓고 일어섰다. "내일 검시신문이 이루어집니다. 나는 이제부터 경찰의 시체보관소에 가서 시체를 보아야 합니다. 라티머 씨, 당신이 작품을 쓰기 위해 그런 일은 경험할 필요가 없겠지요. 한낱 절차에 지나지 않으니까요. 한 사나이가 보스포루스 해협에 떠 있는 것이 발견되었다는 것은 분명히 경찰 소관입니다. 그러나 우연히 그 사나이가 우리 쪽 서류철에도 들어와 있으므로 우리도 개입하게 된 거지요. 내 차가 기다리고 있습니다. 어디 가실 곳이 있다면 모셔다

드리지요."

"그다지 멀리 도는 것이 아니라면 나의 호텔까지 바래다주시겠습니까?"

"좋습니다. 새 작품 줄거리를 쓴 사본을 갖고 계시지요? 좋습니다. 그럼, 나가시지요."

차 안에서 허키 대령은 《피에 물든 유언장의 수수께끼》의 장점을 다시 설명했다. 라티머는 대령과 연락을 취하고, 저작의 진행 상황도 알려주겠다고 약속했다. 차가 그의 호텔 앞에서 멎었다. 서로 작별인사를 나눈 뒤 라티머는 차에서 내리려다가 잠시 망설이더니 다시 자리에 앉았다.

"실은……" 하고 그는 말했다. "아주 기묘하게 생각될지 모르지만, 부탁이 한 가지 있습니다."

"무엇이든지 말씀하십시오." 허키 대령은 기분 좋게 응했다.

"그 디미트리오스라는 사나이의 시체를 보고 싶습니다. 함께 가면 안 될까요?"

허키 대령은 눈살을 찌푸리며 어깨를 움츠렸다.

"당신이 가고 싶다면 상관없습니다만, 그러나 왜……."

"나는 지금까지" 라티머는 재빨리 거짓말을 했다. "시체도 시체보관소도 본 적이 없습니다. 미스터리소설가는 그런 것을 다 보아둬야 할 것 같아서요."

허키 대령의 표정이 환해졌다.

"물론 보아둬야지요. 누구든 본 일이 없는 것에 대하여 쓸 수는 없으니까요." 그는 운전 기사에게 가자고 말했다. 차가 다시 달리기 시작하자 대령이 말했다. "경우에 따라서는 당신의 새 작품에 시체보관소의 장면을 삽입시킬 수 있을지도 모르겠군요. 생각해 보십시오."

시체보관소는 누리 오스마니아 사원 가까이 있는 경찰서 구내에 자리잡은 함석지붕의 작은 건물이었다. 도중에 대령이 불러들인 담당 경찰관이 경찰 건물과 오두막 사이에 있는 뜰로 안내했다. 오후의 열기로 콘크리트 위에 아지랑이가 가물거렸다. 라티머는 오지 말았어야 하는 건데 하고 후회하기 시작했다. 함석지붕의 시체보관소를 방문하기에는 적당치 않은 분위기였다.

담당 경찰관이 자물쇠를 따고 문을 열었다. 아궁이에서 풍겨 나오는 듯한 뜨거운 석탄산 냄새 섞인 공기가 두 사람을 맞이했다. 라티머는 모자를 벗고 대령을 따라 안으로 들어갔다.

오두막에는 창문이 없었으며, 에나멜을 칠한 전등갓이 달린 밝은 전구가 유일한 조명이었다. 가운데 통로 양쪽에 높은 대가 있고, 그 위에 판자를 올려놓은 테이블이 네 개씩 가지런히 놓여 있었다. 그중 한 개의 테이블에는 아무것도 놓여 있지 않았다. 세 개의 테이블 위에는 뻣뻣하고 투박한 삼베를 덮어놓았는데, 다른 테이블보다 불쑥 올라와 있었다. 숨막힐 것 같은 열기가 가득 차 있어서 라티머는 땀이 셔츠를 적시고 다리를 타고 내려오기 시작하는 것을 느꼈다.

"굉장히 덥군요." 라티머가 말했다.

허키 대령은 어깨를 움츠리고 시체가 놓여 있는 테이블 쪽으로 턱을 치켜올려보였다.

"저들은 불평을 못합니다."

담당 경찰관이 삼베 보가 덮여 있는 테이블 중 맨 앞쪽의 테이블로 가서 몸을 굽혀 삼베 보를 벗겼다. 대령이 옆으로 가서 내려다보았다. 라티머는 마음을 굳게 먹고 그 뒤를 따랐다.

테이블 위에 누워 있는 것은 50살 전후의 키가 작고 어깨 폭이 넓은 사나이였다. 테이블 아래쪽에 서 있는 라티머의 자리에서는 얼굴이 거의 보이지 않고 창백한 살결의 일부와 뒤엉킨 백발 끝이 보일 뿐이었다. 시체는 방수포에 싸여 있었다. 발 옆에 속옷, 셔츠, 양말,

꽃무늬 넥타이, 바닷물에 희게 변색된 감색 서지 양복 등 구깃구깃 구겨진 옷가지가 가지런히 놓여 있었다. 그 옆에 폭이 좁고 끝이 뾰족한 구두도 놓여 있었다. 바싹 마른 구두창이 비틀려 있었다.
 라티머는 얼굴을 보려고 다시 한 발자국 다가섰다.
 눈을 감겨준 사람이 없었는지, 흰자위만 있는 눈이 전구 쪽을 올려다보고 있었다. 아래턱이 약간 처져 있었다. 라티머가 상상했던 것과 상당히 다르게 얼굴은 조금 둥그스름했으며, 얄팍하게 생각했던 입술도 두툼했다. 정신적인 중압을 받으면 표정이 바뀌고 볼이 떨릴 것 같은 얼굴이었다. 볼은 움푹하니 깊은 골이 져 있었다. 그러나 지금은 이미 그의 얼굴 속에 숨겨져 있었던 정신을 상상해 볼 수가 없었다. 정신은 이미 사라져버린 것이다.
 담당 경찰관이 아까부터 대령에게 무슨 이야기를 하고 있었다. 가까스로 그 이야기가 끝났다. 허키 대령이 통역을 해주었다.
 "의사의 이야기에 의하면, 칼로 배를 찔려 죽었다고 합니다. 물 속에 빠졌을 때는 이미 죽어 있었던 거지요."
 "옷은 어디 것입니까?"
 "그리스제 구두 외에는 리옹의 것입니다. 싸구려지요."
 허키 대령은 또 담당 경찰관과 이야기를 하기 시작했다.
 라티머는 시체를 들여다보고 있었다. 이것이 디미트리오스인가? 이것이 회교로 개종한 유대인 숄렘의 목을 잘랐다고 여겨지는 사나이, 암살을 기도하고 프랑스를 위해 스파이 노릇을 한 사나이, 마약을 밀수하고 크로아티아 인 암살자에게 권총을 제공하였으며, 마침내는 자기도 횡사하게 된 사나이인가? 디미트리오스는 결국 몇 십 년 전에 등졌던 나라로 되돌아온 것이다.
 오랜 세월이었다. 진통으로 괴로워했던 유럽은 그 고통을 통해 한 순간 새로운 영광을 누렸으나, 그 희망은 금방 사라져버리고 전쟁과 공포의 고뇌 속에서 몸부림치게 되었다. 수많은 정권이 수립되었다가는 허물어졌다. 남자도 여자도 일하고, 굶주리고, 연설을 하고, 싸우고, 고문 받고 죽었다. 향긋한 환상을 품은 가슴에 얼굴을 묻은 도망자의 꿈처럼 희망이 나타났다가는 사라졌다. 사람들은 선반(旋盤)이 자기네들을 멸망시킬 총포를 부지런히 만들어내고 있는 동안, 정신을 마비시키는 비약을 맡고 아무 생각 없이 기다리는 것을 몸에 익혔다. 그 오랜 세월 동안 디미트리오스는 살았고, 호흡했고, 그 자신의 기묘한 신들의 뜻에 따랐다. 위험한 인간이었다. 그러나 지금 죽음의 고독 속에서 전 재산인 꾀죄죄한 옷가지 옆에 누워 있으니 가엾어 보였다.

라티머는 담당 경찰관이 꺼낸 서식의 기입 방법에 대해 의논하고 있는 두 사람을 바라보고 있었다. 두 사람은 옷이 있는 쪽으로 가서 목록을 만들기 시작했다.

디미트리오스는 어떤 시기에 돈을, 그것도 거액의 돈을 가지고 있었다. 그 돈은 어떻게 되었을까? 다 써버렸을까, 잃어버렸을까? '부정하게 얻은 돈은 남지 않는다'는 말이 있다. 그러나 과연 디미트리오스는 어떠한 수단으로 입수한 부이든 그것을 간단히 내놓아버리는 사람이었을까? 이 사람에 대해서는 아무것도 모르고 있다! 그에 대한 기록의 내용에도 그 인생 중 아주 사소한 사건과 사실이 적혀 있을 뿐이다. 그 이상의 일은 아무것도 모른다. 사건 서류에 기록되어 있는 범죄를 여러 건 저질렀을 뿐이다. 서류에서는 아주 간단하게 처리되어 있는 2년 내지 3년의 공백 기간 동안 무슨 일이 있었을까? 그리고 1년 전 리옹에 있을 때부터 오늘날까지 무슨 일이 있었을까? 그는 복수의 여신 네메시스와의 면회 약속을 이행하는 데 어떤 경로를 더듬어왔을까?

허키 대령은 그런 것에 대해 도저히 생각해 볼 것 같지도 않다. 대답해 줄 리도 없는 질문이다. 그는 썩어가고 있는 시체 처리에 대한 현실적인 문제만이 염두에 있는 프로이다. 그러나 디미트리오스와 만난 일이 있고 그에 대한 것을 아는 사람이 반드시 있을 것이다. 그의 친구들——만일 있었다면——그의 적, 스미르나 사람들, 베오그라드 사람들, 아드리아노플, 파리, 리옹 등 유럽 각지에 아까 말한 질문에 대답해 줄 수 있는 사람들이 있을 것이다. 그런 사람들을 찾아내어 대답을 들을 수 있다면 더없이 기괴한 전기(傳記)의 자료를 얻을 수 있을 것이다.

　라티머는 한순간 깜짝 놀랐다. 그것이 얼마나 어리석은 생각인지는 두말할 나위도 없는 것이다. 상상할 수도 없는 어리석은 생각이다. 만일 그것을 실행에 옮기려면 우선 스미르나에서 시작하여 사건 기록을 바탕으로 한 사나이의 발자취를 한 발자국 한 발자국 더듬어 가야 할 것이다. 그러면 더없이 좋은 탐정술 실험이 될 수 있으리라. 물론 새로운 사실을 전혀 찾아낼 수 없을지도 모르지만, 실패 안에서도 귀중한 자료를 얻을 수 있을는지 모른다. 소설에서 아주 간단히 취급하고 있는 정보수집을 그 자신이 직접 해나가는 것이다. 조금이나마 제 정신을 지닌 사람이라면, 그런 무작정 덤벼드는 탐색은 꿈에도 생각지 않을 것이다. 절대로 생각지 않을 것이다. 그러나 이스탄불에 좀 싫증이 난 사람이라면 그런 것을 조사해 보는 것은 흥밋거리가 될 것이다.

　라티머가 얼굴을 들자 허키 대령과 시선이 마주쳤다.

　대령은 방이 덥다면서 얼굴을 찡그렸다. 담당 경찰관의 용건은 끝난 모양이었다.

　"원하시던 것을 다 보셨습니까？"

　라티머는 고개를 끄덕였다.

　허키 대령은 몸을 돌려 자신이 정성들여 창조한 물건에 이별을 고

하듯 시체를 바라보고 있었다. 몇 초 동안 그는 꼼짝도 않고 서 있었다. 다음 순간, 오른손을 선뜻 내밀어 죽은 사람의 머리칼을 잡아 머리를 들어올리더니 그 멍청한 눈을 들여다보았다.

"정말 추악한 사람이지요?" 허키 대령은 말했다. "인생은 정말 이상한 것이군요. 나는 이 사나이를 20년 가까이나 알고 있었는데, 얼굴을 대하는 것은 이번이 처음이니 말입니다. 이 눈은 내가 보고 싶어하던 것을 여러 가지 보았을 겁니다. 그런 일에 대해 이 입이 다시는 열리지 않는다는 것이 유감스럽습니다."

그가 손을 놓자 머리가 테이블 위로 쾅 떨어졌다. 그는 비단 손수건을 꺼내어 손가락을 신중히 닦았다.

"이런 사나이는 되도록 빨리 관 속에 집어넣는 것이 좋아" 하고 그 자리를 떠나면서 대령은 덧붙여 말했다.

1922년

1922년 8월 어느 날 아침 일찍, 무스타파 케말 파샤가 이끄는 터키 국민군이 스미르나 서쪽 200마일 지점 고지에 있는 다물 프나르의 그리스 육군 본대를 공격했다. 다음날 아침까지 그리스 군은 사방으로 마구 흩어져서 스미르나와 바다로 정신없이 도망쳤다. 그리고 며칠 동안 패주하는 군대는 폭도로 변했다. 터키 군을 타파할 수 없었던 그리스 군은 미친 듯이 날뛰며 흉포하게 도망치는 길 곳곳에서 터키 주민을 살육하기 시작했다. 아라셀에서 스미르나에 이르는 동안 그들은 방화와 학살을 거듭했다. 그대로 둔 마을은 하나도 없었다. 추격하는 터키 군은 타다 남은 폐허 속에서 주민의 시체를 발견했다. 살아남은 사람은 불과 몇 명 안 되었다. 반쯤 미친 아나톨리아 고원의 농민들은 터키 군 병사들과 함께 도망치다 붙잡힌 그리스 병사에게 복수를 했다. 터키 여자와 아이들의 시체에 토막 쳐 죽인 그리스 군 낙오자의 시체가 더해졌다. 그러나 그리스 군의 주력 부대는 바다로 해서 탈출했다. 이교도의 피에 굶주린 터키 군은 진격을 계속했다. 9월 9일에 그들은 스미르나를 점령했다.

그 전의 2주일 동안 터키 군에서 도망치려는 피난민들이 이미 그리스 인과 아르메니아 인으로 가득 차 있는 스미르나 시내로 흘러들어 왔다. 그들은 그리스 군이 머물러 스미르나를 방어해 주려니 생각했다. 그러나 그리스 군은 도망쳤다. 바야흐로 그들은 독 안에 든 쥐였다. 이윽고 대학살이 시작되었다.

아르메니아 소아시아 방위동맹의 가맹자 명부가 이미 점령군에 압수되어 있었다. 10일 밤에 가맹자를 찾아내어서 죽이기 위해 정규군 일대가 아르메니아 인 거주지로 침입했다. 아르메니아 인이 저항했으므로 터키 병사들은 미친 듯이 살육을 시작했다. 그 학살이 일종의 신호 구실을 했다. 상관들에게 고무된 터키 병사들은 다음날 시내의 비 터키 인 거주지로 밀고 들어와 조직적인 살육을 시작했다. 거처나 은신처에서 끌려나온 남자와 여자와 아이들이 거리에서 참살당하고 토막 난 시체가 여기저기 흩어졌다. 피난민이 가득 차 있는 교회의 나무 벽에 벤젠을 붓고 불을 붙였다. 타죽지 않은 사람은 도망치려다가 총검에 찔려죽었다. 시내 여기저기서 약탈한 집에 불을 질러 바야흐로 불길이 퍼지기 시작했다.

처음에는 불길을 막아보려고 노력했다. 그러나 바람의 방향이 바뀌어 불길이 터키 인 거주지에서 다른 데로 향하자 병사들은 또다시 불지르기를 계속했다. 얼마 안 있어서 시내 전체가 터키 인 거주지와 카산바 역 근처의 몇 집을 제외하고는 온통 불바다를 이루었다. 살육은 여전히 무참하게 계속되었다. 시의 주변을 군대가 둘러싸고 피난민을 화재 지역에 가두어버렸다. 미쳐 날뛰는 피난민들은 도망치려다 비참하게 총을 맞아 죽든가 불바다 속으로 쫓겨 들어갔다. 불탄 거리의 좁은 도로가 시체로 가득 찼으므로, 만일 구원대가 있어 구역질나는 데서 악취를 견딜 수 있었다 하더라도 발 디딜 곳도 없는 길을 빠져나갈 수는 없을 것이다. 스미르나 거리 전체가 납골당으로 변했다.

수많은 피난민들이 내항의 배에 다다르려고 했다. 사살되거나 물에 빠져죽거나 배의 스크류에 손발이 잘린 시체가 피로 물든 바다 위에 보기에도 끔찍스럽게 떠 있었다. 그래도 깎아지른 듯 험한 물가에는 등 뒤에서 불에 타 허물어져 내리는 건물에서 도망치려고 아우성치는 피난민들로 가득 찼다. 그들이 외치는 소리가 1마일 밖 바다에까지 들렸다고 한다. 기아울 이즈미르——이교도의 거리 스미르나——은 스스로의 죄를 받은 것이다.

9월 15일의 동이 틀 무렵에는 12만 명 이상의 사람이 죽어 있었다. 그래도 그 공포 속 어딘가에 디미트리오스는 살아 있었던 것이다.

16년이 지난 지금 열차가 스미르나 가까이까지 오자 라티머는 스스로 더없이 어리석은 자라고 결론을 내렸다. 자신이 내린 그 결론이 정말 싫었다. 그러나 거기에는 그대로 보아 넘길 수 없는 엄연한 사실이 두 가지 있었다. 하나는 도리스 모하멧의 군사재판 및 자백의 기록을 열람하는 데 허키 대령의 도움을 구할 수 있었을지도 모르지만 그러기 위한 타당한 구실이 생각나지 않았다는 것, 다른 하나는 허키 대령의 도움 없이 기록을 열람할 수 있다 하더라도 터키 어에 대한 지식이 거의 없는 형편이라 내용을 알 수 없으리라는 것이었다. 본디 이 몽상적인, 말하자면 상식을 벗어난 탐색을 시작했다는 것 자체가 말도 되지 않는 일이다. 하물며, 목적을 달성하기 위해 필요한 수단, 말하자면 짐승을 쏘아 잡는 데 필요한 총과 총알도 없이 나섰다는 것은 더욱 어리석은 일이다. 도착하고 한 시간도 되기 전에 훌륭한 호텔에 방을 잡게 되었다. 그 방에는 편히 잘 수 있는 좋은 침대가 있고, 햇빛이 반짝이는 만 훨씬 저쪽에 자리잡은 황갈색의 언덕이 바라다보이는 훌륭한 경관을 갖추고 있었다. 그 중에서도 특히 그를 맞이한 프랑스 인 호텔 주인이 드라이 마티니를 권해준 게 마음에 들었다. 만일 이런 일이 없었다면 그는 탐정술 실험을 체념하고 그대로 이스탄불로 돌아갔을 것이다. 아무튼 디미트리오스에 대한 일은 어찌되었든, 모처럼 왔으니 스미르나 거리를 구경해야겠다고 생각했다. 그는 슈트케이스에서 필요한 물건만 꺼냈다.

스미르나에서 이틀째 되는 날 아침, 그는 호텔 주인을 찾아가서 우수한 통역을 소개해 달라고 부탁했다.

페돌 무이쉬킨은 60살 전후의 거만해 보이는 자그마한 러시아 인으로, 축 늘어진 두툼한 아랫입술이 말할 때마다 떨렸다. 부둣가에 사무실을 차려놓고 거래상의 서류를 번역하거나 항구에 드나드는 외국 화물선의 선장이나 사무장을 위해 통역해 주는 일로 생계를 이어가고 있었다. 그는 멘셰비키(온건파 사회민주당원)였으므로 1919년에 오데사에서 국외로 도망해 나왔다. 지금은 러시아에 대해 공명(共鳴)하고 있지만 다시 돌아갈 생각은 없는 모양이라고 호텔 주인이 빈정대는 어조로 말해 주었다. 말하자면 허풍선이지만 어쨌든 우수한 통역이므로, 통역이 필요하다면 무이쉬킨이 최고라는 것이었다.

무이쉬킨 자신도 자기 외에 우수한 통역은 없다고 말했다. 날카롭고 카랑카랑한 목소리로 말하며 끊임없이 몸의 어느 부분을 긁고 있었다. 영어는 정확했지만, 앞뒤가 맞지 않는 속어를 섞어 쓰는 버릇이 있었다.

"나에게 볼일이 있으시면 간단히 전화를 걸어주십시오. 요금은 거저나 다름없이 싸니까요."

"나는 1922년 9월에 이곳을 떠난 어떤 그리스 인의 기록을 조사하려고 합니다"라고 라티머가 말했다.

상대방의 눈썹이 치켜올라갔다.

"1922년이라고요? 이곳을 떠난 그리스 인?" 그는 입을 다문 채 소리 없이 웃었다. "그때는 많은 사람이 이곳을 떠났습니다." 그리고 한쪽 손의 둘째손가락에 침을 탁 뱉어서 그 손가락으로 목을 자르는 시늉을 해보였다. "이런 식으로 말입니다! 그 터키 인들이 그리스 인에게 한 처사는 정말 지독한 것이었습니다. 피바다였지요!"

"그러나 그 사나이는 피난선으로 도망쳤소. 디미트리오스라는 이름 이지요. 그는 도리스 모하멧이라는 흑인과 공모하여 숄렘이라는 유 대인 고리대금업자를 죽인 것으로 되어 있습니다. 그 흑인은 군사 재판에 회부되어 교수형을 받았지요. 그러나 디미트리오스는 도망 쳤습니다. 그 재판에서의 증언과 흑인의 자백 내용과 디미트리오스 에 관한 조사기록을 보았으면 합니다."

무이쉬킨은 눈이 휘둥그레졌다.

"디미트리오스라고요?"

"그렇소."

"1922년이지요?"

"그렇소." 라티머는 가슴이 두근거렸다. "왜 그러지요? 혹시 그 사람을 알고 있는 게 아니오?"

러시아 인은 무슨 말을 하려다 말고 곧 생각을 달리한 것 같았다. 그는 고개를 내저었다.

"아니, 아닙니다. 아주 흔한 이름이라고 생각했을 뿐입니다. 경찰 의 보관기록을 열람할 수 있는 허가장을 가지고 계신가요?"

"없습니다. 어떻게 해야 허가를 받을 수 있는지, 그 방법을 당신에 게 알아보고 싶은 거요. 물론 당신이 하는 일은 번역이 전문이라는 걸 알고 있소. 그러나 이 일을 좀 도와줬으면 정말 고맙겠소."

무이쉬킨은 무엇인가 생각에 잠겨 아랫입술을 쥐어뜯고 있었다.

"어떨까요, 당신이 영국의 부영사에게 이야기해서 그에게 허가를 내달라고 부탁하면?" 그는 말하다가 입을 다물어버리더니 다시 말 했다. "그런데 실례지만, 왜 그 기록을 보려고 하시는 겁니까? 이런 일을 묻는 것은 주제넘게 말참견하려는 것이 아니라, 같은 말을 경찰이 물을지도 모르기 때문입니다. 그리고……." 그는 천천히 지껄였다. "만일 법률상의 문제로 공명정대한 용건이라면, 아주 싼 수수료로 수배할 수 있는 발 넓은 친구가 있습니다."

라티머는 얼굴이 붉어짐을 느꼈다.

"실은……." 그는 되도록 대수로운 일이 아니라는 듯한 어조로 말했다. "법률상의 문제요. 물론 영사에게 부탁할 수야 있지요. 그러나 당신이 맡아서 수배해 준다면 나는 그만큼 시간 절약이 되는 셈이오."

"좋습니다, 오늘 안으로 그 친구에게 말해 보겠습니다. 아시는지 모르겠습니다만, 경찰은 굉장히 아니꼽고 능글맞아서 나 자신이 그들을 찾아가면 비용이 많이 듭니다. 나는 늘 나를 찾아오는 손님의 이익을 생각하고 있습니다."

"정말 친절하군요."

"그런 말을 들을 만한 일은 아닙니다." 먼 곳을 보는 듯한 표정이 그의 눈에 떠올랐다. "나는 손님과 같은 영국인을 좋아합니다. 영국 분들은 거래하는 법을 알고 계시거든요. 그리스 인처럼 값을 깎는 일이 없으니까요. 현금 지불이라고 하면 현금으로 지불해 주지요. 착수금 말입니까? 좋습니다. 영국인은 공정하니까 관계자는 서로 신뢰할 수 있습니다. 어쨌든 기본적으로……."

"얼마요?" 라티머가 가로막았다.

"500피아스터면?" 그는 주저하면서 말했다.

그 눈이 슬퍼보였다. 여기 자신을 가질 수 없는 예술가, 일에 대한 것만 머리에 있고 거래상의 일은 아이들이나 다름없는 사나이가 있다는 듯이. 라티머는 한순간 생각했다. 500피아스터는 1파운드도 못된다. 그때 슬픈 눈초리 속에 교활함이 번뜩이는 것을 보았다.

"250." 그가 딱 잘라 말했다.

무이쉬킨이 두 손을 들고 절망한 시늉을 해보였다. 자기에겐 생활이 있다, 친구에게 사례도 해야 한다, 그 친구는 대단히 발이 넓은 사나이라고 말하면서……

잠시 뒤 300피아스터——그 발이 넓은 친구에게 줄 50피아스터를 포함하여——로 결정되어 그 가운데 150피아스터를 지불하고 라티머는 사무실을 나왔다. 오늘 아침의 성과에 대해 기분이 좋아져 부둣가에 자리한 호텔을 향해 걸어갔다. 가능한 일이라면 자기 자신이 기록을 훑어보고 눈앞에서 번역해 달라고 하는 편이 좋다는 것은 알고 있었다. 그렇게 하면 탐색을 좋아하는 관광객이 아니라 좀더 조사원다운 기분을 맛볼 수 있겠지만, 그것은 불가능한 일이었다. 물론 무이쉬킨이 어물쩍 150피아스터를 가로챌 가능성도 있을지 모르지만, 웬일인지 그렇게는 생각되지 않았다. 라티머는 인상을 믿는 사람이었다. 그 러시아 인은 비록 겉으로는 그렇게 보이지 않을지 모르지만, 본질적으로는 정직한 사나이라는 인상을 받았다. 게다가 스스로 서류를 만들어 속이리라는 생각은 전혀 들지 않았다. 도리스 모하멧의 군사재판에 관해 허키 대령에게서 이야기를 들었으므로 그런 기만을 알아낼 만한 정도의 지식은 충분히 있다. 단 한 가지 예상에 어긋나는 일이 있을 수 있다면, 그것은 그의 친구가 50피아스터 값어치가 될 만큼 발이 넓은 사람이 아닐지도 모른다는 사실이었다.

다음날 저녁식사 시간 직전에 무이쉬킨이 땀을 뻘뻘 흘리며 찾아왔다. 라티머는 아페리티프(식전주)를 마시고 있었다. 무이쉬킨은 팔을 흔들고 안타깝게 눈을 디굴디굴 굴리며 옆으로 다가와 팔걸이의자에 쓰러지듯 주저앉았다. 그리고는 몹시 지친 듯 숨을 크게 내쉬며 말했다.

"오늘은 대단한 더위입니다!"

"번역을 가지고 왔습니까?"

무이쉬킨은 축 늘어져서 고개를 끄덕이며 안주머니 속에 손을 넣어 서류를 한 다발 꺼냈다.

라티머가 말했다.

"무엇을 좀 마시겠습니까?"

러시아 인은 의식을 되찾은 사람처럼 눈을 번쩍 뜨고 사방을 둘러보았다.

"주시겠다면 압생트를 마시겠습니다, 얼음을 넣어서."

급사에게 주문한 뒤 라티머는 의자 등에 기대어 가져온 서류의 내용을 조사했다.

번역은 직접 손으로 쓴 것으로, 열두 장이나 되는 큰 종이에 빽빽이 씌어 있었다. 라티머는 처음 2, 3페이지를 훑어보았다. 의심할 여지도 없이 모든 것이 진짜였다. 그는 차근차근 읽기 시작했다.

터키 국민정부 독립법정
이즈미르 주둔군 사령관의 명령에 의해 1922년 6월 18일 앙카라에서 발포된 포고에 입각하여 시행함.
1922년 10월 6일 군사법정 대리 재판장인 여단 부관 디어 허키 대령 앞에서 청취한 증거 개요.

유대인 재커리는 사촌 숄렘을 죽인 것은 무화과 짐을 꾸리는 인부인 흑인 도리스 모하멧이라고 말했다.

지난 주일에 제60연대 소속 경비경찰이 회교로 개종한 유대인 고리대급업자 숄렘의 시체를 옛 대사원 근처의 이름 없는 거리에 있는 그의 거실에서 발견했는데, 목이 잘려 있었다. 그는 진짜 회교도가 아니었으며 평판이 좋은 인물도 아니었지만, 우리 경비경찰은 조사를 시작하여 그의 재산이 도난당했음을 발견했다.

그로부터 며칠 뒤, 고소인 재커리가 어떤 카페에 있을 때 도리스라는 사나이가 그리스 통화로 큰돈을 지니고 자랑하는 것을 보았다고 경찰장관에게 알려왔다. 그는 도리스가 가난한 사람이라는 것을 알고 있었으므로 깜짝 놀랐다. 이윽고 술에 취한 도리스가 유대인 숄렘이 무이자로 돈을 빌려주었다고 떠들어대는 소리를 들었다. 그때 그는 숄렘의 죽음에 대해 아무것도 몰랐지만, 나중에 친척한테 그 말을 들었을 때 자기가 보고 들은 이야기가 생각났다.

크리스탈 술집 주인 압둘 하크의 증언에 의하면, 도리스가 수백 드라크마의 그리스 통화를 내보이며 유대인 숄렘한테서 무이자로 빌렸다고 자랑하는 소리를 들었다고 한다. 그는 숄렘이 매정한 사나이였으므로 이상하게 생각했던 것이다.

부두 인부인 이즈마일도 같은 말을 피고에게서 들었다고 증언했다.

그 돈의 입수 방법을 설명하라고 하자 피고는 처음에 그 돈을 가지고 있었던 일도 숄렘을 만난 일도 없다고 부정하고, 자기가 진짜 회교도이기 때문에 유대인 재커리가 자기를 미워하고 있는 것이라고 말했다. 그리고 압둘 하크와 이즈마일도 거짓말을 한 것이라고 주장했다.

군사법정 대리재판장이 심하게 다그치자, 돈은 가지고 있었지만 그것은 숄렘이 사례비로 준 것이라고 고쳐 말했다. 그러나 무엇에 대한 사례인지 설명을 못하고, 묘하게 흥분한 태도를 보이기 시작했다. 그는 숄렘을 죽인 것을 부정하고, 무엄하게도 알라신에게 자신의 결백을 증명해 주기를 바라는 기도를 올렸다. 대리 재판장이 피고에게 교수형을 선고하고, 다른 판사들도 모두 공평 공정하다고 찬성했다.

라티머는 그 페이지를 읽고 나자 무이쉬킨 쪽을 보았다. 러시아 인은 압생트를 다 마시고 빈 잔을 들여다보고 있었다. 그는 라티머가 자기를 쳐다보는 것을 곧 알아차렸다.
"압생트는 아주 좋습니다. 더위가 가시거든요."
"한 잔 더 하겠소?"
"사양하지 않겠습니다." 그는 웃으며 라티머가 가지고 있는 서류를 가리켰다. "그것으로 만족하시지요! 어떻습니까?"
"됐습니다. 다만 날짜가 좀 모호하게 생각되는데, 어떻게 된 걸까요? 의사의 보고서도 없고, 범행 시간도 뚜렷하지 않군요. 내가 보기에는 증거로써 아주 근거가 시원찮은 듯싶소. 아무것도 실증되어 있지 않단 말입니다."
무이쉬킨이 깜짝 놀란 듯한 표정을 지었다.
"그러나 실증할 필요는 없잖습니까? 그 흑인은 분명히 유죄입니다. 교수형은 당연한 일입니다."
"하긴 그렇겠지요. 좀더 읽어보겠소."
무이쉬킨은 어깨를 움츠리며 기분 좋은 듯이 몸을 길게 뻗고 급사에게 눈짓을 했다. 라티머는 페이지를 넘기며 계속 읽어 내려갔다.

살인범 도리스 모하멧이 이즈미르 영사 경비사령관 및 다른 참된 증인 앞에서 행한 공술 내용.

거짓말하는 자는 번영이 없다고 코란에 씌어 있습니다. 나는 자신의 결백을 증명하고 교수형을 모면하기 위해 다음 사항을 말씀드립니다. 나는 지금까지 거짓말을 했지만 이제부터는 진실을 말하겠습니다. 나는 참다운 신자입니다. 알라 외에 신은 없습니다.
나는 숄렘을 죽이지 않았습니다. 이제 와서 거짓말을 해도 아무 의미가 없겠지요. 분명히 말씀드립니다. 숄렘을 죽인 것은 내가 아니라 디미트리오스였습니다.

　디미트리오스에 대해 이야기하겠습니다. 그러면 나의 말을 믿어주실 겁니다. 디미트리오스는 그리스 인입니다. 그리스 인이라고는 하지만 사실은 회교도이며 양부모가 무슨 서류엔가 서명했기 때문에 당국에 대해서만 그리스 인으로 되어 있다고 했습니다.

　디미트리오스는 우리와 함께 무화과 짐을 꾸리는 공장에서 일하고 있었는데, 난폭한 데다 말을 마구 했기 때문에 모든 사람의 미움을 받았습니다. 그러나 나는 남을 형제처럼 사랑하는 사람이므로 그와 일하면서 알라의 가르침에 대해 이야기해 주었습니다. 그는 열심히 듣고 있었습니다.

　그러다가 알라 신의 승리한 군대에 쫓기어 그리스 군이 도망쳐 왔을 때, 디미트리오스가 우리 집에 찾아와 흉포한 그리스 인의 손에서 숨겨달라고 말했습니다. 그러다가 영광스러운 우리의 군대가 구원을 하러 왔습니다. 그러나 디미트리오스는 양부모가 서명한 서류 때문에 그리스 인으로 되어 있어 살해될까봐 무서워 우리 집에서 나오지 않았습니다. 그래서 우리 집에 머물며 외출할 때는 터키 인처럼 차리고 나갔습니다. 그런데 어느 날, 그가 나에게 이런 이야기를 해주었습니다. 그리스 통화로 금화가 섞인 거금을 가지고 있는 숄렘이라는 유대인이 있는데, 그 돈을 그의 방 마루청 밑에 숨겨놓았다는 것입니다. 이제야말로 알라 신과 예언자를 모욕한 놈들에게 복수할 때가 왔다면서, 돼지 같은 유대인들이 본디 회교도의 손에 있어야 할 돈을 가지고 있는 것은 잘못이라고 말했습니다. 그리고 그는 숄렘의 방으로 몰래 들어가 그를 묶어놓고 돈을 훔치자고 제안했습니다.

　나는 처음에 무서운 생각이 들었으나, 디미트리오스가 알라의 가르침을 위해 싸우는 자는 비록 살해된든 이기든 반드시 큰 보답을 받는다는 코란의 말씀을 상기시켜 나에게 용기를 북돋아 주었습니다. 지금 이것이 바로 그 보답입니다. 개처럼 목을 묶인 것이 말입니다.

　네, 이야기를 계속하겠습니다. 그날 밤, 통행 금지의 종이 울린 뒤 우리는 숄렘이 살고 있는 집으로 가서 그의 방으로 들어가려고 살그머니 층계를 올라갔습니다. 문에 고리가 걸려 있었습니다. 디미트리오스가 노크를 하고 집을 수색하는 경비경찰이라고 말하자 숄렘이 문을 열었습니다. 그는 이미 잠이 들어 있었는지 잠을 깨웠다고 투덜거리더니 우리를 보자 신의 이름을 부르며 문을 닫으려고 했습니다. 그러나 디미트리오스가 그를 붙잡았고, 그 동안에 나는 미리 짜놓은 대로 안에 들어가 돈을 숨겨놓은 못질하지 않은 마루청을 찾았습니다. 디미트리오스는 노인을 침대로 끌고 가서 무릎으로 누르고 있었습니다.

　나는 그 마루청을 곧 발견하고 기쁜 나머지 디미트리오스에게 알리려고 돌아다보았습니다. 그는 나에게 등을 보이고 소리지르지 못하도록 담요로 숄렘을 누르고 있었습니다. 계획 세울 때 그는 자기가 가지고 간 밧줄로 숄렘을 묶겠다고 했습니다. 그런데 나는 그가 칼을 꺼낸 것을 보았습니다. 나는 무슨 일이 있어 밧줄을 끊는 줄 알고 아무 말도 하지 않았습니다. 그런데 내가 말을 하기도 전에 그가 노인의 목에 칼을 찌르고 옆으로 당겼습니다.

　나는 숄렘의 피가 솟아올라 분수처럼 뿜어지더니 고꾸라지는 것을 보았습니다. 디미트리오스는 피를 피하여 선 채 노인을 내려다보고 있다가 내 쪽을 돌아보았습니다. 무슨 짓을 하는 거냐고 묻자, 경찰에 우리의 일을 말할 염려가 있으므로 숄렘을 죽여야 한다고 말했습니다. 숄렘은 아직도 침대 위에서 몸을 움직거렸으며 피가 흐르고 있었으나 디미트리오스는 틀림없이 죽었다고 말했습니다. 그런 다음 우리는 돈을 훔쳤습니다.

　그런데 디미트리오스는 함께 돌아가지 말고 서로의 몫을 나눠가지고 따로따로 가는 것이 좋겠다고 말했습니다. 나는 동의했습니다. 그때 디미트리오스는 칼을 가지고 있었으나 나는 가지고 있지 않았으므로 아마 나를 죽일 거라고 생각했습니다. 나는 그가 왜 돈에 대한 이야기를 나에게 했을까 하고 생각했습니다. 계획을 짤 때, 그는 자기가 숄렘을 누르고 있는 동안 돈을 찾아낼 사람이 필요하다고 말했었습니다. 그가 처음부터 숄렘을 죽일 생각이었다는 것을 나는 잘 알 수 있었습니다. 그렇다면 왜 나를 데리고 왔을까? 유대인을 죽인 뒤에 자기가 직접 돈을 찾을 수도 있었을 텐데 말입니다. 어쨌든 우리는 돈을 반으로 나누었으나 그는 웃음을 띤 채 나를 죽이려 하지 않았습니다. 우리는 따로따로 집을 나왔습니다. 그는 그 전날 어떤 사나이로부터 스미르나 근처의 해안에 그리스 배가 몇 척 숨어 있는데, 그 배의 선장은 돈 있는 피난민을 태운다는 이야기를 들었노라고 말했습니다. 나는 그가 그중 어느 배를 타고 도망쳤다고 봅니다.

지금 생각해 보니 나는 참으로 어리석기 짝이 없는 바보였습니다. 이제야 비로소 그가 웃음지은 것도 당연한 일이었음을 깨달았습니다. 그는 내가 지갑이 두둑해지면 머리가 돌아버린다는 것을 알고 있었던 것입니다. 그는 내가 술을 마시고 신의 가르침을 등지면 끝없이 지껄이기 시작한다는 것을 알고 있었습니다. 알라의 저주를 안겨주고 싶을 만큼 미운 녀석입니다! 나는 숄렘을 죽이지 않았습니다! 죽인 것은 그리스 인 디미트리오스입니다! 디미트리오스!——그리고 잠시 여기에는 기록할 수 없는 욕지거리가 계속되었다——지금까지 말씀드린 것은 절대로 거짓말이 아닙니다. 알라가 유일한 신이고 마호메트가 예언자인 것처럼 진실임을 맹세합니다. 신의 사람으로 자비를 베풀어 주십시오!

이 고백이 손도장으로 서명되고 증인이 서명한 뒤에 다시 기술이 이어져 있었다.

살인범이 디미트리오스의 인상에 대하여 다음과 같이 진술했다. 그는 언뜻 보기에 그리스 인처럼 보이지만, 그리스 인을 미워하고 있었으므로 그렇지 않다고 봅니다. 그는 나보다 키가 작고, 머리칼은 길고 곧습니다. 얼굴은 아주 무표정한데다 거의 말을 하지 않습니다. 눈은 갈색이고 피로한 듯한 느낌을 줍니다. 많은 사람들이 그를 무서워하고 있는데, 그 점을 이해할 수 없습니다. 그는 힘이 세지 않습니다. 나 같으면 두 손으로 그의 등뼈를 부러뜨릴 수 있을 정도입니다. 주의——'범인의 키는 1백 85센티미터임.'

디미트리오스라는 사나이에 대해 짐꾸리는 공장에 문의해 본 결과, 그는 모든 사람이 알고 있었으며 모두들 싫어하고 있었다. 그는 몇 주일 동안이나 소식이 없는 것으로 보아 화재 때 타죽은 것으로 추측된다. 그럴 가능성이 짙다.

살인범은 1922년 10월 9일에 처형되었다.

라티머는 도리스 모하멧의 고백 첫머리로 눈을 돌려 신중히 내용을 검토했다. 진실됨이 엿보였다. 그 점은 의심할 여지가 없었다. 고백은 생생하게 묘사되어 있었다. 도리스라는 흑인이 아주 어리석었던 것은 확실하다. 그러한 그가 숄렘의 방에서 있었던 일을 그처럼 상세하게 꾸며댈 수 있을까? 정말로 죄를 범한 사람이 이야기를 꾸며낼 경우에는 좀더 다른 식으로 꾸몄을 것이다. 게다가 디미트리오스가 자기를 죽일지도 모른다는 공포에 사로잡혔다고 말하고 있다. 그 자신이 살인을 범했다면 그런 생각은 하지 않았을 것이다.

허키 대령은 죄인이 교수형을 모면하기 위해 만들어낼 수 있는 이야기라고 했었다. 공포가 아주 우둔한 사람의 상상력을 자극하는 것은 사실이지만, 그런 이야기를 꾸며 낼 수 있을 정도로 자극한단 말인가? 경찰에서는 분명히 그 이야기의 진위에 대해서는 그다지 신경을 쓰지 않았던 모양이다. 그들의 조사 방법은 아주 형편없다. 그럼에도 그들이 흑인의 이야기를 받아들였음을 엿볼 수 있다. 디미트리오스는 화재로 타죽었다고 추측하고 있다. 그러나 그 추측의 근거가 될 만한 것은 하나도 없다. 10월의 그 무서운 혼란 속에서 가설적인 인물인 디미트리오스라는 그리스 인을 찾기보다는 도리스 모하멧을 처형하는 편이 훨씬 간단했을 것이다. 디미트리오스는 물론 그 점을 고려에 넣고 있었다. 허키 대령이 비밀경찰로 전속되는 우연한 일이 없었더라면 그가 뒤에 일어난 사건들과 결부시켜 생각되는 일은 절대로 없었을 것이다.

라티머는 언젠가 동물 구조학자인 친구가 화석화한 뼈 한 조각으로 선사 시대 동물의 완전한 골격을 맞추어 조립하는 걸 본 일이 있다. 이 일을 완성하느라 그 동물 구조학자는 2년 가까운 세월을 소비했는데, 경제학자인 라티머는 그 친구의 일에 대한 무한이라고 할 수 있는 열의에 경탄했던 것이다. 지금 비로소 그는 그러한 열의를 이해할 수 있었다. 디미트리오스의 일그러진 마음 한 조각을 파낸 지금, 그는 전체를 조립해보고 싶은 마음이 생겼다. 아주 작은 조각이지만 본질적인 것이었다. 가엾은 도리스는 뱀의 눈에 띈 개구리 같은 것이었다. 디미트리오스는 흑인의 우둔한 허점을 찌르고, 상대방의 광신적인 신앙심과 단순함을 무서우리만큼 교묘하게 이용했다. '우리는 돈을 반으로 나누었으나 그는 웃음을 띤 채 나를 죽이려 하지 않았습니다.' 디미트리오스가 웃음을 지었다. 그리고 흑인은 자기가 두 손으로 간단히 등뼈를 꺾을 수 있는 사나이에 대한 공포에 정신을 빼앗겨 뒤늦게까지 그 웃음의 뜻을 알아차리지 못했다. 피로해 보이는 갈색 눈은 도리스 모하멧을 바라보며 완전히 상대방을 이해하고 있었는데도.

라티머는 서류를 접어 주머니에 넣고 무이쉬킨 쪽으로 돌아앉았다.
"이제 150피아스터를 지불해야겠군요."
"그렇습니다." 무이쉬킨이 잔을 내려다본 채 대답했다.
그는 세 잔째의 압생트를 거의 다 마셔가고 있었다. 그는 잔을 내려놓고 라티머에게서 돈을 받았다.
"나는 당신을 좋아합니다." 그는 진지한 어조로 말했다. "당신은 남을 얕보는 일이 없습니다. 이번에는 내가 한잔 내게 해주십시오."
라티머는 흘끗 손목시계를 들여다보았다.
"그러기 전에 함께 식사라도 하는 게 어떻겠소?"
"좋습니다." 무이쉬킨이 비틀거리며 일어섰다. "좋습니다!" 하고 그는 되뇌었다.
라티머는 그의 눈이 부자연스럽게 빛나고 있는 것을 알아차렸다.
러시아 인의 제안으로 두 사람은 거리의 레스토랑으로 나갔다. 조명을 어둡게 하고 빨간 비로드를 깔았으며, 금으로 도금한 장식과 지저분한 거울이 벽에 걸려 있는 프랑스 식 레스토랑이었다. 사람들이 붐비고 있어 공기가 담배 연기로 뿌옇게 흐려 있었다. 그들이 천을 씌운 의자에 앉자 곰팡내가 코를 찔렀다.
"품위 있는 가게지요." 무이쉬킨은 사방을 둘러보면서 말했다.
메뉴를 보고 그는 신중히 생각한 다음 가장 비싼 요리를 주문했다. 두 사람은 식사를 하며 끈적끈적한 느낌이 드는 스미르나 포도주를 마셨다. 무이쉬킨이 자신의 이야기를 들려주었다. 1918년 오데사. 1919년 이스탄불. 1921년 스미르나. 볼셰비키. 랑겔의 군대. 키에프. 도살녀라는 별명을 가졌던 여자. 그들 감옥이 도살장으로 변했으므로 도살장을 감옥으로 썼다. 굉장히 무서운 학살행위. 연합군에 의한 점령. 영국인의 스포츠 정신. 미국의 원조물자. 빈대, 티푸스, 빅커스 포. 그리스 인——정말 지독한 인종. 누군가가 입수해 주기를 기다리고 있는 부(富). 케말 파(派). 그의 목소리가 단조롭게 흐르고 있는 동안 담배 연기를 통해서 보는 빨간 비로드, 금도금, 흰 테이블보, 저멀리 보이는 문 밖에는 자수정 같은 황혼이 짙어져 차츰 어둠이 깔리기 시작했다.

또 시럽 같은 포도주 병이 날라져왔다. 라티머는 졸음이 오기 시작했다.

"그런 미치광이 같은 일이 지나간 지금 우리의 생활은 어떻게 되었습니까? 우리는 어떻게 되었느냐 말입니다!" 무이쉬킨이 강한 어조로 물었다. 그의 영어가 갑자기 허물어졌다. 지금 그는 젖은 아랫입술을 격정으로 떨며 사색적이 되는 주정꾼 특유의 쏘아보는 듯한 눈으로 라티머를 쳐다보았다. "우리는 어디에 있는 겁니까?" 하고 되뇌며 그는 테이블을 쾅 하고 내리쳤다.

"스미르나에 있지요" 하고 라티머는 문득 자기도 포도주를 너무 많이 마셨다는 사실을 깨달았다.

무이쉬킨은 비틀거리며 고개를 내저었다.

"우리는 차츰차츰 지옥으로 떨어지고 있습니다." 그가 선언했다.

"당신은 마르크시스트인가요?"

"아니오."

무이쉬킨이 몸을 앞으로 내밀며 목소리를 낮추어 말했다.

"나도 아니오."

그는 라티머의 소매를 잡았다. 입술이 심하게 떨리고 있었다.

"나는 사기꾼이오."

"당신이?"

"그렇소." 그의 눈에 눈물이 글썽이기 시작했다. "나는 당신을 속인 거요."

"정말이오?"

"그렇소." 그는 주머니 속을 뒤졌다. "당신은 사람을 얕보는 일이 없습니다. 50피아스터를 반드시 돌려드려야 합니다."

"왜요?"

"받아주시오." 눈물이 볼을 타고 내려와 턱 끝에 괸 땀과 합쳐졌다. "나는 당신을 속였습니다. 돈을 줄 친구도 없고 허가를 받을 필요도 없었던 겁니다."

"저 기록을 당신이 꾸며냈단 말이오?"

무이쉬킨은 앉음새를 고쳤다.

"나는 위조하는 사람은 아닙니다." 그가 날카로운 어조로 말하며 라티머의 얼굴 앞에서 손가락을 흔들었다. "어떤 사나이가 3개월 전 나에게로 왔었습니다. 그는 많은 돈을 들여……" 다시 강조하듯이 그는 손가락을 들이댔다. "아시겠소, 많은 돈을 들여 보관소에서 숄렘 살인사건의 기록서류를 조사할 수 있는 허가를 받았습니다. 서류는 옛 아라비아 어로 씌어 있었으므로 그는 사진을 찍어서 나한테 번역해 달라고 가지고 왔습니다. 그는 사진을 가지고 갔으나, 나는 번역을 서류철에 넣어두었습니다. 아시겠습니까? 나는 당신을 속인 겁니다. 당신은 50피아스터를 더 지불했습니다!" 그는 딱 하고 손가락 마디를 꺾었다. "나는 500피아스터라도 빼앗을 수 있었을 겁니다. 당신은 달라는 대로 주었겠지요. 아무래도 나는 사람이 너무 좋아서 탈입니다."

"그 사나이는 이 자료를 어디에 쓰려고 했을까요?"

무이쉬킨이 기분 나쁜 표정을 지었다.

"나는 남의 용건에 지나친 관심을 갖지 않습니다."

"어떻게 생긴 사람이었지요?"

"프랑스 인 같더군요."

"어떻게 생긴 프랑스 인이던가요?"

그러나 무이쉬킨은 머리를 가슴께까지 떨군 채 아무 대답도 하지 않았다. 그러다가 머리를 들고 멍한 눈으로 라티머를 바라보았다. 얼굴이 납빛으로 변하여 금방이라도 토할 것만 같았다. 입술이 움직였다.

"나는 위조자는 아닙니다" 하고 그는 중얼거렸다. "300피아스터, 거저나 다름없군!" 그는 갑자기 일어서더니 "그럼, 이만 실례합니다" 하고 작은 목소리로 말하고 빠른 걸음으로 세면소 쪽을 향해 걸어갔다.

라티머는 잠시 기다리고 있다가 계산을 하고 상태를 보러 갔다. 세면소에는 다른 출구가 있고, 무이쉬킨의 모습은 거기에 없었다. 라티머는 걸어서 호텔로 돌아갔다.

창문 밖 발코니에서는 만과 저 멀리 낮은 산들이 건너다보였다. 달이 떠올라 기선이 정박해 있는 잔교 옆에 서 있는 기중기 사이를 통하여 바다에 비친 빛이 보였다. 항구 밖의 정박지에 닻을 내리고 있는 터키 순양함의 서치라이트가 희고 긴 손가락처럼 빙 돌아서 낮은 산꼭대기를 쓰다듬고 사라졌다. 항구 앞바다와 이곳 변두리의 비탈면에서 바늘로 찌른 듯한 불빛이 반짝이고 있었다. 따사로움을 품은 미풍이 바다에서 불어와 내려다보이는 정원의 고무나무 잎을 흔들기 시작했다. 호텔의 어느 방에서인지 여자의 웃음소리가 들려왔다. 어딘가 먼 곳에서 전축이 탱고를 연주하는데, 회전이 너무 빨라 째지는 듯한 소리가 줄달음치고 있었다.

라티머는 오늘의 마지막 담배에 불을 붙이고, 프랑스 인처럼 보인 그 사나이는 숄렘 살인사건의 기록서류로 무엇을 하려는 것이었을까 하고 아까부터 몇 백 번이나 되풀이 생각해 온 일을 또다시 생각했다. 그러다가 담배를 내던지고 어깨를 움츠렸다. 꼭 한 가지만은 확실하다. 그 사나이가 디미트리오스에게 관심이 있었다고는 도저히 생각할 수 없다는 것이었다.

피터스 씨

이틀 뒤, 라티머는 스미르나를 떠났다. 그 뒤로 무이쉬킨은 만나지 못했다. 인간이란 자기가 자신의 운명을 지배하고 있다고 분별없는 생각을 하고 있지만, 실은 자신의 지배력이 미치지 못하는 힘에 희롱당하고 있는 데 지나지 않는다. 이러한 상황은 언제나 매력이 있다. 이것은 소포클레스의 《오이디푸스》에서 《이스트 린》에 이르는 대부분의 뛰어난 연극의 중요한 요소이다. 그러나 그 인간이 자기 스스로 그런 상황을 회고적으로 검토해 보는 경우엔 이 매력도 약간 병적인 기미를 띠게 된다. 그러므로 나중에 라티머가 그 스미르나에서의 이틀 동안을 돌이켜볼 때 늘 소름끼치는 기분을 느끼는 것은, 자기가 하고 있는 역할에 관해 무지했다는 사실에 대해서 모르는 것이 약이라는 식의 큰 기쁨을 맛보았기 때문이다. 충분히 눈을 뜨고 있다고 생각하며 탐색했던 것인데, 사실은 눈을 꼭 감고 있었던 거나 다름이 없었다. 그로서는 어쩔 수 없는 일이었음은 분명한 사실이다. 무엇보다도 약이 오르는 점은, 그처럼 오랫동안 그 사실을 알아차리지 못했다는 점이다. 물론 그는 필요 이상 엄격한 눈으로 자기를 보고 있다.

그러나 그는 자존심이 상했다. 자신도 모르는 사이에 경험이 풍부한 사실의 객관적 평가자 입장에서 멜로드라마의 실제적인 협력자로 완전히 바뀌었던 것이다.

그는 무이쉬킨과 저녁식사를 같이 하고 난 다음날 아침, 자기의 탐정술에 관한 실험자료를 정리하기 위해 연필과 노트를 가지고 의자에 앉았을 때는 가까운 시일 안에 이러한 굴욕감을 맛볼 줄 꿈에도 몰랐었다.

1922년 10월 초순 디미트리오스는 스미르나를 떠났다. 꽤 많은 돈을 가지고 있었을 테니까 아마도 배삯을 주고 그리스의 기선을 탔을 것이다. 그러나 그는 소피아에서 스탐볼리스키 암살미수사건에 관련되어 불가리아 경찰과 싸움을 벌였다. 그 사건의 정확한 날짜에 대해서는 자신이 없었으나 요약해 보았다.

때	곳	요점	정보 출처
1922년(10월)	스미르나	숄렘	경찰 보관기록
1923년(첫무렵)	소피아	스탐볼리스키	허키 대령
1924년	아드리아노플	케말 파샤	허키 대령
1926년	베오그라드	프랑스 스파이	허키 대령
1926년	스위스	탈라트의 여권	허키 대령
1929~1931년(?)	파리	마약	허키 대령
1932년	저글레브	크로아티아 인에 의한 암살사건	허키 대령
1937년	리옹	신분증명서	허키 대령
1938년	이스탄불	살해됨	허키 대령

이렇게 되면 당면한 문제는 아주 확실하다. 숄렘 살인사건이 끝난 뒤의 6개월 동안에 디미트리오스는 스미르나에서 탈출하여 소피아로 간 다음 불가리아 수상을 암살하는 음모에 가담했다. 수상 암살계획에 가담하는 데 시간이 얼마나 걸렸는지 라티머는 짐작할 수 없었지만, 디미트리오스가 스미르나를 탈출한 뒤 곧 소피아에 도착했다고 보아도 큰 잘못은 없을 것 같았다.

그가 정말로 그리스의 기선을 타고 도망친 것이라면, 우선 피레우스에서 아테네로 갔을 것이다. 아테네에서는 살로니카를 경유하여 육로로 소피아에 갈 수 있고, 해로로는 다르다넬스 해협에서 골든 혼 만을 지나 불가리아의 흑해에 면한 항구 부르가스나 바르나로 갈 수 있다. 그 즈음 이스탄불은 연합군의 수중에 있었다. 그는 연합군을 두려워할 이유가 아무것도 없었을 것이다. 문제는 그를 소피아로 가게끔 한 것이 무엇이었는가 하는 점이다.

아무튼 여기서 당연히 취한 길은, 아테네로 가서 그의 발자취를 더듬을 수 있는지 조사해 보는 일이다. 쉬운 일은 아닌 것이다. 비록 그때 흘러든 몇 만 명의 피난민을 기록하는 수고가 이루어졌고, 그 기록이 아직 남아 있다 하더라도 불완전한 것일 가능성이 짙다. 그러나 실패를 예기하는 것은 무의미한 일이다. 아테네에는 도움이 되어 줄 친구가 몇 사람 있으므로, 그런 기록이 지금도 보존되어 있다면 열람할 기회는 얻을 수 있을 것이다. 그는 노트를 덮었다.

다음날 매주 한 번씩 피레우스로 향해 떠나는 배가 스미르나를 출항했을 때, 라티머는 그 승객 속에 있었다.

터키 군이 스미르나를 점령한 뒤 몇 달 동안에 80만 이상의 그리스인이 고국으로 돌아왔다. 갑판에서 선창까지 피난민을 가득 실은 배가 끊임없이 돌아왔다. 많은 사람들이 헐벗고 굶주림에 시달렸다. 매장할 틈이 없어 아이의 시체를 안고 있는 자도 많이 있었다. 그들과 함께 티푸스와 천연두균이 들어왔다.

싸움으로 지치고 황폐하고, 식료품과 의료품의 부족으로 괴로워하는 상태에서 조국은 그들을 받아들였다. 응급 피난민 수용소에서 그들은 파리처럼 죽어갔다. 아테네 교외는 물론 피레우스며 살로니카에서 무수한 시체가 그리스의 매서운 겨울 찬바람 속에 나뒹굴고 있었다. 이윽고 주네브에서 개최중이던 국제연맹 제4회 총회가 그리스의 긴급 구제를 위해 난센국제구제사업단 앞으로 10만 프랑을 지출하기로 결정하였다. 구제 작업이 시작되었다. 거대한 난민 거주 구역이 조직되었다. 식료품이며 옷가지며 의료품들이 운반되어 왔다. 전염병이 저지되었다. 생존자는 새로운 사회에 적응하기 시작했다. 유사 이래 예가 없었던 대규모 참사가 선의의 이성에 의해 저지되었다. 인류가 가까스로 양심을 발견한 것처럼 보였고, 가까스로 스스로의 인간성을 알아차린 것처럼 생각되었다.

이런 일과 그밖의 이야기들을 라티머는 아테네에 있는 친구 시안토스로부터 들었다. 그러나 그가 조사 목적을 꺼내자 시안토스는 입을 다물었다.

"스미르나에서 돌아온 사람들의 완전한 명부 말인가? 말도 안 되는 주문일세. 그들이 왔을 때의 광경을 보았다면…… 그렇게 많은 사람이 그런 상태로……" 하고 말하더니 그는 이어서 불가피한 질문을 했다. "무엇 때문에 그런 일에 관심을 보이나?"

라티머는 이미 그 질문이 튀어나오리라는 것을 예측하고 있었다. 그래서 대답을 준비해 놓았었다. 진실을 말하는 것——완전히 학구적인 이유에서 이미 죽은 범죄자 디미트리오스의 과거 기록을 알아보려는 거라고 설명하려면 시간이 걸리고, 상대방을 납득시킬 자신도 없었다. 아무튼 그는 그 일이 성공할 것인가의 여부에 대해 남의 의견을 듣고 싶지 않았다. 자신이 생각해 봐도 앞일이 매우 어둡다. 터키의 시체보관소에 있을 때는 훌륭한 아이디어로 생각되었던 일도, 밝고 따뜻한 그리스의 가을 햇빛 아래에서는 한낱 어리석은 일로 생각될 뿐이었다. 진짜 이유를 꺼내지 않는 편이 훨씬 간단히 끝날 것이다.

라티머는 대답했다.

"지금 쓰고 있는 새 작품에 관계있다네. 아무래도 조사해 둬야 할 일이 있어서. 이처럼 세월이 흐른 뒤에도 한 피난민의 자취를 더듬을 수 있는지 없는지를 알고 싶은 걸세."

시안토스는 잘 알았노라고 말했다. 라티머는 속으로 부끄럽게 생각하며 남몰래 웃었다. 작가라는 핑계로써 보통의 경우라면 통용될 수 없는 기묘한 변덕도 제3자에게 곧 이해시킬 수 있는 것이다.

그가 시안토스를 방문한 것은, 그 친구가 아테네 정부 기관에서 상당히 중요한 지위에 있다는 것을 알고 있었기 때문이다. 그러나 이번에는 첫 실망이 그를 기다리고 있었다. 1주일이 지난 뒤 시안토스로부터 전해져온 보고는, 그 기록이 지금도 보존되어 있어 시당국이 관리하고 있지만 허가가 없는 사람은 열람할 수 없다는 것이었다. 무슨 수를 써서라도 허가를 얻어야 한다. 또 1주일이 지나갔다. 계속 카페에 앉아 시의 관공서에 손이 닿는 술 좋아하는 신사들을 소개받으며 기다리는 1주일이었다. 이윽고 가까스로 허가를 받게 되어 다음날 라티머는 그 기록이 보관되어 있는 곳으로 갔다.

문의를 처리하는 사무실은 타일을 붙인 텅 빈 방으로 한쪽 끝에 카운터가 있었다. 그 카운터 너머에 담당 직원이 앉아 있었다. 그 사나이는 라티머의 이야기를 듣자 어깨를 으쓱했다. 디미트리오스라는 이름의 무화과 짐 꾸리던 인부? 1922년? 불가능했다. 기록은 성의 알파벳 순서로 정리되어 있었던 것이다.

라티머는 실망했다. 이리하여 지금까지의 수고가 모두 헛일로 돌아갔다. 사나이에게 고맙다는 인사를 하고 돌아가려고 할 때 문득 생각이 떠올랐다. 아주 희미하기는 하지만 실마리가 하나…… 그는 다시 카운터 쪽으로 돌아섰다.

"성은 아마 매클로포로스였는지도 모릅니다."

그렇게 말하고 있을 때 라티머는 등 뒤로 바깥에서 들어오는 출입구를 통해 한 사나이가 사무실로 들어온 것을 멍하니 느낄 수 있었다. 햇빛이 비스듬히 방으로 스며들고 있어 새로 들어온 사람이 창문 앞을 지나칠 때 한순간 일그러진 그림자가 구불구불 타일 바닥 위에 나타났던 것이다.

"디미트리오스 매클로포로스?" 담당자가 되뇌었다. "그렇다면 어떻게 찾아볼 수 있을 겁니다. 등록부에 그 이름이 실려 있으면 찾아낼 수 있겠지요. 중요한 것은 인내와 조직력입니다. 이리로 오십시오."

그는 카운터 출입구의 판자를 들어올려 라티머를 들어오게 했다. 그렇게 하면서 라티머의 어깨 너머로 입구 쪽을 쳐다보았다.

"가버렸군!" 그는 소리쳤다. "아무리 내가 조직적으로 일하려고 해도 도와주는 사람이 있어야지. 모든 일이 다 내 어깨에 걸려 있답니다. 게다가 사람들은 인내심이 없어요. 내가 바빠서 잠깐만 손쓸 겨를이 없어도 그들은 기다리지 못한다니까요." 그는 어깨를 움츠렸다. "그야 뭐, 그들 자유겠지만, 나는 나의 직무를 이행하기만 하면 되는 겁니다. 이리로 오십시오."

라티머는 그 관리를 따라 돌층계를 내려가 철제 캐비닛이 가득 들어서 있는 넓은 지하실로 들어갔다.

"조직력……" 담당 직원이 말했다. "그것이 근대 정치의 비결입니다. 조직력만 있으면 보다 위대한 그리스를 만들 수 있습니다. 새로운 제국을 말입니다. 그러나 거기에는 인내가 필요합니다."

그는 지하실 한구석에 있는 소형 캐비닛 쪽으로 라티머를 안내하더니 서랍 하나를 열고 손톱 끝으로 카드를 뒤지기 시작했다. 그러다가 한 장의 카드에서 손을 멈추고 자세히 들여다보더니 서랍을 닫았다.

"매클로포로스, 그 사나이의 기록이 있다면 16번 서랍에 있을 겁니다. 이것이 조직력이라는 거지요."

그러나 16번 서랍에는 없었다. 담당 직원이 실망한 듯 두 손을 들고 다시 조사해 보았으나 역시 없었다. 그때 라티머에게 한 가지 생각이 떠올랐다.

"탈라트라는 성을 찾아봐주십시오." 그는 힘주어 말했다.

"그것은 터키 이름인데요."

"알고 있습니다. 어쨌든 조사해 봐주십시오."

담당 직원은 어깨를 움츠려보이고 다시 한 번 카드를 조사했다.

"27번 서랍입니다." 그는 얼마쯤 초조해하는 표정으로 말했다.

"그 사나이가 아테네에서 온 것은 확실합니까? 많은 사람들이 살로니카로 갔습니다. 그 인부가 그리로 갔는지도 모르지 않습니까?"

그것은 바로 라티머가 자문하고 있던 것이었다. 그는 아무 대답도 하지 않고 그 관리가 손톱으로 다른 카드 줄을 뒤지는 것을 보고 있었다. 갑자기 그 손이 멎었다.

"있습니까?" 라티머가 다그쳐물었다.

담당 직원은 한 장의 카드를 뽑아냈다.

"한 사람 있군요. 무화과 짐꾸리는 인부인데, 이름은 디미트리오스 탈라디스입니다."

"어디 좀 보여주십시오."

라티머는 카드를 받아들었다. 디미트리오스 탈라디스! 분명히 씌어 있었다. 허키 대령이 모르고 있는 사실을 발견했다. 디미트리오스는 1926년 이전에 탈라트라는 이름을 쓰고 있었으므로 그것이 디미트리오스라는 것은 의심할 여지가 없다. 그는 그 이름을 그리스 식으로 바꾼 데 지나지 않는다. 또 거기에는 허키 대령이 모르는 다른 사항도 씌어 있었다.

라티머는 의기양양하게 웃으며 담당 직원의 얼굴을 올려다보았다.
"이것을 베껴도 괜찮겠습니까?"
"괜찮고말고요. 인내와 조직력의 성과입니다. 나의 조직력은 이용하라고 있는 겁니다. 그러나 내가 보는 앞에서 베끼십시오, 규칙입니다."

이윽고 어딘가 이상하다는 표정을 띠고 있는 조직과 인내의 주창자의 감시를 받으며, 라티머는 카드에 기재된 사항을 영어로 번역하여 노트에 베껴 썼다. 다음과 같은 내용이었다.

번호 T53462
국민 구제사업단
아테네 난민부(難民部)

'성별' 남. '이름' 디미트리오스 탈라디스. '출생' 살로니카, 1889년. '직업' 무화과 짐꾸리는 인부. '부모' 죽은 것으로 추정됨. '신분증명서 또는 여권' 신분증명서 분실. 스미르나에서 발행된 것이라고 함. '국적' 그리스. '도착' 1922년 10월 1일. '출발지' 스미르나. '심사 결과' 신체 건강. 무병. 소지금 없음. 타볼리아 수용소에 편입. 임시 신분증명서 발급. '비고' 1922년 11월 29일, 자진하여 타볼리아를 떠남. 1922년 11월 30일, 강도 및 살인 미수죄로 아테네에서 체포장 발행. 바닷길로 도망간 것으로 보임.

그렇다, 바로 디미트리오스였다. 출생 연월이 그리스 정부에서 허키 대령에게 제공한——1922년 이전의 자료에 입각한——정보와 일치되고 있다. 그러나 출생지가 다르다. 터키 경찰의 기록서류에는 라리사로 되어 있었다. 왜 디미트리오스는 일부러 출생지를 바꿨을까?

가명을 쓰는 경우, 등기부를 조사하면 가명이라는 사실이 드러날 가능성은 살로니카나 라리사나 마찬가지라는 것을 알고 있었을 텐데……

살로니카, 1889년! 왜 살로니카로 했을까? 그때 라티머는 생각나는 것이 있었다. 분명히 그렇다! 지극히 간단한 일이다. 1889년에 살로니카는 오스만 제국의 일부로 터키 영토였다. 그 무렵의 등기부를 그리스 정부가 조사한다는 것은 거의 불가능한 일이었을 것이다. 디미트리오스는 분명히 머리가 좋은 사나이다. 그러나 왜 탈라디스라는 이름을 택했을까? 왜 흔한 그리스 이름으로 하지 않았을까? 터키식 이름 '탈라트'가 그에게 뭔가 특별한 인연이 있기 때문일까? 스미르나에서 발행했다는 신분증명서는——라티머의 짐작이긴 하지만——이미 그리스 경찰에 알려진 매클로포로스라는 이름으로 발행된 것이므로 분실했다는 것은 당연한 일이다.

도착한 날짜는 분명치 않으나 군사법정에서 언급된 시기와 일치된다. 다른 피난민과 달리 도착했을 때 그는 신체가 건강하고 병도 없었다. 당연한 이야기다. 숄렘에게서 빼앗은 그리스 돈 덕분에 그는 몇 천 명씩 붐비는 피난선을 탈 필요 없이 피레우스 행 뱃삯을 치르고 꽤 편안한 여행을 할 수 있었을 것이다. 디미트리오스는 자기 몸을 소중히 다루는 방법을 알고 있는 사람이다. 그 인부는 무화과를, 즉 돈을 잔뜩 몸에 지니고 있었다. 도착했을 때 그는 숄렘의 돈을 꽤 많이 가지고 있었을 것이다. 그러나 구제 당국에는 무일푼이라고 말하고 있다. 아주 영리한 방법이다. 그렇게 말해 두지 않으면 그와 달리 장래의 준비를 하지 못한 어리석은 사람들에게 식료품이며 옷가지를 사줘야 했을 것이다. 혼자 쓰는 돈도 꽤 많이 나갔을 것이다. 다른 숄렘이 필요해질 정도로 경비가 많이 나갔을지도 모른다. 그리하여 도리스 모하멧에게 반몫을 준 것을 후회했으리라.

바닷길로 도망친 것으로 보이는 두 번째의 강도질에서 얻은 돈과 쓰고 남은 돈을 합쳐 부르가스로 가는 뱃삯을 지불할 수 있었을 것이다. 육로로 가는 일이 몹시 위험하다는 것은 분명한 일이었다. 임시 신분증명서밖에 가지고 있지 않았으므로 국경에서의 검문에 걸릴 위험성도 있었다. 그러나 부르가스에 도착하면, 상당한 권위가 있는 국제 구제기관에서 발행한 그 임시 신분증명서만으로 쉽게 입국할 수 있었을 것이다.

담당 직원은 크게 떠들어대던 인내심이 거의 줄어든 것 같았다. 라티머는 카드를 돌려주고 깍듯이 고맙다는 인사를 한 다음, 이것저것 생각에 잠기며 호텔로 돌아갔다.

그는 기분이 몹시 좋았다. 디미트리오스에 관한 새로운 사실을 자신의 노력만으로 발견했기 때문이었다. 그것은 누구나 생각해 낼 수 있는 당연한 탐색 방법임에 틀림없지만, 런던 경시청의 전통적인 방법과 같이 인내와 끈기가 필요했다. 게다가 자기가 '탈라트'라는 이름으로 시도해 볼 생각이 들지 않았더라면…… 조사보고서를 허키 대령에게 보내줄까 하는 생각도 들었으나, 그건 하지 않는 것이 나은 일이었다. 아마도 허키 대령은 탐정술 실험을 하고 있는 그의 참뜻을 이해하지 못할 것이다. 어쨌든 디미트리오스 자신은 지금쯤 지하 세계로 떨어졌을 것이고, 그의 서류는 봉인되어 터키 비밀경찰의 문서 보관고에 들어가 잊혀지고 있을 것이다. 이제부터 해야 할 일은 소피아에서의 사건에 손을 대는 것이다.

제1차 세계대전이 끝난 뒤의 불가리아 정치 정세에 대해 알고 있는 일을 생각해 내려고 애써보았으나, 거의 아무것도 모른다는 것을 곧 깨달았다. 1923년에는 스탐볼리스키가 자유주의적인 경향이 있는 정부의 지도자였다는 사실을 알고 있지만, 어느 정도 자유주의자였는지는 전혀 알 수 없다. 암살미수사건이 있은 뒤 IMRO, 즉 국제 마케도니아 혁명 조직의 지도 아래, 아니, 그 사주(使嗾)와 선동에 의해 군대가 혁명을 일으켜 성공했다. 스탐볼리스키는 소피아에서 도망쳐 반혁명 세력을 결성하려고 했으나 살해되었다. 이상이 그 사건의 요점이라고 그는 생각했다. 그러나 그 사건의 복잡한 사정──그런 사정을 알아낼 수 있다면──이라든가, 사건에 관계된 정치 세력의 성격에 대해서는 아무것도 몰랐다. 이러한 사실을 모르는 채 그대로 있을 수는 없었다. 그것을 알 수 있는 곳은 소피아였다.

그날 저녁, 라티머는 시안토스를 저녁식사에 초대했다. 라티머는 그 친구가 겉으로는 호인이며, 친구들의 의논 상대가 되기를 좋아하고, 자기의 직업을 교묘하게 이용하여 힘이 되어주고는 우쭐해하는 사나이라는 것을 알고 있었다. 시의 등기부 열람을 할 수 있도록 협력해 주어 고맙다는 말을 한 다음 라티머는 소피아의 이야기를 꺼냈다.

"여보게, 시안토스, 실은 좀더 자네 신세를 져야겠네."

"말해 보게, 사양 말고."

"소피아에 누구 아는 사람이 없나? 1923년의 불가리아 정치 정세에 대해 자세한 이야기를 해줄 수 있는 우수한 신문 기자를 소개해 주었으면 하네."

시안토스는 윤기 있는 백발을 쓰다듬으며 감탄한 듯이 웃음을 띠었다.

"자네들 작가란 참 묘한 취미를 가졌군. 어떻게 될지도 모르겠네.

그리스 인이 좋겠나, 아니면 불가리아 인이 좋겠나?"
"가능하다면 그리스 인이 좋겠군. 불가리아 어는 할 줄 모르니까."
시안토스는 한동안 생각에 잠겨 있었다. 이윽고 그는 입을 열었다.
"소피아에 마르키스라는 사람이 있지. 프랑스 통신사의 소피아 통신원일세. 나는 그 사람을 잘 모르지만, 내 친구한테 소개장을 받을 수 있을지 모르네."
두 사람은 레스토랑에서 테이블을 사이에 두고 마주앉아 있었는데, 거기까지 말하더니 시안토스가 사방을 휘둘러보고 목소리를 낮추었다.
"자네 입장에서 볼 때 그에게는 한 가지 결점이 있네. 나도 우연히 안 일이지만……."
그가 목소리를 더 낮추었으므로, 라티머는 문둥병이라는 말을 들어도 놀라지 않을 마음의 태세를 갖추고 있었다.
"……붉은 경향이 있네."
시안토스가 속삭이듯 말했다.
라티머의 눈썹이 치켜올라갔다.
"그쯤이야 뭐 결점이라고 할 수 있겠나. 내가 만난 일이 있는 공산주의자는 모두 아주 지성적인 사람들이었네."
시안토스는 놀랐다.
"그럴 리가 있나. 그런 말을 한다는 것은 위험한 일일세. 여보게, 그리스에선 마르크스 사상이 금지되어 있다네."
"그 소개장을 언제 받을 수 있을까?"
시안토스는 한숨을 쉬었다.
"정말 별나군. 내일 받아줌세. 자네들 작가라는 사람들은……."
1주일이 되기 전에 소개장을 받자 라티머는 그리스 출국과 불가리아 입국 사증을 받아가지고 소피아 행 야간열차를 탔다. 열차가 붐비지 않았으므로 침대차 한 칸을 독차지할 수 있었으면 하고 바랐으나, 출발 5분 전에 짐꾼이 짐을 들고 와 비어 있는 침대 위의 선반에 올려놓았다. 그러자 바로 뒤에서 짐 주인이 들어왔다.
"혼자 계신데 방해하게 되어 죄송합니다."
그 사나이는 영어로 라티머에게 말했다.
쉰 너덧쯤 되어 보이는 건강하지 못한 뚱뚱보였다. 인사를 하기 전에 짐꾼에게 팁을 주려고 돌아섰다. 맨 처음 라티머의 인상에 남은 것은, 그 사람의 바지 궁둥이가 축 늘어져 있어 걸으면 코끼리 엉덩이 같다는 점이었다. 뒤이어 그 사람의 얼굴을 본 순간 라티머는 궁둥이 생각 따위는 잊어버렸다. 그의 얼굴은 과식과 수면 부족으로 창백하게 늘어져서 형태를 잃은 듯한 느낌이 들었다. 가죽자루 같은 볼 위에, 늘 울고 있는 듯한 파르스름하게 충혈된 눈이 자리잡고 있었다. 코는 고무같이 생겼으며, 형태가 분명하지 않았다. 얼굴에 표정을 주고 있는 것은 입밖에 없었다. 입술은 퍼렇게 불어서 실제보다 더 두꺼워보였다. 부자연스러울 정도로 희고 쪽 고른 틀니 위에 살짝 붙은 입술은 사카린처럼 인공적인 달콤한 웃음을 띤 표정으로 고정되어 있었다. 위쪽의 울고 있는 듯한 눈과 그 입술을 함께 보면, 역경에서 순순히 참아가고 있는 인상이 놀라울 만큼 선명하게 나타나 보였다. 그 얼굴은 어느 누구도 경험한 일이 없을 정도로 악마처럼 끈질긴 운명에 시달리면서도 인간의 본질적인 선의에 대해 조심스럽게 신뢰를 가지고 있는 사나이가 여기 있다고 말해 주고 있는 것 같았다. 불꽃 속에서도 계속 웃음을 짓던 순교자, 웃음을 지으면서도 남의 불행에 울지 않을 수 없는 사나이가 여기 있다고 말해 주고 있었다. 그 사나이를 보고 라티머는 언젠가 영국에서 알았던, 교회의 헌금을 착복하고 성직에서 쫓겨났던 어떤 목사가 생각났다.
"침대는 비어 있습니다." 라티머가 말했다. "방해가 된다는 생각은 하시지 않아도 됩니다."

그 사나이가 충혈된 코로 소리내어 크게 숨을 쉬고 있다는 사실을 알고 그는 속으로 한숨을 쉬었다. 아마도 코를 골며 자리라.

새로 들어온 사나이는 침대에 걸터앉아 천천히 고개를 내저었다.

"정말 인정있는 말씀입니다. 요즈음 세상에는 인정이 메말라 있습니다. 남을 인정있게 대해줘야겠다는 생각은 털끝만큼도 없지요." 충혈된 눈이 라티머의 눈길을 잡았다. "실례가 안 된다면, 어디까지 가십니까?"

"소피아에 갑니다."

"소피아. 그러십니까? 아름다운 곳이지요. 정말 아름답습니다. 나는 그보다 훨씬 더 멀리 부쿠레슈티까지 갑니다. 함께 즐거운 여행이 되기를 바라겠습니다."

자기도 그러기를 바란다고 라티머는 말했다. 뚱뚱한 사나이의 영어는 아주 정확했으나, 어느 나라 말인지 짐작이 안 가는 심한 사투리를 쓰고 있었다. 케이크를 입 속에 잔뜩 물고 이야기하는 것 같은 느낌을 주었으며, 목구멍 속에서 나오는 듯한 목소리였다. 그러나 가끔 어려운 표현을 쓸 때면 도중에서 그 정확한 영어를 아주 유창한 프랑스 어나 독일어로 끝을 맺기도 했다. 라티머는 그 사나이의 영어는 책에서 배운 것 같다고 생각했다.

뚱뚱한 사나이는 등을 보이고 작은 손가방에서 모직 파자마와 빨간 양말과 모서리가 접혀진 페이퍼북을 꺼냈다. 라티머는 흘끗 그 책의 표제를 보았다. 《일상영지주옥집(日常英知珠玉集)》이라는 제목의 프랑스 어 책이었다. 사나이는 그 물건들을 조심스럽게 선반 위에 올려놓고 그리스 제인 가느다란 잎담배가 든 종이 상자를 꺼냈다.

"담배를 피워도 되겠습니까?"라고 말하며 그는 상자를 내밀었다.

"피우십시오. 고맙습니다만, 나는 아직 피우고 싶지 않습니다."

열차가 차츰 속도를 내었다. 차장이 두 사람의 침대를 마련해 주려고 들어왔다. 차장이 나가자 라티머는 옷을 벗고 잠옷은 입지 않은 채 그대로 침대에 누웠다.

사나이는 책을 집어 들더니 다시 내려놓았다.

"실은" 하고 그는 말을 꺼냈다. "차장한테서 영국분이 타고 계시다는 말을 들은 순간 즐거운 여행이 되겠구나 하고 생각했었답니다."

부드럽고 정이 많은 신성한 손길로 머리를 쓰다듬는 듯한 웃음이 떠올랐다.

"정말 과분한 말씀이시군요."

"아니, 정말입니다."

"영어를 아주 잘하시는군요."

"나는 영어가 제일 아름다운 말이라고 생각합니다. 셰익스피어, H. G. 웰스, 영국에는 위대한 작가가 있습니다. 그러나 나는 아직 나의 생각을 영어로 완전히 표현하지는 못합니다. 아셨겠지만 프랑스어를 쓰는 편이 편합니다."

"그럼, 당신의 모국어는?"

뚱뚱한 사나이는 크고 부드러운 두 손을 펼쳤다. 그 한쪽 손에서 빈약한 느낌이 드는 다이아몬드 반지가 반짝 빛났다.

"나는 세계 시민입니다. 나에게는 모든 나라, 모든 말이 아름답습니다. 인간이 증오를 버리고, 아름다운 것을 보고, 형제처럼 살 수 있다면 얼마나 좋겠습니까? 그러나 그렇지 못하지요. 언제나 공산주의자와 그밖의 이들이 있습니다."

라티머가 말했다.

"잠이 오는군요."

"잠!" 상대방이 갑자기 열을 띠고 말했다. "자는 일이야말로 우리 불쌍한 사람들에게 주어진 위대한 자비입니다. 나의 이름은……"

그는 어색하게 말했다. "피터스라고 합니다."

"이렇게 뵙게 되어서 정말 기쁩니다, 피터스 씨." 라티머가 분명한 어조로 대답했다. "소피아에 도착하는 시간은 얼마 안 걸릴 테니까 옷을 갈아입지 않고 이대로 자겠습니다."

라티머는 침실의 조명을 껐다. 그러자 파란 비상등과 침대에 있는 작은 독서 램프가 켜져 있을 뿐이었다. 그는 침대에서 담요를 벗겨 몸에 둘둘 말았다.

피터스는 라티머가 잘 준비를 하는 것을 유감스러운 듯이 지켜보고 있더니 옷을 벗기 시작했다. 그리고 열차가 흔들리는 속에서 교묘하게 몸의 균형을 잡으며 잠옷을 입었다. 그리고는 침대 위로 올라가 크게 소리내어 숨을 쉬면서 조용히 누워 있었다. 그런 다음 모로 누워서 손으로 더듬어 책을 집어 들고 읽기 시작했다. 라티머는 머리맡에 있는 독서 램프를 껐다. 몇 분 뒤 그는 잠들었다.

다음날 아침 일찍 열차가 국경에 도착하여 여권을 조사하러 온 계원이 깨우는 바람에 일어났다. 피터스는 아직도 책을 읽고 있었다. 그는 이미 바깥 복도에서 그리스와 불가리아의 계원에게 여권 검사를 받았으므로, 라티머는 그의 세계 시민의 국적을 확인할 기회가 없었다. 불가리아의 세관 직원이 침실로 머리를 디밀고 귀찮은 듯이 두 사람의 슈트케이스를 살펴보고 나갔다. 잠시 뒤 열차가 국경을 넘었다. 꾸벅꾸벅 졸며 라티머는 블라인드 틈으로 하늘이 검푸른 빛에서 마침내 잿빛으로 바뀌어가는 것을 바라보고 있었다. 열차가 소피아에 도착할 예정 시간은 7시였다. 가까스로 일어나서 옷매무시를 고치고 짐을 챙긴 다음 그는 피터스가 독서 램프를 끄고 눈을 감고 있는 것을 알아차렸다. 열차가 소피아 교외의 그물눈처럼 엉킨 선로 위에서 덜컹덜컹 소리를 내기 시작하자 라티머는 침실 문을 살그머니 열었다. 피터스가 움직이더니 눈을 떴다.

"미안합니다." 라티머는 사과했다. "당신을 깨우지 않으려고 조심했습니다만……."

차 칸의 어둠 속에서 보니 뚱뚱한 사나이의 웃음 띤 얼굴이 찡그리고 있는 광대처럼 보였다.

"내 걱정은 하지 마십시오," 그가 말했다. "자고 있지 않았습니다. 소피아에 머물 예정이라면 슬라비안스카 벳세다가 가장 좋다고 권해 드릴 생각이었습니다."

"정말 친절하시군요, 피터스 씨. 그러나 아테네에서 전보로 그랜드 팔레스에 방을 예약해 놓았습니다. 권하는 사람이 있어서…… 혹시 그곳을 아십니까?"

"알고 있습니다. 아주 좋은 호텔이라고 생각합니다."

열차가 속도를 늦추기 시작했다.

"안녕히 가십시오, 라티머 씨."

"안녕히 가십시오."

목욕을 하고 아침식사를 하게 되기만 고대하고 있던 라티머는 피터스가 어떻게 자기 이름을 알았는지 의심하지도 않았다.

1923년

 라티머는 소피아에서 자기가 해야 할 일에 대해 이미 이것저것 신중하게 생각하고 있었다.
 스미르나와 아테네에선 단순히 기록을 보는 기회를 얻는 것으로 볼 일이 끝났다. 사립 기관의 유능한 조사원이라면 누구나 그 정도의 일은 조사해 낼 수 있다. 그러나 이번에는 완전히 사정이 다르다. 소피아 경찰에 디미트리오스의 범죄 기록이 있는 것은 분명하지만, 허키 대령의 말에 의하면 불가리아 경찰은 디미트리오스에 대해 거의 아무 것도 모른다고 했다. 사실 불가리아 경찰이 그에 대한 일을 아주 가볍게 보고 대령의 조회를 받고 나서야 비로소 주목했다는 것은, 디미트리오스와 교제했던 여자를 불러 그의 인상을 물었던 점으로서도 충분히 알 수 있다. 흥미 있는 일은 경찰의 기록에 실려 있는 사실이 아니라 실려 있지 않은 사실이다. 대령이 지적했듯이 암살 사건에서 밝혀내야 할 중요한 일은, 누가 총을 쏘았느냐가 아니라 누가 그 총알의 대가를 지불했느냐 하는 점이다. 일반 경찰이 가지고 있는 정보도 물론 도움이 되겠지만, 경찰 업무의 대상이 되는 것은 흉탄을 쏜 사람이지 그 총탄을 사들인 사람이 아니다. 우선 조사해야 할 일은 스탐볼리스키의 죽음으로 이득을 얻거나, 아니면 이득을 얻을 가능성이 있었던 자가 누구인가 하는 것이었다. 이 기본적인 정보를 입수하기 전에는 디미트리오스가 한 역할에 대해 아무리 상상해 봐야 헛일이다. 비록 손에 넣었다 해도 그 정보가 공산당의 선전 팸플릿에 쓰여지는 외에 아무 쓸모가 없으리라는 점은 당장 생각지 않기로 했다. 이 실험이 꽤 신경 쓰이기 시작했지만 간단히 체념하고 싶지는 않았다. 비록 이 실험이 중단되는 일이 있더라도 그때까지는 노력해 볼 결심이었다.

도착한 날 오후, 그는 프랑스 통신사의 사무실을 찾아가 마르커키스와 만나 소개장을 내놓았다.

그 그리스 인은 가무잡잡한 피부의 여윈 중년 남자로, 약간 튀어나온 듯한 눈이 지적으로 빛나고 어떤 말을 끝맺을 때마다 자기의 무분별한 말에 놀란 듯 입을 꼭 다무는 버릇이 있었다. 그는 휴전협정을 교섭하는 사람처럼 빈틈없이 정중하게 라티머를 맞이하여 프랑스 어로 말했다.

"알고 싶으신 것은 어떤 정보입니까?"

"1923년에 있었던 스탐볼리스키 사건에 대해 되도록 상세한 이야기를 듣고 싶습니다."

마르커키스는 눈썹을 치켜올렸다.

"그렇게 오래된 일을 말입니까? 그렇다면 기억을 새로이 할 필요가 있겠군요. 아니, 성가시다는 말은 아닙니다. 기꺼이 도와드리겠습니다. 한 시간쯤 여유를 주십시오."

"오늘 저녁에 내가 묵고 있는 호텔에서 저녁식사를 함께 할 수 있으면 아주 기쁘겠습니다만……"

"어디에 묵고 계십니까?"

"그랜드 팔레스입니다."

"그곳의 몇 분의 일밖에 안 되는 값으로 더 훌륭하게 식사를 할 수 있는 곳이 있습니다. 괜찮으시다면 내가 8시에 호텔로 찾아가 안내하겠습니다. 그래도 되겠습니까?"

"물론이지요."

"좋습니다. 그럼 8시에 뵙겠습니다."

그는 8시 정각에 와서 말없이 마리아 루이즈 거리를 건너 알라빈스커 거리로 올라서더니 좁은 골목길로 안내했다. 그 골목을 가다보니 식료품 가게가 있었다.

마르커키스는 멈춰 섰다. 그리고 갑자기 부끄러운 듯한 태도를 보이며 자신 없는 듯이 말했다.

"겉보기에는 우습지만 가끔 아주 맛있는 요리를 먹게 해주지요. 아니면 좀더 고급 레스토랑으로 가시겠습니까?"

"아닙니다, 당신께 맡기겠습니다."

마르커키스는 안도의 숨을 쉬는 것 같았다. 가게 문을 밀어서 열며 그는 말했다.

"우선 여쭤봐야 할 것 같아서요."

두 개의 테이블을 한 무리의 남녀들이 차지하고 앉아서 시끄럽게 떠들며 수프를 먹고 있었다. 두 사람은 세 번째 테이블에 앉았다. 셔츠만 입고 윗옷은 입지 않은 채 녹색 앞치마를 두른 콧수염의 사나이가 천천히 다가와서 불가리아 어로 재빨리 지껄였다.

"주문도 당신에게 맡기겠습니다." 라티머가 말했다.

마르커키스가 사나이에게 뭐라고 하자 그는 수염 끝을 비틀며 천천히 돌아서 가더니 지하실 입구같이 컴컴한 입구를 향해 뭐라고 소리질렀다. 주문을 알아들었다는 듯한 목소리가 조그맣게 들려왔다. 사나이가 술병과 잔을 세 개 들고 되돌아왔다.

"워카를 주문했습니다." 마르커키스가 말했다. "좋아하시면 좋겠습니다만."

"굉장히 좋아합니다."

"됐습니다."

사나이가 세 개의 잔에 술을 따르더니 자기도 하나를 들고 라티머에게 고개 숙여 보인 다음 목을 뒤로 젖히고 단숨에 들이마셨다. 술을 마시자 그는 테이블 앞에서 물러났다.

"건강하시기를!" 마르커키스가 공손히 말했다.

둘이서 건배하고 잔을 내려놓자 마르커키스가 말을 계속했다.

"함께 건배하여 동지가 되었으니까 서로 결정을 합시다. 내가 당신에게 정보를 제공하는 대신 당신은 그 정보를 알려고 하는 이유를 나에게 이야기해야 합니다. 어떻습니까, 괜찮겠습니까?"

"좋습니다."

"됐습니다. 그럼……."

수프가 두 사람 앞에 놓였다. 시원하고 향긋한 사워 크림이 들어 있었다. 식사를 하며 마르커키스는 이야기를 시작했다.

종말이 가까운 문명에 있어서의 정치적인 명성이라는 것은 뛰어난 의사에겐 주어질 수 없으며, 병자의 비위를 잘 맞추는 의사에게나 주어질 수 있는 포상이다. 무지한 손에 의하여 평범한 인간에게 주어지는 훈장인 것이다. 그렇기는 하지만, 인간의 비애를 유발시킬 것 같은 자만으로써 임할 수 있는 정치적인 명성이 꼭 한 가지 남아 있다. 그것은 공리공론을 앞세우는 과격파가 반대파 정당의 도량이 넓은 지도자에게 줄 수 있는 것이다. 그 사나이의 위신은 수명이 결정되어 있는 인간에게 주어지는 것과 같은 위신이다. 왜냐하면 상극된 두 과격파가 함께 쓰러지든 한쪽이 승리를 거두든 그 지도자의 운명은 정해져 있어, 국민의 증오의 대상이 되든가 순교자처럼 죽을 수밖에 없기 때문이다.

불가리아 농민당 당수이며 수상 겸 외상이었던 스탐볼리스키의 경우도 예외는 아니었다. 조직된 반동 세력과 맞부딪친 농민당은 당 내부의 투쟁에 의해 몸을 움직일 수 없게 되어 완전히 무력해졌다. 당은 스스로를 방위하려는 노력을 전혀 하지 않은 채 죽은 것이다.

이러한 말기적인 증상은 1923년 1월 초 스탐볼리스키가 로잔 회의를 마치고 소피아로 돌아온 직후에 시작되었다.

1월 23일, 유고슬라비아——그 즈음에는 세르비아——정부는 소피아에서 불가리아 비정규 부대가 자기네 영토로 침범해 들어온 일련의 무력 침공에 대한 공식 항의문을 불가리아 정부에 보냈다. 그리고 얼마 안 된 2월 5일, 국왕과 왕녀들이 참석한 소피아 국립극장 창립 축하 공연 도중 몇몇 각료가 앉아 있는 관람석에 포탄이 떨어졌다. 그리하여 몇 명의 부상자가 나왔다.

그 같은 불법 행위를 계획한 자와 그 의도한 목적이 무엇인지는 뚜렷한 일이었다.

스탐볼리스키의 유고슬라비아 정부에 대한 정책은 처음부터 위무회유(慰撫懷柔) 정책이었다. 두 나라 사이의 관계는 급속히 개선되어가고 있었다. 그런데 이 관계 개선에 대한 반대가 유고슬라비아와 불가리아 두 나라 안에서 활동하고 있던 악명 높은 마케도니아 혁명 조직에 의해 대표되는 마케도니아 자치주의자들 사이에서 일어났다. 두 나라의 우호 증진이 자기네들에 대한 공동 탄압으로 발전되는 것을 두려워한 마케도니아 인들은 양국의 우호관계를 저해하고, 자기들의 적 스탐볼리스키를 파멸시키기 위해 조직적인 활동을 개시했다. 비정규 부대의 공격과 소피아 국립극장 사건을 발단으로 하여 조직적인 테러 행위가 시작되었다.

3월 8일, 스탐볼리스키는 마지막 수단으로써 13일에 의회를 해산하고 4월에 다시 선거를 실시한다고 발표했다. 이것은 반동 조직에 큰 타격을 주었다. 불가리아는 농민당 정부 밑에서 번영을 계속하고 있었다. 농민들은 스탐볼리스키를 강력하게 지지하고 있었다. 그러므로 선거를 치름으로써 그의 입장은 점점 굳건해질 것이다. 마케도니아 혁명 조직의 자금이 급격히 늘어나기 시작했다.

삽시간에 트라키아 국경의 하스코프에서 스탐볼리스키와 철도 장관 아타나소프를 암살할 계획이 세워졌다. 그러나 음모는 마지막 순간에 저지되었다. 페트리치의 시장을 포함하여 비정규군의 활동을 탄압한 경찰 고위 간부 몇 명이 암살의 협박을 받았다. 그같은 위협을 받게 되었기 때문에 선거는 연기되었다.

그 뒤 6월 4일, 소피아 경찰은 스탐볼리스키뿐만 아니라 육군장관 무라비에프와 내무대신 스토야노프도 암살하려던 계획을 탐지했다. 스토야노프 암살 임무를 맡고 있었다고 믿어지는 젊은 육군 장교가 총격전에서 경찰관에게 사살되었다. 그리고 마케도니아 혁명 조직의 명령을 받은 젊은 장교들이 소피아로 잠입한 사실을 알게 되어 수색이 이루어졌다. 그러나 경찰은 이러한 움직임을 저지할 힘을 잃어가고 있었다.

바야흐로 농민당이 활동을 개시하여 지지자인 농민을 무장시켜야 할 때였다. 그러나 그들은 움직이지 않았다. 행동을 취하는 대신 당 내부에서 세력투쟁으로 지새고 있었다. 그들은 마케도니아 혁명 조직을 그들의 적으로 생각했다. 그러나 상대방은 테러단에 불과한 작은 조직이므로, 몇 십만이라는 농민표의 지지를 받는 강력한 정부에게서 정권을 빼앗는다는 것은 절대로 불가능한 일이라고 생각하고 있었다. 그들은 이 조직의 활동은 단순한 눈가림에 지나지 않으며, 그 배후에서 반동조직이 착착 공격 준비를 진행하고 있다는 것을 알아차리지 못했던 것이다. 그리고 얼마 안 되어 그들은 그 같은 인식 부족의 대가를 치르게 되었다.

6월 8일 한밤중, 모든 것이 평온했다. 9일 아침 4시에는 스탐볼리스키를 제외한 정부의 모든 각료가 투옥되고 계엄령이 선포되었다. 이 혁명의 지도자는 보수반동파의 장코프와 루세프로, 두 사람 다 그때까지 마케도니아 혁명 조직과 관계가 있으리라고는 여겨지지 않았던 인물이었다.

스탐볼리스키는 지지자인 농민들로 하여금 그들 자신의 생활을 지키기 위해 궐기하게 하려고 했으나, 때는 이미 늦었다. 몇 주일 뒤 그는 소피아에서 수백 마일 떨어진 시골집에서 몇 명의 동지와 함께 포위당한 끝에 체포되었다. 그 뒤 얼마 안 되어 아직도 애매한 상황 속에서 그는 사살되었다.

마르커키스가 이야기하고 있는 동안, 라티머는 머릿속으로 그때의 상황을 이상과 같이 정리하고 있었다. 상대방 그리스 인은 말투가 빨랐고 기회 있을 때마다 사실에서 혁명이론 강의로 이야기가 빗나가는 경향이 있었다. 이야기가 끝났을 때 라티머는 세 잔째의 차를 마시고 있었다.

라티머는 잠시 입을 다물고 있었다. 그러다가 말을 시작했다.

"그 마케도니아 혁명 조직에 자금을 제공한 자가 누구인지 알고 있습니까?"

마르커키스는 싱긋 웃었다.

"사건이 일어나고 얼마 있다가 소문이 떠돌기 시작했지요. 여러 가지로 말들이 많았으나, 내가 보기에 가장 이치에 맞는 것 같고——말이 나온 김에 말이지만——또 뭔가 확증을 잡을 수 있었던 유일한 대답은 이렇습니다. 즉 자금은 이 조직의 돈을 맡아가지고 있던 은행이 융통해 주었다는 것입니다. 유라시안 신탁은행이었습니다."

"그 은행이 제3자를 대신해서 자금을 융통해 주었다는 말인가요?"

"아니, 그렇지는 않습니다. 은행이 은행 자체를 위해 융통해 주었습니다. 이건 우연히 알게 된 일입니다만, 스탐볼리스키 정권 아래에서는 레프(불가리아의 화폐 단위)의 대외 가치가 높아졌기 때문에 은행이 아주 곤란한 입장에 있었다더군요. 사태가 심각해지기 전, 1923년 초에는 레프의 가치가 두 달 동안에 곱절이 되었습니다. 1파운드 대 800레프였는데, 400레프 가까이까지 올라갔던 것입니다. 관심이 있으시다면 정확한 숫자를 조사해 봐드려도 좋습니다. 레프 시세의 하락을 예상하고 3개월 이상 선물 매도를 하고 있던 자들은 막대한 손해를 입게 되었지요. 유라시안 신탁은행은 그러한 손해를 염치없이 보고만 있는 그런 은행이 아니었습니다. 그 점에서는 지금도 마찬가지지만."

"어떤 은행인데요?"

"모나코에 등록된 은행입니다. 즉 은행 업무를 하고 있는 다른 나라에는 세금을 지불하지 않아도 되고, 대차대조표를 공표할 필요가 없습니다. 다시 말해서 실태를 파악할 수 없는 거지요. 그밖에도 유럽에는 이런 종류의 은행이 많습니다. 본점은 파리에 있지만, 영업 지역은 발칸 여러 나라입니다. 은행이 융자해 주는 사업 가운데에는 불가리아 국내에서 불법으로 수출하는 비밀 마약제조 사업도 포함되어 있습니다."

"그 은행이 장코프의 혁명에 자금을 제공한 것일까요?"

"아마 그럴 겁니다. 아무튼 혁명을 가능케 한 기본적인 정세를 만들어내기 위한 자금을 내준 것만은 확실합니다. 하스코프에서의 스탐볼리스키와 아타나소프 암살 음모는 그런 목적을 위해 누군가가 돈을 지불하고 데려온 외국의 암살 전문가에 의해 이루어졌다는 게 공공연한 비밀이었습니다. 또한 여러 가지 논의와 협박이 이루어졌으나, 외국에서 온 선동자가 없었다면 그 소동도 그냥 가라앉았으리라고 말하는 이도 많이 있었지요."

이것은 라티머가 예상했던 것보다 훨씬 귀가 솔깃해지는 이야기였다.

"하스코프 사건을 자세하게 알아볼 수 있는 방법이 없을까요?"

마르커키스는 어깨를 움츠렸다.

"15년도 넘은 옛날이라…… 경찰에 가면 무언가 알아낼 수 있을지도 모릅니다만. 이상하군요, 무엇을 알려고 하시는 건지 내가 알 수 있다면……."

라티머는 마음을 굳혔다.

"좋습니다. 아까 이런 정보를 구하고 있는 이유를 당신에게 말하겠다고 약속했지요. 그럼, 이야기하겠습니다."

그는 재빨리 이야기해 나가기 시작했다.

"몇 주일 전 이스탄불에 있을 때 나는 우연히 터키 비밀경찰의 장관과 점심식사를 함께 했습니다. 그는 미스터리소설 애호가로, 자기가 구상한 이야기 줄거리를 내가 써주었으면 하고 바라더군요. 우리가 실제의 살인자와 소설 속에 나오는 살인자의 특징에 대해서 이야기하고 있을 때, 그는 자기의 주장을 뒷받침하기 위해 디미트리오스 매클로포로스──별명 디미트리오스 탈라트라는 사나이의 기록 내용을 읽어주었습니다. 그자는 철저한 악당이고 또 살인자였습니다. 그는 스미르나에서 사람을 죽이고 다른 사람이 그로 인해 교수형을 받도록 꾸몄습니다. 또 스탐볼리스키 사건도 포함하여 세 가지 암살미수 사건에 관계하였습니다. 프랑스의 스파이 노릇도 했고, 파리에서 마약밀매 조직을 만들기도 했지요. 내가 그의 이야기를 듣기 전날 그가 시체가 되어 보스포루스 해협에 떠 있는 것이 발견됐답니다. 배에 칼을 맞고서요. 여러 가지 이유에서 나는 어떻게 해서든지 그 사람을 한 번 보고 싶었습니다. 그래서 나는 그 장관을 설득하여 시체 보관소까지 따라갔습니다. 디미트리오스는 시체 보관소 테이블 위에 누워 있었지요. 입었던 옷이 옆에 쌓여 있었습니다.

　점심 식사할 때 과음을 하여 머리가 어떻게 된 탓인지도 모르지만, 나는 갑자기 디미트리오스에 대해 좀더 알아보고 싶다는 기묘한 욕구에 사로잡혔습니다. 아시다시피 나는 미스터리소설을 쓰고 있습니다. 나는 나 스스로에게 말했지요. 다른 사람들이 탐색하고 있는 일만 쓰지 말고 때로는 직접 탐정 노릇을 해보면 흥미 있는 결과가 나올지도 모른다고 말입니다. 그때 나는 경찰 서류 내용의 공백 부분을 어느 정도 메워보자는 생각이었습니다. 하지만 그것은 구실에 지나지 않았지요. 그때는 나의 흥미가 탐정놀이와는 전혀 관계없는 일이라는 걸 스스로 인정할 생각이 들지 않았던 겁니다. 아주 설명하기 힘든 일이지만, 지금 와서 생각해 보니 디미트리오스에 대한 나의 호기심은 탐정으로서의 호기심이 아니라 전기작가로서의 호기심이었다는 것을 알게 되었습니다. 그 속에는 감정적인 요소도 포함되어 있지요. 나는 디미트리오스라는 사람을 해명하고 싶습니다. 그 존재 이유를 해명하고 그의 정신을 이해해 보고 싶은 생각이 든 것입니다. 단순히 '악당'이라는 레테르를 붙여서 처리하는 것만으로는 불충분합니다. 나는 그를 시체 보관소의 한 시체로서가 아니라 한 인간으로서, 또 하나의 독립된 존재나 하나의 현상으로서가 아니라 붕괴 과정에 있는 사회 조직의 한 구성 분자로서 보았습니다."

라티머는 잠깐 말을 중단했다.

"이렇게 된 겁니다, 마르커키스 씨. 그러므로 나는 소피아에 와서 15년 전의 사건에 관해 질문을 하여 당신의 시간을 낭비케 하고 있는 겁니다. 나는 미스터리소설을 쓰고 있어야 할 때에 내가 아니면 절대로 씌어질 일이 없을 전기 자료를 수집하고 있는 겁니다. 내가 생각해도 별난 짓인 것 같습니다. 그러니 당신에게는 기상천외한 이야기로 들릴 수밖에 없겠지만 지금 말씀드린 것이 나의 이유입니다."

라티머는 스스로 생각해도 자기가 정말 어리석어 보인다는 마음으로 의자에 기대었다. 신중히 생각하여 거짓말을 꾸며대는 편이 나았을지도 몰랐다.

마르커키스는 아까부터 컵 속의 차를 물끄러미 들여다보고 있었다. 그러다가 한참만에야 얼굴을 들었다.

"디미트리오스에 대한 당신의 관심을 당신 자신에게는 어떻게 설명하시겠습니까?"

"지금 말했던 대로지요."

"아닙니다, 나는 그렇게 생각지 않습니다. 당신은 자신을 속이고 있습니다. 당신은 마음속으로 디미트리오스라는 존재를 순리적으로 설명하거나 근거를 부여함으로써, 조금 전에 당신이 말했던 붕괴 과정에 있는 사회 조직을 설명하려는 겁니다."

"그것은 아주 독창적인 생각입니다만, 사양 없이 말한다면 지나치게 단순화된 경향이 있군요. 나로서는 당신의 생각을 받아들일 수 없습니다."

마르커키스는 어깨를 으쓱했다.

"그냥 의견을 말해 보았을 뿐입니다."

"내 이야기를 믿어줘서 고맙습니다."

"믿는 것이 당연하지요. 의심하기에는 너무도 엉뚱한 이야기입니다. 불가리아에서의 디미트리오스에 대해서는 어느 정도 알고 계십니까?"
"거의 모릅니다. 스탐볼리스키 암살 계획의 중개자였다는 말을 들었습니다. 즉 그 자신이 총을 쏠 만한 처지에 있었다는 것을 나타내는 증거가 아무것도 없다는 뜻이지요. 그는 1922년 11월 말 강도와 살인미수로 경찰에 쫓기어 아테네에서 도망쳤습니다. 이것은 내가 조사해 낸 일입니다. 나는 그가 바다를 통해 불가리아로 왔을 거라고 봅니다. 그는 소피아 경찰에도 알려져 있지요. 내가 이 사실을 알고 있는 것은, 1924년에 터키 비밀경찰이 다른 사정에 대해 알려고 각국에 그에 관한 조회를 했었기 때문입니다. 이곳 경찰이 그가 교제하던 여자를 찾아냈지요."
"그 여자가 아직도 살아서 이곳에 있다면 한 번 만나 보는 것도 재미있겠군요."
"그렇습니다. 나는 스미르나와, 그 자신이 탈라디스라고 자칭했던 아테네에서 그의 발자취를 더듬었으나, 지금까지 살아 있을 때의 그와 알고 지낸 사람과 이야기해 본 일은 없습니다. 유감스럽게도 그 여자의 이름조차 모릅니다."
"경찰 기록에는 실려 있을 겁니다. 뭣하면 내가 조사해 보지요."
"그것까지야 어떻게 부탁하겠습니까. 내가 경찰기록을 보는 일로 시간을 낭비하는 거야 상관없지만, 당신한테까지 시간을 낭비케 할 수는 없지요."
"나보다도 당신이 경찰기록을 읽는 일로 시간을 낭비할 수 없는 이유가 더 많이 있습니다. 첫째, 당신은 불가리아 어를 읽을 줄 모릅니다. 그리고 경찰이 간단히 보여주지도 않을 겁니다. 그러나 나는 다행히도 프랑스의 통신사에 근무하고 있는 당당한 기자입니다. 어느 정도 특권이 주어져 있지요. 게다가……" 그는 빙그레 웃었다. "당신의 탐정놀이 이야기는 아주 엉뚱합니다만, 나에게도 호기심이 일어나는군요. 인간 세계의 사건에 숨어 있는 괴기성은 어느 때고 흥미 있는 일이지요. 그렇게 생각지 않습니까?"

마르커키스는 사방을 둘러보았다. 레스토랑이 텅 비어 있었다. 급사가 한쪽 다리를 테이블 위에 올려놓고 잠들어 있었다. 그는 한숨을 크게 쉬었다.

"딱한 일이지만, 깨워서 계산을 해야겠군요."

소피아에 도착한 지 사흘째 되는 날 라티머는 마르커키스가 보낸 편지를 받았다. 프랑스 어로 씌어 있었다.

친애하는 라티머 씨

약속한 대로 경찰에서 입수할 수 있었던 디미트리오스에 관한 정보를 요약하여 써 보냅니다. 보시다시피 완전하지는 않습니다. 그 점이 아주 흥미 있는 것입니다. 그 여자를 찾아낼 수 있을지는 앞으로 두세 사람의 경찰관과 가까워질 수 있을 때까지 뭐라고 말할 수 없습니다. 아마 내일쯤 당신을 뵐 수 있으리라고 봅니다.

진심으로 경의를 표하며.

N. 마르커키스

그 편지에는 요약한 기록이 첨부되어 있었다.

경찰기록보관소, 1922-4.

디미트리오스 매클로포로스. '국적' 그리스. '출생지' 살로니카. '생년' 1889년. '직업' 무화과 짐꾸리는 인부. '입국' 1922년 12월

22일, 이탈리아 기선 이소라 베라 호로 바르나에 입항. '여권 또는 신분증명서' 난민 구제위원회 증명서 T53462.

1923년 6월 6일, 소피아 페로츠카 거리 스페치 카페에서 경찰이 여행서류를 검사했을 때, 그리스 태생의 불가리아 인 일라나 플레베사라는 여자와 같이 있었음. 매클로포로스는 외국 범죄자의 일당으로 알려져 있음. 1923년 6월 7일, 국외로 추방하기 위해 체포. 그러나 그날로 A. 바조프의 요청 및 보증으로 석방.

1924년 9월, 터키 정부로부터 살인 용의자 짐꾸리는 인부 '디미트리오스'에 관한 조회가 있었음. 이 조회에 대해 한 달 뒤 회답을 보냈음. 일라나 플레베사는 신문을 당하자 아드리아노플에서 부친 디미트리오스로부터의 편지를 받았다고 진술. 그녀의 말에 의한 인상서는 다음과 같음——'키' 182센티미터. '눈' 갈색. '살빛' 가무잡잡하고 수염이 없음. '머리카락' 검고 곧음. '특징' 없음.

그 요약서 끝에 마르커키스가 자필로 덧붙여 써넣은 것이 있었다.

주의——이것은 통상적인 경찰기록에 지나지 않습니다. 기록 중에 다른 비밀서류에 대한 언급이 있으나, 그것은 열람이 금지되어 있습니다.

라티머는 한숨을 쉬었다. 디미트리오스가 1923년의 사건에서 한 역할에 대한 상세한 정보는 그 비밀서류에 들어 있음이 분명했다. 불가리아 당국이 터키 경찰에 알려준 사실보다 더 많은 것을 알고 있다는 것도 확실한 일이었다. 그 자료가 있다는 것을 알면서도 열람해 볼 수 없다는 것은 정말 화나는 일이다.

그렇지만 입수한 정보에는 생각할 자료가 될 수 있는 일이 많이 포함되어 있었다. 맨 먼저 눈에 띈 점은, 1922년 12월 흑해의 피레우스와 바르나 사이를 항행하던 이탈리아 기선 이소라 베라 호의 배 안에서 난민 구제위원회 발행의 신분증명서 T53462가 개조된 일이다. '디미트리오스 탈라디스'가 '디미트리오스 매클로포로스'로 되어버렸다. 디미트리오스가 자기 자신에게 위조의 재능이 있다는 것을 발견했거나 아니면 그런 재능이 있는 자를 찾아내어 의뢰했을 것이다.

일라나 플레베사! 아주 신중히 조사해야 할 귀중한 단서이다. 만일 그녀가 아직 살아 있다면 어떻게든지 찾아낼 방법이 있을 것이다. 그러나 지금 상태로는 이 일도 마르커키스에게 맡기는 수밖에 없다. 말이 나온 김에 말이지만, 그녀가 그리스계 사람이라는 사실은 정말 암시적이다. 디미트리오스는 아마 불가리아 어를 하지 못했던 모양이다.

'외국 범죄자의 일당으로 알려져 있음'이라는 것은 참으로 모호하다. 어떤 범죄자의 일당이었다는 말인가? 외국이란 어느 나라를 말하는 것일까? 또 일당이라는 것은 어느 정도의 관련성을 가리키는 것일까? 그리고 왜 장코프의 혁명이 터지기 바로 이틀 전에 그를 추방하려고 했을까? 디미트리오스는 그 긴박한 1주일 동안에 소피아 경찰이 찾고 있던 암살용의자 중 한 사람이었을까? 허키 대령은 디미트리오스가 암살자일 가능성을 일소에 붙였다. 그와 같은 자들은 자기 몸을 위험 속에 몰아넣는 일을 절대로 하지 않는다고 말했다. 그러나 허키 대령은 디미트리오스에 대해 모든 것을 알고 있는 것은 아니다. 또 디미트리오스를 위해 그처럼 효과적으로 즉시 손을 써준 친절한 A. 바조프라는 자는 대체 누구일까? 이런 물음에 대한 답변은 제2의 비밀서류 안에 들어 있을 것이다. 정말 화나는 일이다!

그는 마르커키스에게 편지를 보냈다. 다음날 아침 그쪽에서 전화가 걸려왔다. 그날 저녁 또다시 만나 저녁을 같이하자고 약속했다.

"그 뒤 경찰에서 뭔가 알아냈습니까?"

"네, 알아냈습니다. 오늘 밤에 만나서 상세한 이야기를 하겠습니다. 안녕히 계십시오, 라티머 씨."

저녁때가 되자 라티머는 예전에 시험 결과가 발표되기를 기다리던 때와 똑같은 기분을 맛보았다. 약간 흥분하여 불안감을 느끼며 며칠 전부터 알고 있는 결과의 공표를 일부러 늦추고 있는 데 대해서 몹시 격분을 느끼는 그런 기분이었다. 라티머는 분명치 않은 웃음을 띠고 마르커키스 쪽을 보았다.

"여러 가지로 귀찮게 해서 죄송합니다."

그러자 마르커키스는 손을 내저었다.

"천만에요! 앞서도 말했듯이 나는 이 일에 흥미를 느끼고 있는 겁니다. 또 그 음식점으로 갈까요? 그곳에선 조용히 이야기할 수 있으니……."

식사가 끝나고 차가 나올 때까지 마르커키스는 유럽에 세계대전이 일어날 경우 스칸디나비아 각국의 입장에 대하여 끊임없이 지껄여댔다. 라티머는 상대방을 죽이고 싶을 정도로 초조함을 느꼈다.

"그런데……" 하고 가까스로 그리스 인이 말했다. "당신의 디미트리오스에 대한 일로 오늘 밤 잠시 가볼 데가 있습니다."

"그게 무슨 말이지요?"

"앞으로 몇 사람의 경찰관과 가까워지겠다고 내가 말했는데, 사실 가까워졌답니다. 그 결과 일라나 플레베사의 거처를 알아낼 수 있었지요. 그다지 어려운 일은 아니었습니다. 그녀는 아주 잘 알려진 여자이거든요, 경찰에."

라티머는 가슴이 두근거리는 것을 느꼈다. 그는 대뜸 물었다. "그 여자는 어디에 있습니까?"

"여기서 걸어서 5분이면 갈 수 있는 곳입니다. 라 비에르쥬(성모)

상 마리라는 나흐트로칼의 여주인이지요."
"나흐트로칼?"
마르커키스가 싱긋 웃었다. "밤의 집, 당신네들이 말하는 나이트클럽 말입니다."
"아아!"
"그녀가 전부터 자기 가게를 가지고 있었던 것은 아닙니다. 오랜 세월 동안 혼자서 장사를 하기도 하고, 남의 가게에서 일하기도 했었지요. 50살 안팎인데, 나이보다 젊어 보인답니다. 경찰은 그녀를 무척 좋아하는 것 같더군요. 그녀는 밤 10시가 되어야만 일어나기 때문에 이야기에 응해줄는지는 좀더 기다려봐야 합니다. 그녀가 말한 디미트리오스의 인상을 읽으셨습니까? 아무 특징이 없다고 했지요! 그것을 읽자 나도 모르게 웃음이 터져 나오더군요."
"그의 키가 정확하게 182센티미터라는 것을 그녀가 어떻게 알았는지 이상한 생각이 들지 않습니까?"
마르커키스는 미간을 찌푸렸다. "뭐가 이상합니까?"
"자기 키도 정확히 모르는 사람이 많지요."
"당신은 어떻게 생각합니까?"
"나는 그 인상에 대한 말은 비밀서류에서 베껴낸 것으로, 그녀가 한 말이 아니라고 생각합니다."
"그래서요?"
"잠깐만. A. 바조프라는 사람이 어떤 자인지 모릅니까?"
"네, 지금 그 이야기를 하려던 참이었습니다. 나도 같은 것을 물어보았지요. 그는 변호사였습니다."
"……였다고요?"
"3년 전에 죽었으니까요. 상당한 유산이 있었지요. 부쿠레슈티에 살고 있는 그의 조카가 청구하여 재산을 물려받았습니다. 그 변호사에겐 이 나라에 살고 있는 친척이 없었던 겁니다."
 마르커키스는 한동안 뜸을 들이고 있었다. 이윽고 그는 아주 대수롭지 않은 어조로 덧붙여 말했다.
 "그는 일찍이 유라시안 신탁은행 이사회의 한 사람이었습니다. 이 이야기는 나중에 당신을 놀라게 해주려고 보류해 두었던 건데, 어쨌든 지금 이야기하겠습니다. 나는 여러 가지 기록을 조사했습니다. 유라시안 신탁은행은 1926년까지는 모나코에 등기되어 있지 않습니다. 그 이전의 이사 명부는 지금도 남아 있으므로, 어디 있는지만 알면 열람은 자유입니다."
 "그러나 이것은 굉장히 중요한 점입니다. 그것이 무엇을 뜻하는지 당신은……" 라티머는 당황해서 말했다.
 마르커키스는 계산서를 가져오라고 하여 라티머의 말을 가로막았다. 그리고 놀리는 듯한 표정으로 흘끗 라티머를 쳐다보며 말했다.
 "솔직히 말해서 당신들 영국인은 참으로 거만한 인종입니다. 상식을 자기네들의 독점물처럼 생각하는 것은 온 세계에서 당신네 나라 사람들뿐입니다."

우편엽서

 라 비에르쥬 상 마리는 서투른 농담으로 붙여진 이름으로서, 스베타 네델저 교회 뒤쪽의 주택이 늘어선 거리에 있었다. 거리는 좁고 비탈길이었으며, 가로등 같은 것도 전혀 없었다. 처음에는 부자연스러울 만큼 조용하게 느껴졌다. 그러나 그 정적 뒤에는 음악과 웃음소리가 숨어 있었다. 그 소리들은 문이 열리면 갑자기 들리고, 문이 닫히면 다시 사라져 버렸다. 앞문으로 사나이 둘이 나와서 담배에 불을 붙여 물더니 재빨리 가버렸다. 다른 보행자의 발자국 소리가 들려왔으나, 어떤 집으로 들어갔는지 이내 소리가 사라졌다.
 "지금쯤은 오가는 사람이 그리 많지 않습니다." 마르커키스가 말했다. "너무 이른 거지요."
 대부분의 문에 끼워져 있는 우유빛 유리를 통해 불빛이 부옇게 보였다. 개중에는 유리에 집의 번지가 씌어 있는 곳도 있었다. 여느 집으로서는 필요 이상 큰 글씨였다. 그밖에 이름이 씌어 있는 문도 있었다. 원더 바, 오케이, 지미즈 바, 스탬블, 톨케마더 비토샤, 르 비올 드 루클레스, 그리고 언덕을 더 올라간 곳에 라 비에르쥬 상 마리.

 두 사람은 잠시 동안 밖에 서 있었다. 문이 다른 집보다 조금 좋아 보이는 것 같았다. 마르커키스가 문을 밀어서 열고 앞서 들어가자 라티머는 지갑을 잊어버리지 않고 왔는지 손으로 더듬어서 확인했다.

 두 사람이 들어간 곳은 3평방미터쯤 되는 천장이 나직한 방이었다. 푸르스름한 벽에 일정한 간격을 두고 지천사(智天使) 인형에 떠받쳐진 형태로 타원형의 거울이 걸려 있었다. 거울과 거울 사이에는 직접 그려 넣은, 금발에 외눈안경을 쓰고 옷을 벗은 사나이와 남자용으로 만든 옷에 체크무늬 양말을 신은 여자 등 비슷비슷한 그림들이 복잡하게 장식되어 있었다. 방 한구석에 작은 바가 있었다. 그 맞은쪽 구석의 단 위에 아르헨티나 풍의 흰 윗옷을 입은 네 명의 지쳐 보이는 흑인 밴드가 앉아 있었다. 밴드 가까이에는 비로드 커튼을 친 문이 있었다. 그밖에 벽을 따라 돌아가는 가장자리 부분에는, 테이블에 앉아 있는 사람이 어깨 근처까지 파묻히는 박스가 마련되어 있었다. 한가운데의 댄스 플로어에는 몇 개의 테이블이 빙 둘러 놓여 있었다.

 두 사람이 들어갔을 때 박스에는 열 명 남짓한 사람들이 앉아 있었다. 밴드가 연주를 하고 있었으며 머지않아 시작될 쇼의 멤버로 보이는 두 젊은 여자가 진지한 표정으로 춤을 추고 있었다.

 "너무 일찍 왔군요." 실망한 듯한 어조로 마르커키스가 말했다.

 "그러나 이제 곧 떠들썩해질 겁니다."

 급사가 재빨리 그들을 박스에 앉히고 급히 사라지더니 1분도 되기 전에 샴페인 병을 가지고 나타났다.

 "돈은 충분히 가지고 있습니까?" 마르커키스가 속삭였다. "이 약물 같은 것으로 적어도 200레프는 빼앗길 테니까요."

 라티머는 고개를 끄덕였다. 200레프는 약 10실링에 해당한다.

 밴드의 연주가 멎었다. 두 여자도 춤을 그만두었다. 그중 한 여자가 라티머의 시선을 잡았다. 두 여자는 박스로 와서 웃음을 띠며 라티머와 마르키스를 내려다보았다. 마르키스가 뭐라고 말했다. 여자들이 여전히 웃음을 띤 채 어깨를 움츠리고는 가버렸다. 마르키스가 어떻게 하면 좋겠느냐는 듯한 표정으로 라티머를 쳐다보았다.

"우리끼리 할 이야기가 있으니까 나중에 마시게 해주겠다고 말했습니다. 물론 저 여자들이 없는 편이 좋다면 말입니다만……."

"없는 게 좋습니다." 라티머는 딱 잘라 말하고 샴페인을 한 모금 마시더니 몸을 부르르 떨었다.

마르키스가 한숨을 쉬었다.

"아깝습니다. 아무래도 샴페인 값은 치르는 거니까 누구 보고 마셔 달라는 게 좋을 텐데……."

"일라나 플레베사는 어디 있지요?"

"이제 곧 내려올 겁니다." 마르키스는 생각하면서 덧붙여 말했다. "우리 쪽에서 그녀가 있는 곳으로 올라가도 되지만요."

마르키스는 숨은 뜻이 있는 듯 천장을 올려다보았다. "그래도 이 가게는 상당히 세련되었군요. 모든 면에 배려가 되어 있는 것 같으니 말입니다."

"그 여자가 곧 내려올 거라면 우리가 올라갈 필요는 없겠지요." 라티머는 자신이 그럴싸하게 점잔을 빼며 말했다는 것을 알아차리고 샴페인이 마실 만한 것이 못됨을 유감스럽게 생각했다.

"그렇군요." 마르키스가 우울한 어조로 말했다.

라 비에르쥬 상 마리의 여주인이 모습을 드러낼 때까지 다시 한 시간 반이 지났다. 그동안에 주위가 떠들썩해졌다. 손님이 꽤 많아졌다. 대부분 남자였는데 그 중에는 색다른 여자도 한두 명 끼어 있었다. 분명히 손님을 끌어들이는 자로 보이는 술이 취하지 않은 맨얼굴의 사나이가 흙같이 취한 독일인 두 사람을 데리고 들어왔다. 장사

일로 온 여행자인 모양인데, 하룻밤 즐겨보려는 것 같았다. 인상이 나쁜 젊은이 두 사람이 테이블 앞에 앉아 비시 광천수를 주문했다. 비로드 커튼을 친 출입문 쪽이 꽤 붐볐다. 박스 자리도 다 차서 땀을 흘리며 쌍쌍이 몸을 흔들어대고 있는 사람들로 가득 찬 댄스 플로어 주위에 임시 자리가 마련되었다. 그러나 얼마 안 있어 플로어가 비고, 준비를 하려고 4, 5분 전에 모습을 감췄던 많은 여자들이 옷을 벗고 갈색 분을 바른 몸에 앵초꽃 조화를 한두 다발씩 달고 나타나 간단한 춤을 추었다. 이어서 여자 옷을 입은 젊은 남자가 독일어로 노래를 불렀고 그 다음에는 여자들이 조화 없이 춤을 추었다. 그것으로 쇼가 끝나자 손님들이 댄스 플로어로 밀려나왔다. 공기가 점점 탁해지고 더위가 심해졌다.

라티머는 탁한 공기 때문에 아파오는 눈으로 인상이 나쁜 한 젊은이가 코담배처럼 보이기는 하나 사실은 그렇지 않은 가루를 한 줌 상대방에게 권하고 있는 것을 멍하니 바라보고 있었다. 그러다가 용기를 내어 샴페인으로 목마름을 달래볼까 생각하고 있을 때 갑자기 마르커키스가 그의 팔을 건드렸다.

"저 여자입니다!"

라티머는 방 저쪽을 보았다. 한순간 댄스 플로어 저쪽 끝에 있던 두 사람이 시야를 가로막았으나 그들이 3, 4센티미터쯤 움직이자 커튼을 친 문 옆에 꼼짝도 않고 서 있는 그녀의 모습이 보였다.

그녀는 고급 옷에 머리를 정성껏 매만지고 솜씨 있게 화장했으나, 어딘지 모르게 난잡해 보이는 느낌을 몸에 지니고 있었다. 몸은 뚱뚱한 편이었지만 보기에 괜찮았고, 거동도 훌륭했다. 옷은 아주 값비싸 보였으며, 탐스러운 검은 머리는 미용사가 두 시간쯤 손질한 것으로 보였다. 그리고 타락한 여자라는 것을 단번에 알아볼 수가 있었다. 뭔가 가짜의 모습이랄까, 가사 상태와 비슷한 분위기를 띠고 있었다.

금방 머리가 마구 흐트러지고 드레스가 부드럽고 매끄러운 한쪽 어깨에서 칠칠치 못하게 흘러내려와 축 늘어지자 다이아몬드 반지를 낀 손으로 핑크 빛 비단 끈을 다시 어깨 위로 올리고 그 손이 무심코 머리를 매만지는 모습이 눈에 보이는 것만 같았다. 그것을 그녀의 검은 눈에서 볼 수가 있었다. 볼연지를 바른 둘레의 살이 늘어졌으나, 입은 야무지게 다물고 있어 명랑한 느낌을 주었다. 눈이 불규칙적인 수면으로 졸린 듯 흐리멍덩했다. 입매가 웃음을 띠고 여러 손님에게 인사를 보내고 있는 동안 커다랗게 뜬 눈은 두리번두리번 사방을 둘러보고 있었다. 라티머는 그녀가 방향을 휙 바꾸어 바 쪽으로 가는 것을 지켜보고 있었다.

마르커키스가 급사를 손짓하여 부르더니 뭐라고 말했다. 급사는 한순간 망설였으나 곧 고개를 끄덕였다. 라티머는 급사가, 사람과 테이블 사이를 빠져나가 쇼중인 한 여자를 끌어안은 뚱뚱한 남자와 이야기하고 있는 일라나 플레베사 쪽으로 가는 것을 보고 있었다. 급사가 그녀의 귀에 대고 뭐라고 속삭였다. 일라나 플레베사는 이야기를 멈추고 급사를 쳐다보았다. 그가 라티머와 마르커키스 쪽을 가리키자 그녀의 눈이 쌀쌀한 빛을 띠고 두 사람을 보았다.

"나에게 할 말이 있다고요?" 일라나 플레베사는 좀 귀에 거슬리는 쉰 듯한 목소리로 사투리가 심한 프랑스 어로 말했다.

"잠깐만 우리 자리에 앉아주시면 대단한 영광이겠습니다."

마르커키스가 말했다.

"좋아요."

일라나 플레베사는 마르커키스의 옆 자리에 앉았다. 재빠르게 급사가 나타났다. 그녀는 손을 흔들어 보낸 다음 라티머 쪽을 보았다.

"손님은 처음 뵙는데요. 친구분은 뵌 일이 있지만. 우리 가게에선 처음이에요." 그녀는 곁눈으로 마르커키스를 슬쩍 보았다. "파리 신문에 나에 대한 이야기를 쓰시려는 건가요? 그렇다면 우리 집에서 하는 다음 쇼도 함께 보아주세요——친구분도."

마르커키스가 웃음을 지었다.

"아닙니다. 친절하게 대해주시니 물어보고 싶은 일이 있군요."

"물어보고 싶은 일이라고요?" 검은 눈이 표정을 감췄다. "나는 남들이 흥미를 느끼는 일 같은 건 아무것도 몰라요."

"당신은 입이 무겁기로 유명하지요. 그러나 우리가 물어보고 싶은 것은 당신이 15년 전에 알았던 사람으로 지금은 죽어 땅에 묻힌 어떤 사나이에 관한 일입니다."

여자가 살짝 웃자 라티머는 그녀의 이가 심한 상태에 있다는 것을 알았다. 그녀는 아예 몸을 떨면서 큰 소리로 웃었다. 얌전한 체하는 가면을 벗고, 나이를 드러내놓은 추한 웃음이었다. 웃음이 가라앉자 잔기침을 하기 시작했다.

"꽤 에둘러 이야기하시는군요." 일라나 플레베사는 숨을 헐떡이며 말했다. "15년 전 내가 알았던 사나이를 그렇게 오래 기억하고 있다고 생각하세요? 놀라게 하지 마세요. 아무래도 한잔 사 달래야겠군요."

라티머는 급사를 손짓해서 불렀다.

"무엇을 마시겠습니까, 마담?"

"샴페인. 이런 구정물 같은 것 말고, 급사가 알고 있어요. 15년 전이라니!"

그녀는 아직도 재미있어하고 있었다.

"당신이 기억하고 있으리라고 기대하는 것은 아니오." 마르커키스가 쌀쌀한 어조로 말했다. "그러나 어떤 이름이 당신에게 무언가 뜻이 있다면 디미트리오스라는 이름으로——디미트리오스 매클로포로스."

일라나 플레베사는 담배에 불을 붙이고 있었다. 그러다가 타고 있는 성냥을 손가락 사이에 끼운 채 얼어붙었다. 눈이 담배 끝을 바라보고 있었다. 몇 초 동안 라티머의 눈에 비친 그녀 표정의 움직임은 입 양쪽 끝이 천천히 처져내려간 것뿐이었다. 마르커키스는 두 귀에 솜을 틀어막은 듯 주위의 소리가 갑자기 멀리 사라져버린 듯한 기분이 들었다. 이윽고 그녀는 손가락 사이에 끼우고 있던 성냥을 천천히 돌려 눈앞의 접시 위에 버렸다. 눈은 움직이지 않았다. 그녀가 낮은 목소리로 말했다.

"미안하지만 이 가게에서 나가줬으면 좋겠어요. 나가세요, 두 분다!"

"그러나……."

"나가라니까요!" 여전히 낮은 목소리로 말하면서 그녀는 머리를 움직이지 않았다.

마르커키스가 라티머 쪽을 쳐다보고 어깨를 으쓱하며 일어섰다. 라티머도 뒤이어 일어섰다. 그녀는 음울한 표정으로 노려보듯이 두 사람을 올려다보았다.

"앉으세요." 그녀는 물어뜯을 듯이 말했다. "내가 여기서 소동을 벌일 것 같아요?"

두 사람은 도로 앉았다. 마르커키스가 빈정거리는 어조로 말했다.

"일어서지 않고 이곳에서 나갈 수 있는 방법을 가르쳐주시면 대단히 고맙겠습니다."

그녀의 오른손 손가락이 재빨리 움직여 술잔을 잡았다. 한순간 라티머는 그녀가 술잔을 마르커키스의 얼굴에 내던지는 줄 알았다. 그녀가 손가락을 늦추며 그리스 어로 뭐라고 말했으나, 너무 빨랐으므로 그로서는 알아들을 수가 없었다.

마르커키스가 고개를 저었다.

"아니, 이분은 경찰과 아무 관계도 없는 사람입니다" 하고 그가 대답하는 말을 라티머는 알아들었다. "책을 쓰는 분으로, 정보를 구하고 있는 거요."

"왜요?"

"호기심에서지요. 한두 달 전 이스탄불에서 디미트리오스 매클로포로스의 시체를 보고 그 사람에 대한 것을 좀더 알고 싶어졌답니다."

그녀는 라티머 쪽을 보더니 격렬하게 그의 소매를 잡았다.

"그 사람이 죽었나요? 죽은 게 확실한가요? 정말 시체를 보셨어요?"

라티머는 고개를 끄덕였다. 그녀의 그런 태도를 보니 층계를 내려가 가족들에게 죽음을 알리는 의사가 된 듯한 묘한 기분이 들었다.

"칼에 찔려 바다에 집어던져졌던 겁니다"라고 라티머는 말하고 나서 그런 서투른 표현을 한 스스로를 나무랐다.

일라나 플레베사의 눈에 라티머로서는 이해할 수 없는 표정이 떠올랐다. 그녀 나름대로 그 사나이를 사랑했었는지도 모른다. 이것도 인생의 한 단면이다. 그 다음에는 눈물이 나올 것이다.

그러나 눈물은 나오지 않았다. 그녀가 말했다.

"그는 돈을 가지고 있었나요?"

이해를 못한 채 라티머는 천천히 고개를 저었다.

"제기랄!" 그녀는 독살스러운 목소리로 말했다. "그는 나에게 천 프랑의 빚이 있었어요. 이제 절대로 돌아오지 않는다고, 개새끼! 나가요, 둘 다, 안 나가면 내쫓겠어요!"

라티머와 마르커키스가 라 비에르쥬 상 마리를 나온 것은 3시 반이 다 되어서였다.

그때까지의 두 시간 동안 그들은 일라나 플레베사의 방에 가 있었다. 꽃을 장식해 놓고 가구가 가득 찬 방이었다. 가장자리에 술이 달려 있는 모서리에 새의 그림이 펜으로 그려 넣어진 흰 비단덮개가 덮인 호두나무 재목의 그랜드 피아노, 장식용 골동품이 놓여 있는 작은 테이블, 여러 개의 의자, 대나무 대에 심어놓은 잎이 변색해 가는 야자나무, 긴 의자, 그리고 스페인 떡갈나무로 만든 커다란 뚜껑 달린 책상 등이 있었다. 일라나 플레베사의 안내로 커튼을 쳐놓은 문을 통해 충계로 올라간 그들은 양쪽으로 번호가 붙은 문이 즐비한 복도를 지나 그 방에 이르렀다. 그 복도에 감도는 냄새로써 라티머는 면회 시간중인 고급 요양소를 연상했다.

라티머는 그녀의 방에까지 들어가게 될 줄은 꿈에도 생각지 못했었다. 자기 방으로 가자고 한 건 그녀가 마지막으로 "나가지 않으면……" 하고 두 사람에게 경고하고 난 직후였다. 그녀가 딱해 보이는 표정으로 사과했다. 천 프랑은 어디까지나 천 프랑이다. 이제는 자기 수중으로 돌아오지 않는다. 눈에 눈물이 글썽해졌다. 라티머는 믿어지지 않는 마음으로 여자를 보고 있었다. 그 돈은 1923년에 빌려간 것이다. 15년이나 지난 지금 그 돈이 돌아오기를 진심으로 기대하고 있었다니, 도저히 믿을 수 없는 일이다. 아마 언젠가 디미트리오스가 찾아와 천 프랑 지폐를 나뭇잎처럼 뿌리리라는 로맨틱한 꿈을 마음 한구석에 간직하고 있었던 모양이다. 동화 같은 꿈이다! 라티머가 전해준 소식으로 그 꿈이 깨어져 치민 분노가 사라지자 그녀는 동정을 필요로 했다. 두 사람이 디미트리오스에 관한 정보를 구한 일은 용서해 주겠다, 나쁜 소식을 가져온 자에게 그 소식이 얼마나 나쁜 것인가를 이해시킬 필요가 있다, 자기는 전설 속에 나오는 인물에게 이별을 고하고 있었던 것이다, 이야기를 들어줄 사람이 필요하다, 자기가 얼마나 호기롭게 굴던 어리석은 여자였는지 이해해 줄 사람이 필요하다고 말하며 슬픔을 한층 더 강조하기 위해서인지 두 사람에게 한턱 쓰겠다는 것이었다.

　일라나 플레베사가 뚜껑달린 책상 서랍을 뒤지고 있는 동안 두 사람은 긴 의자에 나란히 앉아 있었다. 이윽고 그녀는 작은 칸막이가 여러 칸 있는 선반에서 모서리가 닳아빠진 수첩을 꺼내어 손가락 끝으로 페이지를 홱홱 넘겼다.

　일라나 플레베사가 갑자기 입을 열었다.

　"1923년 2월 15일."

　그리고는 수첩을 탁 덮더니 그 날짜의 정확성을 신에게 증명해 달라는 듯 천장 쪽으로 눈을 들었다.

　"이날 그 돈이 내 수중으로 들어오게 되어 있었어요. 그 사람이 신에게 맹세하고 나에게 돌려주겠다고 했던 그 돈이……그런데 내 손에 들어오기로 되어 있었던 그 돈을 그자가 받은 거예요. 나는 소동을 벌이는 것이 싫었으므로——싸우는 것은 딱 질색이에요——그에게 빌려줘도 좋다고 했어요. 그러자 2, 3주일 안으로 큰돈이 들어올 테니까 반드시 갚겠다고 말하더군요. 하지만 그는 그 큰돈을 손에 넣고도 나의 천 프랑은 돌려주지 않았어요. 내가 그처럼 잘해주었는데도!

　나는 그 사람을 시궁창에서 건져주었어요. 12월이었지요. 추위가 대단했어요. 동부 지구에서는 기관총에 맞아 쓰러지는 것보다도 더 빠른 속도로 사람이 죽어갔어요. 나는 기관총으로 사람을 쏘아 죽이는 것을 이 눈으로 봤어요. 그 무렵에는 나도 이런 가게를 가지고 있지 않았어요. 물론 그때는 젊었지요. 곧잘 부탁을 받아 사진 모델 노릇도 했어요. 내가 무척 좋아하던 사진이 한 장 있었는데 산뜻한, 새하얀 시폰 옷을 걸치고 허리를 띠로 죄어 맨 다음 작은 흰 꽃이 달린 화관을 쓰고 찍은 거였어요. 오른손은——그래요

──흰 기둥에 대고 빨간 장미를 한 송이 들고 있었어요. 그 사진은 연인들을 위한 그림엽서에 쓰였답니다. 사진을 찍은 사람이 장미에 색칠을 하고 엽서 아래쪽에 아주 아름다운 시를 인쇄했어요."
눈물에 젖은 가무잡잡한 눈까풀이 눈을 덮으며 그녀는 조용히 노래 불렀다.

당신의 베개가 되고 싶어요.
그리고 당신의 기쁨을 밤새도록 지켜드렸으면······.

"굉장히 아름답지요?"
웃음이 살며시 입가에 떠올랐다.
"나는 몇 년 전에 내 사진을 모조리 태워버렸어요. 가끔 후회스럽게 여겨질 때도 있지만, 내 판단이 옳았다고 생각해요. 언제까지나 과거를 생각한다는 것은 좋은 일이 아니에요. 그래서 오늘밤 당신들이 디미트리오스의 이야기를 꺼냈을 때 화를 냈던 거예요. 그는 과거의 사람이니까요. 사람은 현재와 미래만을 생각하면 되는 거예요.
그러나 디미트리오스만은 간단히 잊어버릴 수 없는 사람이에요. 나는 지금까지 숱한 사나이를 알아왔지만, 무서웠던 사람은 꼭 두 사람이었어요. 하나는 내가 일찍이 결혼했던 사람, 또 한 사람은 디미트리오스. 사람은 자기를 속이기 마련이에요. 그래서 상대가 자신을 반 이상 이해해 주지 말았으면 하면서도 완전히 이해해 주기 바라지요. 만일 누군가가 자기를 완전히 이해하게 되면 그 사람이 무서워져요. 나의 남편은 나를 사랑하고 있었기 때문에 나를 완전히 이해하고 있었지요. 그래서 난 그를 두려워했어요. 그러나 그가 나에게 싫증을 느끼게 되자 난 웃어줄 수도 있었고 두려운 생각도 없어졌어요. 그러나 디미트리오스는 달랐어요. 디미트리오스는 내가 나 자신을 이해하고 있는 것보다 더 나를 속속들이 알고 있었어요. 그렇다고 해서 그가 나를 사랑했던 건 아니에요. 그는 누구도 사랑할 수 없었던 사람이에요. 나는 언젠가 그를 비웃을 날이 오리라고 생각했지만 그 날은 끝내 오지 않았어요. 아무도 디미트리오스를 비웃어줄 수는 없어요. 나는 마지막에야 그 사실을 알았어요. 그가 없어졌을 때 난 그를 미워했어요. 그리고 그에게 천 프랑을 받아야 하기 때문이라고 스스로에게 타일렀지요. 그 증거로 수첩에 적어놓았어요. 그러나 나는 자신을 속이고 있는 데 지나지 않았어요. 그는 내게 천 프랑 이상의 빚을 지고 있었어요. 그는 언제나 돈 문제로 나를 속이곤 했어요. 내가 그를 증오한 것은, 그가 무섭고 이해할 수 없었기 때문이었지요.

그 무렵 나는 호텔에서 살고 있었어요. 지저분한 곳으로 세상의 쓰레기 같은 사람들이 모여 있었지요. 그곳 주인은 욕심 많고 거만한 작자였지만, 경찰과 친했어요. 방값만 치르면 비록 서류가 갖추어져 있지 않아도 안심하고 살 수 있었지요.

어느 날 오후 방에서 쉬고 있는데, 옆방에서 호텔 주인이 누군가에게 고함치고 있는 소리가 들려왔어요. 벽이 얇아서 다 들렸어요. 주인은 언제나 소리를 잘 지르기 때문에 처음에는 나도 신경을 쓰지 않았지요. 그러나 그 두 사람이 그리스 말로 지껄이고 있어서 ──나는 그리스 말을 알거든요──나도 모르게 귀를 기울이게 되었지요. 영감이 방값을 내지 않으면 경찰을 부르겠다고 위협하고 있었어요. 상대방의 목소리는 너무 낮아 알아들을 수가 없었어요. 이윽고 주인영감이 나갔으므로 조용해졌어요. 그래서 꾸벅꾸벅 졸고 있는데 우리 방문의 손잡이를 돌리는 소리가 들려왔어요. 문에는 걸쇠가 걸려 있었지요. 내가 보고 있으니까 손잡이가 천천히 돌아가더니 다시 제자리로 돌아가더군요. 이번에는 노크 소리가 들려왔어요.

내가 누구냐고 묻자 아무 대답도 없었어요. 누군가 친구가 왔는데 내 말소리를 알아듣지 못했나보다 하고 나는 문 쪽으로 가서 걸쇠를 뺐지요.

그런데 밖에 디미트리오스가 서 있었어요.

그는 들어가도 좋겠느냐고 그리스 말로 나에게 묻더군요. 무슨 일로 그러느냐고 묻자 나에게 할 말이 있다는 거였지요. 내가 그리스 말을 안다는 것을 어떻게 알았느냐고 물었으나 그는 대답을 하지 않았어요. 그때 나는 그가 옆방에 있는 사람이라는 것을 알았지요. 그때까지 층계에서 한두 번 지나친 일이 있었지만 그는 옆으로 비켜서는 등 언제나 아주 예의바르고 신경질적으로 보였어요. 그러나 이때는 신경질을 부리지 않았어요. 나는 지금 쉬고 있는 중이니까 만나고 싶으면 좀더 있다가 와달라고 말했지요. 그러나 그는 빙긋 웃으며 문을 밀고 들어와 벽에 기대서더군요.

나는 나가라고 하며 안 나가면 주인을 부르겠다고 했어요. 그러나 그는 그냥 웃을 뿐 그대로 벽에 기대서 있었어요. 그리고 아까 주인영감이 하는 말을 들었느냐고 묻기에 듣지 못했다고 대답했어요. 나는 테이블 서랍에 권총을 넣어두었으므로 그것을 가지러 갔는데, 그는 내 속셈을 알아차렸는지 태연한 태도로 방을 가로질러 자기 방처럼 그 테이블 옆으로 왔어요. 그리고는 돈을 좀 빌려달라고 나에게 말했지요.

나도 바보는 아니었어요. 천 레프 지폐를 한 장 커튼 위쪽에 핀으로 꽂아놓았지만, 백 속에는 동전이 몇 닢 들어 있을 뿐이었어요. 그래서 돈이 없다고 했지요. 그러나 그 말이 들리지 않는 듯 어제부터 아무것도 먹지 못한데다 돈 한 푼 없는데 몸까지 아프다는 것이었어요. 그는 이렇게 말하면서도 눈을 이리저리 굴리며 방 안을 둘러보고 있었어요. 지금도 그때의 그 모습이 눈에 떠올라요. 얼굴은 매끈한 달걀형으로 창백했으며, 이제부터 환자를 아프게 해야 할 때의 의사의 눈을 연상케 하는 근심어린 짙은 갈색 눈이었어요. 나는 문득 겁이 났어요. 돈은 없지만, 원한다면 빵은 조금 있다고 했지요. 그러자 그 빵이라도 좀 달라고 말하더군요. 나는 서랍 속에서 빵을 꺼내 그에게 주었어요. 그는 여전히 테이블에 기대선 채 천천히 먹더군요. 빵을 다 먹고 나더니 담배를 한 개비 달라고 했어요. 그래서 한 개비 주었지요. 그러자 그는 대뜸 내게는 보호자가 필요하다는 거예요. 그때 나는 그의 속셈을 알 수 있었습니다. 그래서 내 일은 내가 알아서 해낼 수 있다고 말해 주었지요. 그러자 나보고 어리석은 여자라나요. 그것을 실증할 수도 있다고 말했지요. 자기에게 오늘 5,000레프가 생기게 되는데, 시키는 대로만 하면 그 반을 주겠다는 거예요. 그래서 나는 어떻게 하면 되느냐고 물었지요. 그러자 자기가 부르는 대로 편지를 쓰라고 하더군요. 한 번도 들어본 일이 없는 이름의 사나이 앞으로 보내는 편지였는데, 다만 5,000레프를 요구하는 내용이었어요. 나는 그 사람이 돌지 않았나 싶어 빨리 쫓아내려고 그 편지를 받아쓴 다음 '일라나'라고 서명했어요. 그러자 그날 밤 어떤 카페에서 만나자고 말하더군요.

 나는 그런 약속은 무시해 버렸어요. 다음날 아침 그가 또 나의 방으로 찾아왔어요. 그러나 나는 들어오지 못하게 했지요. 그는 몹시 화를 내며 나에게 줄 2500레프를 가지고 왔다고 했어요. 내가 그 말을 믿지 않자 그는 문 밑으로 천 레프짜리 지폐를 들이밀며 들어가게 해주면 나머지를 주겠다는 거였어요. 그래서 나는 들어오게 했지요. 그는 곧 나에게 나머지 1500레프를 주었어요. 어디서

난 거냐고 묻자 그 사람에게 그 편지를 전했더니 곧 돈을 주더라고 했어요.

나는 언제나 조심스럽고 신중했어요. 친구들의 본명에는 관심이 없었지요. 디미트리오스는 내 친구 중 한 사람의 뒤를 밟아 집까지 따라가서 그의 본명과 지위가 있는 사람이라는 것을 알아내어 나의 편지를 보이고 돈을 내놓지 않으면 부인과 딸에게 알리겠다고 위협했던 거예요.

나는 펄펄 뛰며 화를 냈어요. 겨우 2500레프 때문에 소중한 친구를 잃고 말았다고 말이에요. 그러자 디미트리오스는 더 돈이 많은 친구를 찾아주겠다고 하더군요. 그러면서 내게 돈을 준 건 자기의 말이 진심이라는 것을 보여주기 위해서라는 거예요. 자기가 직접 편지를 써서 나에게 말하지 않고 친구한테 가져갈 수도 있었다는 거지요.

나는 맞는 말이라고 생각했어요. 그와 동시에 내가 승낙하지 않으면 그는 다른 친구를 찾아갈지도 모른다는 생각이 들더군요. 그래서 디미트리오스는 나의 보호자가 되었고 사실 더 돈많은 친구를 데리고 왔어요. 그는 고급 옷을 사 입고 때로는 일류 카페에도 드나들었어요.

그런데 얼마 뒤 나를 아는 어떤 사람이 디미트리오스가 정치에 관여하여 경찰에서 노리고 있는 카페에 자주 드나든다고 일러주더군요. 그래서 바보 같은 짓은 하지 말라고 말했지만, 그는 듣지 않았어요. 그는 머지않아 큰 돈을 잡게 된다고 했어요. 그는 며칠씩 소피아를 떠나는 일이 많아졌어요. 나갈 때는 나에게 아무 말도 하지 않았고 나도 묻지 않았어요. 그러나 그에게 중요한 자리에 있는 친구가 생겼다는 것은 알았지요. 어느 날 경찰이 그의 서류에 대해 시끄럽게 굴었을 때도 그는 웃으면서 경찰에 대해서라면 걱정하지 말라는 거였어요. 경찰은 자기의 손가락 하나 건드릴 수 없다고 말이에요.

그러던 어느 날 아침 그가 몹시 흥분해서 나를 찾아왔어요. 밤새도록 여행을 했는지 수염이 더부룩하게 자라 있었어요. 그가 그렇게 침착성을 잃은 것은 처음 보았어요. 나의 손목을 잡고 만일 누가 묻거든 지난 사흘 동안 자기는 나와 함께 있었다고 말하라는 거였어요. 나는 1주일 이상이나 그를 만난 일이 없었지만 그의 말을 듣지 않을 수 없었어요. 그는 그대로 나의 방에서 잠이 들어버렸어요.

아무도 그에 대한 것으로 나에게 묻는 사람은 없었어요. 그러나 그날 늦게 나는 신문 기사로 하스코프에서 스탐볼리스키의 목숨을 노린 자가 있었다는 것을 알고, 디미트리오스가 어디에 가 있었는지 짐작이 갔어요. 그러자 나는 겁이 더럭 나더군요. 나에게는 디미트리오스를 알기 전부터 오랜 동안 사귀어온 친구가 있었어요. 그런데 그는 그전부터 나를 아파트에서 살게 해주겠다고 했었어요. 디미트리오스가 일어나서 방을 나가자 나는 곧 그 친구를 찾아가 그가 빌려준다는 아파트에 들어가겠다고 말했지요.

말은 그렇게 했지만, 나는 무서워서 그날 밤 디미트리오스를 만났을 때 그 이야기를 죄다 해버렸어요. 나는 그가 화를 낼 줄 알았는데, 그는 아주 조용한 목소리로 그렇게 하는 것이 나에게는 가장 좋은 일일지도 모른다고 말하는 거였어요. 그러면서도 여느 때와 다름없이 환자를 아프게 해야 할 때의 의사 같은 얼굴 표정을 짓고 있었으므로, 나는 도무지 그의 속셈을 알 수가 없었어요. 나는 용기를 내어 둘 가운데 한 사람만을 선택해야 한다고 그에게 말했지요. 그는 이 말에 동의하고 사흘 뒤에 나와 만나 빌려간 돈을 다 갚겠다고 말했어요.

사흘 뒤 나는 약속한 카페에서 기다렸으나, 그는 나타나지 않았어요. 몇 주일 뒤 그를 만났는데, 여행을 했었다면서 내일 만나주면 빌려간 돈을 갚겠다고 하더군요. 약속 장소는 페로츠카 거리에 있는 카페로 내가 싫어하는 싸구려 가게였어요.

이번에는 약속대로 그가 나타났어요. 돈이 뜻대로 안 되었는데 큰돈이 들어올 테니까 2, 3주일만 더 기다려 달라는 거였어요.

나는 그가 그 말을 하려고 나온 것이 이상하게 생각되었지만 곧 이유를 알게 되었어요. 그는 나에게 부탁할 일이 있어서 왔던 거예요. 누구든 믿을 수 있는 사람이 어떤 편지를 받아주어야겠다는 거였어요. 자기 편지가 아니라 탈라트라는 터키 인 친구의 편지였어요. 그 친구에게 나의 주소를 쓰게 해주면 돈을 갚으러 올 때 디미트리오스 자신이 받아가겠다는 거였지요.

나는 좋다고 대답했어요. 달리 방법이 없었거든요. 그렇게 해두면 디미트리오스는 편지를 받기 위해서라도 나에게 돈을 갚아야 할 거라고 생각한 거지요. 그러나 그는 한 푼도 주지 않고 편지를 받아갈 것이고, 그렇게 되면 나는 어쩔 수 없으리라는 것을 나 자신도 잘 알고 있었으며 그 사람도 잘 알고 있었어요.

우리는 테이블 앞에 앉아 커피를 마시고 있었어요——디미트리오스는 카페에서는 대단히 인색했으니까요——그때 경찰이 서류를 조사하려고 들어왔지요. 그 무렵 흔히 있는 일이었지만, 그 평판이 좋지 못한 카페에 있는 것이 경찰의 눈에 띈 것은 아주 불리했어요. 디미트리오스의 서류는 완전히 갖추어져 있었지만, 그는 외국인이었으므로 그와 함께 나도 이름을 적히고 말았어요. 경찰들이 나가자 그는 굉장히 화를 냈어요. 그러나 내가 보기에는 그의 이름이 적혀서가 아니라 그와 함께 있었다는 이유로 내 이름이 적혔기 때문인 것 같았어요. 그는 몹시 화를 내며 편지에 대한 것은 다른 사람에게 부탁할 테니까 걱정하지 말라고 하더군요. 우리는 그 카페를 나왔지요. 내가 그를 본 것은 그것이 마지막이었어요."
 일라나 플레베사는 만다린 큐라소를 앞에 놓고 있었는데, 그것을 집어 들어 몹시 목마른 듯이 마셨다. 라티머가 헛기침을 했다.
 "그래, 마지막으로 그에게서 연락이 있었던 것은 언제지요?"
 한순간 그녀의 눈에 의혹의 표정이 떠올랐다.
 라티머는 다시 말했다.
 "디미트리오스는 죽었습니다, 마담. 그리고 15년의 세월이 흘렀습니다. 소피아의 사정도 완전히 바뀌었습니다."
 그녀 특유의 경련을 일으키는 듯한 묘한 웃음이 입가에 떠올랐다.
 "'디미트리오스는 죽었습니다, 마담'이라는 말이 나에게는 아주 이상하게 들리는군요. 디미트리오스를 죽은 사람으로 생각할 수가 없어요. 어떤 모습이었을까요?"
 "머리가 하얗게 세었더군요. 그리스와 프랑스에서 산 옷을 입고 있었습니다. 싸구려였지요."
 나는 무의식중에 허키 대령의 말을 입 밖에 내었다.
 "그럼, 부자가 되진 못했군요?"
 "파리에서 한 번 부자가 되었는데, 그 돈을 모조리 잃어버렸나 봅니다."
 일라나 플레베사는 웃었다.
 "상당히 자존심 상했겠군요." 그러나 다시 의아심이 생겼는지 덧붙여 말했다. "당신은 디미트리오스의 일에 대해 꽤 많이 알고 있군요. 그가 정말로 죽었다니 난 이해할 수가 없어요."
 "나의 친구는 작가랍니다. 그러니까 당연히 인간의 성격에 흥미를 느끼게 되는 거지요." 마르커키스가 말참견을 했다.
 "어떤 것을 쓰는데요?"

"미스터리소설."

그녀는 어깨를 으쓱해 보였다.

"그런 걸 쓰는 데 인간의 성격 같은 것을 알 필요까지는 없잖아요. 인간의 성격을 알 필요가 있는 것은 연애소설 같은 거예요. 미스터리소설은 추악해요. 그러나 《광기있는 팔린》은 아름다운 이야기예요. 당신도 좋아하시나요?"

"굉장히 좋아합니다."

"난 17번이나 읽었어요. 나는 위더의 작품은 하나도 빼놓지 않고 다 읽었지만 그것이 제일 좋았어요. 이제 나는 나의 추억을 쓸 작정이에요. 나는 여러 인간의 성격을 보아왔으니까요."

웃음이 교활한 느낌을 주었다. 일라나 플레베사는 한숨을 쉬며 다이아몬드 브로치를 매만졌다.

"그런데 당신은 디미트리오스의 일을 더 알고 싶으신 모양이지요? 좋아요. 1년 뒤에 또 디미트리오스에게서 연락이 있었어요. 어느 날 나는 아드리아노플에서 보낸 그의 편지를 받았습니다. 국유지의 주소로 되어 있더군요. 혹시 탈라트라는 사나이 앞으로 보내온 편지를 받았느냐는 내용이 씌어 있었어요. 받았으면 그 내용을 편지로 알려주고 받은 편지는 잘 보관해 두라며, 자기가 연락했다는 말을 아무에게도 하지 말라는 거였어요. 그는 또 빌려간 돈은 틀림없이 갚겠다고 약속을 했지요. 나는 탈라트 앞으로 온 편지는 한 통도 받은 일이 없었으므로 편지로 그 사실을 알려줬어요. 그리고 당신이 없어지자 친구를 다 잃게 되어 그 돈이 꼭 필요하다고 써 보냈어요. 거짓말이었지만 추어주면 돈을 갚아줄지도 모른다는 생각이 들었던 거예요. 그러나 당치도 않은 생각이었어요. 그는 답장도 해주지 않았어요.

그로부터 몇 주일 뒤에 어떤 사나이가 나를 만나러 왔어요. 관리 같은 느낌이 들었는데, 아주 엄격하고 사무적이었지요. 차림새는 아주 사치스러워보였고요. 경찰이 나에게 디미트리오스에 대해 물어보러 찾아올 거라고 그 사나이는 말했어요.

그 말을 듣고 나는 깜짝 놀랐지만 그 사나이는 조금도 걱정할 필요가 없다고 말했어요. 그리고 나에게 답변하는 방식을 일러주었지요. 경찰을 만족시키려면 인상을 어떻게 보이면 좋다는 등…… 아드리아노플에서 온 편지를 보이자 그는 흥미를 느끼는 것 같았어요. 아드리아노플에서 온 편지에 대해서는 경찰에 말해도 되지만 탈라트라는 이름에 대해서는 아무 말도 하지 말라고 하더군요. 그 편지를 가지고 있으면 위험하니까 태워버리는 게 좋을 거라고 말하기도 했어요. 내가 화를 내자 그 사나이는 천 레프 지폐를 한 장 주면서 디미트리오스를 좋아하느냐, 당신은 그의 친구냐고 묻더군요. 그래서 나는 그를 미워하고 있다고 말해 주었어요. 그러자 그 사나이는 우정이란 소중한 것이라며, 자기가 시킨 대로 경찰에 말해 주면 5,000레프를 주겠다고 했어요." 그녀는 어깨를 으쓱해보였다. "그렇다면 열심히 하겠다고 대답했지요. 5,000레프! 경찰이 왔기에 그 사나이가 일러준 대로 말했더니 그 다음날 5,000레프가 든 봉투를 우편으로 보내왔더군요. 봉투에는 지폐만 들어 있고 편지 같은 것은 일체 들어 있지 않았어요. 나로서는 아무래도 상관없는 일이었지요. 그런데 잘 들어보세요! 그러고 나서 2년쯤 지난 뒤 나는 거리에서 그 사나이를 만났어요. 내가 가까이 다가가자 그 바보는 전혀 모르는 척하며 경찰을 부르잖겠어요? 우정이란 소중한 것이더군요."

그녀는 수첩을 집어서 칸막이 선반에 넣었다.

"그럼, 이제 그만 실례하고 손님들 쪽으로 가봐야겠어요. 아무래도 너무 지껄인 것 같군요. 이제 아셨겠지만, 나는 디미트리오스에 관해 흥미를 느낄 만한 일은 아무것도 몰라요."

"아주 흥미 있는 이야기였습니다, 마담."

일라나 플레베사가 웃었다.

"만일 바쁘시지 않다면 디미트리오스보다 더 흥미 있는 것을 보여 드릴 수 있어요. 우리 집에 아주 재미있는 여자아이가 둘……."

"오늘 밤에는 시간이 없습니다. 다른 날 밤이라면 기꺼이 보겠습니다만…… 당신이 마신 술값은 우리가 냈으면 하는데요."

그녀는 다시 웃었다.

"좋을 대로 하세요. 어쨌든 당신들과 이야기하게 되어 정말 즐거웠어요. 아니, 아니, 부탁이에요! 난 미신을 믿기 때문에 내 방에서 돈을 꺼내면 굉장히 싫어해요. 제발 손님들 테이블을 맡았던 급사와 의논해서 지불하세요. 나는 이만 실례하고, 함께 아래로 내려가지는 않겠어요. 잠깐 볼일이 있어요. 그럼, 또 뵙겠어요. 안녕히 가세요, 손님. 또 오세요."

촉촉한 검은 눈이 상냥하게 두 사람을 쳐다보고 있었다. 라티머는 자신이 그 자리를 떠나기가 괴로운 듯한 묘한 기분에 사로잡혀 있음을 깨달았다.

계산서를 요구하자 지배인이 나타났다. 시원스럽고 호감이 가는 사나이였다.

"1,100레프입니다, 손님."

"뭐라고요?"

"손님들이 마담과 결정하신 금액입니다."

"생각해 보니 디미트리오스가 한 짓만 비난할 수는 없을 것 같군요. 그가 한 짓에도 일리가 있었던 것 같습니다."

거스름돈을 기다리는 동안 마르커키스가 말했다.

"디미트리오스는 유라시안 신탁은행의 의뢰를 받은 바조프에게 고용되어 스탐볼리스키 암살과 관련된 일을 했던 겁니다. 그자들이 어떻게 해서 그를 선택했는지 알 수 있으면 재미있겠지만, 그것은 이제 도저히 불가능한 일이 되었지요. 그러나 그자들이 아드리아노플의 일에서도 디미트리오스를 고용한 것을 보면 그에게 만족했던가 봅니다. 그는 아마 그쪽에서 탈라트라는 이름을 쓰고 있었던 모양이지요."

"터키 경찰은 그 사실을 몰랐던 겁니다. 디미트리오스라는 이름으로만 물었으니까요." 라티머가 말했다. "여기서 내가 이해할 수 없는 것은, 왜 바조프——1924년에 플레베사를 찾아간 것이 바조프였다는 건 분명합니다——가 아드리아노플에서 온 편지를 받았다는 사실을 그녀로 하여금 경찰에 이야기하도록 허락했느냐 하는 점입니다."

"물론 이유는 하나밖에 없습니다. 그때 디미트리오스는 이미 아드리아노플에 없었기 때문이지요. 정말 묘한 하룻밤이었군요." 마르커키스는 하품을 삼켰다.

두 사람은 라티머가 묵는 호텔 앞에 서 있었다. 밤공기가 차가웠다.

"그럼, 실례합니다." 라티머가 말했다.

"소피아를 떠나실 겁니까?"

"네, 베오그라드로 가겠습니다."

"그렇다면 아직도 디미트리오스에게 관심이 있으시군요?"

"물론이지요." 라티머는 한순간 망설여졌다. "당신의 호의에 얼마나 감사하고 있는지 이루 말로 표현할 수 없을 정도입니다. 당신에게는 참으로 쓸데없는 시간 낭비였을 테지만 말입니다……."

마르커키스는 소리내어 웃었다. 그리고는 미안한 듯이 웃음지으며 덧붙였다.

"디미트리오스에 대한 당신의 집념을 부러워하고 있는 나 자신에 대해 웃은 겁니다. 베오그라드에서 그에 대해 뭔가 알게 되면 편지로 알려주십시오. 알려주시겠지요?"

"물론이지요."

그러나 라티머는 어떤 일로 말미암아 베오그라드로 가지 않게 되었다.

그는 다시 한 번 마르커키스에게 고맙다는 인사를 하고 악수를 나눈 다음 호텔로 들어갔다. 그의 방은 3층에 있었다. 열쇠를 들고 층계를 올라갔다. 복도에 두툼한 카펫이 깔려 있으므로 발자국 소리는 나지 않았다. 열쇠를 열쇠구멍에 넣고 돌려서 문을 열었다.

방이 어두울 줄 알았는데 불이 켜져 있었다. 그는 깜짝 놀랐다. 한순간 방을 잘못 들어왔나 하고 생각했다. 그러나 곧 그의 생각을 뒤엎는 모습을 보았다. 그것은 정신없이 어지럽혀진 광경이었다.

마룻바닥 위에 그의 슈트케이스에 들었던 물건이 여기저기 흩어져 있었다. 침대 시트가 난폭하게 의자에 내동댕이쳐져 있었다. 매트리스 위에는 그가 아테네에서 가져온 몇 권의 영어책이 뜯겨져 흩어져 있었다. 방 안은 몇 마리의 침팬지를 멋대로 날뛰게 한 것 같은 광경이었다.

멍하니 서 있다가 라티머는 한 발자국 방 안으로 들어섰다. 그때 오른쪽에서 바스락거리는 소리가 들려왔으므로 그쪽으로 얼굴을 돌렸다. 다음 순간 심장이 멎을 것만 같았다.

욕실로 통하는 문이 열려 있었다. 그 안에 한쪽 손에 찢어발긴 치약 튜브를 들고, 또 한쪽 손에는 큰 권총을 꼿꼿이 든 채 입술에 달콤하고 슬픈 웃음을 띤 피터스가 서 있었다.

50만 프랑

 피터스는 권총을 다시 힘주어 쥐며 조용한 목소리로 말했다.
 "미안하지만 뒤의 문을 닫아주지 않겠습니까? 오른쪽 팔을 내밀기만 하면 다리는 움직이지 않아도 닫을 수 있을 겁니다."
 권총은 역시 겨냥을 한 채였다.
 라티머는 하라는 대로 했다. 그제야 공포감이 엄습해 왔다. 통증을 생각하자 두려웠다. 의사가 총알을 찾고 있는 감촉이 이미 몸에 전달되어 왔다. 어떻게 해서든 마취시켜 달라고 부탁해야 한다. 피터스의 권총 다루는 솜씨가 서툴러서 혹시 폭발시키지나 않을까 걱정되었다. 문이 닫혔다. 머리에서 발끝까지 떨리기 시작했는데, 그것이 분노에서 오는 것인지 아니면 공포와 충격에서 오는 것인지 자신도 알 수가 없었다. 그는 갑자기 무슨 말을 해야겠다고 결심했다.
 "이게 대체 어떻게 된 일입니까?"
 심한 말투로 나무라며 저주의 말을 내뱉었다. 그러나 그것은 그가 해야겠다고 생각했던 말이 아니었다. 그는 좀처럼 저주의 말을 하지 않는 사람이었다. 그는 자기가 몸을 떨고 있는 것이 분노 때문이라는 점을 분명히 깨달았다. 피터스의 촉촉이 젖은 눈을 흘겨보았다.

뚱뚱한 사나이는 권총 든 손을 내리고 매트리스 한옆에 앉았다.

"정말 난처하게 되었군요." 사나이는 우울한 듯이 말했다. "당신이 이렇게 빨리 돌아올 줄은 몰랐습니다. 상대방이 그다지 재미없었던 모양이군요. 물론 상대는 아르메니아의 여자들이었겠지요? 한동안은 매력을 느끼겠지만 얼마 안 가서 지루해지지요. 나는 곧잘 생각하는 일이지만, 우리의 이 위대한 세계는 좀더 즐겁고 훌륭하게 살 수 있는 곳이 될 겁니다. 만일……" 그는 도중에 말을 끊었다. "그러나 이런 이야기는 다른 기회에 하기로 합시다."

뚱뚱한 사나이는 치약 튜브를 침대 옆 테이블에 조심스럽게 놓으며 덧붙여 말했다. "방을 나가기 전에 좀 정돈해 놓을 작정이었습니다."

라티머는 잠시 시간을 벌기로 했다.

"책도 포함해서 말입니까, 피터스 씨?"

"아아, 책이 있었지요!" 사나이는 난처한 듯이 고개를 내저었다. "정말 문화 파괴 행위입니다. 책은 아름다운 것입니다. 예쁜 꽃이 활짝 피어 있는 정원, 미지의 나라로 여행을 하는 마술의 카펫입니다. 죄송합니다. 그러나 필요했습니다."

"무엇이 필요했던 거지요? 무슨 이야기를 하고 있는 거요?"

피터스는 오랜 세월의 괴로움을 나타내는 듯한 슬픈 웃음을 띠었다.

"부탁입니다, 라티머 씨. 좀더 솔직하게 이야기합시다. 당신의 방이 수색당할 이유라면 한 가지밖에 없잖습니까. 그건 당신도 잘 아실 텐데요. 당신이 난처해하시는 것은 잘 압니다. 내가 대체 어떤 입장에 있는 사람인지 이해하기 곤란하시겠지요. 그러나 당신의 마음을 편안히 해주는 일이 될지 어떨지는 모르겠습니다만, 실은 나 역시 당신이 대체 어떤 입장에 있는 분인지 이해하기 힘듭니다."

정말 묘한 이야기다. 화가 난 나머지 라티머는 공포를 잊고 크게 숨을 들이마셨다.
"여보시오, 피터스 씨. 그것이 본명인지 어떤지는 모르지만, 나는 굉장히 피로해서 한시라도 빨리 잠자리에 들고 싶소. 나의 기억에 잘못이 없다면 나는 며칠 전 아테네에서 탄 열차 안에서 당신과 같은 칸에 탔었지요. 당신은 분명히 부쿠레슈티로 간다고 한 것 같았소. 나는 이곳 소피아에서 차를 내렸지요. 오늘은 친구와 외출을 했었소. 그런데 호텔로 돌아와보니 방 안이 정신없이 흩어진 채 책은 마구 찢겨서 여기저기 팽개쳐져 있고, 게다가 당신이 내 눈 앞에서 권총을 휘두르고 있으니 나는 당신을 좀도둑이나 주정뱅이로 단정 지을 수밖에 없군요. 나는 솔직히 말해서 그 권총이 무섭소. 그 권총만 없다면 벌써 벨을 울려 사람을 불렀을 거요. 그러나 잘 생각해 보니 좀도둑이라면 일등 침대차를 타고 물건을 찾는 일은 하지 않을 터이고, 책을 마구 찢어서 내동댕이치지도 않을 겁니다. 게다가 당신은 술에 취한 것 같지도 않소. 그러니까 머리가 돈 것이 아닌가 생각하고 있는 참이오. 만일 그렇다면 물론 당신의 비위를 맞추어 몸이 무사하기를 바랄 수밖에 달리 도리가 없겠지요. 그러나 당신이 비교적 맑은 정신이라면 다시 한 번 설명해 달라고 부탁하고 싶군요. 피터스 씨, 이것이 대체 어떻게 된 거요?"
피터스는 눈물에 젖은 눈을 반쯤 감고 감탄한 듯이 말했다.
"훌륭합니다. 완벽하오! 아, 라티머 씨, 제발 그 벨 옆에서 떨어져주십시오. 그러는 편이 좋습니다. 솔직히 말해서 한순간 나는 당신이 진실을 말하고 있는 줄 알 뻔했습니다. 하마터면 말입니다. 그러나 완전히 그랬던 건 아니지요. 나를 속이려는 것은 그리 친절한 일이 아닙니다. 친절하지도 않고 아량이 없는 시간 낭비에 지나지 않습니다."

라티머는 한 발자국 앞으로 나섰다.

"알았소, 내 말을 잘 들으시오……"

곧 권총의 총구가 올라갔다. 피터스의 입가에서 미소가 사라지고 늘어진 입술이 조금 벌어졌다. 그리고 목구멍이 막힌 듯한 무서운 얼굴로 변했다. 라티머는 얼른 한 발자국 뒤로 물러났다.

"자, 라티머 씨. 좀더 솔직히 말해 주십시오. 나는 당신에 대해서 악의를 품고 있는 것은 아닙니다. 이런 회견은 하고 싶지 않았습니다. 그러나 당신이 뜻밖에도 빨리 돌아오셨고, 이른바 이해관계가 없는 우정이라는 형태로 만날 수는 없으므로 우리 서로 솔직히 이야기합시다." 피터스는 약간 몸을 앞으로 내밀었다. "당신은 왜 디미트리오스에 대해 그처럼 관심을 갖고 계십니까?"

"디미트리오스?"

"그렇습니다, 라티머 씨. 디미트리오스! 당신은 동부 지중해 방면에서 이리로 왔습니다. 디미트리오스도 그쪽에서 왔었지요. 아테네에서 당신은 구제위원회의 기록보관소에서 디미트리오스에 대한 기록을 열심히 찾았습니다. 그리고 소피아에선 사람을 시켜 그에 관한 경찰기록을 조사하도록 했지요. 왜 그랬습니까? 대답하기 전에 잠깐만. 나는 당신에게 적의를 품은 사람이 아닙니다. 악의는 없습니다. 그 점을 분명히 해두겠습니다. 그러나 우연히 나 역시 디미트리오스에 대해 관심이 있습니다. 따라서 당신에게도 관심이 있는 겁니다. 자, 라티머 씨. 당신이 어떤 사람인지 솔직한 말을 듣고 싶습니다. 실례되는 말인지는 모르겠습니다만, 무엇을 계획하고 있는 겁니까?"

라티머는 한동안 잠자코 있었다. 재빨리 생각을 정리하려고 애썼으나 잘 되지 않았다. 머리가 혼란스러웠다. 그는 지금까지 디미트리오스를 자기 소유물처럼 생각하고 있었다. 그것은 그에게 있어 작가 미상인 16세기 서정시를 논의하는 경우처럼 어디까지나 학구적인 문제였다. 그러나 지금 여기 불쾌하기 이를 데 없는 피터스라는 인물이 나타나 초라한 신의 사도와 같은 웃음을 띠고 권총을 휘두르면서 마치 그를 부당한 개입자로 여기는 듯한 어조로 그 문제와의 관련성을 다그치고 있다. 물론 그는 본능적으로 그 사람들은 하나도 남김없이 디미트리오스와 함께 죽은 것으로 생각하고 있었다. 물론 어리석은 생각이긴 하지만……

"자, 라티머 씨."

뚱뚱한 사나이의 웃음은 조금도 상냥함을 잃지 않았으나, 그 쉰 목소리에서는 파리 다리를 뜯어내고 있는 소년을 연상케 하는 냉혹함이 엿보였다.

"나는" 하고 라티머가 천천히 말했다. "내가 질문에 대답하기 위해서는 당신도 내 질문에 응해야 한다고 생각합니다. 즉 피터스 씨, 당신이 무엇을 꾀하고 있는지 말해 준다면 나도 대답하지요. 나로서는 숨길 만한 이유가 전혀 없지만 호기심을 만족시키고 싶은 겁니다. 내 책갈피 속이나 치약 튜브 속에 뭘 감춰놓았다고 생각했는지 말해 주겠소?"

"나의 의문에 대한 답을 찾고 있었습니다, 라티머 씨. 그런데 찾아낸 건 이것뿐이지요."

피터스는 종이쪽지 하나를 들어올렸다. 라티머가 스미르나에서 메모해 놓은 연표였다. 그의 기억에 의하면 읽고 있던 책에 넣어두었던 것 같다.

"아시겠습니까, 라티머 씨? 당신이 책갈피에 서류를 감추어 놓았기 때문에 어쩌면 책을 철한 이음새에 흥미 있는 서류를 숨겨 놓았을지도 모른다고 생각한 것입니다."

"그것은 숨기기 위해 책갈피 속에 끼워 놓았던 게 아니오."

그러나 피터스는 그 말을 무시했다. 학생의 작문을 검토하려는 선생처럼 종이쪽지를 살짝 손가락으로 집어 올리며 그는 고개를 내저었다.

"디미트리오스에 대해 알고 계신 것은 이것뿐입니까, 라티머 씨?"

"그렇지 않소."

"아, 그래요!" 피터스는 침울한 표정으로 라티머의 넥타이를 바라보고 있었다. "그런데 이 허키 대령이라는 자는 누굽니까? 아주 사정을 잘 알고 있으며, 입이 가벼운 사람 같은데? 이름은 터키식이군요. 불쌍한 디미트리오스는 이스탄불에서 이 세상에 이별을 고했다, 그 말입니까? 게다가 당신은 이스탄불에서 오셨지요, 그렇지요?"

라티머는 무의식중에 고개를 끄덕였으나 피터스의 입가에 웃음이 번지는 것을 보자 자기의 경솔함을 나무랐다.

"고맙습니다, 라티머 씨. 당신이 협력하려 한다는 것은 잘 알겠습니다. 그럼, 조금 생각해 봅시다. 당신은 이스탄불에 있었고 디미트리오스도 그곳에 있었으며 허키 대령도 그곳에 있었습니다. 이 종이쪽지에 탈라트라는 이름의 패스포트에 대한 것이 씌어 있는데, 이것도 터키식 이름이군요. 그리고 아드리아노플과 '케말 기도(企圖)', '기도'――아아, 그렇군! 이것은 프랑스 어의 '가해(加害) 기도'라는 말을 그대로 옮긴 게 아닙니까? 좀 가르쳐줄 수 없겠습니까? 뭐, 좋겠지요, 그렇다고 해둡시다. 마치 당신이 터키 경찰의 서류를 열람한 것 같은 느낌이 드는군요, 그렇지 않습니까?"

라티머는 그의 질문이 바보스럽게 생각되었다.

"그런 방법으로는 대수로운 일을 알아낼 수 없을 텐데요. 당신은 나에게 질문할 때마다 나의 질문에 대해 대답해야 한다는 것을 잊어버리고 있군요. 이를테면 나는 당신이 실제로 디미트리오스와 만난 일이 있는지 어떤지 꼭 알고 싶습니다."

피터스는 말없이 무언가를 생각하며 라티머를 바라보고 있었다. 그는 천천히 말했다.

"아무래도 당신은 그다지 자신이 없는 것 같군요, 라티머 씨. 당신이 나에게 이야기할 것보다 내가 당신에게 가르쳐줄 일이 훨씬 더 많을 것 같습니다."

그는 권총을 외투주머니 속에 넣고 일어섰다.

"이제 슬슬 가봐야겠습니다."

그것은 라티머가 예기했거나 원한 사태와는 완전히 달랐지만, 어쨌든 그는 "그럼, 안녕히 가십시오" 하고 태연히 말했다.

뚱뚱한 사나이는 문 쪽으로 걸어갔다. 그러나 문득 문 앞에서 걸음을 멈췄다.

"이스탄불……" 뭔가 생각하는 듯이 그가 중얼거리는 소리가 들렸다. "이스탄불, 스미르나, 1922년. 아테네, 같은 해. 소피아, 1923년. 아드리아노플——아니지, 그는 터키에서 왔으니까."

사나이는 이쪽으로 돌아섰다. "실은 생각하고 있었는데……"

그는 잠시 말을 끊었으나 곧 결심한 모양이었다.

"당신이 가까운 장래에 베오그라드로 갈 예정일 것이라는 나의 생각은 크게 잘못된 걸까요? 어떻습니까, 라티머 씨?"

라티머는 허를 찔려 깜짝 놀랐다. 그는 그런 생각을 하는 것은 잘못되었다기보다 바보스러운 일이라고 딱 잘라서 말하려다가 상대방의 의기양양한 웃음을 보고 자신이 놀라는 이유를 이미 눈치채였다는 사실을 알았다.

"베오그라드는 틀림없이 마음에 들 겁니다." 피터스는 기분 좋은 듯 말을 계속했다. "아주 아름다운 고장이지요. 테라지야와 카레메단에서 바라보는 그 전망은 정말 멋집니다!"

라티머는 의자에 걸쳐 있는 시트를 치우고 상대방을 향해 앉았다.
"피터스 씨, 나는 스미르나에서 15년 전의 경찰기록을 조사할 기회가 있었소. 나중에야 그 기록을 나보다 3개월 전에 누군가 다른 사람이 조사해 갔었다는 사실을 알았지요. 그 사람이 당신이었는지 말해 줄 수 있겠소?"

그러나 뚱뚱한 사나이의 촉촉한 눈은 허공을 바라보았다. 이마에 살짝 주름이 잡혔다. 그는 억양에 잘못이 있는가 없는가를 조사하기 위해 라티머의 말을 듣고 있었던 것처럼 말했다.

"지금 하신 질문을 다시 한 번 해주시겠습니까?"

라티머는 질문을 되풀이했다.

또 침묵이 계속되었다. 이윽고 피터스는 고개를 설레설레 내저었다.

"아닙니다, 라티머 씨. 내가 아닙니다."

"그러나 당신은 아테네에서 디미트리오스에 대해 조사하지 않았습니까, 피터스 씨? 내가 디미트리오스에 대해 묻고 있을 때 그 방에 들어온 것은 당신이었습니다. 그렇지 않습니까? 아주 급히 서둘러 나간 것 같았지요. 유감스럽게도 당신의 모습은 보지 못했지만, 담당 직원이 그 일로 뭐라고 말했었거든요. 그리고 또한 내가 타고 온 열차로 당신이 소피아에 온 것은 우연이 아니라 계획적인 것이었습니다. 그렇지요? 게다가 당신은 내가 열차에서 내리기 전에 내가 어느 호텔에 머무를 지를 참으로 교묘하게 알아냈소. 그렇지요, 어떻습니까?"

피터스는 또다시 기쁜 듯 웃음지으며 고개를 끄덕였다.

"그렇습니다, 라티머 씨. 다 맞는 말씀입니다. 나는 아테네 기록보관소를 나온 뒤 당신이 취한 행동을 모조리 다 알고 있습니다. 아까도 말했듯이 나는 디미트리오스에 대해 관심을 갖는 사람에게는 누구나 관심이 있습니다. 스미르나에서 당신보다 먼저 그 기록을 본 사람에 대해서는 물론 조사해 보셨겠지요?"
이 마지막 질문은 아주 대수롭지 않은 듯이 덧붙여졌다.
라티머가 말했다. "아니오, 피터스 씨. 나는 조사하지 않았습니다."
"그러나 물론 관심은 있었겠지요?"
"그다지 많지는 않았습니다."
뚱뚱한 사나이는 후유 하고 한숨을 쉬었다. "당신이 나한테는 솔직히 말해 주지 않는 것 같군요. 서로 도움이 될 수 있을 텐데…… 당신이 좀더……."
라티머는 상대방의 말을 가로막았다. "내 말을 들어보시오! 솔직히 말하지요. 당신은 나로부터 뭔가 알아내려고 무척 애쓰고 있소. 그러나 나는 거절하오. 그 점은 분명히 해두겠소. 내가 당신에게 제안했잖소. 당신이 나의 물음에 대답하면 나도 당신의 물음에 대답하겠다고. 지금까지 당신이 대답한 말은 이미 내가 추측했던 일뿐이오. 나는 당신이 왜 그 죽은 디미트리오스라는 사나이에게 관심을 가지고 있는지 꼭 알고 싶소. 당신은 나보다 훨씬 많은 것을 알고 있다고 하지 않았소? 어쩌면 그럴지도 모르지요. 그러나 나에게는 한 가지 생각이 있습니다, 피터스 씨. 그것은 내가 당신에게서 대답을 듣는 일보다는 당신이 나에게서 대답을 듣는 일이 훨씬 중요하다는 사실이지요. 호텔 방에 불법 침입하여 이처럼 난폭한 짓을 하는 것은 단순히 무언가 알아내기 위해서가 아닐 겁니다. 솔직히 말해서 나는 아무래도 당신이 디미트리오스에 대해 관심을 갖는 까닭을 짐작할 수 없습니다. 디미트리오스가 파리에서 번 돈의 일부를 어디에 감춰놓았을지도 모른다는 의문을 가졌었는데, 혹시 그 돈에 대한 것을 당신이 알고 있지 않습니까?"

피터스가 약간 고개를 끄덕여 대답을 대신했다. "그렇군요. 당신은 알고 있을지도 모른다고 생각했었지요. 그러나 지금도 말했듯이, 디미트리오스가 재보(財寶)를 어디다 감춰두고, 당신이 그곳을 찾아내려고 애쓰고 있다는 것을 이제야 겨우 알아차렸습니다. 하지만 유감스럽게도 내가 알고 있는 사실로 그 가능성은 사라져버립니다. 그가 지녔던 소지품은 시체보관소의 테이블 위 그 옆에 놓여 있었는데, 돈은 한 푼도 없었지요. 싸구려 옷이 한 벌 있을 뿐이었습니다. 그리고 ······."

피터스는 한 발자국 앞으로 나와 묘한 표정으로 물끄러미 라티머를 내려다보고 있었다. 라티머의 말은 도중에서 사라져버렸다.

"왜 그러시오?"

"당신은 시체보관소에서 정말 디미트리오스의 시체를 보았습니까?" 뚱뚱한 사나이가 천천히 말했다.

"그렇소. 그게 어떻게 되었다는 거요? 또 내가 잘못 말하여 귀중한 정보를 누설했단 말이오?"

그러나 피터스는 대답하지 않았다. 그는 가느다란 잎담배를 꺼내어 조심스럽게 불을 붙였다. 갑자기 연기를 푹 내뿜고 심한 고통을 맛보고 있는 듯이 눈을 가늘게 뜨고 방 안을 돌아다니기 시작했다. 이윽고 그가 입을 열었다.

"라티머 씨, 서로를 이해한다는 것이 절대로 필요한 일입니다. 이런 입씨름은 당장에 그만둬야 합니다."

피터스는 걸음을 멈추고 다시 라티머를 내려다보았다.

"나로서는 당신이 무엇을 구하고 있는가를 알아내는 것이 더없이 중요한 일입니다. 제발 부탁입니다. 잠자코 들어주십시오. 당신이 나의 대답을 필요로 하고 있는 이상으로 내가 당신의 대답을 필요로 하고 있다는 점은 인정합니다. 그러나 나는 지금으로서는 대답할 수가 없소. 아니, 당신이 한 말은 잘 알고 있습니다. 그러나 나는 지금 열심히 이야기하고 있는 겁니다. 그러니 제발 끝까지 들어주십시오.

 당신은 디미트리오스의 생애에 흥미를 가지고 있습니다. 이제부터 베오그라드로 가서 그에 대하여 좀더 조사해 보고 싶다고 생각하시겠지요. 이 사실을 당신은 부정하지 못할 겁니다. 그런데 우리는 디미트리오스가 1926년에 베오그라드에 있었다는 것을 알고 있습니다. 동시에 1926년 이후에는 디미트리오스가 다시 베오그라드에 가지 않았다는 사실도 나는 알고 있습니다. 당신은 왜 관심을 가지고 있습니까? 말해 주지 않겠어요? 좋습니다, 좀더 이야기하지요. 만일 베오그라드에 가더라도 당신은 디미트리오스의 발자취를 하나도 찾아낼 수 없을 겁니다. 뿐만 아니라 조사하려고 하면 그 나라 관헌과 시끄러운 일이 생길 겁니다. 당신이 알고자 하는 일을 말해 줄 수 있는 사람, 또 상황에 따라서 말하고 싶어할지도 모르는 사람이 이 세상에 꼭 한 사람 있습니다. 폴란드 인으로, 주네브 가까이에 살고 있지요.

 그래서 말입니다만, 나는 당신에게 그 사람의 이름을 일러주고 소개장을 써드리겠습니다. 거기까지는 해드리겠습니다. 그러나 그전에 당신이 그런 정보를 구하고 있는 이유를 알아야겠습니다. 처음에 나는 당신이 터키 경찰과 관계 있을지도 모른다고 생각했었습니다. 요즈음에는 중근동 여러 나라의 경찰에 영국인이 많으니까요. 그러나 나는 이제 그 가능성은 고려하지 않기로 했습니다. 당신의 여권에는 '작가'라고 씌어 있지만, 그것은 아주 융통성 있는 말입니다' 라티머 씨, 당신은 어떤 사람입니까? 무엇을 노리고 있는 겁니까?"

 그는 기대를 보이며 말을 끊었다. 라티머는 상대에게 알 수 없다는 표정으로 비쳐지기를 바라며 뚱뚱한 사나이의 눈을 똑바로 쳐다보았다.

 피터스는 조금도 개의치 않는 표정으로 말을 계속했다.

"내가 당신이 노리는 바가 무엇이냐고 물은 것은 물론 그 말이 지니는 뜻을 물은 겁니다. 당신이 노리는 것은 물론 돈을 손에 넣으려는 거겠지요. 그러나 그것은 내가 구하고 있는 답변이 아닙니다. 당신은 부자이니까, 라티머 씨? 그렇지 않은가요? 부자가 아니라면 나도 간단하고 솔직하게 말할 수 있습니다. 나는 제휴를 제안하고 있는 겁니다. 우리 두 사람이 가지고 있는 지식을 양쪽에서 활용할 수 있도록 말입니다. 나는 지금 당신에게 말할 수 없는 사실을 몇 가지 알고 있습니다. 당신 쪽에서도 중요한 정보를 한 가지 가지고 있습니다. 당신은 그 정보의 중요성을 깨닫지 못하고 있는지도 모르지만, 어쨌든 중요한 뜻을 지니고 있습니다. 그런데 내가 알고 있는 사실만으로는 전혀 가치가 없습니다. 그러나 양쪽을 합치면 그 가치는 적어도……"

뚱뚱한 사나이는 턱을 쓰다듬었다.

"아무리 적게 잡아도 영국 돈으로 5,000파운드, 프랑스 돈으로 백만 프랑은 기대할 수 있습니다."

그는 의기양양한 웃음을 띠었다.

"그 점을 어떻게 생각하십니까?"

"당신이 지금 무슨 말을 하는 건지 전혀 알 수 없다고 말씀드려도 용서해 주겠지요? 물론 당신이 용서해 주든 않든 그것은 문제가 안 됩니다. 나는 피곤합니다, 피터스 씨. 몹시 피곤합니다. 한시라도 빨리 눕고 싶습니다." 라티머는 쌀쌀맞게 대답했다.

라티머는 자리에서 일어나 시트를 펴서 잠자리를 마련하기 시작했다. "아무튼 내가 왜 디미트리오스에게 관심을 가지고 있는가를 말해야 할 까닭은 없다고 봅니다."

그는 침대 위의 시트를 고루 펴면서 말을 계속했다. "돈과는 전혀 관계가 없습니다. 나는 미스터리소설을 써서 생계를 유지해 가는 사람이지요, 나는 이스탄불에서 그곳 경찰에 관계가 있는 허키 대령을 통해 보스포루스 해협에서 시체로 발견된 디미트리오스라는 범죄자의 이야기를 들었습니다. 한편으로는 심심풀이로——크로스워드퍼즐에서 얻을 수 있는 그런 위안을 위해서——또 한편으로는 나 자신이 탐정일을 해보고 싶다는 소망에서 나는 그 사나이의 과거를 더듬기 시작했지요. 그뿐이오. 당신이 이해해 주리라고는 생각지 않습니다. 이 순간 당신은 왜 좀더 설득력 있는 이야기를 생각해 내지 않을까 하고 이상하게 여기겠지요. 미안합니다. 진실이 마음에 들지 않더라도 참아달라고 할 수밖에 없군요."

피터스는 잠자코 듣고 있었다. 그는 창문 쪽으로 걸어가서 잎담배를 내던진 다음 침대를 사이에 두고 라티머와 마주앉았다.

"미스터리소설, 아주 흥미있는 이야기군요, 라티머 씨. 나는 미스터리소설을 굉장히 좋아합니다. 당신이 쓰신 책의 이름을 몇 가지 말씀해 주실 수 없을까요?"

라티머는 몇 가지 이름을 댔다.

"그리고 출판사는?"

"영국, 미국, 프랑스, 스웨덴, 노르웨이, 네덜란드, 헝가리, 어느 나라가 좋겠소?"

"헝가리 것을 부탁합니다."

라티머는 그 말에 대답했다.

"좋은 출판사군요." 피터스는 천천히 고개를 끄덕이며 말하더니 문득 결심한 듯 덧붙였다. "펜과 편지지가 있습니까, 라티머 씨?"

라티머는 귀찮은 듯이 책상 쪽으로 머리를 기울여보였다. 뚱뚱한 사나이는 그쪽으로 가서 책상 앞에 앉았다. 라티머가 침대에 잠자리를 마련하고 나서 방바닥에 흩어진 소지품을 주워 올리고 있으려니까 호텔에 비치된 펜으로 호텔 전용의 편지지를 긁는 소리가 사각사각 들려왔다. 피터스가 약속을 지키고 있는 것이다.
 이윽고 다 썼는지 피터스가 자리에서 일어서자 의자가 삐걱 소리를 내었다.
 구두에 구두형을 끼우고 있던 라티머가 허리를 폈다.
 피터스의 얼굴에 다시 웃음이 번졌다. 선의가 땀처럼 온 몸에 번져 나왔다. 피터스는 거드럭거리는 어조로 말했다.
 "라티머 씨, 여기 종이가 석 장 있습니다. 처음 한 장엔 아까 말했던 그 사나이의 이름이 씌어 있습니다. 글로덱이라고 하지요. 래디슬로 글로덱. 주네브의 교외에 살고 있습니다. 두 장째는 그 사람에게 보내는 편지입니다. 이 편지를 주면 그는 당신을 나의 친구로서, 솔직히 말해도 될 만한 사람으로서 맞이할 겁니다. 그는 지금 은퇴해 있습니다. 그러니까 말해도 상관없다고 생각합니다만, 그는 한때 유럽에서 가장 성공한 직업 스파이였습니다. 그를 통하여 흘러나오는 육해군의 비밀정보는 그 어느 누구에게서보다 훨씬 많았습니다. 더욱이 그가 취급한 정보는 언제나 정확했지요. 그는 수많은 정부와 거래했습니다. 본부를 브뤼셀에 두고 있었지요. 작가에게는 아주 흥미있는 인물일 겁니다. 당신도 아마 틀림없이 그를 좋아하게 될 겁니다. 동물을 굉장히 좋아하는 사람이지요. 본바탕은 아주 부드러운 성격을 지닌 사람입니다. 1926년에 디미트리오스를 고용한 사람은 바로 그였습니다."
 "그래요? 정말 고맙군요. 그럼, 세 장째는?"
 피터스가 한순간 망설였다. 그의 얼굴에 약간 점잖은 미소가 떠올랐다.
 "부자는 아니라고 하셨지요?"
 "그렇소, 나는 부자가 아니오."
 "50만 프랑, 2,500파운드쯤 있으면 도움이 되겠지요?"

"물론이지요."

"그럼, 라티머 씨. 주네브에 싫증이 나거든——뭐라고 하던가요——그렇지, 당신에게 일석이조가 될 일을 해주셨으면 합니다." 그는 라티머가 기록한 연표를 주머니 속에서 꺼냈다. "당신의 이 리스트를 보니까 디미트리오스에 관한 중요한 점을 다 알고 있더군요. 그것을 조사할 수 있는 장소는 파리입니다. 그것이 첫째입니다. 둘째는 만일 파리에 계시면서 파리에 있는 나에게 연락해 주시고 내가 이미 제안한 제휴, 즉 양쪽의 지식을 공동으로 사용할 것을 고려해 주신다면 은행 계좌에 넣을 수 있는 돈, 적어도 2,500파운드가 며칠 안으로 당신 손에 들어가게 될 거라고 나는 틀림없이 보증할 수 있습니다. 프랑스 돈으로 50만 프랑입니다!"

"내가 원하는 것은 당신이 좀더 명확한 이야기를 해주었으면 하는 것이오. 무엇을 하면 50만 프랑이 들어오는지, 그 돈은 누가 내놓는 것인지, 당신의 이야기는 너무나도 아리송한 점이 많군요. 피터스 씨. 진실로 보기에는 지나치게 이상합니다." 라티머는 초조한 듯이 말했다.

피터스의 웃음이 굳어졌다. 그것은 욕설을 들어도 화내지 않고 꿋꿋한 신념으로써 사자가 투기장으로 들어오기를 기다리는 그리스도교도의 모습이었다. 그가 조용히 말했다.

"라티머 씨, 당신이 나를 믿지 않는다는 것은 잘 알고 있습니다. 글로텍의 주소와 소개장을 드린 것은 그 때문입니다. 나의 말이 믿을 만하다는 사실을 실증하기 위해 당신에 대한 나의 선의의 구체적인 증거를 제시하고 싶었던 것입니다. 그리고 내가 당신을 믿고 있다는 것, 당신이 나에게 말한 사항을 믿고 있다는 것을 보여주고 싶었기 때문입니다. 지금으로서는 더 이상 말할 수 없습니다. 그러나 만일 당신이 나를 믿고 파리로 오게 된다면…… 이 종이에 나의 주소가 씌어 있습니다. 도착하시는 대로 속달을 주십시오. 찾아오시면 안 됩니다. 친구의 주소니까요. 다만 당신의 주소를 속달로 알려 주시기만 하면 내가 모든 것을 설명하겠습니다. 일은 아주 간단합니다."
이쯤에서 피터스를 쫓아내야겠다고 라티머는 생각했다.
"아무튼 당신 이야기를 듣다 보니 머릿속이 완전히 혼란스러워졌습니다. 당신의 결론은 논리적으로 비약한 것처럼 보입니다. 나는 꼭 베오그라드로 가겠다고 결정했던 것은 아닙니다. 그리고 주네브로 갈 시간이 있을지도 확실치 않습니다. 또한 파리로 가는 것은 지금으로서 도저히 생각할 수 없는 일입니다. 해야 할 일이 산더미 같고……."
피터스가 외투 단추를 끼우며 묘하게 긴장된 어조로 말했다.
"물론 그러실 테지요. 만일 파리에 오실 틈이 생기면 꼭 아까 말씀드렸던 속달을 보내주십시오. 너무 폐를 끼쳤는데, 현실적인 방법으로 그 보상을 하고 싶은 겁니다. 50만 프랑이라면 고려할 만한 값어치가 있지 않습니까? 특별히 내가 보증합니다. 그러나 그러기 위해서는 서로 신뢰가 필요합니다. 그것이 가장 중요한 일입니다."
피터스는 손을 내밀었다.
"안녕히 주무십시오, 라티머 씨. '안녕히 계십시오'라고는 말하지 않겠습니다."
라티머가 그 손을 잡았다. 보송보송하니 아주 부드러운 손이었다.
"안녕히 가시오."
피터스는 문 앞에서 반쯤 돌아서며 말했다.
"50만 프랑이 있으면, 라티머 씨. 여러 가지 좋은 물건을 살 수 있습니다. 파리에서 만나 뵐 수 있기를 바라겠습니다. 안녕히 주무십시오."

"나도 그러기를 바라고 있습니다. 안녕히 가시오."

 문이 닫히고 피터스는 돌아갔다. 그러나 상상력이 극도로 날개를 펴게 된 라티머는 동화 속에 나오는 웃는 고양이의 웃음소리 같은 피터스의 웃음소리가 귀에 쟁쟁하여 공중에 떠도는 것 같은 기분이 들었다. 그는 문에 기대서서 바닥에 나뒹구는 슈트케이스를 바라보고 있었다. 밖이 벌써 훤해지기 시작했다. 시계를 보았다. 5시. 방은 나중에 치우기로 하자.

 라티머는 옷을 벗고 잠자리에 들었다.

글로덱 씨

약 15분 전부터 잠이 깨어 있던 라티머가 가까스로 눈을 뜨니 11시가 다 되어 있었다. 침대 옆 테이블에는 피터스가 두고 간 석 장의 종이가 놓여 있었다. 생각을 가다듬어 결단 내리기를 촉구하는 불쾌한 물건이었다. 만일 그 석 장의 종이쪽지와 아침 햇빛 속에서 본 방이 쓰레기를 모아놓은 작업장처럼 정신없이 어질러져 있지 않았다면, 그 방문자의 기억을 잠을 방해한 악몽의 일부로 돌리고 잊어버렸을지도 모른다. 그는 잊어버리고 싶었다. 그러나 아리송한 태도로 50만 프랑에 대해 바보 같은 소리를 지껄이는가 하면 협박을 하고, 또 생각해 주는 척하던 피터스를 그렇게 간단히 잊어버릴 수는 없었다. 그 사나이는……

라티머는 일어나 앉아 석 장의 종이를 집으려고 팔을 내뻗었다.

첫 장에는 피터스가 말했던 대로 글로덱의 주소가 적혀 있었다.

래디슬로 글로덱
비라 아카시아

샨베시(주네브에서 7킬로미터)

　야단스럽게 휘갈겨 써놓아 읽기가 힘들었다. 숫자 7 위에는 프랑스식으로 한가운데에 가로금이 하나 그어져 있었다.
　기대를 걸며 편지를 펼쳤다. 겨우 여섯 줄밖에 씌어 있지 않았는데, 그것도 생전 처음 보는 알파벳으로 씌어져 있었다. 폴란드 어인 것 같았다. 보아하니 '친애하는 글로덱'으로 시작된 게 아니라 알아볼 수 없는 머리글자가 씌어져 있었다. 두 줄째의 중간쯤에 I가 아니라 Y 같은 글씨를 사용하여 자기 이름을 표기한 것을 알아차렸다. 그는 한숨을 쉬었다. 물론 안내소로 가지고 가서 번역을 부탁할 수도 있지만, 피터스는 아마 그 점도 고려했을 것이다. 따라서 번역문을 보아도 라티머가 몹시 알고자 하는 일, 즉 피터스가 누구이며 어떤 사람이라는 것은 알 수가 없을 것이다. 두 번째의 주소로 눈을 돌렸다.

　　피터스
　　카이에 씨 댁
　　팔천사(八天使) 골목 3호
　　파리 제7구

　그것을 보고 라티머의 생각은 출발점으로 되돌아왔다. 피터스는 대체 어떤 이유로 자기에게 파리로 와달라고 한 것일까? 누가 돈을 지불한다는 것일까?
　라티머는 피터스가 자기와의 회견에서 갑자기 전술을 바꾼 것은 정확하게 어떤 시점에서였는가를 생각해 내려고 애썼다. 그가 시체보관소에서 디미트리오스를 보았다고 말했을 때였던 것 같은 생각이 들었다. 그러나 그 말에 무슨 뜻이 포함되었을 리는 없다. 디미트리오스가 숨겨놓은 '재보'에 대해서 말했기 때문일까?

딱 하고 그는 손가락 마디를 꺾었다. 그렇다! 지금까지 그 점을 깨닫지 못했다니 얼마나 어리석은가! 그는 지금까지 중요한 점을 무시하고 있었다. 디미트리오스의 죽음은 자연사가 아니었다. '디미트리오스는 살해된 것이다'.

허키 대령이 범인 체포의 가능성을 의심하고 있었던 일이며, 과거의 일에 정신을 빼앗긴 나머지 그 사실을 알아차리지 못한 채 추악한 이야기의 결말 이외의 것은 전혀 생각지 못했던 것이다. 그는 그로 인해 두 가지 사실을 염두에 두는 것을 게을리했다. 살인범은 아직도 붙잡히지 않았으며, 그 살인에는 동기가 있었으리라는 이 두 가지 점을.

살인범과 동기. 동기는 금전적인 이득인 모양이다. 그렇다면 무슨 돈일까? 물론 파리에서 마약 밀매로 번 돈, 이상하게 자취를 감춘 그 돈이다. 이런 관점에서 문제를 다시 생각해 보니 피터스가 말하는 50만 프랑도 그다지 터무니없는 말은 아닌 것 같다. 살인범——피터스가 범인이라 해서 안 될 이유는 없지 않은가?

그러나 라티머는 미간을 찌푸렸다. 디미트리오스는 칼에 찔려죽었다. 피터스가 누구를 찔러 죽이는 것을 상상하기 위해 범행 장면을 머릿속에 그려보았다. 아무래도 그 장면이 머릿속에 얼른 떠오르지 않았다. 피터스가 사람을 찌르기 위해서 칼을 휘두르는 모습은 상상하기 곤란했다. 그래서 그는 또 생각했다. 피터스에게 살인 혐의를 걸 만한 이유는 하나도 없다. 또 비록 이유가 있다 하더라도 디미트리오스의 돈을 빼앗기 위해 피터스가 그를 죽였다는 사실을 가지고 그 돈과 50만 프랑——실제로 있다고 보고——의 관련성——관련이 있다고 보고——을 설명할 수는 없다. 그건 그렇고, 그가 쥐고 있다고 생각되는 그 아리송한 정보란 대체 무엇일까? 이 모든 것은 많은 미지수가 있으나 그것을 푸는 4차 방정식이 하나밖에 없는 대수 문제를 놓고 머리를 쥐어짜고 있는 거나 다름없다. 만일 라티머 자신이 풀 수 있다면……

라티머는 왜 자기가 파리로 가기를 피터스가 그처럼 바라고 있었을까 생각했다. 둘이 가지고 있는 정보를 공동으로 사용하자고 제휴하는——그것이 어떤 뜻인지 잘 모르지만——일이라면, 파리가 아니라 소피아에서 하는 편이 더 간단했을 것이다. 피터스 녀석!

라티머는 침대에서 내려와 욕조에 물을 채우기 시작했다. 뜨거웠다. 그는 얼마쯤 철분이 섞인 듯한 물에 몸을 담그며 자신이 당면하고 있는 문제를 요약해 보았다.

앞으로의 방침으로 다음 두 가지를 생각할 수 있었다.

첫째, 아테네로 돌아가 새로운 저작에 착수하여 디미트리오스, 마르커키스, 피터스, 글로렉에 대한 일은 일체 잊어버리는 것. 둘째, 주네브로 가서 글로렉——그런 인물이 정말 있다고 보고——을 만나 피터스의 제안에 대한 결단을 더 연기하는 것.

첫 번째 안이 현명함은 분명한 일이다. 뭐니 뭐니 해도 디미트리오스의 과거를 더듬는 일을 정당화할 수 있는 이유를 든다면, 그것은 완전히 객관적인 탐정술 실험에 지나지 않는다. 그 실험이 어처구니없는 고집이 되어서는 안 된다. 이미 그 사나이에 대해 흥미 있는 사실을 여러 가지 발견했다. 이것으로 자존심은 만족시킬 수 있을 것이다. 그러므로 이제 다음 작품에 착수할 시기이다. 그는 생계를 유지해야 한다. 디미트리오스나 피터스, 그밖의 어떤 정보가 아무리 많더라도 6개월 뒤의 불안한 예금 잔고를 메울 수는 없다. 50만 프랑에 대해서는 도저히 진지하게 받아들일 수 없다. 그렇다, 곧 아테네로 되돌아가기로 하자.

라티머는 욕조에서 나와 몸을 닦기 시작했다.

그러나 한편 정리해야 할 피터스의 일건이 있다. 모든 것을 현재 상태로 내버려두고 미스터리소설을 쓰기 위해서 급히 돌아간다는 것은 도저히 허용될 수 없는 일이다. 상대방이 누구이든 그렇게 할 수는 없다. 게다가 지금 앞에 놓여 있는 것은 진짜 살인 사건이다. 시체와 단서와 용의자와 사형집행인 등 모든 게 제대로 갖추어져 정리된 소설 속의 살인사건이 아니라, 경찰의 최고 책임자가 어깨를 으쓱하고 손을 씻은 다음 저열한 피해자의 시체를 관 속에 넣어버린 살인사건이다. 그렇다, 바로 그것이다. 이 사건은 현실인 것이다. 디미트리오스는 실존했던 인물이다. 여기 있는 것은 거드럭거리는 종이 인형이 아니라 프루동, 몽테스키외, 로자 룩셈부르크와 같은 현실적인 존재이며 영혼이 있고 육체가 있는 남자와 여자들이다.

라티머는 소리내어 중얼거렸다.

"좋아, 아주 잘 된 일이다! 너는 주네브로 가고 싶어하고 있다. 일을 하고 싶지 않은 것이다. 게으름을 피우고 싶고, 호기심이 발동하고 있다."

라티머는 수염을 깎고 채비를 한 다음 소지품을 모아 가방 속에 넣고 아테네 행 열차 시간을 알아보려고 아래층으로 내려갔다. 프런트에 있는 사나이가 시간표를 가지고 와서 아테네의 페이지를 펼쳤다.

그는 한순간 잠자코 그 페이지를 들여다보며 천천히 말했다.

"만일 여기서 주네브로 가려면······."

주네브에 도착하여 이틀째 되는 날 저녁때 라티머는 샹베시의 소인이 찍힌 편지를 받았다. 레디슬로 글로덱에게서 온 것으로, 피터스의 소개장을 동봉한 라티머의 편지에 대한 회답이었다.

글로덱은 프랑스 어로 간결하게 썼다.

비라 아카시아
샨베시
금요일
친애하는 라티머 씨

내일 점심을 하러 비라 아카시아로 와주셨으면 고맙겠습니다. 사정이 있다는 연락이 없는 한 11시 반에 운전 기사가 호텔로 모시러 가겠습니다.

진심으로 경의를 표하며
글로덱

운전 기사가 11시 반 정각에 와서 인사를 한 뒤 공손한 태도로 라티머를 커다란 초콜릿빛 쿠페에 태웠다. 차는 범죄현장에서 도망치듯 무서운 속력으로 빗속을 달렸다.

라티머는 멍하니 차 안을 둘러보았다. 널빤지를 끼운 것이며 상아의 비품을 비롯하여 아주 푹신한 가죽 의자에 이르기까지 모든 것이 부를, 그것도 상당한 부를 느끼게 했다. 피터스의 말이 사실이라면, 스파이 짓으로 얻은 부일 것이라는 생각이 들었다. 부조리한 생각이긴 하지만, 차를 산 돈의 출처가 수상쩍어 보이는 증거를 차 안에서 찾을 수 없다는 것은 이상한 일이었다. 그는 글로덱이란 어떤 사나이일까 하고 생각해 보았다. 뾰족하니 흰 턱수염을 기르고 있는지도 모른다. 피터스는 그가 폴란드 인으로, 대단한 동물애호가이며 바탕은 아름다운 마음을 가진 사람이라고 말했다. 그렇다면 외모는 보기 흉하다는 말일까? 동물애호가라는 점에는 아무 뜻도 없다. 동물을 몹시 좋아하는 사람이 딱할 정도로 인류를 증오하는 경우가 때때로 있다. 애국적 동기가 조금도 없는 직업 스파이가 자신이 일하고 있는 세계를 미워할까? 어리석은 질문이다.

한동안 차는 호수 북쪽으로 난 길을 달리다가 프레니에서 왼쪽으로 구부러져 긴 비탈길을 오르기 시작했다. 1킬로미터쯤 가자 솔밭 사이로 통하는 오솔길로 접어들었다. 이윽고 철문 앞에서 차가 멎더니 운전 기사가 차에서 내려 철문을 열었다. 조금 가다가 직각으로 꺾어진 가파른 찻길로 올라가 크고 볼품없는 산장 앞에 섰다.

운전 기사가 문을 열어주었으므로 라티머는 차에서 내려 그 집 문 쪽을 향해 걸어갔다. 문 앞에 이르자 가정부인 듯한 몸이 건장하고 명랑해 보이는 여자가 문을 열어주었다. 그는 안으로 들어갔다.

그곳은 폭이 2미터쯤 되는 작은 현관이었다. 한쪽 벽에 못을 죽 박고 남자와 여자 모자, 외투, 등산용 로프와 스톡 등을 아무렇게나 걸어놓았다. 반대쪽 벽에는 손질이 잘된 스키가 세 벌 걸려 있었다.

가정부에게 외투와 모자를 건네주고 라티머는 현관을 통해 넓은 방으로 들어갔다.

집은 마치 여관 같았다. 방 양쪽을 통해 3층 복도로 올라가는 층계가 있고, 큰 굴뚝이 달린 난로가 있었다. 난로 안에서는 장작이 힘차게 타고 소나무 재목으로 된 마룻바닥에 두툼한 깔개가 있었다. 아주 따뜻하고 깨끗했다.

가정부는 웃음지으며 주인께서 곧 내려올 것이라는 말을 전한 다음 물러갔다. 난로 앞에 안락 의자가 여러 개 놓여 있었으므로 라티머는 그쪽으로 걸어갔다. 그때 뭔가 끌리는 소리가 나더니 샴 고양이 한 마리가 바로 앞 의자등받이 위로 뛰어올라 적의에 찬 파란 눈으로 그를 노려보았다. 또 한 마리의 고양이가 그 고양이 옆에 나타났다. 라티머가 가까이 다가가자 두 마리는 등을 동그랗게 꼬부려 올리며 몸을 사렸다. 그는 고양이가 올라가 있는 의자를 피해서 저쪽 난롯가로 갔다. 고양이들은 눈을 가늘게 뜨고 그를 지켜보고 있었다. 난로 속에서 장작이 타서 털썩 내려앉았다. 한순간 사방이 조용해지자 글로덱이 층계를 내려왔다.

이때 맨 처음 라티머의 주의를 끈 것은 갑자기 고양이들이 머리를 쳐들고 그의 어깨 너머로 어딘가를 보더니 마침내 가볍게 아래로 뛰어내린 점이었다. 라티머는 주위를 둘러보았다. 그 사나이는 이미 층계를 다 내려와 있었다. 그는 방향을 바꾸어 손을 내밀고 사과말을 하면서 라티머 쪽으로 걸어왔다.

키가 크고 어깨가 떡벌어진 60살쯤 된 사나이로, 성긴 백발에 조금씩 섞여 있는 본디의 금발이 하얗게 빛나 깨끗이 면도한 볼과 잿빛어린 파르스름한 눈과 조화를 이루고 있었다. 얼굴은 배(梨)처럼 생겼는데, 넓은 이마에서 아래로 내려감에 따라 차츰 좁아져 야무지게 다문 작은 입에서 목과 붙어버린 듯한 턱에 이르고 있었다. 남들은 그를 뛰어난 지성을 갖춘 영국인이나 네덜란드 인으로 지금은 은퇴한 고문 기사로 볼지도 모른다. 실내화를 신고 풍신하며 두툼한 트위드를 입은 힘차고 시원한 그 모습은, 나무랄 데 없이 훌륭한 경력의, 당연한 결실을 즐기고 있는 사나이처럼 보였다.

글로덱이 말했다.

"실례를 해서 죄송합니다. 용서하십시오. 차가 도착하는 소리를 못 들어서······."

그의 프랑스 어는 묘한 사투리가 섞여 있긴 했지만 아주 유창하게 들렸다. 그러나 이점이 라티머에게는 뭔가 어울리지 않는 듯한 느낌을 주었다. 그 작은 입은 영어를 말하는 편이 어울릴 듯싶었다.

"친절하게 맞아주셔서 정말 고맙습니다, 글로덱 씨. 피터스 씨가 편지에 뭐라고 썼는지 모르겠군요, 즉······."

키 큰 상대방이 명랑하게 말을 가로막았다. "즉 당신이 현명하게도 폴란드 어를 배울 마음을 갖지 않았기 때문이란 말이지요? 나도 동감입니다. 아주 지독한 말이거든요. 앤튼과 시몬에게는 먼저 소개를 하셨나보지요." 그는 고양이들을 가리켰다. "이 고양이들은 내가 샴어를 못하여 불만스럽게 생각하고 있을 겁니다. 당신은 고양이를 좋아하십니까? 앤튼과 시몬은 비판적인 지력을 갖추고 있답니다. 이 두 마리는 보통 고양이와 다릅니다. 그렇지? 안 그러냐?" 그는 한 마리를 붙잡아서 라티머에게 보이게끔 들어 올렸다. "귀여운 시몬, 너는 정말 아름다워! 그리고 정말 바보지!" 그는 손을 벌려 고양이를 손바닥 위에 세웠다. "빨리 가봐! 앤튼, 연인과 함께 산책을 하고 오너라." 고양이는 마룻바닥으로 뛰어내려 화난 듯한 모습으로 걸어갔다.

글로덱이 가볍게 두 손을 털었다. "아름답지요. 그렇게 생각지 않습니까? 특히 아주 인간적이지요. 고양이들은 날씨가 나쁘면 기분이 언짢아집니다. 모처럼 오셨는데 날씨가 나빠서 정말 유감스럽군요. 태양이 빛나고 있으면 이곳에서 바라다보이는 경치가 아주 아름답답니다."

라티머는 오는 길에 경치를 보며 그렇게 생각했노라고 대답했다. 그는 머리가 혼란스러웠다. 이 집 주인의 모습과 자기를 맞이하는 태도가 예상과는 아주 딴판이었기 때문이다. 글로덱은 은퇴한 고문기사로 보일지도 모르지만, 그런 비유가 우습게 생각되는 아주 독특한 분위기를 가지고 있었다. 그의 풍모와 시원시원한 태도와 기운차게 말하는 품이 아주 대조적이어서 그렇게 느껴지는 것인지도 모른다. 그가 애인 역할을 하고 있는 모습을 쉽게 상상할 수 있었다. 이런 말이 들어맞는 60살의 사나이는 극히 드물 것이며, 60살 이하의 사나이 가운데서도 그런 사람은 좀처럼 없을 거라고 라티머는 생각했다. 현관 벽에 걸려 있던 물건의 주인은 어떤 여자일까 하고 생각해 보았다.

라티머는 어색하게 말했다.

"여름에는 이곳이 아주 지내기 좋겠습니다."

글로덱은 고개를 끄덕였다. 그는 난로 옆에 있는 칸막이를 열고 있었다.

"네, 아주 좋지요. 무엇으로 하시겠습니까? 영국 위스키로 할까요?"

"고맙습니다."

"좋습니다. 나도 아페리티프는 위스키를 좋아합니다." 글로덱은 손잡이가 없는 두 개의 잔에 위스키를 따랐다. "여름이면 나는 문 밖에서 일을 하지요. 건강에는 아주 좋은데, 일에는 적당치 않은 모양입니다. 당신은 밖에서 일할 수 있습니까?"

"아니오, 할 수 없습니다. 파리가 덤벼서……."

"맞습니다! 파리가 귀찮게 굴지요. 나는 책을 쓰고 있습니다."

"그렇습니까? 회고록인가요?"

소다수 병의 마개를 빼고 있던 글로덱이 얼굴을 들었다. 라티머는 고개를 내젓고 있는 상대방의 눈에 깃든 흥겨워하는 표정을 보았다.

"아닙니다. 성 프랜시스의 일생입니다. 그렇지만 완성하기 전에 분명히 내가 먼저 죽을 겁니다."

"조사해야 할 일이 굉장히 많겠지요?"

"그렇습니다." 글로덱은 라티머에게 술잔을 건네주었다. "이것은 나의 관점에서 본 것이지만, 성 프랜시스를 택한 것은 이미 그에 대해 많은 책이 나왔으므로 사료를 처음부터 조사할 필요가 없다는 이점이 있기 때문입니다. 내가 할 만한 독창적인 연구의 여지는 이미 없습니다. 따라서 이 일의 목적은, 여기에서 게으름쟁이에 가까운 생활을 하면서도 양심의 가책을 느끼지 않기 위한 데 있습니다." 그는 술잔을 들어올렸다. "자, 건강을 빕니다!"

"건강을 빕니다!" 라티머는 이 집 주인도 결국 허영심이 강한 어리석은 자의 영역을 벗어나지 못한 게 아닌가 하고 생각되기 시작했다. "나로서는 알 수 없는 일입니다만, 피터스 씨는 내가 소피아에서 가지고 온 편지에 나의 방문 목적을 써주었습니까?"

"아니오, 씌어 있지 않았습니다. 그러나 어제 그가 보낸 편지에 씌어 있었습니다." 글로덱은 잔을 내려놓더니 곁눈으로 라티머를 보며 덧붙였다. "그 일에 나는 대단한 흥미를 느꼈습니다. 피터스 씨와 오래 전부터 아는 사이입니까?"

글로덱이 '피터스'라는 이름을 말할 때 분명 주저하는 눈치가 뚜렷이 엿보였다. 라티머는 그가 다른 이름을 말하려다 그 이름을 말한 것 같은 생각이 들었다.

"한두 번 만났을 뿐입니다. 한 번은 우연히 열차 안에서, 또 한 번은 호텔에서 만났지요. 당신은 그를 잘 알고 계시는 것 같군요."

글로덱은 눈썹을 치켜올렸다.

"왜 그렇게 확신하셨지요?"

라티머는 마음이 가라앉지 않은 상태였으므로 오히려 선뜻 웃음을 지었다. 그는 자기가 뭔가 분별없이 경솔하게 말한 것 같은 기분이 들었다.

"만일 당신과 친한 사이가 아니라면 당신에게 보내는 소개장을 써주거나, 중요한 비밀정보를 나에게 말해 주도록 당신에게 부탁하지 않았을 게 아닙니까?"

라티머는 지금 한 자신의 말이 어쩐지 마음에 들었다.

"라티머 씨." 글로덱이 말했다. "내가 이런 실례되는 질문을 하면 당신이 어떻게 받아들일지 걱정입니다만, 당신이 나를 찾아오신 것은 인간의 약점에 대한 작가로서의 흥미가 유일한 이유인지, 그 문제에 대해 솔직히 대답해 달라고 부탁드리고 싶군요."

라티머는 볼에 피가 치솟는 것을 느꼈다.

"나는 맹세코 말씀드립니다만……."

"물론 당신은 확언하시겠지요." 글로덱이 부드럽게 가로막았다. "그러나 대단히 실례되는 말입니다만 당신의 보증은 어느 정도 가치가 있는 겁니까?"

"당신이 제공한 정보의 비밀을 신사로서의 명예를 걸고 지키겠다고 말씀드릴 수밖에 없군요."

라티머는 어색하게 대답했다.

상대방 사나이는 후유 하고 한숨을 내쉬며 신중한 어조로 말했다. "아무래도 내가 말을 제대로 하지 못한 것 같군요. 정보 그 자체는 아무것도 아닙니다. 1926년 베오그라드에서 일어났던 일은 이제 아무 중요성도 없습니다. 내가 생각하고 있는 것은 나 자신의 입장입니다. 솔직히 말해서 나의 친구 피터스 씨가 당신을 나에게 보낸 것은 좀 분별없는 행위였습니다. 그도 그 사실을 인정하고 있습니다. 그러나 나의 너그러운 이해를 기대하며, 그에게 편의를 제공해 주는 셈치고——내가 그에게 얼마쯤 의리있게 행동한 사실에 언급하여——디미트리오스 탈라트에 대한 정보를 당신에게 말해 달라고 부탁해 왔습니다. 그의 설명에 의하면 당신은 작가이며, 당신이 지니고 있는 흥미는 단순히 작가로서의 흥미에 지나지 않는다는 겁니다. 그건 아무래도 좋습니다! 그러나 나로서는 도저히 이해할 수 없는 점이 한 가지 있습니다."

글로덱은 잠깐 말을 끊고 잔을 들어올리더니 홀짝 마셔버렸다. "인간의 사고와 행동을 연구하는 자로서 당신은 아마 인간의 행동 이면에는 다른 요인을 억누르는 자극 요인이 한 가지 있다는 사실을 알고 있을 겁니다. 어떤 이에게는 허영, 어떤 이에게는 만족감, 또 어떤 이에게는 금전에 대한 욕망, 그밖에도 여러 가지가 있을 겁니다. 그런데 피터스 씨는 금전이라는 자극 요인이 아주 발달한 사람입니다. 그에 대해 여러 말을 할 생각은 조금도 없습니다만, 그는 단순히 '돈'이기 때문에 돈에 대해 수전노적인 애정을 가지고 있다고 할 수 있습니다. 제발 오해하지 마십시오. 나는 그가 단순히 돈 때문에만 행동하고 있다고 말하는 건 아닙니다. 내가 말하고 싶은 것은, 피터스 씨에 대한 나의 지식으로 판단해 볼 때 단순히 영국의 미스터리소설에 대한 애호심 때문에 당신을 내게 보내며 그런 편지를 쓰는 수고를 했으리라고는 생각할 수 없다는 겁니다. 내 말뜻을 아시겠습니까? 나는 좀 의아스럽게 생각하고 있습니다. 내게는 이 세상에 아직도 적이 있습니다. 그러니 어떻습니까, 당신과 친구 피터스 씨가 어떤 사이인지 말씀해 주실 수 없겠습니까?"
"나로서는 기꺼이 말하고 싶습니다. 그러나 유감스럽게도 설명해 드릴 수가 없군요. 이유는 아주 간단합니다. 어떤 사이인지 나 자신도 모르기 때문입니다."
글로덱의 눈이 험상궂어졌다.
"나는 농담하고 있는 게 아닙니다, 라티머 씨."
"나도 마찬가지입니다. 나는 디미트리오스라는 사람의 과거를 조사하고 있었습니다. 그런데 피터스 씨를 만난 것입니다. 나로서는 알 수 없는 어떤 이유로 그 역시 디미트리오스에게 관심을 갖고 있었습니다. 그는 아테네의 구제위원회 기록보관소에서 내가 이것저것 묻고 있는 것을 엿들었습니다. 그리하여 내 뒤를 쫓아 소피아에 왔고, 거기서——말이 나왔으니 말입니다만——나에게 권총을 들이대며 몇 주일 전에, 즉 내가 이름을 듣기도 전에 이미 살해된 그 사나이에게 관심을 가지고 있는 이유를 설명하라고 했습니다. 설명을 듣고 나더니 그가 제안을 했습니다. 내가 파리에서 그와 만나 그가 생각하고 있는 어떤 일에 협력하면 서로 50만 프랑의 이득을 얻을 수 있다는 겁니다. 내가 가지고 있는 정보 그 자체만으로는 가치가 없지만, 그가 가지고 있는 정보와 함께 쓰면 대단한 가치를 갖게 된다고 했지요.

 나는 그의 말을 믿을 수 없어 그가 계획하는 일에 관계하기를 거부했습니다. 그러자 그는 나의 마음을 끌 재료로서, 또 그의 선의의 증거로서 당신에게 보내는 소개장을 써준 것입니다. 나는 나의 관심이 작가로서의 관심에 지나지 않는다는 것을 말하고, 가능하면 다시 정보를 입수하기 위해 베오그라드로 갈 예정이라고 말했습니다. 그러자 그가 그 정보를 제공할 수 있는 사람은 당신밖에 없다고 말해 주었습니다."

글로텍의 눈썹이 치켜 올라갔다.

"캐묻기를 좋아한다고 생각하시면 곤란합니다만, 당신은 디미트리오스 탈라트가 1926년 베오그라드에 있었다는 것을 어떻게 아셨습니까?"

"이스탄불에서 알게 된 어떤 터키 인 관리에게서 들었습니다. 그 사람이 디미트리오스의 과거를 말해 주었습니다. 과거라고 해야 이스탄불에서 알고 있는 범위 안의 일입니다만."

"그랬군요. 그럼 당신이 가지고 계시다는 그 가치 있는 정보란 어떤 것입니까?"

"모릅니다."

글로텍은 미간을 찌푸렸다.

"이거 보십시오, 당신은 나에게 믿어달라고 하셨지요? 그렇다면 당신 역시 나를 믿어주셔야 합니다."

"나는 진실을 말하고 있을 뿐입니다. 정말 모릅니다. 나는 피터스 씨에게 솔직히 말했습니다. 그랬더니 이야기 도중에 흥분하기 시작하더군요."

"무슨 이야기를 할 때였지요?"

"디미트리오스가 죽었을 때 돈은 한 푼도 가지고 있지 않았다는 사실을 내가 어떻게 알게 되었는지 설명할 때라고 생각됩니다. 그 뒤에 그가 백만 프랑에 대한 이야기를 꺼냈습니다."

"그래, 당신은 그걸 어떻게 알았습니까?"

"내가 시체를 보았을 때 그의 소지품이 모두 시체가 안치된 옆에 놓여 있었기 때문입니다. 그의 윗옷 속에서 꺼내 프랑스 당국으로 보낸 신분증명서를 제외하고 말입니다. 돈은 없었습니다, 한 푼도."

몇 초 동안 글로덱은 라티머의 얼굴을 물끄러미 바라보고 있었다. 이윽고 그는 술병이 들어 있는 장식장 쪽으로 걸어갔다.

"한 잔 더 하시겠습니까?"

글로덱은 말없이 술을 따라 라티머에게 건네주더니 정중한 표정으로 자기 잔을 들었다.

"건배합시다, 영국의 미스터리소설을 위해!"

흥미를 느끼며 라티머는 잔을 입으로 가져갔다. 글로덱도 역시 잔을 입으로 가져가다가 갑자기 목이 메는지 주머니에서 손수건을 꺼내며 잔을 내려놓았다. 라티머는 그가 웃고 있는 것을 보고 깜짝 놀랐다.

"실례했습니다." 글로덱이 숨을 헐떡이며 말했다. "어떤 일이 생각나서 웃었습니다." 그는 한순간 망설였다. "내 친구 피터스 씨가 권총을 들고 당신을 상대했다는 일 말입니다. 그는 총 같은 걸 굉장히 무서워하거든요."

"그러나 그는 전혀 공포감을 드러내지 않았습니다."

라티머는 초조해졌다. 그로서는 자기가 알아차리지 못한 어딘가에 다른 농담이 숨겨져 있는 듯한 기분이 들었다.

"영리한 사람이군, 그는." 글로덱이 소리 없이 웃으며 라티머의 어깨를 툭툭 쳤다. 갑자기 기분이 좋아진 것 같았다. "언짢게 생각지 마십시오. 자, 그럼 점심을 먹읍시다. 마음에 드셔야 할 텐데…… 시장하십니까? 그레타는 훌륭한 요리사지요. 그리고 우리 집 포도주만은 스위스와 관계가 없습니다. 식사가 끝나면 디미트리오스에 대한 일, 그 사람 덕분에 내가 얼마나 고생했는가 하는 일, 또 베오그라드와 1926년 당시의 일을 이야기해 드리겠습니다. 그러면 되겠지요?"

"친절하게 대해 주셔서 정말 고맙습니다."

라티머는 글로덱이 또 웃는 게 아닌가 여겼으나, 폴란드 인은 생각을 달리한 모양이었다. 오히려 아주 진지한 표정을 짓고 있었다.

"천만에요, 피터스 씨는 나와 아주 친한 친구입니다. 게다가 나는 개인적으로 당신이 좋아졌습니다. 이곳에서 손님을 맞는 일은 거의 없답니다." 그는 또 한순간 망설였다. "친구로서 한 마디 충고를 드려도 괜찮겠습니까?"

"사양 마시고……."

"그럼, 말씀드리지요. 내가 만일 당신의 입장에 있다면, 내 친구 피터스 씨의 말을 그대로 받아들여 파리로 가겠습니다."

라티머는 대답할 말이 없어 난처했다. 그는 천천히 말을 꺼냈다.

"나로서는 아직 잘 모르겠습니다만……"

그때 가정부 그레타가 방으로 들어왔다.

"자, 점심을 들기로 합시다!"

글로덱은 기쁜 듯이 소리를 질렀다.

나중에 '한 마디 충고 드려도'라고 말한 뜻을 설명해 달라고 말할 수 있는 기회가 생겼지만 라티머는 물어보는 일을 잊어버리고 있었다. 그밖에도 생각할 일이 많았던 것이다.

베오그라드, 1926년

 인간은 자신의 상상력에 불신감을 품게 되는 일이 있다. 그러므로 경험 외의 상상에서 생겨난 세계가 현실적으로 존재하는 것을 어쩌다 발견하면 이상하게 생각되는 것이다.
 라티머는 래디슬로 글로덱의 이야기에 귀를 기울이며 비라 아카시아에서 지낸 그날 오후의 일이 생각날 때마다——그런 뜻으로 보아——생전 처음 보는 이상한 사건이라는 생각이 들었다.
 그는 그날 저녁 아직 기억이 생생할 때 쓰기 시작하여 다음날 일요일에 완성한 그리스 인 마르커키스 앞으로 보내는 편지——프랑스어로 씌어졌다——에 모든 것을 기록했다.

 주네브
 일요일
 친애하는 마르커키스 씨
 나는 디미트리오스에 대해 뭔가 새로운 사실을 발견하면 편지로 당신에게 알리겠다고 약속했습니다. 내가 사실 그 약속을 지키게 된 데 대해 당신도 나와 다름없이 놀라리라 생각합니다. 즉 새로운 사실을 발견했습니다. 그렇지 않았다 해도 나는 소피아에서 베풀어 준 당신의 도움에 고맙다는 편지를 쓸 참이었습니다.

 소피아에서 당신과 헤어졌을 때 나는——당신도 기억하고 있겠지만——베오그라드로 갈 예정이었습니다. 그런데 왜 주네브에서 편지를 쓰고 있느냐고요? 실은 지금 당신이 그렇게 물을까봐 걱정하고 있습니다.

 나 자신도 그 대답을 알고 싶습니다. 일부는 알고 있습니다. 1926년 베오그라드에서 디미트리오스를 고용한 직업 스파이가 주네브에서 가까운 교외에 살고 있습니다. 나는 오늘 그 사람을 만나 디미트리오스에 대한 이야기를 나누었습니다. 어떻게 그 사람과 손이 닿았는가 하는 것도 설명할 수 있습니다. 소개를 받았지요, 그러나 왜 나에게 그 사람을 소개해 주었는지, 우리 두 사람을 만나게 하여 그 사나이가 무엇을 얻으려고 하는지는 나로서도 알 수 없는 일입니다. 머지않은 시일 안에 그런 사정을 알 수 있기를 바라고 있습니다. 어쨌든 이 아리송한 이야기로 하여 당신은 초조함을 느끼겠지만, 나 자신도 당신 못지않게 초조해하고 있다는 사실을 전달하는 것으로 그치겠습니다. 그럼, 디미트리오스에 대하여 이야기하겠습니다.

 당신은 지금까지 '마스터' 스파이의 존재를 믿은 일이 있는지요? 나 자신은 오늘날까지 전혀 믿지 않았습니다. 그러나 지금은 믿고 있습니다. 왜냐하면 오늘 하루의 대부분을 그 마스터 스파이 가운데 한 사람과 이야기를 나누며 지냈기 때문입니다. 그의 이름을 여기에 적을 수 없으므로, 스파이 소설에서 흔히 쓰듯이 'G'라고 부르기로 하겠습니다.

G는 나의 출판사가 이용하고 있는 인쇄소가 '마스터' 인쇄소, 즉 명인 중에서도 명인인 것과 같이 '마스터' 스파이──지금은 은퇴했지만──였습니다. 그는 직업 스파이의 고용주였습니다. 그가 하는 일은 주로──전부는 아니지만──경영 관리적인 성격을 띤 것이었지요.

스파이나 첩보 활동에 대해서 여러 가지 황당무계한 말이 쓰인다는 것은 나도 잘 알고 있습니다. 여기서는 G가 나에게 말한 것과 똑같은 형태로 그 문제를 취급해 보려고 합니다.

그는 우선 전쟁에서 전략이 성공했을 때의 기본적인 승리의 원인은 적의 허를 찌른 데 있다는 나폴레옹의 말을 인용하더군요. 내가 보기에 G는 습관적인 나폴레옹 인용자인 것 같았습니다. 분명히 나폴레옹이 그렇게 말했거나, 아니면 그 비슷한 말을 했을 것입니다. 그러나 그가 그런 말을 한 최초의 군사 지도자가 아니라는 점은 확실합니다. 알레산드로스, 카이사르, 칭기즈칸, 또는 프러시아의 프레데릭 대왕도 모두 같은 생각을 가지고 있었지요. 1918년에는 포슈도 같은 생각을 했었습니다. 그러나 G의 이야기로 돌아갑시다.

G의 이야기에 의하면 '1914년에서 1918년에 걸친 제1차 세계대전의 경험'은 장래의 전쟁──그러니까 아주 먼 앞날의 일처럼 들리지요?──에서 근대적인 육해군의 기동력과 파괴력, 그리고 공군의 존재에 의해 기습적인 요소가 지금보다 훨씬 중요한 의미를 지니고 있음을 보여 주었답니다. 사실 먼저 기습 공격을 퍼부은 나라가 전쟁에서 이길 가능성이 크다고 말할 수 있을 정도로 중요하다는 겁니다. 따라서 기습에 대비하는 일, 나아가 전쟁이 터지기 전부터 기습에 대비해 두는 일이 전에 없이 중요해졌습니다.

그런데 현재 유럽에는 약 27개의 독립국이 있습니다. 어느 나라나 육군과 공군을 가지고 있고, 대부분의 나라가 어떠한 형태로든 해군력을 가지고 있습니다. 자기 나라의 안전보장을 위해 각국의 육군과 공군, 또는 해군은 다른 26개국의 육해공군이 무엇을 하고 있는지 그 병력과 능력과 진행중인 비밀 군비를 알아야만 합니다. 그러므로 스파이가, 그것도 아주 많은 수의 스파이가 필요하게 되는 겁니다.

1926년에 G는 이탈리아에 고용되어 그해 봄 베오그라드에 자리잡았습니다.

당시 유고슬라비아와 이탈리아는 긴장된 관계에 있었습니다. 유고슬라비아 인에게 있어 이탈리아의 피우메 점령은 코르푸의 폭격과 마찬가지로 아직도 기억에 생생했으며, 또한 무솔리니가 알바니아의 점령을 기도하고 있다는 소문——그달 끝무렵에 알았지만 전혀 근거가 없는 말은 아니었지요——도 있었습니다.

한편 이탈리아는 유고슬라비아에 대해 의심을 품고 있었습니다. 피우메는 유고슬라비아의 대포에 둘러싸였고, 오트란토 해협의 한쪽을 제압하는 알바니아가 유고슬라비아의 세력권으로 들어간다는 것은 도저히 허용할 수 없는 일이었지요. 그 같은 정세의 확립을 도모하는 것이 바람직한 일인지도 모릅니다. 그러나 그럴 경우, 유고슬라비아가 전쟁을 시작할 가능성이 있었습니다. 베오그라드에 있는 이탈리아 첩보원의 보고에 의하면, 유고슬라비아는 전쟁이 일어나게 되면 오트란토 해협 바로 북쪽에 기뢰원을 설치하고, 자신을 아드리아 해에 몰아넣음으로써 연안을 지킬 계획이라는 것이었습니다.

이런 일에 대해서는 별로 지식이 없는 편이지만, 폭 320킬로미터의 해협을 항행할 수 없게 하기 위해 320킬로미터 전체에 걸쳐 기뢰를 설치할 필요는 없는 모양입니다. 적이 그 위치를 알 수 없도록 작은 기뢰원을 한두 군데 설치해 두어도 충분한 것 같습니다. 그렇게 되면 적으로서는 기뢰원의 위치를 알 필요가 생기겠지요.

 그것이 바로 G가 그 무렵 베오그라드에서 알아내야 할 일이었습니다. 이탈리아의 첩보원이 기뢰원에 대한 것을 눈치챘습니다. 노련한 스파이 G가 그 시설의 위치를 알아내는 일의 핵심이라고 볼 수 있는 임무를 맡았지요. 그것도──이 점이 가장 중요합니다만──알아냈다는 사실을 유고슬라비아측에게 들키지 않고 찾아내야만 했습니다. 들키게 되면 물론 그들은 곧 위치를 바꿔버릴 테니까요.

 이 최후의 점에서 G는 실패하고 말았습니다. 그 실패의 원인이 디미트리오스였습니다.

 나는 늘 스파이라는 것은 아주 힘든 일이라고 생각해 왔습니다. 내가 말하고 싶은 점은 이런 것입니다. 만일 내가 영국 정부에 의해 오트란토 해협의 기뢰 시설에 대한 상세한 비밀 계획을 입수하라는 임무를 띠고 베오그라드에 파견되었다 하더라도 나는 어디서부터 손을 대야 할지 모릅니다. 만일 G가 알고 있었던 것처럼 나도 그 상세한 계획이 해협의 해도(海圖)에 도장으로 찍어서 기록해 놓았다는 사실을 알고 있었다고 합시다. 거기까지는 좋습니다. 그러나 그 해도 사본이 몇 장 보관되어 있는지 나로서는 알 도리가 없습니다. 어디에 보관되어 있는지 그것도 모릅니다. 적어도 한 장은 해군본부에 보관되어 있겠지 하고 이론적으로 상상할 수 있을지는 모릅니다. 그러나 해군본부는 큰 관공서입니다. 그리고 그 해도는 틀림없이 잠겨 있는 장소에 보관되어 있을 겁니다. 만일──이건 도저히 있을 수 없는 일이겠지만──그 해도가 어느 방에 있으며, 어떻게 하면 입수할 수 있는지 방법을 알아냈다 하더라도 유고슬라비아 사람들에게 들키지 않고 그 사본을 입수하려면 대체 어떻게 해야 좋을까요?

　베오그라드에 도착하고 한 달도 되기 전에 G가 해도를 보관해 둔 장소를 알아냈을 뿐만 아니라 유고슬라비아 당국에 들키지 않고 그것을 베껴내는 방법까지 결정해 냈다면, 그가 스스로 유능하다고 자처할 만한 자격이 있다고 당신도 인정해 주시겠지요?

　그는 어떻게 했을까요? 어떤 교묘한 책략과 어떤 정묘한 계략으로 그것을 할 수 있었을까요? 그 방법을 순서 있게 천천히 설명하기로 하겠습니다.

　그는 드레스덴의 광학기기에서 파견한 독일인 행세를 하며 해군본부 방잠국(_{적의 잠수함에 대한}
_{방어를 맡은 부서})의 사무원과 알게 되었습니다.

　대단치 않은 방법이 아닙니까? 그러나 놀랍게도 그 자신은 그것을 아주 교묘한 움직임으로 보고 있었습니다. 그의 유머 센스는 완전히 마비되어 있었지요. 내가 스파이 소설을 읽은 일이 있느냐고 물었더니, 그는 아주 유치해서 읽지 않는다고 대답하더군요. 그러나 이야기는 더 놀라워집니다.

　그 사람과 알기 위해 그는 해군본부를 찾아가서 수위에게 보급국이 어디에 있느냐고 물었습니다. 외부에서 온 사람이 곧잘 묻는 말로, 아주 자연스러운 질문이었습니다. 수위가 있는 곳을 지나치자 복도에서 사람을 불러 세우고, 자기는 방잠국으로 가는 길을 물어서 왔는데 길을 잃었으니 한 번만 더 가르쳐달라고 말했습니다. 그렇게 하여 방잠국을 찾아서 안으로 들어가자 이곳이 보급국이냐고 물었습니다. 그렇지 않다고 하자 다시 밖으로 나왔습니다. 안에 있었던 시간은 1분 가량밖에 안 되었지만 그동안 그는 사무실 안의 사람, 적어도 눈에 들어오는 범위의 사람들을 재빨리 둘러보았습니다. 그리고 세 사람을 점찍어 두었습니다. 그날 저녁 그는 해군본부 밖에서 세 사람 중 최초의 한 사람이 나오기를 기다렸습니다.

그리고 그 사나이의 집까지 뒤쫓아 갔습니다. 이름과 그밖의 그 사나이에 관한 일을 되도록 자세하게 조사한 다음, 나머지 두 사람에게도 같은 조사를 했습니다. 그리고 그 중에서 한 사람이 뽑혔습니다. 그는 블릭이라는 사나이였습니다.

그런데 G의 진짜 수단 그 자체에는 정묘함이 없었는지도 모르지만, 그 수단의 사용 방법은 상당히 정묘했다고 볼 수 있습니다. 그 자신은 이 구별을 전혀 의식하고 있지 못하지만 말입니다. 뿐만 아니라 성공한 사람이 자기의 성공 원인을 오해하는 것은 흔히 있는 일이지요.

G의 방법이 정묘하다는 것을 맨 먼저 보여주는 것은 블릭을 택한 일입니다.

블릭은 40에서 50을 바라보는 자부심이 강하고 불쾌해 보이는 사나이로 대부분의 동료들보다 나이가 많고, 모든 사람이 싫어하는 타입이었습니다. 아내는 그보다 10살이나 아래였으며, 생활에 불만을 품고 있었지요. 또한 그에게는 위(胃) 카타르라는 병이 있었습니다. 그는 하루 일이 끝나 해군본부를 나오면 어떤 카페에 들러 술을 한잔 마시는 것이 습관이었는데, 그 카페에서 G는 성냥을 가졌느냐고 묻고 잎담배를 권한 다음, 이윽고 한잔 사겠다는 아주 단순한 방법으로 그를 알게 되었습니다.

고도의 기밀사항을 취급하는 정부 직원이라면, 카페에서 알게 된 사람이 그의 일에 대해 무언가 물으려고 하면 의심했을 게 아니냐고 당신은 생각할지도 모릅니다. 블릭이 의혹을 품기 전에 G는 그러한 의심에 대처할 방법을 생각해 두고 있었습니다.

두 사람의 교제가 차츰 깊어졌지요. 블릭이 저녁마다 그 카페에 가면 G가 그곳에 있었습니다. 두 사람은 두서없는 이야기를 했습니다. G는 베오그라드는 처음이라면서 블릭에게 이것저것 의견을 물었지요. 그리고 블릭의 술값까지 지불합니다. 블릭에게 친절하게 대해 주어서 신세지고 있다고 느끼게끔 말입니다. 때로는 둘이서 체스도 합니다. 그러면 블릭이 이기지요. 또 카페의 다른 사람들과 한데 어울려 네 사람이 한 조가 되어 베지크(트럼프놀이)를 하기도 합니다. 그리고 어느 날 저녁 G는 블릭에게 없는 말을 꾸며서 했습니다.

자기가 아는 두 사람으로부터 블릭이 해군본부의 중요한 자리에 있다는 말을 들었다고 그에게 말한 것입니다.

블릭은 그 '아는 두 사람'이란 함께 트럼프를 하고 이야기를 나누어 어렴풋이나마 자기가 해군본부에 근무하고 있다는 것을 알고 있는 몇 사람 중 누구일 거라고 생각합니다. 그는 미간을 찌푸리고 입을 열지 않았습니다. 아마 그 '중요한'이라는 형용사에 대해 겸손한 척하며 이의를 내세울 작정이었을 겁니다. 그러나 G는 개의치 않고 이야기를 계속했습니다. 자기는 광학기기를 제조하고 있는 어떤 일류 회사의 주임 세일즈맨으로서, 해군본부가 발주하기로 된 쌍안경의 주문을 받기 위해 파견되었다, 견적서는 이미 제출했으므로 주문을 확보할 자신은 어느 정도 있지만, 블릭도 알고 있듯이 부내에 친구가 있는 것만큼 마음 든든한 일은 없다, 그러니 드레스덴의 회사가 주문을 확보할 수 있도록 친절하고 영향력 있는 블릭이 압력을 가해주면 2만 디나르(유고슬라비아 디나르의 가치는 프랑스 프랑보다 약간 밑돈다)가 그의 주머니에 들어가게 될 것이라는 등의 이야기를 했답니다.

이 말을 블릭의 입장에서 생각해 봅시다. 보잘것 없는 말단 관리인 자기가 독일 대회사의 대표자로부터 칭찬을 듣고, 보통 6개월분의 급료에 해당되는 2만 디나르를 주겠다는 요청을 받게 된 것입니다. 견적서가 이미 제출되었다면 이제 손쓸 도리가 없습니다. 그러나 다른 회사와 경쟁하여 이길 가능성은 있지요. 만일 드레스덴의 회사가 주문을 받게 된다면 그로서는 신상에 아무 지장을 받는 일 없이 2만 디나르라는 돈을 받을 수 있습니다. 회사가 주문을 받지 못하게 되면, 어리석은 생각을 하고 있는 한 독일인으로부터 존경을 잃을 뿐 아무것도 손해 볼 건 없습니다.

블릭은 G가 자신을 정직한 사람으로, 어중간한 노력이나마 일단은 한 것으로 인정해 줄 것이라고 생각했던 거지요.

블릭은 자기의 힘이 도움이 될지 자신이 없다는 말을 중얼거리게 됩니다. 그것을 G는 일부러 뇌물을 더 달라는 요구로 받아들입니다. 블릭은 그런 생각은 털끝만큼도 없었다고 항의합니다. 그는 난처해하다가 5분도 안 되어 동의합니다.

그 뒤로 블릭과 G는 아주 친한 친구가 되었습니다. G쪽에는 아무런 위험도 없었습니다. 보급국에서 받는 견적서는 발주할 때까지 일체 비밀로 취급되기 때문에 드레스덴의 회사가 견적서를 제출하지 않았다는 사실을 블릭이 알게 될 염려는 전혀 없었던 거지요. 블릭이 호기심에서 조사해 보려고 했다 하더라도, G가 미리 관보를 통해 조사했던 것처럼 보급국에서 쌍안경 입찰을 공고했다는 사실을 알게 될 뿐일 것입니다.

바야흐로 G는 활동을 개시했습니다. 알겠지요? 블릭은 G에게 부탁받은 '유력한 관리'의 역할을 해낼 수밖에 없게 된 겁니다. 그러자 G는 호인다운 태도를 발휘하여 블릭과 미인이지만 멍청한 블릭 부인을 고급 레스토랑과 나이트클럽으로 불러내어 환대하기 시작했습니다. 부부는 목마른 식물처럼 금방 반응을 나타냈습니다. 블릭이 달콤한 샴페인 한 병을 반 이상이나 마시고 나서 압도적으로 우세한 이탈리아의 해군력과, 그 해군이 유고슬라비아 연안 지역에 주는 위협에 관한 논의에 휩쓸려 들어갔을 경우, 그가 계속 조심성 있는 태도를 취할 수 있었을지 의문스럽습니다. 아마 모르긴 해도 무리한 일이었겠지요. 그는 약간 취한 데다가 아내가 한자리에 있었습니다. 그의 외로운 인생에서 처음으로 그의 의견이 당연히 받아야 할 경의로써 받아들여지고 있는 겁니다. 게다가 그에게는 해야 할 역할이 있었습니다. 무대 뒤에서 비밀리에 진행되고 있는 사항을 모르고 있다는 인상을 준다면 체면이 안 설 테니까요. 그는 허풍을 떨기 시작했습니다. 그리하여 만일 실행에 옮겨지면 아드리아 해에서 이탈리아 함대가 꼼짝도 못하게 될 비밀계획을 직접 자기 눈으로 보고 있다고 말해 버렸습니다. 당연히 삼가야 할 말이었는데도……

그날 밤 헤어지기 전까지 G는 블릭이 그 해도의 사본을 볼 수 있는 입장에 있다는 사실을 알아냈습니다. 동시에 그는 어떻게 해서든 블릭에게 그 사본 한 장을 입수하게 하리라고 결심했습니다.

그는 신중히 계획을 세웠습니다. 그리고 주위를 살펴서 그 계획을 실행하는 데 적당한 사람을 찾았습니다. 매개자가 필요했던 것입니다. 그는 디미트리오스를 발견했습니다.

G가 어떻게 디미트리오스를 알게 되었는지 확실치 않습니다. 옛 친구들에게 누를 끼치게 될까봐 두려워하고 있는 것 같더군요. 그가 말을 삼간 까닭은 이해할 수 있을 것 같습니다. 아무튼 누군가가 그에게 디미트리오스를 추천했습니다. 나는 추천자가 어떤 일을 하는 사람이었느냐고 물어보았지요. 혹시 유라시안 신탁은행과 관계있는 인물이 아닐까 기대했던 것입니다. 그러나 G는 이야기를 슬쩍 돌려버렸습니다. "너무 오래된 일이어서……" 하며. 그러나 그는 추천자가 추천하면서 한 말은 기억하고 있었습니다.

디미트리오스 탈라트는 그리스 어를 할 수 있는 터키 인으로서 '유효한' 패스포트를 가지고 있으며, '도움이 되는 사나이'인 동시에 입이 무겁다는 평판이 있을 뿐 아니라 '비밀을 요하는 재정적인 일을 해본 경험도 있다'고 말했다는 것입니다.

 그가 어떤 면에서 도움이 되는지, 그 재정적인 일의 성격이 어떤 것인지 모르는 사람이라면 화제에 오른 사나이를 일종의 회계사로 생각했을지도 모릅니다. 그러나 그런 거래에는 특수한 말이 있는 모양이더군요. G는 그 말의 뜻을 이해하고 디미트리오스가 당면한 일을 해낼 적임자라고 판단했습니다. 그는 그때의 주소를 마치 아메리칸 익스프레스의 유치(留置) 우편 주소라도 외듯 서슴없이 일러주었습니다. 그것은 부쿠레슈티의 유라시안 신탁은행으로 되어 있었습니다!

 디미트리오스는 닷새 뒤 베오그라드에 도착하여 크네즈 미레티나에서 조금 들어간 G의 집으로 찾아왔습니다.

 G는 그때의 일을 아주 똑똑히 기억하고 있었습니다. 그의 말에 의하면 디미트리오스는 중키의 35살에서 50살 사이의 어느 나이로나 볼 수 있는 사람이었는데, 사실은 37살이었다고 합니다. 차림새도 훌륭했고…… 아니, G의 말을 직접 인용하는 편이 좋겠군요.

 '그는 돈이 든 품위 있는 차림이었는데, 머리 양쪽의 머리칼이 희끗희끗해지기 시작했더군요. 몸의 움직임이 부드러워보였고, 아주 자신 있는 태도였습니다. 그 눈이 무엇인가를 연상케 했는데 나는 곧 알아챘습니다. 이 사나이는 매춘부의 손님을 끌어들이는 자라고 말입니다. 나는 언제나 그것을 알아볼 수 있습니다. 까닭을 물으신다면 난처해집니다만, 나는 그런 일에는 여자와 같은 본능을 가지고 있지요.'

 어쨌든 이러했습니다. 디미트리오스는 잘 해냈습니다. 일라나 플레베사와 같은 여자가 또 있었을까요? 그 점은 알 수 없겠지요. 어쨌든 G는 디미트리오스에게서 손님을 끄는 요소를 발견하고 흐

못해졌습니다. 그런 자라면 여자 문제로 당면한 일에 지장을 가져오는 일은 없으리라고 생각했던 거지요. 또 디미트리오스는 아주 호감이 가는 태도를 지닌 사람이었습니다. 이 부분도 G의 말을 인용하는 것이 좋을 것 같군요.

'그는 옷을 우아하게 입을 줄 아는 사람이었습니다. 게다가 얼굴도 지적으로 생겼지요. 나는 빈민굴의 쓰레기 같은 사람들을 쓰기 싫어했으므로 그 점이 마음에 들었습니다. 가끔 쓰레기 같은 자들을 쓸 필요도 있었지만, 나는 좋아하지 않았습니다. 그런 자들이 나의 색다른 기질을 반드시 이해할 수 있다고는 볼 수 없거든요.'

이것으로 알 수 있듯이 G는 좋고 싫은 것을 몹시 가리는 사나이였습니다.

디미트리오스는 시간을 헛되이 보내고 있지는 않았습니다. 이제는 독일어와 프랑스 어를 상당히 정확하게 말할 수 있게 되어 있었습니다. 디미트리오스는 이렇게 말했다고 합니다.

"편지를 받고 곧 달려왔습니다. 부쿠레슈티에서도 바빴지만, 당신의 소문을 들었으므로 편지를 받았을 때 굉장히 기뻤습니다."

G는 부탁할 일을 신중하게 세심한 주의를 기울여——이제부터 고용할 사람에게 너무 자세한 내용을 알리는 것은 좋지 않으므로——설명했습니다. 디미트리오스는 아무 표정 없는 얼굴로 귀를 기울이고 있다가 G가 이야기를 마치자 보수가 얼마냐고 물었답니다.

"3만 디나르." G가 말했습니다.

"5만." 디미트리오스가 말했습니다. "그것도 스위스 프랑으로 받고 싶습니다."

이윽고 4만 스위스 프랑으로 결정을 보았습니다. 디미트리오스는 웃음짓고 어깨를 움츠리며 동의를 표했습니다.

한편 블릭은 지금까지 한 번도 경험한 일이 없을 정도로 인생을 즐기고 있었습니다. 일류 레스토랑에서 환대를 받고, 아내는 생전 처음 사치를 부려 마음이 풀렸는지 이제는 모멸과 불쾌감이 담긴 눈으로 그를 보지 않게 되었습니다. 어리석은 독일인 덕분에 절약이 된 식사비로 그녀는 좋아하는 코냑을 마실 수 있었습니다. 술을 마시면 그녀는 속에 있는 말을 털어놓고 상냥해진답니다. 게다가 1주일 뒤에는 2만 디나르의 돈이 들어올지도 모릅니다. 그럴 가능성이 있습니다. 어느 날 밤 블릭은 대단히 기분이 좋다면서, 맛없는 음식은 위 카타르에 좋지 않다고 덧붙였습니다. 그때만은 블릭도 유쾌한 관리 역할을 해야 한다는 사실을 자칫 잊어버릴 뻔했습니다.

쌍안경의 주문은 체코 회사로 돌아갔습니다. 그 공고를 실은 관보가 정오에 발매되었습니다. 정오에서 1분이 지나자 G는 한 부를 사가지고 의뢰한 동판이 반쯤 된 인쇄소를 찾아갔습니다. 그리고 6시에 해군본부 현관 맞은쪽에서 기다리고 있었습니다. 6시가 지나자 곧 블릭이 나타났습니다. 그는 이미 관보를 보았는지 옆구리에 한 부 끼고 있었습니다. G가 서 있는 곳에서도 그의 낙담한 표정을 볼 수 있었습니다. G는 뒤쫓아 가기 시작했습니다.

여느 때 같으면 블릭은 곧장 길을 건너 그 카페로 갔을 겁니다. 그런데 그날 저녁에는 한순간 망설이다가 그냥 계속 걸어갔습니다. 그는 드레스덴의 사나이를 만나고 싶어졌던 겁니다.

G는 골목으로 들어가 택시를 세웠습니다. 2분도 되기 전에 택시는 앞질러 블릭에게 다가갔습니다. G는 갑자기 택시를 세우고 길로 뛰어내려 아주 기쁜 듯이 블릭을 두 팔로 얼싸안았습니다. 어이가 없이 멍해진 말단 관리는 거절할 틈도 없이 택시 안으로 떠밀려 들어갔습니다. 그리고 G는 그에게 축하의 말과 고맙다는 인사를

펴부으며 2만 디나르의 수표를 그의 손에 쥐어주었습니다.

블릭이 중얼거렸습니다.

"하지만 당신은 주문을 받지 못했을 텐데요."

G는 아주 재미있다는 듯이 웃었습니다.

"받지 못했다고요?" 잠시 뒤 그는 사실을 '알아차립니다'. "아아, 그렇군. 이야기한다는 것을 깜박 잊어버리고 있었습니다. 견적서는 우리의 체코 자회사를 통해 제출했었습니다. 어떻습니까, 이제 아셨습니까?" 그는 갓 인쇄한 명함을 블릭에게 건네주었습니다. "이 명함은 그렇게 함부로 쓰지 않습니다. 대부분의 사람들은 체코의 회사가 드레스덴의 자회사라는 사실을 알고 있으니까요." 그 다음 이야기는 가볍게 넘어가 버립니다. "곧 축배를 들어야겠군요……. 운전 기사!"

그날 밤 두 사람은 크게 축하를 했지요. 처음의 망설임이 사라지자, 블릭은 뜻하지 않은 일을 최대한으로 즐겼습니다. 그는 취했습니다. 해군본부에서 자신의 영향력이 얼마나 큰가를 떠벌리기 시작했지요. 마침내는 여러 가지 뜻에서 만족해야 할 G마저도 상대방을 상냥하게 대하기가 난처하게 느껴지기 시작했습니다.

밤도 상당히 깊어졌을 무렵 그는 블릭을 끌어당겼습니다. 측거의 (測距儀)의 입찰이 공고되었는데, 블릭의 도움을 기대할 수 있을까 하고 물었습니다. 물론 할 수 있다는 대답이었지요. 바야흐로 블릭은 교활해졌습니다. 자기의 협력의 가치가 인정된 이상 선금을 기대할 권리가 있다는 거였지요.

G는 그 일은 예기치 않았었지만, 속으로 흥미를 느껴 곧 타협을 보았습니다. 블릭은 또 수표를 받았습니다. 이번에는 1만 디나르였습니다. G의 '고용주'가 주문을 받게 되면 나머지 1만 디나르를 주기로 결정을 보았습니다.

블릭은 이제 전에 없이 부자가 되었습니다. 3만 디나르의 돈이 주머니 속에 들어왔습니다. 이틀 뒤 저녁에 고급 호텔의 다이닝룸에서 G는 블릭에게 폰 키즐링이라는 남작을 소개했습니다. 폰 키즐링 남작이란 말할 것도 없이 디미트리오스였습니다.

G는 말했습니다. "모르는 사람이 보면 그가 태어난 뒤로 줄곧 그곳에서 살고 있는 줄 알았겠지요. 내가 아는 한 어쩌면 그랬었는지도 모릅니다. 그의 태도는 나무랄 데가 없었습니다. 내가 해군본부의 요직에 있는 인물로 블릭을 소개하자, 그는 멋지게 정중한 태도를 취해보였습니다. 블릭 부인을 다루는 태도는 참으로 기가 막혔습니다. 왕녀에게 인사를 하는 것 같았으니까요. 나는 그녀의 손등에 입을 맞추려고 그가 윗몸을 굽혔을 때, 그의 손가락이 그녀의 손바닥을 쓰다듬고 있는 것을 알아차렸습니다."

G에게 연출할 여유를 주기 위해 디미트리오스는 G가 우연히 만난 듯 다가오기 전부터 다이닝룸에 모습을 나타내고 있었습니다. 블릭 부부에게 디미트리오스를 소개한 다음 G는 '남작'을 일러 대단한 인물이라고 말했습니다. 수수께끼의 인물이라고 말할 수 있을지도 모르지만, 국제적인 큰 사업에서 굉장히 중요한 지위를 차지하고 있는 사람인데다 대부호이며, 소문에 의하면 27개나 되는 회사를 가지고 있다고 하니 알아두면 도움이 될 것이라고 말했지요.

블릭 부부는 그를 소개받자 너무 기뻐서 어쩔 줄 몰라했습니다. '남작'이 그들의 테이블에서 함께 샴페인을 마시기로 하자 두 사람은 대단한 영광으로 생각했습니다. 서투른 독일어로 열심히 비위를 맞추려고 했습니다. 블릭은 이것이야말로 자신이 일생을 두고 기다리던 일이라고 생각했을 것입니다. 마침내 그는 중요한 인물, 참다운 인물, 사람들의 생사 문제를 쥐고 있는 인물, 자기를 살려줄지도 모르는 인물을 만난 것입니다. '남작'이 경영하는 한 회사의 중역이 되어 훌륭한 집에서 가족의 신뢰를 받으며, 자기를 훌륭한 남자로서 또 주인으로서 떠받드는 하인들의 시중을 받으며 사는 생활을 꿈꾸고 있었는지도 모릅니다. 다음날 아침 해군본부의 초라한 자리에 앉을 때는 기쁨으로 가슴이 가득 차 있었을 겁니다. 아마도 그 기쁨은 쉽사리 물리칠 수 있었던 약간의 불안과 양심의 가책에 의해 한층 더 달콤한 것이 되었을 것입니다. (어쨌든 그 독일인은 돈이나 다름없는 것을 손에 넣은 것이며, 나로서는 아무것도 손해 볼 게 없다. 그리고 앞으로 어떻게 운이 트일는지도 모른다. 사람들은 흔히 뜻하지 않은 경험으로 부를 손에 넣는 수가 있으니까)하고 생각했을 것입니다. '남작'은 친절하게도 이틀 뒤 저녁 G와 매력 있는 그의 친구 부부와 저녁을 같이하기로 약속했습니다.

여기에서 나는 G에게 물어보았습니다. 쇠뿔도 단김에 빼는 게 좋지 않겠느냐고 말입니다. 이틀 뒤로 미루면 블릭 부부에게 생각할 여유를 주는 것이 되니까요.

"옳으신 말씀입니다" 하고 G는 대답했습니다. "다가올 행운을 생각하고, 그 행운이 실현되었을 때 취할 마음의 태세와 그 생활에 대해 꿈꿀 여유를 준 것입니다."

그때의 일을 생각하고 그는 이상할 정도로 정중한 표정을 짓더니 갑자기 싱긋 웃으며 괴테의 말을 인용했습니다. '아아, 신들이여, 만물은 영원한데 왜 우리들의 행복에는 끝이 있습니까?' 그는 자기 딴에는 유머 감각이 있다고 생각하고 있는 것 같았습니다.

그날 저녁식사는 그에게 있어 굉장히 중요한 한때였습니다. 디미트리오스가 블릭 부인을 구워삶으려고 했습니다. "부인같이 호감 가는 분을 만나게 되어 정말 기쁩니다, 물론 주인도 그렇지만." 그는 그녀에게——물론 '주인과 함께'라는 뜻이었지만——다음달쯤 꼭 바바리아에 있는 자기 집에 와서 며칠 묵어가라고 말했습니다.

"파리에 있는 집보다 바바리아에 있는 집이 훨씬 마음에 든답니다. 칸은 이따금 봄에도 싸늘함을 느끼는 수가 있지요. 부인께서는 반드시 바바리아가 마음에 드실 겁니다. 주인께서도 마음에 들어 하시겠지요. 단 그것도 주인이 해군 본부에서 휴가를 얻을 수 있어야 가능한 일이겠습니다만……"

유치하고 단순한 대사임에 틀림없지만, 블릭 부부는 유치하고 단순한 사람들이었습니다. 그녀는 달콤한 샴페인을 마시며 정신없이 그 말을 듣고 있었으나, 블릭은 뚱하니 불쾌한 얼굴이 되었습니다. 그때 가장 중요한 순간이 닥쳐왔습니다.

꽃 파는 아가씨가 난초가 담긴 쟁반을 들고 그들이 있는 테이블 옆으로 다가왔습니다. 디미트리오스는 아가씨 쪽으로 돌아앉아 가장 비싸고 훌륭한 꽃을 골라, 자기의 경의의 표시로써 받아달라고 허풍스러운 몸집으로 블릭 부인에게 건네주었습니다. 그녀는 받았습니다. 디미트리오스가 돈을 내려고 지갑을 꺼냈습니다. 그 순간 천 디나르 지폐의 두툼한 돈다발이 그의 안주머니에서 테이블 위로 떨어졌습니다.

가볍게 사과하며 디미트리오스는 돈다발을 주머니에 넣었습니다.

그것이 신호인 듯 G가 얼른 "몸에 지니고 다니기에는 상당히 큰 돈이군요" 하며 "'남작'께서는 언제나 그런 큰돈을 가지고 다니십니까?" 하고 물었습니다.

"아니, 그렇지 않습니다. 초저녁에 알레산드로에서 딴 돈을 2층 방에 두고 온다는 것을 그만……" 하고 말했습니다. "부인께서는 알레산드로를 아십니까?"

그녀는 몰랐습니다. '남작'이 이야기하고 있는 동안 블릭 부부는 잠자코 있었습니다. '남작'의 생각으로는 '알레산드로'가 베오그라드에서 가장 믿을 수 있는 도박장이며, 알레산드로에서 승부를 지배하는 것은 어디까지나 당사자의 운이지 쿠르피에의 솜씨는 아니었습니다. 남작은 부드러운 눈으로 블릭 부인을 쳐다보며 오늘 저녁에는 운이 좋아 여느 때보다 좀 많이 이겼다고 말했습니다. 그는 여기까지 이야기하고 나서 잠깐 주저했습니다.

"두 분이 다 가보신 일이 없는 것 같으니 나중에 나의 손님으로 동행해 주시면 고맙겠습니다만……."

물론 두 사람은 따라갔지요. 그들이 올 것을 예측하여 모든 준비가 되어 있었습니다. 디미트리오스가 모두 준비해 놓았지요. 룰렛이 아니라——룰렛은 복잡하므로——트럼프놀이를 할 수 있도록 준비했습니다. 판돈은 최저 250디나르였습니다.

그들은 술을 마시고 한동안 게임을 구경했습니다. 그러다가 G가 조금 해보기로 했습니다. 모두가 보고 있는 앞에서 그는 두 번 이겼습니다. 기회를 보아 '남작'이 블릭 부인에게 해보고 싶지 않으냐고 물었습니다. 그녀는 남편의 얼굴을 보았습니다. 남편은 미안한 듯이 돈을 가지고 오지 않았다고 말했습니다. 그러나 디미트리오스는 그런 사태도 예기하고 있었습니다.

"걱정 마십시오, 블릭 씨. 나는 알레산드로에서 잘 알려져 있습니다. 내 친구라면 누구에게나 돈을 빌려드립니다. 만일 어느 정도 손해 보는 일이 있다 해도 알레산드로는 수표나 차용증 같은 것을 받을 겁니다."

연극은 계속되었습니다. 알레산드로가 불려 나와서 소개되었습니다. 그에게 사정을 설명했습니다. 알레산드로가 말을 가로막듯이 두 손을 들었습니다. '남작'의 친구분이라면 그런 말씀을 할 필요도 없다는 것입니다. 게다가 아직 시작도 하지 않았으면서 그런 말씀을…… 그런 말은 운이 좀 막혔을 때 하면 된다는 거였습니다.

G는 만일 디미트리오스가 둘이서 이야기할 여유를 잠깐이라도 주었더라면 부부는 도박에 손대지 않았을 거라고 지금도 생각하고 있습니다. 최저 판돈이 250디나르였으니까요. 비록 3만 디나르의 돈이 들어왔다 하더라도, 식료품값이며 집세로 생각했을 경우의 250디나르라는 가치를 두 사람은 무시할 수가 없었을 겁니다. 그러나 디미트리오스는 그들에게 불안감을 이야기할 틈을 주지 않았습니다. G의 의자 뒤에 있는 테이블에서 기다리고 있는 동안 '남작'은 블릭에게 만일 시간이 있다면 그 주일 안으로 언젠가 점심을 같이하며 일에 대한 이야기를 하고 싶다고 속삭였습니다.

참으로 훌륭한 타이밍이었습니다. 블릭에게 그 말이 뜻한 바는 오직 하나였을 것입니다——"친애하는 블릭 씨, 겨우 몇 백 디나르밖에 안 되는 돈으로 걱정할 필요는 없소. 내가 당신에게 흥미를 가졌다는 것은 이미 당신에게 있어서 한 재산 잡았다는 뜻이오. 지금까지보다 더 중요한 인물이 못된다는 것을 드러내어 나를 실망시키지 말아주시오."

블릭 부인이 도박을 시작했습니다.

그녀는 최초의 250디나르를 '쿠르르(첫장의 카드 빛깔을 예상하고 돈을 거는 것)에서 잃었습니다. 두 번째는 '안벨스(첫장의 카드 빛깔을 예상하고 그 반대되는 빛깔에 돈을 거는 것)'에서 이겼습니다. 다음은 디미트리오스가 신중히 하라고 주의하며 '아 셰발(두 군데에 거는 것)'로 하기를 권했습니다. '루페(무승부)'가 나오고, 또 '루페'가 계속되었습니다. 결국 그녀는 또 졌습니다.

한 시간쯤 계속되자 그녀가 처음에 받은 5,000디나르어치의 칩스가 없어졌습니다. 디미트리오스가 그녀의 '불운'에 대해 동정하는 뜻으로 자기 앞에 쌓아놓은 칩스에서 500디나르어치의 칩스를 그녀 앞으로 밀어놓고, 이것으로 '운을 점쳐 보라' 했습니다.

가슴이 아파서 애태우던 블릭은 거절의 말을 조그맣게 중얼거렸으나 그 칩스를 선물로 생각했는지도 모릅니다. 그러나 그는 그것이 그냥 준 게 아니라는 사실을 얼마 안 가서 알게 되었습니다. 이제 완전히 비참한 생각에 사로잡힌 블릭 부인은 이성을 잃은 듯한 모습으로 도박을 계속했습니다. 그녀는 조금 이겼고 그보다 훨씬 큰 액수를 잃었습니다. 2시 반에 블릭은 알레산드로 앞으로 된, 1만 2000디나르의 약속어음에 서명했습니다. G가 모두에게 술을 샀습니다.

블릭 부부가 가까스로 단둘이 있게 되었을 때의 광경은 쉽게 상상할 수 있습니다. 서로 탓하고, 눈물을 흘리고, 말다툼하는 것을 간단히 상상할 수 있습니다. 참으로 비참한 상태이긴 했지만, 그 우울함에서 벗어날 방법이 없는 것은 아니었습니다. 블릭이 다음날 '남작'과 점심식사를 하기로 되어 있었기 때문입니다. 더욱이 둘이서 '일'에 대한 이야기를 하기로 했던 것입니다.

두 사람은 일에 대한 이야기를 했습니다. 디미트리오스는 블릭이 희망을 가질 수 있도록 하라는 지시를 받았습니다. 그는 보나마나 이런 이야기를 했을 겁니다. 큰일이 계획되고 있다는 것, 사정이 통하는 자는 엄청나게 큰돈을 벌 수 있는 가능성이 있다는 것 등을 은근히 비추며, 바바리아의 성 이야기를 꺼냈겠지요. 마음을 끄는 요소가 모두 포함되어 있습니다. 블릭은 오로지 귀를 기울이고, 가슴을 두근거리고 있었을 겁니다.

"1만 2,000디나르쯤이야 뭐 어떻습니까? 백만 단위로 생각해야 합니다."

이런 식으로 알레산드로에 대한 빚돈 이야기를 꺼낸 것은 디미트리오스였습니다.

"블릭 씨, 당신이 오늘 밤 그곳을 찾아가면 빚돈을 갚을 수 있을 겁니다. 나도 아마 그곳에 가게 될 겁니다. 어쨌든 알레산드로에게

질 기회를 주지 않는 한 이쪽이 이길 수 없지요. 어떻소, 우리 둘이 함께 가서 해보면? 우리 둘이서만. 여자는 도박에 어울리지 않으니까요."

그날 밤 두 사람이 만났을 때, 블릭은 3만 5,000디나르나 되는 돈을 가지고 있었습니다. G에게서 받은 3만에다 자기가 저축해 두었던 돈을 합한 모양입니다. 다음날 아침 일찍 디미트리오스는 G에게 상황을 보고했습니다. 알레산드로가 그럴 필요가 없다고 하는데도 블릭이 굳이 도박을 시작하기 전에 어음을 결제하겠다고 고집을 부렸다는 것이었습니다.

"나는 반드시 빌린 돈은 갚는 사람입니다."

블릭은 자랑하듯이 디미트리오스에게 말했습니다.

그는 남은 돈으로 당당하게 500디나르의 칩스를 샀습니다. 오늘 밤에는 한몫 잡겠다고 말하며 말입니다. 술도 거절했습니다. 냉정한 정신으로 임해야 한다는 것이었지요.

그 말을 듣고 G는 싱긋 웃었습니다. 아마 그 편이 현명할 거라고 말하면서요. 가엾게 보는 일이 때로는 아주 불쾌하게 느껴질 경우가 있지만, 나는 블릭을 가엾게 생각합니다. 다른 사람들은 그를 의지가 약하며 어리석다고 말할지도 모릅니다. 사실 그렇긴 합니다. 그러나 신의(神意)는 G나 디미트리오스만큼 계산에 밝지 못합니다. 신은 사람을 곤봉으로 때려눕히는 일은 있을지 모르지만, 갈비뼈 사이를 칼로 쑤셔대는 잔인한 짓은 절대로 하지 않습니다. 블릭은 뱀이 눈독을 들인 개구리였습니다. G들은 그의 성격을 완전히 꿰뚫어보고, 그 성격을 악마같이 교묘하게 이용했습니다. 그의 경우와 같이 얽혀 들어갔다면 아마 나도 그처럼 의지가 약하고 어리석은 짓을 했을 겁니다. 나에게는 그런 사태가 일어날 일이 없으므로 안심할 수 있지만 말입니다.

뻔한 일이지만 블릭은 졌습니다. 그는 40장 남짓한 칩스로 승부를 시작했습니다. 이겼다 졌다 하는 상태가 두 시간쯤 계속되다 보니 한 장도 남지 않게 되어 버렸습니다. 그러자 그는 아주 침착한 태도로 20장을 신용으로 샀습니다. 그러면서 틀림없이 형편이 바뀔 것이라고 말했습니다. 가엾은 사나이는 사기에 걸려 있는 것인지도 모른다고 의심해 볼 생각조차 하지 않았습니다. 의심할 까닭이 어디 있겠습니까?

  '남작'은 블릭보다 더 많이 졌습니다. 블릭은 판돈을 걸고 가까스로 40분을 끌어나갔습니다. 또 빌려서 다시 졌습니다. 얼굴이 새파래지고 식은땀을 흘리며 그만둬야겠다고 결심했을 때는 가진 돈을 다 잃고도 3만 8,000디나르라는 돈을 잃은 뒤였습니다.

  그렇게 되자 디미트리오스가 할 일은 아주 쉬워졌습니다. 다음날 밤 블릭이 또 도박장에 나타났습니다. 그들은 그에게 3만 디나르 가량 되돌려주었습니다. 사흘째 되는 날 밤 그는 다시 1만 4,000디나르를 잃었습니다. 나흘째 되는 날 밤 그가 2만 5,000디나르 가량 빚을 졌을 무렵, 알레산드로가 돈을 갚아달라고 말했습니다. 블릭은 1주일 이내에 어음을 찾아가겠다고 약속했습니다. 그가 맨 먼저 도움을 구하러 간 것은 G였습니다.

  G는 아주 동정적이었습니다. 2만 5,000디나르라면 분명히 큰돈입니다. 물론 주문받기 위해 쓰는 돈은 모두 고용주에게서 나오는 것이므로 자기로서는 그 돈을 마음대로 쓸 권한이 없다고 말했습니다. 그러나 조금의 도움이라도 될 수 있다면 자기에게 있는 250디나르쯤은 2, 3일 동안 빌려줄 수 있으나, 더 이상은 아무래도 곤란하다고 말했습니다. 블릭은 그 250디나르를 빌려갔습니다.

  돈을 내주면서 G는 충고를 한 마디 했습니다. 이런 경우 이 역경에서 당신을 구해줄 수 있는 사람은 '남작'이라고, "그는 절대로 돈을 빌려주는 사람이 아닙니다. 그것이 그의 주의지요. 그러나 큰돈을 벌 수 있는 방법을 가르쳐줌으로써 친구를 구해주는 것으로 소문이 나 있습니다. 그를 찾아가서 한 번 이야기해 보면 어떻겠습니까?"라고 말입니다.

그 '이야기'는 블릭이 빚돈을 치르기로 한 날 저녁식사가 끝난 뒤, 호텔의 '남작' 거실에서 이루어졌습니다. G는 그 옆방인 침실에 숨어 있었습니다.

블릭이 가까스로 용건을 꺼내어 알레산드로에 대해 물었습니다.

"그 사나이는 심하게 빚독촉을 할까요? 갚지 않으면 어떻게 될까요?"

디미트리오스는 놀란 표정을 지어 보였습니다.

"알레산드로가 빚돈을 받지 못하는 사태가 절대로 생기지 않기를 바랍니다. 어쨌든 처음에 알레산드로가 믿고 돈을 빌려준 것은 나 개인의 부탁이 있었기 때문이니까요. 불쾌한 일이 생기면 골칫거리입니다. 다시 말하면 알레산드로는 약속어음을 가지고 있으므로 일을 경찰에 의뢰할 수가 있다는 것입니다. 그런 사태가 생기지 않기를 진심으로 바라는 바입니다."

블릭도 그러기를 바랐습니다. 바야흐로 그의 직업이며 모든 것을 잃게 될 사태가 생길 테니까요. G에게서 돈을 받은 사실도 드러날지 모릅니다. 그렇게 되면 형무소 신세를 지게 될지도 모르지요. 3만 디나르를 받은 대가로써 손가락 하나 까딱하지 않았다면, 사실을 믿어줄까요? 믿어주기를 기대한다는 것은 제정신을 가진 사람의 짓이 아닙니다. 그에게 남은 유일한 길은 무슨 수를 써서라도 '남작'에게서 돈을 끌어내는 일입니다.

빌려주기를 부탁했지만, 디미트리오스는 고개를 내저으며 말했습니다.

"거절합니다. 그런 일을 하면 사태가 악화될 뿐입니다. 이번에는 적으로부터가 아니라 친구에게서 돈을 빌리는 셈이 됩니다. 게다가 그것은 나의 주의에 어긋나는 일입니다. 나로서는 어떻게든지 힘이 되어주고 싶습니다. 방법이 한 가지 있기는 하지만, 당신이 그것을 실행하려고 할지 모르겠습니다. 나로서는 이런 이야기를 꺼내고 싶지 않았습니다. 그러나 당신이 꼭 말해 달라고 부탁하기 때문에 하는 것입니다. 실은 보통 경로를 통해서는 입수할 수 없는 해군 본부의 어떤 정보를 입수하고자 하는 사람들을 나는 알고 있습니다. 정확성을 믿을 수만 있다면 그 정보에 대해 5만 디나르까지는 내놓을 거라고 봅니다."

  G는 그의 계획이 성공──그는 환자가 죽지 않고 수술실에서 나가기만 하면 수술이 성공했다고 생각하는 외과 의사처럼 자기 계획이 성공했다고 믿고 있습니다──한 것은 그가 숫자를 취급하는 데 신중했던 점에 힘입은 바가 컸다고 말했습니다. 맨 처음의 2만 디나르로부터 시작하여, 그 뒤 알레산드로──그는 이탈리아의 첩보원이었지요──에 대한 빚돈의 액수, 그리고 마지막으로 디미트리오스가 제시한 금액까지 모든 것이 심리적인 효과를 고려하여 신중히 결정된 금액이었습니다. 예를 들어 최후의 5만이라는 숫자는 두 가지 뜻에서 블릭의 마음을 사로잡게 됩니다. 빚돈을 갚고도 '남작'을 만나기 전에 가지고 있던 돈과 거의 같은 액수의 돈이 수중에 남게 되거든요. 두려움이라는 유인에 그들은 탐욕을 더한 것입니다.

  그러나 블릭은 곧 따라오지는 않았습니다. 그 정보가 어떤 것인가를 듣자 그는 겁을 먹고 화를 냈습니다. 그러나 이 분노도 디미트리오스는 아주 솜씨 있게 처리했습니다. 블릭이 여느 때부터 '남작'의 호의에 대해 조금이라도 의심을 품기 시작했었다면, 그 의심은 이때 확신으로 바뀌었을 것입니다. 그가 "이 더러운 스파이!" 하고 소리치자 '남작'의 여유 있고 매력적인 태도가 순식간에 사라졌기 때문입니다. 블릭은 아랫배를 걷어채여 몸을 웅크린 채 토하고 있었는데, 이번에는 다시 얼굴을 걷어채였습니다. 고통으로 몸을 뒤틀고 입에서 피를 흘리며 블릭은 의자 있는 곳으로 나가떨어졌습니다. 디미트리오스는 자기가 하라는 대로 하지 않으면 위험을 범하게 될 거라고 쌀쌀맞게 말했습니다.

지시는 간단했습니다. 블릭은 해도를 한 장 구해서 다음날 저녁 해군본부를 나와 곧 호텔로 가져올 것, 그러면 다음날 아침 제자리에 갖다놓을 수 있도록 한 시간 뒤에 해도를 되돌려준다는 것이 전부였습니다. 돈은 해도를 가져왔을 때 건네주기로 했습니다. 블릭은 만일 당국에 알릴 생각을 하면 어떻게 되는지 경고를 듣고, 5만 디나르가 기다리고 있다는 사실을 잊지 말라는 말을 들은 다음 돌아갔습니다.

블릭은 하라는 대로 해도를 넷으로 접어 외투 밑에 숨겨 호텔로 가지고 왔습니다. 디미트리오스는 해도를 G에게로 가지고 갔다가 다시 돌아와서 사진을 찍은 뒤 필름이 현상되는 동안 블릭을 감시하고 있었습니다. 블릭은 아무 할 말도 없는 것 같았습니다. G의 일이 끝나자 그는 디미트리오스로부터 돈과 해도를 받아가지고 한 마디 말도 없이 그대로 돌아갔습니다.

G는 그때 침실에서 필름을 비춰보며 블릭이 문을 닫고 나가는 소리를 듣자 굉장히 만족스러웠다고 말하더군요. 경비가 적게 든 데다 쓸데없이 헛수고도 하지 않고 조금도 지체하는 일 없이 블릭을 포함한 모두가 그 일로 충분히 이득을 보았으니까요. 남은 것은 블릭이 해도를 무사히 제자리에 갖다놓기만을 빌 뿐이었습니다. 만족스러워해서는 안 될 까닭이 하나도 없었습니다. 모든 면으로 보아 크게 만족스러워할 수 있는 일이었습니다.

그때 디미트리오스가 방으로 들어왔습니다.

그 순간 G는 자기가 한 가지 실수를 저질렀다는 것을 깨달았습니다.

"내 보수를 주시오!" 하고 디미트리오스가 손을 내밀었습니다.

G는 부하의 눈을 보고 고개를 끄덕였습니다. 권총이 필요했으나 가지고 있지 않았습니다. 그는 입구 쪽으로 가려고 하며 말했습니다.

"곧 우리 집으로 갑시다."

디미트리오스는 천천히 고개를 내저었습니다.

"나의 보수는 당신 주머니 속에 들어 있소."

"당신 보수는 들어 있지 않소. 내 것뿐이오."

디미트리오스가 권총을 꺼냈습니다. 그는 입술에 살짝 웃음을 띠고 있었습니다.

"내가 찾고 있는 것은 당신 주머니 속에 들어 있소. 두 손을 머리 뒤로 올려주시오."

G는 하라는 대로 했습니다. 디미트리오스가 옆으로 가까이 다가왔습니다. G는 상대방의 긴장된 갈색 눈을 물끄러미 바라보며, 자기가 위험에 처해 있다는 것을 알았습니다. 디미트리오스가 바로 6, 70센티미터 앞에서 걸음을 멈췄습니다.

"어리석은 짓은 하지 말기를!"

웃음이 사라졌습니다. 디미트리오스가 앞으로 성큼 다가오며 권총을 G의 배에 들이대고, 또 한 손으로는 G의 주머니에서 필름을 꺼냈습니다. 그리고 역시 재빠른 동작으로 한 발자국 물러나며 말했습니다.

"가보시오."

G는 방을 나갔습니다. 이번에는 디미트리오스가 실수를 저지른 것입니다.

그날 밤 G는 밤새도록 악당의 소굴인 카페를 여러 곳 찾아다니며

급히 모아들인 자들을 베오그라드 거리에 풀어서 디미트리오스를 찾게 했습니다. 그러나 디미트리오스는 완전히 자취를 감추었습니다. G가 그를 만난 것은 그것이 마지막이었습니다. 그 필름은 어떻게 되었을까요? G의 말을 인용하기로 하겠습니다.

"아침이 되어 내 부하들이 디미트리오스를 찾아내지 못한 것을 알게 되자 나는 내가 취해야 할 태도를 정했습니다. 나는 괴로움으로 몸부림쳤습니다. 그토록 신중하게 일을 해낸 뒤였으므로 굉장히 분했습니다. 그러나 달리 손쓸 방도가 없었습니다. 나는 디미트리오스가 프랑스의 첩보원과 연락을 취하고 있다는 사실을 약 1주일 전부터 알고 있었습니다. 지금 그 필름은 아마 그 첩보원의 손에 들어가 있을 겁니다. 나에게는 달리 방법이 없었습니다. 독일 대사관에 있는 친구가 나의 부탁을 들어주었습니다. 당시 독일은 베오그라드의 비위를 맞추는 데 정신이 없었지요. 그러한 그들이 유고슬라비아 정부에 흥미 있는 정보를 제공한다는 것은 너무도 자연스러운 일이었던 겁니다."

"해도가 밖으로 나와 사진 찍혔다는 사실을 유고슬라비아 당국에 알리도록 자진해서 수배했단 말입니까?" 하고 나는 물었지요.

"유감스러운 일이지만 나로서는 그렇게 할 수밖에 없었습니다. 그 해도를 쓸모없는 것으로 만들어야 했으니까요. 나를 그대로 보내준 것은 디미트리오스의 큰 실수였습니다. 그는 아직도 충분한 경험을 쌓지 못했으니까요. 그는 아마 내가 블릭을 협박하여 해도를 다시 한번 가지고 나오도록 하리라고 생각했을 겁니다. 그러나 나는 이미 프랑스의 손으로 넘어갔을 정보를 제시해 봐야 대단한 보수는 받지 못하리라는 것을 알고 있었습니다. 게다가 나의 평판에도 관계되는 일이었으니까요. 나는 그 일건에 대해서 몹시 괴로워했습니다. 다만 한가지 유쾌했던 것은, 프랑스가 해도에 대해 약속한 보수의 반액을 디미트리오스에게 지불한 뒤 내가 손쓴 방침 변경 때문에 해도에 기록된 정보가 쓸모없게 되었다는 것입니다."

"블릭은 어떻게 되었습니까?"

G는 얼굴을 찡그렸습니다.

"네, 그 사람은 참 안됐습니다. 나는 언제나 나를 위해 일해 준 사람에게는 일종의 책임감을 느끼고 있습니다. 블릭은 곧 체포되었지요. 해군본부의 어느 사본이 나갔는가는 의심할 여지가 없었습니다. 해도는 모두 돌돌 말아서 금속제의 통에 보관되어 있었으니까요. 블릭은 그 해도를 넷으로 접어서 가지고 나왔었습니다. 접은 자국이 있는 것은 그 사본밖에 없었지요. 그리고 지문으로 결정이 났습니다. 현명하게도 블릭은 디미트리오스에 대해 알고 있는 사실을 모두 당국에 털어놓았습니다. 그 결과 그는 총살을 면하고 종신형을 받았지요. 나는 블릭이 나까지 끌고 들어갈 줄 알았는데, 그는 그렇게 하지 않았습니다. 나는 약간 뜻밖이라고 생각했습니다. 아무튼 그를 디미트리오스에게 소개한 것은 나였으니까요. 그 무렵 나는 그가 뇌물을 받은 죄로 죄상이 더 무거워질 것을 두려워해서였거나, 아니면 250디나르를 빌려준 일이 고마워서 그랬으려니 생각했습니다. 아마도 해도와 나를 결부시켜 생각지는 않은 것 같습니다. 어쨌든 나는 기뻤습니다. 아직도 베오그라드에서 해야 할 일이 있었으므로 비록 가명이기는 하지만 경찰이 뒤를 밟게 되면 일하기가 힘들거든요. 더욱이 나는 본디부터 변장하기를 싫어하는 사람이었으니까요."

나는 한 가지 더 물어보았습니다. 이것이 그의 대답입니다.

"물론 새로 해도가 작성되자 얼마 안 가서 그것을 입수했습니다. 당연한 일이지만, 방법은 전혀 달랐습니다. 그 일에 내 돈을 그렇게 많이 들였으니 빈손으로 물러날 수야 없지 않겠습니까. 그런 종류의 일은 언제나 마찬가지지요. 이유는 다르지만 그런 일에는 수고와 돈의 낭비가 따르기 마련입니다. 사람들은 내가 디미트리오스을 다루는 데 있어 신중을 기하지 않았다고 말할지도 모릅니다. 그러나 그것은 틀린 말입니다. 그저 나의 판단이 조금 잘못되었던 것뿐이었습니다. 나는 그도 이 세상의 모든 어리석은 사람들과 똑같으리라고 생각했습니다. 즉 그가 탐욕스럽다는 것을 계산에 넣었던 것입니다. 나에게서 약속한 4만 디나르를 받은 다음 필름을 내놓으라고 요구하려니 생각했습니다. 나는 허를 찔린 거지요. 그러한 판단의 잘못으로 굉장히 비싼 대가를 치르게 된 셈입니다."

"블릭의 경우는 자유라는 대가를 지불한 셈이군요."

나는 얼마쯤 비난하는 듯한 어조로 말했습니다.

그는 미간을 찌푸리며 엄격한 어조로 반론했습니다.

"라티머 씨, 블릭은 매국노로 당연한 벌을 받은 겁니다. 그에게 감상적인 동정을 품는 것은 당치도 않은 일입니다. 전쟁에선 언제나 사상자가 나오기 마련입니다. 총살을 당했을지도 모릅니다. 그러나 그는 형무소형으로 끝났습니다. 아마 아직도 복역중이겠지요. 나는 냉혹한 사람으로 인정받기는 싫지만, 굳이 말한다면 그는 형무소에 있는 편이 몸을 위해서도 나을 것입니다. 그의 자유라고요? 농담하지 마십시오! 그에게는 본디부터 잃을 만한 자유도 없었습니다. 그의 아내는 좀더 나은 상대방을 만났을 겁니다. 언제나 그랬으면 하는 인상을 나는 받았으니까요. 그렇다고 그녀를 비난할 생각은 없습니다. 그는 불쾌한 사나이였습니다. 지금 생각하니 무엇을 먹을 때면 흘리는 버릇이 있었지요. 그리고 그는 남에게 폐를 끼치는 좋지 않은 사람이었습니다. 당신은 디미트리오스와 헤어진 그날 밤 그가 알레산드로를 찾아가 돈을 갚았으리라고 생각했겠지요? 어떻습니까? 그러나 그는 가지 않았습니다. 다음날 늦게 체포되었을 때까지도 5만 디나르가 그의 주머니 속에 들어 있었습니다. 참 안타까운 이야기지요. 그런 때일수록 삶은 유머 감각을 필요로 하는 법입니다."

이것이 전부입니다, 마르커키스 씨. 대단히 불쾌한 이야기지요. 과거의 허위의 망령 속을 헤매고 있는 나에게 단 한 가지 위안이라면, 당신이 편지로 이 이야기가 모두 조사할 만한 가치가 있다고 말해 줄지도 모른다는 기대뿐입니다. 당신은 그렇게 말해 줄지도 모릅니다. 나 자신은 의심을 품기 시작하고 있습니다. 참으로 비참한 이야기지요. 그렇게 생각지 않습니까? 주인도 주인공도 없습니다. 있는 것은 악당과 어리석은 자들뿐입니다. 아니면 어리석은 자만 있다고 해야 할까요?

그러나 그런 질문에 고개를 갸웃거리기에는 아직 대낮이고, 시간이 너무 이릅니다. 그리고 나는 짐을 꾸려야 합니다. 며칠 뒤 당신에게 편지 쓸 기회가 있기를 바라며 나의 이름과 주소를 쓴 엽서를 보낼 작정입니다. 아무튼 가까운 시일 안에 다시 뵙게 되기를 바라고 있습니다.

건강을 빕니다.

찰스 라티머

팔천사 골목

라티머가 파리에 도착한 것은 11월의 어느 흐린 날이었다.
택시가 시테 섬으로 건너가는 다리 위를 달리고 있을 때, 한순간 검은 구름이 파노라마처럼 낮게 드리워져서 한기를 느끼는 먼지투성이의 바람 속을 재빨리 흐르고 있는 것이 보였다. 코르스 강가에 늘어선 집들의 긴 정면이 무언가 숨기고 있는 듯 조용했다. 창문마다 감시자가 숨어 있는 것 같은 느낌이 들었다. 인적은 거의 없는 것 같았다. 늦가을을 맞이한 파리의 오후는 강판화(鋼版畫) 비슷한 불쾌감과 답답함을 느끼게 했다.
라티머는 우울해져서 볼테르 강가의 호텔 층계를 올라가며 아테네로 돌아갈 걸 하고 후회했다.
방이 추웠다. 아페리티프를 마시기에는 너무 일렀다. 열차 안에서 마음껏 먹었으므로 저녁식사를 서두를 필요는 없었다. 그래서 팔천사 골목 3호 집의 모습을 미리 보아두기로 했다. 여러 모로 애쓴 결과, 그 골목이 랑느 거리에서 갈라져 나간 막다른 곳이라는 것을 알아냈다.

L자 형으로 된 폭이 넓은 수마석(水磨石)으로 포장된 골목길로, 입구 양쪽에 높은 철문이 세워져 있었다. 철문은 문을 떠받치고 있는 양쪽 벽으로 열어젖혀져서 튼튼한 걸쇠로 걸어놓았는데, 아무래도 몇 년이나 열어놓은 채 닫힌 일이 없는 것 같았다. 철책이 꽂힌 울짱이 길 한쪽과 이웃의 블록 집 벽과 경계를 이루고 있었다. 그 반대쪽에 있는 시멘트벽은 울짱이 둘러져 있지 않았으나, 검은 페인트로 '벽보를 붙이지 마시오. 1929년 4월 10일 법령'이라고 쓴 비바람에 바랜 글씨로 보호되고 있었다.

막다른 골목에는 집이 세 채밖에 없었다. L자 형의 밑 부분에 해당되는 안쪽에 모여 있어, 바깥 거리에서는 보이지 않았다. 그리고 벽보 금지 건물과 배수관이 뱀처럼 구불거리고 있는 호텔 뒤쪽의 좁은 틈새로 넓은 다른 시멘트 벽을 들여다볼 수 있게 되어 있었다. 팔천사 골목의 생활은 영원한 세계로 이르는 예행 연습일 것이라고 라티머는 생각했다. 그보다 앞서 그렇게 생각한 사람들도 있었는지 세 집 중 두 집은 덧문이 닫혀 있어 사람이 살고 있는 것 같지 않았으며, 세 번째 집 즉 3호는 5층과 맨 위층에만 사람이 살고 있어 그 사실을 뚜렷이 나타내주고 있었다.

불법침입을 하고 있는 듯한 기분으로 라티머는 돌이 깔린 울퉁불퉁한 길을 걸어 3호 집 입구까지 천천히 다가갔다.

문이 열려 있어 타일을 바른 복도를 통해 축축한 느낌이 드는 좁은 뒤뜰이 보였다. 입구 오른쪽에 있는 수위실은 비어 있었으며, 최근에 쓴 흔적이 없었다. 그 옆 벽에는 먼지투성이의 널빤지를 박고, 네 개의 놋쇠 명찰 테를 나사로 붙여놓았다. 그중 세 개는 비어 있고, 네 개째에는 보랏빛 잉크로 '카이에'라고 활자체로 서투르게 써넣은 지저분한 종이쪽지가 꽂혀 있었다.

이것으로 알게 된 사실은 피터스가 임시로 빌려 쓰고 있는 주소가 있다는 것뿐이었지만, 그 점은 라티머도 이미 예상하고 있었던 일이다. 그는 되돌아서서 바깥 거리로 나갔다. 랑느 거리에서 우체국을 찾아내어 속달용 봉함엽서를 샀다. 자기 이름과 호텔 이름을 쓰고, 피터스의 주소를 써넣은 다음 우체통에 넣었다. 그리고 마르커키스에게도 엽서를 보냈다. 이제 앞으로 어떻게 될 것인지는 피터스가 어떻게 나오느냐에 달려 있다. 그러나 그가 할 수 있는 일인 동시에 또 해둬야 할 일이 있었다. 그것은 기사로 나와 있는지 어떤지는 모르지만, 1931년 12월의 마약밀수조직 파괴에 대해 파리의 신문들이 어떻게 썼는가를 조사하는 일이었다.

다음날 아침 9시에도 피터스로부터 연락이 없었으므로 라티머는 오전 중에 신문사의 신문철을 조사하기로 했다.

자세히 살펴보려고 골라낸 신문에는 그 사건 기사가 여러 번에 걸쳐 실려 있었다. 맨 먼저 기사가 실린 것은 1931년 11월 29일 신문이었다. '마약 밀매단 체포되다'라는 표제로 기사가 실려 있었다.

마약 중독자에게 마약을 밀매하고 있던 남자와 여자가 어제 아레시아 구에서 체포되었다. 두 사람은 유명한 외국 조직의 일당이라고 한다. 경찰은 곧 며칠 안으로 일당을 검거할 예정이다.

그뿐이었다. 라티머는 묘하게 썼다고 생각했다. 이 간단한 기사는 좀더 긴 보고서에서 뽑아낸 것 같은 느낌이 들었다. 이름이 나와 있지 않은 것도 이상했다. 경찰의 검열에서 삭제된 모양이다.

다음 기사는 12월 4일 신문에 '마약 밀매단 또 세 명 체포'라는 표제로 실려 있었다.

마약 밀매 조직의 일당 세 명이 어젯밤 늦게 포르트 도르레앙 근처에 있는 카페에서 체포되었다. 체포하기 위해서 카페로 들어가려던 경찰관들은 무기를 들고 필사적으로 도망치려는 한 사나이에게 부득이 총을 쏘았다. 그 사나이는 가벼운 상처를 입었다. 외국인 한 사람을 포함한 나머지 두 사람은 저항하지 않았다.

어젯밤 체포된 세 사람은 1주일 전 아레시아 구에서 체포된 남녀와 같은 조직에 속해 있는 것으로 여겨지므로, 체포된 마약 밀매단원의 수는 이제 다섯이 되었다.

경찰의 발표에 의하면 마약단속총무국이 밀매단 간부에 대한 증거를 입수했으므로, 체포자의 수는 더 늘어날 것이라고 한다.

마약단속총무국장 오귀스트 라퐁 씨는 다음과 같이 말하고 있다. "우리는 상당히 오래 전부터 이 조직에 대해 알고 있었으며, 일당의 활동에 대해서도 온갖 수사를 계속해 왔다. 체포할 수는 있었지만, 우리는 시기를 기다렸다. 우리가 노리고 있던 것은 간부인 거물들이다. 간부들이 없어지고 공급원이 끊어지면, 파리에 횡행하는 수많은 마약 밀매자는 무력해져서 극악한 장사를 계속할 수 없게 될 것이다. 우리는 이 일당과 그 조직을 괴멸시킬 작정이다."

계속해서 12월 11일 신문은 다음과 같이 보도하고 있었다.

　마약 밀매단 괴멸
　체포자 불어나다

"이것이 모두이다" ——라퐁 씨의 말.
　7인 위원회

마약단속총무국장 라퐁 씨에 의해서 개시된 파리 및 마르세유를 중심으로 활동하던 악명 높은 외국인 마약 밀수단에 대한 일제 공격의 결과 지금까지 남자 여섯 명, 여자 한 명이 체포되었다.

 공격은 2주일 전 아레시아 구에서 여자 한 명과 공범자인 남자 한 명의 체포에서부터 시작되었다. 공격은 이 범죄 기업 조직의 중추인 '7인 위원회'의 나머지 당원이라 믿어지는 두 사나이를 어제 마르세유에서 체포함으로써 최고조에 이르렀다.

 경찰의 요청에 의해 일당 중 아직 체포되지 않은 자에게 경계심을 불러일으키는 일이 없도록 우리는 오늘까지 체포된 자의 이름에 대해 침묵을 지키고 있었다. 이제 그 제한은 해제되었다.

 유일한 여성인 리디아 프로코피예프나는 러시아 인으로서 난센 구제기관이 발급한 여권을 가지고 1924년 터키에서 프랑스로 입국한 것으로 보인다. 범죄자 동료들 사이에서는 '대공비(大公妃)'라는 이름으로 알려져 있다. 그녀와 함께 체포된 사나이는 마누스 비셀이라는 네덜란드 인으로, 프로코피예프나와 행동을 같이해 왔으므로 '대공 전하'라 불리고 있었다.

 체포된 나머지 다섯 명의 이름은 다음과 같다. 루이스 갤린드──멕시코 계의 귀화 프랑스 인으로 현재 넓적다리 총상을 입고 입원 중임. 장 바티스트 르노틀──보르도 태생의 프랑스 인. 야콥 베르나──갤린드와 함께 체포된 벨기에 인. 피에르 라마르──니스 출신의 프랑스 인, 별명(조우 조우). 마르세유에서 체포된 프레데릭 페타젠──덴마크 인.

어젯밤의 기자 회견에서 라퐁 씨는 다음과 같이 말했다.

"이것이 모두이다. 일당은 괴멸되었다. 우리는 머리와 뇌를 잘라내었다. 몸체와 손발은 갑작스러운 죽음을 당할 것이다. 조직은 멸망했다."

라마르와 페타젠은 오늘 예심판사의 취조를 받기로 되어 있다. 체포된 자들은 합동재판에 회부될 예정이다.

 영국에서라면 라퐁은 큰 문제를 야기시키게 될 것이라고 라티머는 생각했다. 라퐁과 신문에서 이미 판결을 내린 이상 피고들을 재판에 회부하는 것은 헛일일 것 같다. 그러나 생각해 보면 프랑스의 재판에서 피고는 언제나 유죄이기 마련이다. 재판에 회부하는 것은 사실 형을 선고받기 전에 할 말이 없는가 하고 피고에게 물어보기 위한 일에 지나지 않는다.
 '7인 위원회'가 체포됨에 따라 사건에 대한 관심이 희박해진 것 같았다. '대공비'가 3년 전에 저지른 사기에 대해서 재판을 받기 위해 니스로 신병이 넘어간 일이 그 원인인지도 모른다. 남자들의 공판은 아주 간단히 보도되었다. 모두 형을 선고받았다. 갤린드, 르노틀, 베르나, 이 세 사람은 5,000프랑의 벌금과 3개월의 징역, 라마르와 페타젠과 비셀은 2,000프랑의 벌금과 1개월의 징역을 언도받았다.
 라티머는 그 형이 가벼운 데 대해 깜짝 놀랐다. 라퐁은 분개했으나 놀라지는 않았다. 과거의 유물과 같은 한심한 법률이 없다면 여섯 명 모두 종신형을 받았을 것이라고 그는 격분하여 말했다.
 경찰이 디미트리오스를 발견할 수 없었던 사실은 신문에 쓰여 있지 않았다. 하지만 놀라운 일은 아니다. 경찰이 이번에 체포할 수 있었던 것은 오로지 일당의 우두머리로 보이는 익명의 사나이가 제공한 자료에 의존한 것이었음을 신문에 알릴 까닭이 없다. 그러나 사건을 자세히 알기 위해 의지해 왔던 신문보다 자기가 더 많은 것을 알고 있는 데 대해 라티머는 초조함을 느꼈다.
 지겨운 생각이 들어 신문철을 접으려고 했을 때, 신문에 실린 사진이 그의 주의를 끌었다. 수갑을 차고 형사와 함께 법정을 나오는 세 피고의 사진을 복사한 것으로 그다지 똑똑하게 보이지는 않았다. 세 사람 다 카메라에서 얼굴을 돌리고 있으나, 형사와는 수갑으로 연결되어 있으므로 얼굴을 충분히 숨길 수가 없었다.

라티머는 들어갔을 때보다 훨씬 좋은 기분으로 신문사를 나왔다.

호텔로 돌아가자 전갈이 기다리고 있었다. 변경 연락이 없으면 피터스가 그날 저녁 6시에 찾아오겠다는 것이었다.

5시 반이 지나고 얼마 안 있어 피터스가 나타났다. 그는 아주 기쁜 듯이 라티머에게 인사했다.

"잘 와주셨습니다, 라티머 씨! 뵙게 되어 정말 반갑습니다. 지난번 만났을 때는 그처럼 좋지 않은 상황이었으므로 이렇게 만나 뵈리라고는…… 어쨌든 좀더 즐거운 이야기를 합시다. 파리에 잘 와주셨습니다! 도중에는 어떠했습니까? 건강해 보이는군요. 말씀해 주십시오, 글로덱 씨를 어떻게 생각하셨습니까? 그는 편지로 당신이 호감이 가는 아주 훌륭한 분이라고 전해 왔습니다. 좋은 사람이지요, 어떻습니까, 그 사람의 고양이들은? 굉장히 귀여워하고 있지요?"

"굉장히 우호적이었습니다. 그리 앉으십시오."

"나는 알고 있었습니다."

라티머에게는 피터스의 달콤한 웃음이 오랜 세월 동안 혐오하고 있었던 친지로부터의 인사처럼 느껴졌다.

"우호적인 동시에 그는 굉장히 아리송하더군요. 파리로 가서 당신을 만나라고 나에게 권했습니다."

"그가요?" 피터스는 기쁘지 않은 모양이었다. 웃음이 좀 흐려졌다. "그밖에 무슨 말을 했습니까, 라티머 씨?"

"당신은 머리가 좋은 사람이라고 했습니다. 내가 당신에 대해서 한 어떤 말을 아주 재미있어하는 것 같았지요."

피터스는 천천히 침대에 걸터앉았다. 웃음이 완전히 사라졌다.

"그래, 당신이 무슨 말을 했는데요?"

"당신과 내가 어떤 관계인지 꼭 알고 싶다고 하기에 나는 가능한 한 모든 것을 이야기했지요. 나는 아무것도 몰라서…." 라티머는 심술궂은 말투로 계속했다. "그에게 털어놓아도 괜찮으리라고 생각한 겁니다. 그게 마음에 거슬렸다면 사과하지요. 내가 당신의 그 귀중한 계획에 대해 아직 아무것도 모른다는 것을 잊지 마십시오."

"글로덱 씨가 당신에게 말해 주지 않던가요?"

"아니오, 그는 알고 있었습니까?"

다시 웃음이 피터스의 부드러운 입술을 덮었다. 불쾌한 식물이 태양 쪽으로 얼굴을 돌린 듯한 느낌이었다.

"그렇습니다, 라티머 씨. 그는 알고 있었습니다. 당신의 이야기를 들으니 그의 편지에 놀리는 듯한 점이 있었던 것을 이해할 수 있겠군요. 당신이 그의 호기심을 채워주셔서 정말 다행이었습니다. 우리가 사는 세상에서 부자란 무턱대고 남의 것을 탐내기 마련이지요. 글로덱 씨는 나의 친한 친구지만, 우리가 그의 도움을 필요로 하지 않는다는 점을 알려준 것은 무엇보다도 잘한 일입니다. 그렇지 않으면 그가 욕심에 끌릴지도 모르니까요."

라티머는 생각에 잠겨 상대방의 얼굴을 바라보고 있었다. 이윽고 그가 물었다.

"권총을 가지고 왔습니까, 피터스 씨?"

뚱뚱한 사나이가 놀랐다.

"천만에요, 라티머 씨. 친구로서 당신을 찾아왔는데 무엇 때문에 그런 것을 가지고 올 필요가 있겠습니까?"

"좋습니다." 라티머는 무뚝뚝하게 말하며 문 쪽으로 뒷걸음질쳐서 열쇠를 돌려 문을 잠갔다. 그는 열쇠를 주머니 속에 넣었다. "자!" 엄격한 표정으로 그는 말을 계속했다. "손님에게 무례한 사나이라고 여겨지기는 싫지만, 나의 인내에도 한도가 있습니다. 나는 먼 길을 당신을 만나기 위해 찾아왔는데, 아직도 그 까닭을 모르고 있소. 그 까닭을 알아야겠습니다!"

"물론 이야기하겠습니다."

라티머가 거친 어조로 가로막았다.

"그 말은 전에도 들었소. 또 당신이 번거로운 말을 시작하기 전에 알아둬야 할 일이 한두 가지 있습니다. 나는 난폭한 사람이 아니오, 피터스. 솔직히 말해서 폭력은 질색이오. 그러나 때로는 온후한 사람이라도 폭력을 써야 할 경우가 있지요. 지금이 그런 경우인지도 모릅니다. 나는 당신보다 젊고 몸의 상태도 좋습니다. 당신이 끝까지 아리송한 이야기를 한다면 나는 당신에게 완력을 휘두를 거요. 그것이 가장 좋을 테니까요.

다음은 내가 당신이 누구인가를 알고 있다는 것이오. 당신 이름은 피터스가 아니라 페타젠, 프레데릭 페타젠이오. 당신은 디미트리오스가 조직한 마약 밀매단의 한 사람으로 1931년 12월에 체포되어 2,000프랑의 벌금과 1개월의 징역을 언도받았소."

피터스의 웃음이 아주 괴로워보였다. 그는 조용한 어조로 슬프게 물었다.

"그런 이야기를 글로덱 씨가 당신에게 말했나요?"

'글로덱'이라는 말이 마치 '유다'라는 말의 대신인 것처럼 느껴졌다.

"아니오, 오늘 아침 신문철에서 당신 사진을 보았소."

"신문? 아, 그랬군! 설마 내 친구 글로덱 씨가······."

"부정하지 않는군요!"

"물론 부정하지 않습니다. 지금 당신이 말한 것은 사실입니다."

"그러면 페타젠 씨······."

팔천사 골목 189

"피터스입니다, 라티머 씨. 이름을 바꾸기로 했습니다."
"그럼 좋습니다. 피터스 씨, 이제 세 번째 점입니다. 나는 이스탄불에 있을 때 그 일당의 종말에 대해 흥미 있는 말을 들었소. 그 말에 의하면, 디미트리오스가 그 일곱 명의 유죄를 실증하는 자세한 자료를 익명으로 경찰에 보내 일당을 잡히게 했다는 것이었소. 그게 사실이오?"
"디미트리오스는 우리 모두에게 심한 짓을 했지요."
피터스가 쉰 목소리로 말했다.
"그리고 디미트리오스 자신이 마약 중독자가 되었다는데, 그것도 사실이오?"
"불행히도 그렇소. 그렇지 않으면 우리를 배신하지 않았을 겁니다. 우리는 그를 위해 많은 돈을 벌어주었으니까요."
"또 복수에 대한 이야기도 나왔다는데, 모두들 풀려나오는 대로 디미트리오스를 죽이겠다고 말했다지요?"
"나는 그런 말을 하지 않았습니다." 피터스가 바로잡았다. "몇 사람은 그렇게 말했지요. 갤린드는 언제나 달아오르기 쉬웠으니까요."
"당신은 말하지 않았을지도 모르오. 말보다 행동을 좋아한 셈이로군."
피터스는 정말 이해하지 못하는 것 같았다.
"이해할 수 없다고요? 그럼, 바꿔 말하지요. 디미트리오스는 약 두 달 전 이스탄불 가까이에서 살해되었소. 그 살인이 이루어졌다고 여겨지는 직후에 당신은 아테네에 있었소. 이스탄불에서 얼마 떨어지지 않은 곳이지요. 디미트리오스는 무일푼으로 죽었는데 그런 일이 있을 수 있을까요? 당신이 지금 말했듯이, 그의 일당은 1931년에 큰 돈을 벌었소. 그에 대해 내가 알아본 바에 의하면 디미트리오스는 자기 수중에 들어온 돈을 잃어버리는 그런 사나이가 아니었소. 내가 무엇을 생각하고 있는지 알겠지요, 피터스 씨? 나는 당신이 돈을 노려 디미트리오스를 죽였다고 추정하는 것이 가장 합당하다고 생각하오. 거기에 대해 당신은 어떻게 대답하겠소?"

피터스는 곧 대답하지 않고 장난친 아기양을 벌주려는 사람 좋은 양치기처럼 슬픈 표정으로 생각에 잠겨 있었다. 이윽고 그가 입을 열었다.

"라티머 씨, 당신은 분별이 없는 분 같군요."

"그렇게 생각하시오?"

"게다가 아주 운이 좋은 분이오. 만일 당신이 말한 것처럼 내가 디미트리오스를 죽였다고 칩시다. 내가 어떻게 할까 생각해 보시오. 나는 당신을 죽일 수밖에 없겠지요."

피터스는 안주머니에 손을 넣었다. 권총이 나타났다.

"아시겠습니까? 나는 아까 당신에게 거짓말을 했습니다. 그 점은 인정합니다. 내가 무기를 가지고 있지 않다는 것을 알면 당신이 어떻게 나올까 알고 싶었던 겁니다. 게다가 권총을 몸에 지니고 이곳에 왔다는 것이 몹시 무례하게 생각되었기 때문입니다. 권총을 가지고 온 것은 당신을 만나는 데 필요해서가 아니라고 말해봐야 믿어줄 것 같지 않았으므로 거짓말을 한 것입니다. 나의 기분을 조금이라도 아셨습니까? 나는 당신이 믿어주기를 간절히 바랍니다."

"지금 하는 말은 살인혐의에 대한 아주 교묘한 대답이군요."

피터스는 싫증이 나는 듯한 표정으로 권총을 집어넣었다.

"라티머 씨, 이것은 미스터리소설이 아닙니다. 그런 말도 안 되는 소리를 할 필요는 없는 것입니다. 비록 당신에게 분별력이 없다 하더라도 적어도 상상력쯤은 동원해 주셔야 합니다. 디미트리오스가 나에게 재산을 물려주겠다는 유언장을 남겨두었겠소? 있을 수 없는 일입니다. 그렇다면 돈을 빼앗기 위해 내가 그를 죽였다고 생각할 수 있을까요? 요즈음 사람들은 재산을 보물 상자에 넣어 두지는 않습니다. 자, 라티머 씨. 서로 상식 있는 사람답게 행동합시다. 함께 저녁을 먹고 난 뒤 일에 대한 이야기를 합시다. 저녁식사가 끝나면 나의 아파트로 가서 커피를 마시지 않겠습니까? 이 방보다는 좀 나을 겁니다. 그러나 카페로 가기를 바란다면 그것도 좋습니다. 보나마나 당신은 나를 싫어할 테니까요. 나로서는 당신을 나무랄 수가 없습니다. 그러나 적어도 우정의 환영쯤은 만들어내도 되지 않을까요?"

한순간 라티머는 자기가 피터스에 대해 호의를 갖게 되었다는 것을 느꼈다. 지금 말한 간청의 끝부분에 거의 눈에 보이는 자기 연민이 담겨 있음은 분명했지만, 피터스는 언제나의 그 웃음을 보이지 않았다. 게다가 점잔빼는 것으로 여겨지면 더욱 난처한 일이다. 그렇다고 해서……

"나도 아직 식사를 하지 않았소." 라티머가 말했다. "그리고 당신 아파트가 아니라 카페를 택해야 할 이유도 없소, 피터스 씨. 나는 친근감을 가지고 대하고 싶지만 이것만은 경고해 두는 편이 좋을 것 같습니다. 이곳 파리에서 만나 달라고 당신이 나에게 부탁한 까닭에 대해 만족스러운 설명을 오늘 저녁에 들을 수 없다면, 나는 50만 프랑이야 어찌되었든 내일 첫 열차로 이곳을 떠날 생각이오. 아시겠습니까?"

피터스의 웃음이 되돌아왔다.

"네, 잘 알았습니다, 라티머 씨. 그리고 당신의 솔직한 말에 진심으로 감사드립니다."

"어디서 식사를 할까요? 이 근처에 덴마크 요리점은 없습니까?"

피터스는 바르작거리듯 몸을 움직이며 외투를 입었다.

"라티머 씨, 당신도 아시다시피 없습니다." 그는 슬픈 표정으로 한숨을 쉬었다. "나를 놀리다니, 짓궂으시군요. 그러나 나는 프랑스 요리를 좋아한답니다."

 라티머는 피터스와 층계를 내려가며 상대방으로 하여금 스스로 어리석다고 생각하도록 만드는 그의 능력이 참으로 훌륭하다고 생각했다.

 피터스가 제안하고 한턱내겠다고 하여 그들은 자콥 거리에 있는 싸구려 레스토랑에서 식사를 했다. 그런 뒤 팔천사 골목길로 향했다.

 "카이에라는 사람은 어떻게 되었습니까?"

 먼지가 뽀얀 층계를 올라가며 라티머가 물었다.

 "여행 떠났습니다. 그래서 지금은 나 혼자 살고 있지요."

 "그래요?"

 두 사람이 3층에 이르자 숨이 차서 헐떡거리며 피터스가 잠시 발걸음을 멈췄다.

 "내가 카이에라는 것을 눈치채셨겠지요?"

 "그렇소."

 피터스는 또 올라가기 시작했다. 그의 체중으로 층계가 삐걱거렸다. 두세 단쯤 뒤처져서 올라간 라티머는 곡예를 보여주기 위해 색깔이 있는 블록을 쌓아올린 피라미드를 마지못해 올라가고 있는 서커스의 코끼리를 연상했다. 두 사람은 5층에 이르렀다. 피터스가 걸음을 멈추고 어깨로 숨을 쉬며 긁힌 자국이 많은 문 앞에 서서 열쇠를 한 다발 꺼냈다. 잠시 뒤 그는 문을 열고 스위치를 켠 다음 라티머에게 들어오라고 말했다.

 방은 집 정면에서 뒤쪽까지 계속되고 있으며, 문 왼쪽 부분에서 커튼으로 칸막이 되어 있었다. 커튼으로 칸막이 된 저쪽 반은 층계를 다 올라온 층계참 끝에서 뒤쪽 벽, 그리고 옆집까지의 공간을 차지하고 있으므로 문이 있는 쪽의 방과는 형태가 달랐다. 그 나머지 부분이 움푹 들어간 벽을 이용한 작은 방의 형태를 이루고 있었다. 방 앞

뒤로 큰 프랑스식 창문이 달려 있었다. 건축면에서 보면 이 무렵에 지은 프랑스식 집이라면 흔히 있음직한 타입의 방이었는데, 그밖에는 모든 점에서 이상한 데가 많았다.

우선 라티머의 눈을 끈 것은 칸막이한 커튼이었다. 금실을 넣어 짠 비단처럼 만든 모조품이었다. 벽과 천장에는 짙푸른 색깔의 아교 페인트를 칠했고, 오각형의 금빛별을 박아 넣었다. 바닥에는 한 치도 보이지 않을 정도로 싸구려 모로코 융단을 깔아놓았다. 여기저기 겹쳐져서 어떤 곳에는 융단이 3중, 4중으로 포개져 불쑥 올라와 있다. 쿠션을 수북이 쌓아올린 커다란 긴 의자가 세 개, 그리고 세공하여 가죽을 씌운 발판 몇 개와 놋쟁반이 놓여 있는 테이블이 있었다. 방 한구석에는 커다란 징이 놓여 있었다. 떡갈나무로 격자 세공을 한 각등에서 새어나오는 불빛이 방 안을 비춰주었다. 방 한가운데에 크롬을 입힌 작은 전기 난로가 놓여 있었다. 가구류에 쌓인 먼지로 숨이 막힐 것 같은 냄새가 방 안에 가득 차 있었다.

"내 집이오!" 피터스가 말했다. "외투를 벗으십시오, 라티머 씨. 다른 방도 보시겠습니까?"

"네, 보고 싶습니다."

"겉으로 보기에는 어디에나 불편한 프랑스식 집입니다." 다시 괴로운 듯 층계를 올라가며 피터스가 설명했다. "사실은 불편이라는 사막 속에 있는 오아시스입니다. 이것이 나의 침실입니다."

라티머는 역시 프랑스령 모로코식으로 된 방을 흘끔 들여다보았다. 거기에는 구겨진 플란넬 잠옷이 방 안에 널려 있었다.

"그리고 욕실."

라티머는 욕실을 들여다보고, 이 집 주인이 예비 틀니를 가지고 있다는 것을 알았다.

"자, 진기한 것을 보여드리지요."

피터스가 앞장서서 층계참으로 나갔다. 두 사람 앞쪽에 커다란 옷장이 있었다. 그가 문을 열고 성냥을 그었다. 옷장 안에 옷을 거는 쇠못이 한 줄로 죽 박혀 있었는데, 피터스는 복판에 있는 못을 잡아 걸쇠처럼 돌려서 뽑았다. 옷장 안쪽 벽이 앞으로 기울며 밤공기가 라티머의 볼을 스치고, 거리의 소음이 들려왔다.

"바깥벽을 따라 옆집까지 이어져 있는 철제의 좁은 복도가 있습니다." 피터스가 설명했다. "저쪽 집에도 이와 똑같은 옷장이 있지요. 벽 안쪽이니까 밖에서는 벽밖에 보이지 않습니다. 그러므로 우리가 이리로 집을 나간다 해도 아무도 볼 수 없지요. 이것을 만들게 한 것은 디미트리오스였습니다."

"디미트리오스!"

"이 세 채의 집은 디미트리오스의 것이었지요. 비밀을 지키기 위해 비워두었습니다만, 때로는 창고로 쓰였습니다. 이 두 층은 회합에 쓰였지요. 이 세 채의 집은 실질적으로는 아직도 디미트리오스의 재산입니다. 나로서 다행스러운 일은, 이 세 채의 집을 살 때 그가 조심하기 위해 내 이름으로 해두었다는 겁니다. 사들이는 교섭도 내가 했지요. 경찰은 끝까지 이 세 채의 집을 몰랐습니다. 그러므로 나는 교도소에서 나오자 바로 이리로 와서 살 수 있었던 것입니다. 그리고 만일 디미트리오스가 자기 집이 어떻게 되었을까 하고 생각할 경우에 대비하여 내 이름으로 된 집을 카이에라는 이름으로 다시 사들였습니다. 알제리 커피를 좋아하십니까?"

"좋아합니다."

"프랑스 커피보다 끓이는 데 시간이 좀 오래 걸리지만, 나는 그것을 더 좋아합니다. 아래로 내려갈까요?"

두 사람은 아랫방으로 내려갔다. 라티머가 침착하지 못한 태도로 쌓아올린 쿠션 속에 자리잡는 것을 확인하고 피터스는 움푹 들어간 벽을 이용한 작은 방으로 들어갔다.
 라티머는 쿠션을 몇 개 빼낸 다음 사방을 둘러보았다. 이 집이 그 전에 디미트리오스의 소유였다는 생각을 하자 묘한 기분이 들었다. 그러나 피터스가 세든 사람임을 나타내는 그 상식을 벗어난 주위 환경이 훨씬 더 묘했다. 머리 위에 작은 선반——역시 격자 세공이 되어 있었다——이 있었다. 그 위에 페이퍼백 책이 몇 권 얹혀 있는데, 그중 한 권은 《일상 영지의 주옥집》이었다. 아테네에서 오는 열차 안에서 피터스가 읽고 있었던 책이다. 그 밖에 아직 펴보지도 않은 프랑스 어로 번역된 플라톤의 《향연》과 저자의 이름은 없으나 펼쳐본 듯한 《풍류시집》이라는 표제의 명시 시집, 그리고 영어로 된 《이솝이야기》, 험프리 워드 부인의 《로버트 엘즈미어》의 프랑스 어 번역본, 독일의 지명 사전, 그리고 덴마크 어로 씌어진 것으로 여겨지는 프랭크 클레인 박사의 저서가 몇 권 있었다.
 피터스가 묘한 형태의 퍼컬레이터와 알코올 램프와 컵 두 개, 그리고 모로코 담배 상자가 놓여 있는 쟁반을 들고 돌아왔다. 알코올 램프에 불을 붙여 퍼컬레이터 밑으로 넣었다. 담배상자는 긴 의자에 앉아 있는 라티머의 옆에 놓았다. 그러고 나서 그는 라티머의 머리 위로 손을 뻗쳐 덴마크 어로 된 책 한 권을 빼내더니 책장을 몇 장 넘겼다. 작은 사진이 바닥으로 떨어졌다. 그가 주워서 라티머에게 주었다.
 "이 사람을 본 기억이 있습니까, 라티머 씨?"
 빛이 바랜 중년 신사의 상체 사진이었다.
 라티머가 얼굴을 들었다.
 "디미트리오스군요! 어디서 났습니까?"
 피터스는 라티머의 손가락 사이에서 사진을 빼냈다.
 "본 기억이 있는 모양이군요. 좋습니다."

그는 발판처럼 생긴 의자에 앉아서 알코올 램프를 조절했다. 그 일을 끝내자 다시 얼굴을 들었다. 만일 피터스의 윤기 없이 젖은 눈이 빛나는 일이 있을 수 있다면, 라티머는 그의 두 눈이 기쁨에 빛나고 있었다고 표현했을 것이다.
  "담배를 피우십시오, 라티머 씨." 피터스가 말했다. "그럼 지금부터 이야기를 하나 해드리겠습니다."

파리, 1928~1931년

"그렇습니다, 라티머 씨, 우리는 모두 자기가 무엇을 원하고 있는지를 모르는 채 일생을 보냅니다. 그러나 디미트리오스는 그렇지 않았지요. 디미트리오스는 자기의 소망을 분명히 알고 있었습니다. 그는 돈을 원했고, 권력을 바랐습니다. 다만 그 두 가지뿐이었지요. 그것도 되도록 많이. 그런데 묘하게도 그가 그것을 구하는 일을 내가 도와준 것입니다.

내가 처음으로 디미트리오스를 만난 것은 1928년이었습니다. 이곳 파리에서였지요. 그때 나는 질로우라는 사나이와 공동으로 블랑셰 거리에서 나이트클럽을 경영하고 있었습니다. '르 카스바 파리지앵'이라는 간판을 붙였는데, 긴 의자가 있고 호박빛 조명이 있으며, 화사한 융단을 깐 아담한 가게였습니다. 질로우와는 마라케시에서 만났는데, 우리가 그곳에서 알고 있던 가게와 모든 것을 똑같이 하기로 결정했었지요. 모든 것이 모로코식이었습니다. 그러나 댄스 밴드만은 남아메리카에서 왔었지요. 우리는 1926년에 가게를 열었는데, 파리의 경기가 좋은 해였습니다. 미국인과 영국인이 왔으며, 특히 미국인은 돈도 많았고 씀씀이도 아주 컸습니다. 그리고 프랑스 인도 자주 왔습니다. 모로코에서 병역을 마친 자가 아닌 대부분의 프랑스 인은 모로코에 대해 감상적인 기분을 품고 있지요. 게다가 카스바란 모로코의 상징입니다. 가게에는 아라비아 인과 세네갈 인 급사가 있고, 샴페인도 사실 메크네스에서 가져왔습니다. 미국인의 입에는 좀 달콤하지만 아주 좋은 술이었고 값도 쌌지요.

2년쯤은 수지가 맞았는데, 그런 가게는 어디나 마찬가지지만 차츰 손님들의 유형이 달라지기 시작했습니다. 미국인이 줄고 프랑스 인이 늘었으며, 신사가 적어지고 불량배들이 많아져 품위 있는 숙녀들이 그리 많이 오지 않게 되었으므로 매춘부의 소굴처럼 되고 말았습니다. 돈은 여전히 들어왔으나, 전처럼 많이 벌 수가 없는데다 노력은 더해야 했습니다. 나는 차츰 업종을 바꿔야겠다는 생각을 하기 시작했습니다.

디미트리오스를 르 카스바로 데리고 온 것은 질로우였지요.

나는 마라케시에 있을 때 질로우와 알게 되었습니다. 그는 아라비아 인 어머니와 프랑스 병사인 아버지 사이에서 태어난 혼혈아였습니다. 알제리 태생으로 프랑스 여권을 가지고 있었지요.

그가 어떤 계기로 디미트리오스를 만났는지는 잘 모릅니다. 블랑셰 거리에서 더 올라간 어느 나이트클럽에서 만났을 겁니다. 우리는 11시가 되어야만 가게를 열었으므로 질로우는 가게 문이 열릴 때까지 다른 가게에 가서 춤을 추기가 일쑤였습니다. 어쨌든 어느 날 밤 디미트리오스를 르 카스바로 데리고 왔습니다. 질로우는 나를 가게 한쪽 구석으로 끌고 갔습니다. 가게의 이익이 차츰 줄어드는데, 자기 친구 디미트리오스 매클로포로스와 손을 잡으면 돈을 벌 수 있다는 것이었지요.

디미트리오스를 처음 보았을 때 나는 그다지 좋은 인상을 받지 못했습니다. 흔히 볼 수 있는 밤 손님을 끌어들이는 호객꾼같이 보였기 때문입니다. 옷이 너무 몸에 꼭 맞고 머리칼이 희끗희끗했으며, 손톱도 손질했더군요. 게다가 그때까지 르 카스바를 찾아온 점잖은 손님이라면 불쾌하게 생각할 것 같은 눈초리로 여자를 쳐다보는 것이었습니다. 그래도 나는 질로우와 함께 그의 테이블로 가서 악수를 나누었습니다. 그러자 그는 옆에 있는 의자를 가리키며 앉으라고 하더군요. 모르는 사람이 보았다면, 나를 가게의 '주인'이 아니라 급사로 생각했을 겁니다."
피터스가 축축이 젖은 눈을 라티머 쪽으로 돌렸다.
"그다지 좋은 인상을 받지 않았다면 그때의 일을 너무 분명히 기억하고 있다고 생각하실지도 모르겠군요. 사실이 그렇습니다. 나는 확실히 기억하고 있습니다. 그때는 나중에 알게 된 것만큼 디미트리오스라는 인간을 몰랐으니까요. 그는 그다지 강한 인상을 주는 것 같지 않은 듯하면서도 사실 주고 있었습니다. 그때 나는 화가 벌컥 치밀어 올랐습니다. 선 채로 무슨 용건이냐고 물었지요.

 한순간 그는 나를 물끄러미 쳐다보고 있었습니다. 아주 부드러운 느낌을 주는 갈색 눈이었습니다. 이윽고 그가 입을 열었습니다.

 '샴페인을 가져오오. 못 가져오겠다는 거요? 돈은 내겠소. 나에게 좀더 공손히 대해줄 수 없소? 아니면 더 머리가 좋은 자들한테로 일거리를 가져갈까요?'

 나는 조용한 성질을 가진 사람입니다. 말썽을 부리고 싶어하지 않는 성격이지요. 사람들이 서로 공손하게 조용히 이야기하면 이 세상은 얼마나 살기 좋은 곳이 될까 하는 생각을 곧잘 한답니다. 그러나 여간해선 그렇게 되지 않는 경우도 있더군요. 나는 디미트리오스에게 무슨 일이 있어도 당신 같은 사람을 공손히 대해줄 수는 없으니 나가 달라고 말했습니다.

질로우가 없었다면 그는 나갔을 것이고, 나는 이렇게 여기 앉아 당신과 이야기를 나눌 수도 없었겠지요. 질로우가 의자에 앉아서 나의 행동에 대해 사과하고 있었습니다. 질로우가 지껄이고 있는 동안 디미트리오스는 물끄러미 나를 쳐다보고 있었습니다. 나에 대해 생각하고 있다는 것을 잘 알 수 있었습니다.
　그때로서는 디미트리오스라는 자와 아무 일도 하고 싶지 않다고 생각했었습니다만, 질로우의 입장도 생각해야 했으므로 어쨌든 이야기를 듣기로 하고 함께 앉아서 디미트리오스의 제안을 들었습니다. 그의 이야기는 대단히 설득력이 있어 마지막에는 나도 그가 원하는 대로 하기로 동의했습니다. 우리가 5, 6개월쯤 디미트리오스와 함께 일을 했을 무렵, 어느 날……."
라티머가 말을 가로막았다. "잠깐만! 그 일이라는 게 뭐였습니까? 마약 밀매의 시작이었나요?"
피터스는 눈살을 찌푸리며 한순간 망설였다.
"아니, 그렇지 않습니다. 그때 디미트리오스가 관계하고 있던 일은 흔히 말하는 '백인 노예 매매'였습니다. 상당히 흥미 있는 말이지요. '매매'――다분히 무서운 뜻을 지닌 말입니다. '백인 노예'――이 형용사의 이면에 담긴 뜻을 생각해 보십시오. 오늘날 '유색' 노예의 매매에 대해 말하는 사람이 있습니까? 나는 없다고 생각합니다. 더욱이 매매되고 있는 대부분의 여자는 유색 인종입니다. 매매된 결과가 다카르에서 온 흑인처녀나 하얼빈에서 온 중국처녀보다 부쿠레슈티의 빈민굴에서 온 백인처녀에게 더 괴로운 일이라는 이유를 나는 아무래도 이해할 수가 없습니다. 국제연맹위원회는 인종적인 편견이 없으므로, 그 점에 대해서는 충분히 이해하고 있습니다. 또 그들은 '노예'라는 말을 인정하지 않을 정도의 총명함은 갖추고 있습니다. 그들은 '여성 매매'라는 말을 쓰고 있습니다.

나는 처음부터 그 일이 마음 내키지 않았습니다. 인간을 생명이 없는 일반 상품과 똑같이 취급할 수는 도저히 없었습니다. 언제나 골치 아픈 문제가 생기게 마련이지요. 게다가 거래에 따라서는 '희다'는 형용사가 단순히 인종적인 뜻만이 아니라 종교적인 뜻을 지닐 가능성도 있습니다. 나의 경험으로 보아 그 가능성은 극히 적지만 없지는 않습니다. 나는 비논리적이고 감상적인 사람이라는 말을 들을지는 모르지만, 그런 일에 관계한다는 것은 아무래도 마음이 내키지 않더군요. 게다가 간접 경비가 보통 일반적인 거래보다 훨씬 많이 들었습니다. 언제나 가짜 출생, 결혼, 사망증명서를 구해야 하며 여비, 뇌물 외에도 몇 사람 몫의 신분증명서가 언제고 사용될 수 있도록 해두기 위한 비용도 필요했습니다. 라티머 씨, 당신은 위조서류의 값 같은 것은 모르시겠지요? 일반인에게 알려진 위조서류의 입수처가 세 군데 있었습니다. 한 군데는 취리히, 또 한 군데는 암스테르담, 그리고 브뤼셀에 있었지요. 모두 중립국이었답니다! 묘하지요? 그때는 진짜를 가지고 위조한 덴마크 여권——즉 진짜 덴마크 여권을 화학적으로 처리하여 본디 있던 기재 사항을 지우고 사진을 떼어내고는 다른 것을 써넣고 사진을 붙인 것——하나에 지금의 환시세로 2천 프랑이면 입수할 수 있었습니다. 진짜로 위조한 가짜 여권——처음부터 끝까지 전문가가 위조한 것——은 그보다 싸서 1천 5백 프랑이면 구할 수 있었지요. 요즈음에는 그 갑절의 액수를 지불해야 합니다. 지금은 그런 장사가 대부분 이곳 파리에서 이루어지고 있습니다. 물론 피난민과 망명자들이 사용하는 거지요. 요컨대 노예 매매에는 많은 액수의 자본이 필요했던 것입니다. 이름이 알려진 사람이면 자진해서 돈을 내주는 이들도 언제나 많았지만, 그런 자들은 막대한 배당을 요구합니다. 자기가 자본을 가지고 있는 편이 훨씬 유리했습니다.

디미트리오스는 자기 자본을 가지고 있었습니다. 그러나 남의 자본을 이용할 수도 있었습니다. 그는 몇 사람의 큰 부자들을 대표하고 있었습니다. 돈에 곤란을 겪는 일은 한번도 없었습니다. 질로우와 내가 있는 곳으로 그가 왔을 적에 그는 다른 의미에서 어려움을 겪고 있었습니다. 국제연맹의 활동으로 많은 나라에서 법률이 개정되고 강화되었기 때문에 여자들을 이동시키는 데 심한 곤란을 겪는 경우가 있었습니다. 아주 다행스러운 일이었지만, 그러나 디미트리오스와 같은 인간에게는 골칫거리였습니다. 그렇다고 해서 그들이 장사를 계속할 수 없게 된 것은 아닙니다. 장사는 할 수 있었습니다. 다만 일을 하기가 전보다 복잡해지고, 돈이 더 들었습니다.

디미트리오스는 우리에게 오기 전까지는 아주 간단한 방법으로 했었습니다. 예를 들면 다음과 같습니다. 알렉산드리아에 있는 그의 친지가 어떤 여자가 필요하다고 그에게 말합니다. 그러면 그는 폴란드로 가서 여자를 모아다가 그녀들의 여권으로 프랑스로 데리고 와서 마르세유에서 보내주었습니다. 그뿐이었습니다. 여자들에게는 극장과 출연 계약을 하는 것이라고 하면 일은 무사히 끝났습니다. 그러나 법률이 강화되자 그렇게 간단히 할 수는 없었습니다. 르 카스바에 처음 온 날 밤에 그는 그때 처음으로 그 어려운 문제를 겪고 있는 중이라고 했습니다. 비르나의 어떤 '마담'을 통해 여자들을 열두 명 모았는데, 그녀들이 갈 곳과 앞으로 할 일의 품위에 대한 보증이 없으면 폴란드에서 출국시킬 수 없다는 겁니다. 품위! 우스운 이야기지만 법률이 그렇게 되어 있었답니다.

물론 디미트리오스는 보증하겠다고 폴란드 당국에 말했습니다. 보증하지 않으면 당국의 눈밖에 나서 치명적인 타격을 받게 됩니다. 그는 어떻게든지 보증서를 손에 넣어야만 했습니다. 그래서 질로우와 내가 필요해진 것입니다. 우리는 여자들을 카바레의 댄서로 고용한다고 하고, 폴란드 영사관에서 조사하러 오면 적당히 알아서 대답해 주는 겁니다. 여자들이 1주일 이상 파리에 머물기만 하면 우리는 절대로 안전합니다. 그 뒤 조사하러 오더라도 우리는 아무 것도 모른다, 여자들은 계약을 이행하고 어디론가 가버렸다, 어디로 갔든 우리와는 관계없는 일이라고 말할 수 있을 테니까요.

디미트리오스가 우리에게 그렇게 설명했습니다. 우리가 그 일을 해주면 5천 프랑을 주겠다고 말했습니다. 편한 돈벌이였지만, 나는 의아심을 품었습니다. 그러나 결국 질로우에게 설득되어 동의했습니다. 하지만 디미트리오스에게 이번 한 번만 동의하는 것이며, 앞으로 계속 그의 일을 돕겠다고 약속한 것은 아니라고 말했습니다. 질로우는 못마땅해 하는 것 같았지만 그 조건을 승낙했습니다.

한 달 뒤 디미트리오스가 찾아와서 5천 프랑의 잔금을 우리에게 지불하고, 또 일이 있다고 말했습니다. 나는 반대했지만, 질로우가 곧 첫번째 일에서 아무 말썽이 없었던 것을 지적했으므로 그다지 강력하게 반대하지는 못했습니다. 그 돈이 있으면 도움이 되는 것만은 확실했으니까요. 남아메리카 밴드의 1주일분 급료를 지불할 수 있거든요.

지금 생각해 보니 처음 5천 프랑에 대해서는 디미트리오스가 거짓말을 한 것 같습니다. 우리들의 역할에 대한 보수가 아니었다고 생각됩니다. 단순히 우리의 신뢰를 얻기 위해 준 돈이었을 겁니다. 그가 할 법한 짓이지요. 다른 사람이라면 자기 일에 도움을 주기 위해 사람을 속일지도 모르지만, 디미트리오스는 돈으로 사람을 사는 편이었습니다. 그것도 싸게 사는 거지요. 그는 사람의 상식적인 약점을 이용하여, 그 사람이 자기에게 품는 본능적인 의아심을 눌러버렸습니다.

지금도 말했듯이 최초의 5천 프랑은 아무 문제도 없이 벌었습니다. 그러나 두 번째는 혼이 났습니다. 폴란드 당국이 떠들어대고 경찰이 계속 우리를 찾아와서 물었습니다. 더 난처했던 일은 고용하고 있다는 것을 실증하기 위해 그 여자들을 르 카르바에 두어야 했던 일입니다. 여자들은 춤출 줄도 몰랐고, 그 가운데 누군가 경찰에 찾아가 진상을 털어놓으면 큰일이었으므로 상냥하게 대해야 했습니다. 여자들은 쉴 새 없이 샴페인을 마셔댔으므로 디미트리오스가 그 술값을 부담하려들지 않는다면 손해가 이만저만이 아니었습니다.

물론 그는 아주 미안해하며 착오가 생긴 것이라고 말했습니다. 우리의 노고에 대해 1만 프랑을 주고, 계속 도와준다면 앞으로는 절대로 폴란드 여자를 가게에 둘 필요도 없고 경찰이 떠드는 일도 없게 하겠다고 약속했습니다. 여러 가지로 의논한 결과 우리는 동의했지요. 그 뒤로도 몇 달 동안은 1만 프랑씩 받았습니다. 그러다 보니 어쩌다 경찰이 찾아와도 불쾌한 생각이 들지 않게 되었습니다. 그런데 또다시 소동에 휩쓸려 들어가게 되었습니다. 이번에는 이탈리아 당국이었습니다. 질로우와 나는 구 치안판사의 조사를 받고, 경찰에 꼬박 하루 동안 붙잡혀 있었습니다. 그 다음날 나는 질로우와 싸움을 했습니다. 싸움이 표면화되었다는 표현이 더 적절하겠지요. 그는 촌스럽고 머리가 나쁜 사나이로, 가끔 돈 문제로 나를 속이려고 했습니다. 게다가 의심이 많아서 바보같이 짐승처럼 큰 소리로 지껄여 의심을 드러내는 거였습니다. 또 별 볼일 없는 손님에게 정성을 쏟기도 합니다. 그의 친구는 모두 하나같이 불쾌한 자들뿐으로 모두 호객꾼들이었습니다. 사람을 부르는데도 '여어, 친구'라고 했지요. 그는 술집주인 노릇을 하는 편이 어울렸을 겁니다. 아마 지금쯤은 그렇게 되어 있을지도 모르지만, 교도소에 들어가 있을 가능성이 많다고 봅니다. 화를 내면 난폭해져서 때로는 사람을 다치게 하는 수도 있었으니까요.

경찰에서 시달리고 난 다음날 나는 더 이상 그런 장사를 할 수가 없다고 그에게 말했습니다. 그 말을 듣자 그는 화를 냈습니다. 경찰이 좀 시끄럽게 굴었다고 하여 1만 프랑의 수입을 포기한다는 것은 바보 같은 짓이라면서, 내가 너무 신경질적이어서 자기 마음에 안 든다는 거였습니다. 그가 그런 생각을 하는 까닭을 나는 알고 있었습니다. 그는 마라케시며 알제리에서 내내 경찰 신세를 져왔으므로 경찰을 우습게 보았지요. 교도소에 들어가지 않도록 조심하며 돈만 벌면 그만이라고 생각하고 있었습니다. 나는 한 번도 그런 생각을 해본 적이 없습니다. 비록 경찰이 나를 체포할 수 없다 하더라도 그들의 관심의 대상이 되는 것은 질색이었습니다. 질로우의 말이 맞습니다, 나는 신경질적이었지요. 어쨌든 나는 그의 생각을 이해할 수는 있었지만 동의할 수는 없다고 그에게 말했습니다. 그리고 그가 바란다면 르 카스바의 주식 가운데 처음에 내가 출자한 금액으로 사들인 내 지분을 팔아도 좋다고 말했습니다.

나로서는 상당한 손해였지만 질로우에게 싫증이 났고, 어떻게 해서든지 질로우와 손을 끊고 싶었습니다. 인연은 끊어졌습니다. 그가 그 자리에서 동의했던 것이지요. 그날 밤 우리는 디미트리오스와 만나 설명했습니다. 질로우는 이득이 되는 거래에 매우 기뻐하며 쓸데없는 농담으로 나를 놀려대고는 즐거워했습니다. 디미트리오스는 그 농담에 웃음짓고 있었으나, 질로우가 잠깐 자리를 비우자 나에게 하고 싶은 말이 있으니 자기가 가게를 나가거든 곧 뒤따라 나와 어떤 카페에서 만나자고 말했습니다.

나는 가지 말까 생각했습니다. 그러나 전체적으로 생각해 볼 때 가기를 잘했다는 생각이 듭니다. 나는 디미트리오스와 사귐으로써 이득을 보았습니다. 디미트리오스의 친구 가운데 이렇게 말할 수 있는 사람은 거의 없다고 보는데, 나는 행운아였습니다. 게다가 그는 나의 두뇌에 한 팔 접어준 것이라고 생각됩니다. 대개 나는 엄포에 속았지만, 번번이 그랬던 것은 아닙니다.

그는 카페에서 기다리고 있었습니다. 나는 그의 옆자리에 앉아 무슨 일이냐고 물었지요. 나는 처음부터 그에게는 아무렇게나 말을 했었습니다.

그가 말하더군요.

'질로우와 손을 끊은 것은 현명하다고 보네. 여자들을 취급하는 일은 이제 너무 위험해. 처음부터 어려움이 많았던 장사였지. 나도 이제 손을 털었네.'

내가 질로우에게 그 말을 할 생각이냐고 묻자 그는 웃음 지으며 대답했습니다.

'아니 자네가 출자금을 받을 때까지는 말하지 않겠네.'

나는 조금 의아해 하면서 참 친절하다고 말했지요. 그러자 그는 초조한 듯이 고개를 내저으며 말했습니다.

'질로우는 어리석은 녀석이야. 자네가 함께 있지 않았다면 나는 그 여자 장사 일도 다른 곳으로 가져갔을 걸세. 지금 나는 나와 함께 할 일을 자네에게 제안하려고 생각하는 중일세. 르 카스바의 출자금을 잃고 자네를 화나게 만드는 어리석은 짓은 하지 않네.'

그리고 나서 그는 헤로인의 거래에 대해 뭐 아는 게 없느냐고 물었습니다. 나는 얼마쯤 지식이 있었습니다. 그렇게 대답하자 그는 매달 20킬로그램을 사들일 돈과 파리에서의 판매조직을 운영해 낼 만한 자본을 가지고 있는데, 자기와 함께 일할 생각이 없느냐고 물었습니다.

그런데 라티머 씨, 20킬로그램의 헤로인이라면 상당한 것입니다. 상당한 금액이지요. 나는 그만한 양을 어떻게 처리할 작정이냐고 물었습니다. 그러자 디미트리오스는 지금으로서 그것은 자기 일이라고 대답했습니다. 그가 나에게 원하고 있는 것은 외국에서 사들이는 교섭과 이 나라로 들여오는 방법을 강구하는 일이었습니다. 내가 그의 제안을 받아들인다면 그를 대신하여 맨 먼저 불가리아에 가서 그가 이미 알고 있는 그곳 공급자와 사들일 교섭을 한 다음, 파리로 들여오는 일을 맡아서 해달라는 것이었습니다. 그리고 공급한 양에 대해 킬로그램 당 사들인 값의 10퍼센트를 주겠다고 했습니다.

나는 생각해 보겠다고 했으나 이미 마음은 결정되어 있었습니다. 당시의 헤로인 값으로 보아 한 달에 2만 프랑에 이르는 수입을 얻을 수 있다고 생각했습니다. 동시에 그에게는 그보다 훨씬 많은 금액이 돌아간다는 것도 알고 있었습니다. 파리에서 헤로인을 판다면 킬로그램 당 10만 프랑 가까이 받을 수 있기 때문에, 나의 수수료와 경비까지 포함하여 실질적으로 킬로그램 당 1천 5백 프랑을 지불한다 하더라도 그에게는 많이 남는 장사입니다. 최종 판매자에게 돌아갈 몫과 그 밖의 수수료를 지불하고도 그로서는 킬로그램 당 최저 3만 프랑의 벌이가 됩니다. 즉 총액으로 따지면 매달 50만 프랑이 넘는 벌이가 되는 셈입니다. 자본이란 쓰는 방법을 알고 얼마쯤의 위험을 마다하지 않으면 꼭 보답을 해주는 법입니다.

1928년 9월에 나는 11월까지 20킬로그램을 보내달라는 디미트리오스의 첫 지시를 받고 불가리아로 갔습니다. 그는 이미 중개자와 매수인도 구하고 있었습니다. 물품 구입이 빠를수록 좋았기 때문입니다. 디미트리오스는 공급자와 접촉할 수 있도록 손을 써 줄, 소피아에 있는 어떤 사나이의 이름을 일러주었습니다. 그 사나이가 연락을 취해주었지요. 그리고 구입에 관한 신용보증의 일도 그가 맡아서 해주었습니다. 그 사람이……."

라티머는 문득 생각나는 일이 있었다. 그가 갑자기 입을 열었다.
"그 사나이의 이름이 뭐였습니까?"
피터스는 그 물음에 미간을 찌푸렸다.
"그런 것은 나에게 물어볼 일이 못된다고 생각합니다, 라티머 씨."
"바조프인가요?"
피터스의 젖은 눈이 라티머를 쳐다보았다.
"그렇습니다."
"그리고 신용보증을 해준 것은 유라시안 신탁은행이었지요?"
"당신은 아무래도 내가 생각했던 것보다 훨씬 많은 것을 알고 있는 것 같군요."
피터스는 그 사실을 좋아하지 않는 것이 틀림없었다.
"어떻게 아셨습니까?"
"추측했을 뿐입니다. 그러나 바조프에게 폐를 끼칠까봐 걱정할 필요는 없습니다. 그는 3년 전에 죽었으니까요."
"그건 알고 있습니다. 바조프가 죽은 것도 추측한 건가요? 그밖에 어떤 것을 추측했습니까, 라티머 씨?"
"그것뿐입니다. 이야기를 계속하십시오."
"서로 솔직하게……" 피터스는 말하다 말고 커피를 마셨다. "본래 이야기로 돌아갑시다. 그렇습니다, 라티머 씨, 당신 말이 맞습니다. 바조프를 통해 나는 디미트리오스가 구하고 있는 물건을 사서 소피아의 유라시안 신탁은행의 환어음으로 지불했습니다. 거기까지는 아무 문제도 없었습니다. 어려운 일은 프랑스로 보내는 수송수단이었습니다. 나는 철도로 살로니카까지 보낸 뒤, 거기서 마르세유로 배에 실어보내기로 했습니다."
"헤로인이라고 하며 말입니까?"
"물론 그렇지는 않습니다. 그러나 솔직히 말해서 무엇이라고 해야 할는지 몰라 굉장히 골치를 앓았습니다. 정기적으로 불가리아에서 프랑스로 들어오는 물품으로 정해져 있어 프랑스 세관이 특별히 검사하지 않는 것은 곡류, 담배, 장미기름 정도였습니다. 디미트리오스는 재촉해 오고, 나는 정말 어찌해야 좋을지 난처했습니다."
피터스는 극적인 표정을 띠며 잠깐 사이를 두었다.
"어떻게 가지고 들어갔습니까?"
"관에 넣어서요. 프랑스 인들은 죽음에 대한 엄숙함을 대단히 중시한다는 사실을 생각해냈던 것입니다. 프랑스의 장례식에 참석해 본 일이 있으십니까? 아주 엄숙합니다. 굉장한 감명을 받게 되지요. 어떤 세관원이라도 무덤을 파내는 악귀 같은 짓은 절대로 하지 않으리라고 생각했습니다. 그래서 나는 소피아에서 관을 샀습니다. 멋진 조각을 한 훌륭한 것이었지요. 나는 상복을 한 벌 사서 입고 관을 따라갔습니다. 나는 아주 감동하기 쉬운 성격이라 부둣가에서 관을 나르는 인부들이 나의 슬픔을 위로해 준 소박한 배려에는 정말 가슴이 뭉클했습니다. 세관에서는 나의 짐도 조사하지 않았습니다.

미리 디미트리오스에게 연락해 두었으므로 영구차가 나와서 관을 기다리고 있었습니다. 나는 나의 성공에 기분이 좋아졌으나, 디미트리오스를 만나니 그는 어깨를 으쓱할 뿐이었습니다. 매달 관을 프랑스로 가지고 들어올 수는 없기 때문에 나의 방법이 그다지 실질적인 방법은 못된다고 생각했던 모양입니다. 물론 그의 생각이 옳습니다. 그런데 그가 한 가지 방법을 제안했습니다. 한 달에 한 번씩 바르나에서 제노바로 화물선을 운행하는 해운공사가 있는데, 물품을 작은 꾸러미로 하여 카드에는 프랑스로 가는 특수한 담배라고 적어서 제노바로 보내라는 겁니다. 그렇게 해두면 이탈리아 세관은 조사하지 않을 테니까, 니스에 있는 누군가가 창고 관계 직원을 매수하여 보세창고에서 짐을 빼낸 뒤 제노바에서 육로로 몰래 실어들이도록 할 수 있다는 거였습니다. 나는 그 방법으로 물품을 공급할 때 나의 몫에 어떤 영향을 받느냐고 물었습니다. 그는 그밖에도 해줘야 할 일이 있으니까 나의 몫에는 변함이 없다고 말했습니다.

우리 모두가 거의 이의 없이 그를 우두머리로 인정했던 일은 정말 이상할 정도입니다. 그가 돈을 가지고 있었던 것만은 확실합니다. 그러나 그보다 더 큰 이유가 있었습니다. 그가 우리를 지배할 수 있었던 것은 자기가 손에 넣은 것이 무엇인지를 정확히 알고 있고, 그것을 최소한의 노력과 경비로 손에 넣는 방법 또한 정확하게 알고 있었기 때문입니다. 또 자기 밑에서 일할 사람을 찾아내는 방법도 알고 있었고, 찾아내면 그 사람을 다루는 방법도 충분히 알고 있었습니다.

디미트리오스에게서 직접 지시를 받고 있던 사람이 일곱 명 있었는데, 그 가운데 어느 누구도 남의 지시에 간단히 따르는 이는 하나도 없었습니다. 이를테면 네덜란드 인 비셀은 독일제 기관총을 중국인에게 팔고 있는 스파이 노릇을 했으며, 바타비아에서 쿨리를 죽였다는 명목으로 교도소에 들어가 있던 사나이입니다. 간단히 다룰 수 있는 사람은 아니었습니다. 마약 중독자를 중개해 주는 클럽과 술집의 이야기를 마무리 지은 것도 그 사나이였습니다.

판매망은 아주 신중하게 조직되었습니다. 르노틀과 갤린드는 몇 년 전부터 프랑스의 큰 약품제조회사의 어떤 사원에게서 입수한 마약을 팔고 있었습니다. 1931년 법률이 개정되기 전까지는 그런 장사를 꽤 간단히 할 수 있었습니다. 둘 다 마약을 필요로 하는 사람들과 그 거처를 잘 알고 있었습니다. 디미트리오스가 등장하기까지는 두 사람 다 주로 모르핀과 코카인을 취급하고 있었는데, 물건이 없어 고민하고 있었습니다. 디미트리오스가 헤로인을 무제한 공급하겠다고 하자 그들은 약품제조회사와 손을 끊고 단골손님에게 헤로인을 팔기로 했습니다.

그러나 헤로인은 마약장사의 일부에 지나지 않았습니다. 아시는지 모르겠습니다만, 마약 중독자는 다른 사람에게 열심히 마약을 사용하도록 권하는 법입니다. 그러므로 손님의 범위는 언제나 확대되어 갑니다. 아시리라고 믿습니다만, 가장 중요한 일은 사겠다고 오는 새 손님이 마약 단속반이나 그 밖의 달갑지 않은 자들의 앞잡이가 아닌가 확인하는 일입니다. 거기서 비셀이 등장할 차례가 되는 겁니다. 사겠다고 하는 사람은 르노틀이 잘 알고 있는 단골처의 소개를 받고 우선 르노틀을 찾아옵니다. 그리하여 마약을 사겠다고 하면 르노틀은 깜짝 놀라는 척해 보입니다. '마약이라고요? 그런 것은 전혀 모릅니다. 나 자신도 아직 사용해 본 일이 없습니다. 그러나 그것을 구하려면 어디에 있는 어느 술집으로 가면 된다는 말은 들은 적이 있지요.' 그래서 비셀의 리스트에 실려 있는 그 술집으로 찾아가면 그 새 손님은 그와 비슷한 응대를 받습니다. '아니오, 이곳에서는 그런 것을 전혀 모릅니다만, 내일 밤에 다시 한 번 오시면 누군가 도움이 될 사람이 올지도 모릅니다.' 그리고 그 다음날 밤에 대공비가 나타납니다.

그녀는 아주 색다른 여자였습니다. 그녀를 동료로 끌어들인 것은 비셀이었는데, 디미트리오스 자신이 찾아내지 않은 동료는 그녀뿐이었습니다. 굉장히 머리가 좋은 여자였지요. 전혀 모르는 인간을 감정하는 능력이 비범했으니까요. 아무리 교묘하게 변장한 형사도 방 저쪽에서 한 번 쓱 보기만 하면 알아보았답니다. 새로 사겠다고 온 사람을 조사하여 팔 것인가 어떤가, 또 팔 경우에는 값을 어느 정도 받을 것인가를 결정하는 것이 그녀의 임무였습니다. 우리에게는 아주 귀중한 존재였지요.

또 한 사람은 벨기에 인인 베르나였습니다. 그는 최종 판매자들을 담당하고 있었습니다. 전에 약제사로 일한 적이 있으므로, 순도를 테스트하는 척하며 헤로인에 안료를 섞어 양을 늘렸다는군요. 그러나 디미트리오스는 그 점에 대해 말한 적이 한 번도 없었습니다.

그러나 이윽고 그 일이 필요하게 되었습니다. 장사를 시작한 지 6개월도 되기 전에 매달 공급량이 50킬로그램으로 불어났습니다. 그리고 다른 일도 있었습니다. 르노틀과 갤린드가, 맨 처음 장사를 시작하였을 때 자기들이 알고 있던 마약 사용자를 계속 손님으로 잡아두려면 헤로인 말고도 모르핀과 코카인이 필요하다는 보고를 한 적이 있었습니다. 모르핀 중독자가 반드시 헤로인을 좋아한다고 할 수는 없으며, 코카인 중독자는 다른 곳에서 코카인이 입수되면 헤로인을 거절하는 경우가 있었거든요. 그래서 나는 모르핀과 코카인 공급 절차를 밟아야 했습니다. 모르핀의 경우는 헤로인을 공급해 주는 사람들이 헤로인과 동시에 공급해 주므로 간단했습니다. 그러나 코카인은 사정이 전혀 달랐습니다. 코카인을 입수하려면 독일로 가야 했지요. 굉장히 바빴습니다.

물론 여러 가지 곤란을 겪었지요. 대개 문제는 내가 담당한 부문에서 발생했습니다. 장사를 시작한 지 1년쯤 되었을 때, 나는 물품을 들여오는 수단을 몇 가지 준비할 수 있었습니다. 라마르가 담당하고 있던 헤로인과 모르핀을 제노바를 거쳐서 들여오는 루트 외에, 나는 오리엔트 특급 침대차 차장을 구워삶았습니다. 그 사나이는 소피아에서 물품을 싣고 열차가 파리의 측선으로 들어오면 그것을 인도해 줍니다. 그다지 안전한 루트는 아니었으므로 나는 만일의 경우 내 몸의 안전을 지키기 위해서 머리를 쓴 예방조치를 강구해 둘 필요가 있었지요. 그러나 물품이 신속하게 운반되는 것만은 확실했습니다. 코카인은 대개의 경우 기계류 상자에 담겨 독일에서 왔습니다. 또 우리는 이스탄불에서도 헤로인을 받아오기 시작했습니다. 물품은 화물선으로 실어다 닻을 매단 상자에 넣어 마르세유 항구 밖에 띄워놓으면, 라마르가 밤중에 받아갔습니다.

어느 주일이던가, 재난이 계속되어 혼이 난 일이 있습니다. 1929년 6월 마지막 주일에 오리엔트 특급으로 보낸 헤로인 15킬로그램이 열차에서 압수되어, 침대차 차장을 포함한 나의 부하 여섯 명이 경찰에 체포되었습니다. 그것만으로도 대단한 재난인데, 또 같은 주일에 라마르가 소스펠 근처에서 헤로인과 모르핀 40킬로그램을 포기해야 할 처지에 놓였습니다. 라마르는 무사히 피했습니다만, 우리는 대단히 곤란한 지경에 놓이게 되었습니다. 55킬로그램을 잃었으므로 겨우 8킬로그램으로 50킬로그램 이상의 약속을 이행해야 했기 때문이었습니다. 이스탄불에서 오는 배편이 닿으려면 앞으로도 며칠 더 있어야 했습니다. 우리는 절망상태에 빠졌습니다. 르노틀과 갤린드와 베르나는 괴로워했습니다. 갤린드의 단골손님 두 사람이 자살했습니다. 어떤 술집에서는 싸움이 벌어져 베르나가 해고되었습니다.

나는 온갖 노력을 다했습니다. 내가 직접 소피아로 가서 10킬로그램을 트렁크에 넣어가지고 왔지만, 물론 모자랐습니다. 그러나 디미트리오스는 나를 비난하지 않았습니다. 그 점만은 인정해 줘야 합니다. 어쨌든 나를 비난할 이유는 없었으니까요. 그러나 그는 분통이 터지는 모양이었습니다. 그는 앞으로는 예비로 재고가 있어야겠다고 생각했습니다. 그런 일이 있는 뒤 곧 그는 이 세 채의 집을 산 것입니다. 그때까지 우리는 언제나 포르트 드 오를레앙 근처에 있는 카페 2층에서 그와 만났습니다. 앞으로는 여기가 우리의 본부라고 그가 말했습니다. 우리는 그가 어디에 살고 있는지 전혀 모르고 있었으므로, 그가 우리 일당 중 누구에게 전화를 걸어주어야 비로소 연락을 취할 수 있었습니다. 우리는 나중에 그의 주소를 모르고 있었기 때문에 결정적으로 불리한 처지에 놓이게 되었습니다. 그러나 그때까지 여러 가지 일이 일어났습니다.

예치해 둘 재고품을 입수하는 일이 나에게 맡겨졌습니다. 그다지 쉬운 일은 아니더군요. 즉 그만큼 발각될 위험률이 커진다는 거지요. 또 물품을 들여오는 데도 더 새로운 방법을 강구할 필요성이 생깁니다. 게다가 물품의 대부분을 공급해 주던 라드밀의 공장이 불가리아 정부에 의해 폐쇄되었기 때문에 사태가 더 복잡해졌습니다. 그 뒤 얼마 안 있어 프랑스의 다른 지역에서 다시 조업을 시작했으나, 시간적인 차이를 어쩔 수 없었지요. 우리는 하는 수 없이 이스탄불에 더 의존할 수밖에 없었습니다.

몹시 괴로운 한 시기였습니다. 겨우 두 달 동안에 우리는 헤로인 90킬로그램, 모르핀 20킬로그램, 코카인 5킬로그램이라는 막대한 물품을 압수당한 것입니다. 그러나 이렇게 여러 가지로 말썽이 많았지만 재고는 착실하게 불어갔습니다. 코카인 90킬로그램과 정제된 터키산 헤로인 소량을 숨겨놓았습니다."

피터스는 남은 커피를 따르고 알코올 램프를 껐다. 그리고 나서 담배를 한 개비 꺼내 혀끝으로 끝을 적시더니 불을 붙이며 갑자기 물었다.

"마약 중독자와 사귄 일이 있습니까, 라티머 씨? 물론 없으리라고 생각합니다만……."

"없었던 것 같은데요."

"없었던 것 같단 말이지요? 분명히는 모른다, 그게 사실일 겁니다. 마약 상습자는 상당히 오랜 기간 동안 자기의 약점을 숨길 수 있으니까요. 그러나 그것은, 특히 여자라면 언제까지 숨길 수 없습니다. 과정은 거의 비슷합니다. 우선 실험에서부터 시작합니다. 콧구멍을 통해서 반 그램쯤 흡입하는 거지요. 처음에는 구역질이 날지도 모릅니다. 그러나 다시 한 번 해보면 이번에는 본디의 효과를 나타냅니다. 따뜻하고 황홀한 듯한 감미로운 흥분. 시간은 정지하지만, 머리는 대단한 속도로——당사자는 그렇게 생각합니다——그리고 믿을 수 없을 정도의 고능률로 회전합니다. 나는 어리석었다——그러나 지금은 고도의 지능을 갖추고 있다, 나는 우울했다. 그러나 지금은 아주 편안한 기분이다, 싫은 일은 잊혀져버리고 기분 좋은 일이 꿈에도 느껴본 적이 없는 격렬한 쾌감과 함께 밀려온다, 세 시간의 천국, 그 뒤의 기분도 그다지 나쁘지는 않다. 샴페인을 과음한 뒤보다 훨씬 기분이 좋지요. 안정을 취하고 싶고, 약간 들뜬 기분이 들지만, 그런대로 괜찮습니다. 얼마 안 가서 여느 때와 다름없는 상태로 돌아옵니다. 굉장한 즐거움을 맛보았을 뿐, 그밖에는 아무 영향도 끼치지 않습니다. 더 이상 마약을 쓰고 싶지 않으면 스스로에게 그럴 필요 없다고 타이르면 됩니다. 지능이 뛰어난 자신이 마약 같은 것에 질 리가 없다고 말입니다. 그러나 다시 한 번 즐겨서 안 된다는 논리적인 이유는 전혀 없지 않은가? 물론 없지요! 그러니까 또 즐깁니다. 그러나 이번에는 약간 기대가 어긋납니다. 반 그램으로는 모자라는 겁니다. 실망을 느끼는 상태는 곧 시정되어야 합니다. 다시는 시도해 보지 않겠다고 결의하기 전에 한 번만 더 천국에서 놀고 싶다, 조금만 양을 늘려보자, 1그램까지만…… 다시 천국을 경험하지만 아무 나쁜 영향을 느끼지는 않습니다. 별다른 영향이 없다면 계속하지 못할 것도 없지 않은가? 물론 궁극적으로는 마약이 나쁜 영향을 미친다는 것은 누구나 다 알고 있는 일이다, 그러므로 어떤 영향을 느끼게 되면 금방 그만두자, 중독 되는 자들은 어리석기 때문이다, 1그램 반…… 그러면 다시 인생에 참된 즐거움이 생깁니다. 3개월 전만해도 인생은 잿빛이었는데 지금은…… 2그램. 조금씩 양을 늘리고 있기 때문에 나중에 다소 기분이 나빠지고 맥이 풀리게 되는 것은 당연한 일이지요. 쓰기 시작한 지 4개월이 됩니다. 이제 그만둬야 하겠지요. 2그램 반. 그때쯤이면 코와 목이 몹시 건조해집니다. 그리고 남이 하는 일이 일일이 신경에 거슬리지요. 아마 이 무렵에는 잠을 푹 잘 수 없기 때문이겠지요.

모두가 시끄럽고, 말소리도 크게 들립니다. 그리고 저들이 무슨 말을 하고 있을까, 아니, 나에 관한 이야기 아니야? 멋대로 노는군. 녀석들의 얼굴을 보면 알 수 있겠지…… 에라, 모르겠다. 3그램. 이렇게 되면 여러 가지로 생각해야 할 일들이 생깁니다. 다른 위험이, 주의해야 할 일들이. 음식의 맛을 잃게 됩니다. 해야 할 일, 그것도 중요한 일이 생각나지 않습니다. 어쩌다가 생각났다 하더라도 계속 살아가기 위해 노력하는 사람의 하찮은 숙명 외에 머리를 썩일 일이 너무도 많이 생깁니다. 이를테면 늘 콧물이 흐릅니다. 사실은 아무것도 흐르지 않지만, 본인은 그렇게 느끼는 거지요. 그러니까 만져보고 확인해야 합니다. 또 언젠가 파리 때문에 괴로움을 겪게 됩니다. 이 무서운 파리는 쉴 새 없이 덤벼들어 평온한 기분을 맛볼 수 없게 만듭니다. 그러니까 또 3그램 반. 아시겠습니까, 라티머 씨?"

"당신은 마약 사용을 시인하지 않는 것 같군요."

"시인이라고요?" 피터스가 놀라운 표정으로 눈을 크게 떴다. "마약은 무섭습니다. 굉장히 무서운 것입니다! 인생을 파멸시켜 버립니다. 일을 할 의지를 잃지만, 그 특별한 약을 사기 위해 돈을 마련해야 합니다. 그런 환경에 있는 사람은 결사적으로 돈을 구하려고 합니다. 그러다가 범죄까지도 저지르게 됩니다. 당신이 무엇을 생각하고 있는지 나도 알고 있습니다. 라티머 씨. 당신은 내가 이처럼 무섭게 부정하는 마약에 관계하여 돈을 벌고 있는 것이 이상하게 여겨지겠지요. 그러나 생각하기에 달린 겁니다. 내가 돈을 벌지 않으면 누군가 다른 사람이 법니다. 그렇다고 해서 중독된 불행한 자들이 구제되는 것도 아니고, 나는 돈을 벌 수 없게 됩니다."

"그러나 계속 불어나는 손님은 어떻게 됩니까? 당신의 조직이 마약을 대주고 있던 사람들은 당신네들이 장사를 시작하기 전부터 마약 상습자였다고 말꼬리를 피할 수는 없을 텐데요?"

"물론 그렇지요. 그러나 나는 그 방면의 일에는 전혀 관계하고 있지 않습니다. 그 일은 르노틀과 갤린드가 맡아서 했습니다. 지금이니까 말하지만, 르노틀과 갤린드와 베르나 세 사람은 그들 자신도 중독자였습니다. 그들은 코카인을 사용하고 있었습니다. 코카인이 몸에 더 해롭지요. 헤로인은 몇 달이면 위험한 중독 증상을 나타내는데, 코카인은 목숨이 없어질 때까지 몇 년이나 걸립니다."

"디미트리오스는 무엇을 쓰고 있었지요?"

"헤로인입니다. 처음으로 그 사실을 알게 되었을 때 우리는 깜짝 놀랐습니다. 그 무렵 우리는 대개 저녁 6시쯤 이 방에서 그와 만나기로 되어 있었지요. 우리가 놀란 것은 1931년 봄 어느 날 저녁때였습니다.

디미트리오스가 뒤늦게야 왔습니다. 그것 자체도 이상한 일이었지만, 우리는 마음에 두지 않았습니다. 대개의 경우 그는 그런 모임에서는 골치가 아파 조금 기분이 나쁜 듯한 표정으로 반쯤 눈을 감고 조용히 앉아 있었습니다. 그러므로 그의 그런 모습을 늘 보아오던 사람도 그때마다 어디가 아프냐고 물어보고 싶어지곤 했습니다. 가끔 나는 그를 바라보노라면, 그에게 나를 마음대로 조종하도록 하고 있는 나 자신에 대해 놀랄 때가 있었습니다. 그러다가는 비셀의 반대——반대하는 것은 언제나 비셀이었습니다——에 대답하는 디미트리오스 쪽으로 돌아앉으며 그의 표정의 변화를 보고는 '과연'하고 생각하곤 했습니다. 비셀은 난폭하고 재빠르고 교활한 사나이였으나, 디미트리오스에 비하면 어린애와 같았습니다. 언젠가 디미트리오스가 놀리자 비셀이 권총을 꺼냈습니다. 화가 나서 새파래지더군요. 그의 손가락이 방아쇠를 조금씩 당기고 있는 모습이 나 있는 곳에서 보였습니다. 내가 디미트리오스였다면 마음 속으로 기도를 하고 있었을 겁니다. 그러나 디미트리오스는 남을 우습게 보는 그 특유의 웃음을 지으며 비셀 쪽으로 등을 돌리더니 나와 일에 대한 이야기를 하기 시작했습니다. 디미트리오스는 화를 낼 때도 그처럼 조용한 사람이었습니다.

그러므로 우리는 그날 저녁에 몹시 놀랐던 것입니다. 그는 뒤늦게 들어오더니 문에 등을 대고 선 채 1분쯤 우리를 둘러보고 있었습니다. 그러다가 자기 자리로 가서 앉았습니다. 비셀은 그때까지 귀찮게 구는 어느 카페 주인에 대한 이야기를 하고 있었는데, 다시 이야기를 계속했습니다. 그 카페는 위험하니까 이용하지 않는 것이 좋겠다고 갤린드에게 말했던 것 같습니다.

갑자기 디미트리오스가 책상 위로 몸을 내밀며 '바보같은 녀석!' 하고 소리 지르더니 비셀의 얼굴에 침을 뱉었습니다.

비셀은 새파랗게 질려서 언제나 권총을 넣어두는 주머니에 손을 넣은 채 일어섰습니다. 그러나 그 옆에 앉아 있던 르노틀이 일어나서 뭐라고 속삭이자 비셀은 주머니에서 손을 꺼냈습니다. 르노틀은 마약 상습자들을 많이 보아왔으므로 그와 갤린더와 베르나 세 사람은 디미트리오스가 방에 들어오자 곧 그 증세를 알아차렸던 것입니다. 그런데 디미트리오스는 르노틀이 속삭이는 것을 보자 이번에는

파리, 1928~1931년 219

그를 향해 덤벼들었습니다. 르노틀에서부터 시작하여 우리들 모두에게 잔소리를 퍼부었습니다. 너희들이 나 몰래 음모를 꾸미고 있다는 것을 내가 모르는 줄 알고 있다면 큰 바보라고 말했습니다. 프랑스 어와 그리스 어로 우리에게 욕을 했습니다. 그러다가 자기 자랑을 하기 시작했습니다. 너희들을 한 다발로 묶어도 내 머리를 못 당한다, 내가 없었으면 너희들은 굶어 죽었을 것이다, 우리가 성공한 것은 어디까지나 나 혼자의 힘이다. 그것은 사실이었지만, 그런 말을 들으니까 기분이 썩 좋지는 않더군요. 나는 너희들을 내 마음대로 할 수 있다, 하고 말입니다. 그처럼 우리를 욕했다가 자기 자랑을 했다 하며 30분쯤 지껄여댔습니다. 우리는 모두들 입을 다물고 있었습니다. 이윽고 그는 지껄이기 시작했을 때와 같이 당돌하게 말을 딱 끊고 벌떡 일어나서 방을 나갔습니다.

우리는 그때 뒷날의 배신을 예상했어야 했던 것입니다. 헤로인 중독자가 사람을 배신한다는 것은 누구나 알고 있는 사실입니다. 그런데 우리는 배신에 대한 대비책을 하나도 강구해 두지 않았었습니다. 생각해 보니 우리는 그가 벌고 있던 금액만을 생각하고 있었던 모양입니다. 지금도 기억하고 있지만 그가 나가자 르노틀과 갤린드가 껄껄 웃으며, 보스는 사용하고 있는 마약 대금을 지불하고 있느냐고 베르나에게 물었습니다. 비셀까지 싱글싱글 웃고 있었습니다. 모두들 농담으로 웃어넘겼던 것입니다.

그 다음에 우리가 디미트리오스를 만났을 때 그는 이미 여느 때의 상태로 되돌아와 있었습니다. 우리도 그때의 소동에 대해서는 일절 말을 꺼내지 않았습니다. 그렇게 몇 달이 지나는 동안 그는 그때와 같은 감정의 폭발은 한 번도 없었으나, 성질이 급해지고 조그만 일에도 곧잘 화를 내게 되었습니다. 겉모습도 달라졌습니다. 여위고 병자와 같은데다 눈이 흐리멍덩했습니다. 모임에 참석하지 않는 일도 있었습니다. 그러는 동안 우리들에게 두 번째 경고라고 볼 수 있는 일이 일어났습니다.

9월 초 그가 갑자기 앞으로 3개월 동안 사들이는 양을 줄이고 재고를 쓴다고 선언한 것입니다. 우리는 놀라서 한사코 반대했습니다. 나도 반대했습니다. 나는 재고를 그만큼 만드는 데 굉장히 애썼으므로 그것이 까닭도 모르는 채 팔려나가는 것을 보고 싶지 않았던 것입니다. 다른 사람들은 물건이 딸리게 되었을 때를 생각하여 반대했습니다. 그러나 디미트리오스는 우리들의 말을 받아들이려고 하지 않았습니다. 경찰이 일제히 단속 활동을 개시한다는 경고를 받았다는 거였지요. 그러므로 대량의 재고가 발견되면 우리가 궁지에 몰릴 뿐만 아니라, 만일 압수당하면 재정적으로도 대단한 손실을 가져오게 된다고 말했습니다. 그 자신도 재고가 없어지는 것은 유감스럽지만, 안전을 위해서라면 어쩔 수 없지 않겠느냐는 거였습니다.

그가 손을 떼기 전에 재산을 정리할 속셈인지도 모른다고 생각한 사람은 아무도 없었던 것 같습니다. 세상 경험을 많이 쌓은 이들치고 사람을 꽤 믿었다고 말하실지도 모르겠군요. 그렇게 말해도 할 수 없습니다. 비셀을 제외하고는 모두 디미트리오스와 상대할 때 언제나 수동적인 태도였으니까요. 그렇게 사람을 잘 알아보는 리디아마저도 그에게는 패했던 것입니다. 또 비셀의 경우도 자부심이 너무 강해 사고가 마비된 결과 누구든 비록 마약 중독자라 해도 자기를 배신할 수 없다고 생각했던 것이지요. 게다가 우리가 그를 의심할 까닭은 하나도 없었습니다. 우리도 돈을 벌었지만, 그는 우리보다 훨씬 더 많은 돈을 벌었습니다. 그를 의심할 논리에 들어맞는 이유가 어디에 있었겠습니까? 그가 미친 사람 같은 행동을 취하리라는 것을 우리가 예측이나 할 수 있었겠습니까?"

피터스는 어깨를 으쓱했다.

"그 뒷일은 당신도 알고 계십니다. 그가 밀고자로 변했고, 우리는 모두 체포되었습니다. 나는 체포되었을 때 라마르와 함께 마르세유에 있었습니다. 경찰은 아주 교묘했습니다. 체포할 때까지 우리를 일주일가량 지켜보고 있었습니다. 마약을 가지고 있는 현장을 붙잡고 싶었던 모양입니다. 다행히도 우리 두 사람은 이스탄불에서 오는 대량의 짐을 받기로 되어 있던 바로 전날 경찰에게 들켰던 것입니다. 르노틀과 갤린드와 베르나는 우리보다 재수가 나빴습니다. 주머니에 마약을 넣고 있었으니까요. 물론 경찰은 나에게 디미트리오스에 대한 것을 털어놓게 하려고 그가 경찰 앞으로 보낸 자료를 보여주었습니다. 나는 달에 대해서 묻는 거나 마찬가지로 아무것도 몰랐으므로 대답할 도리가 없었습니다. 나중에야 안 일이지만, 비셀은 우리보다 많은 것을 알고 있었습니다. 그러나 경찰에게 말하지는 않았습니다. 그에게는 그 나름대로 생각이 있었던 겁니다. 그는 경찰에 디미트리오스가 제17구에 아파트를 가지고 있다고 말했습니다. 그러나 그렇게 뜻대로 되지는 않았습니다. 가엾게도 얼마 전에 죽었습니다만……."

피터스는 한숨을 크게 쉬고 가느다란 잎담배를 한 개비 꺼냈다.

라티머는 두 잔째의 커피를 입으로 가져갔다. 커피는 싸늘하게 식어 있었다. 그는 담배를 집어 들고 피터스가 내민 성냥으로 불을 붙였다.

"그래서요?" 상대방의 담배에 불이 붙은 것을 확인하자 라티머가 말했다. "그 뒤의 이야기는? 어떻게 해야 50만 프랑이 생기는지, 그 말을 기다리고 있습니다만……."

피터스는 주일학교의 발표회를 주재하고 있는 선생이 두 개의 건포도 든 과자빵을 조르는 어린아이를 보는 듯한 웃음을 띠고 라티머를 쳐다보았다.
 "라티머 씨, 다른 이야기입니다."
 "무슨 이야기요?"
 "세상에서 모습을 감춘 뒤 디미트리오스가 어떻게 되었느냐 하는 이야기입니다."
 "그는 어떻게 되었습니까?" 라티머가 초조한 어조로 물었다.
 그 말에는 대답하지 않고 피터스는 테이블 위에 놓여 있는 사진을 집어 다시 한 번 라티머에게 주었다. 라티머는 사진을 보고 미간을 찌푸렸다.
 "이건 보았습니다. 디미트리오스가 틀림없습니다. 이 사진이 어떻게 되었다는 겁니까?"
 피터스가 더없이 상냥하게 달콤한 웃음을 띠었다.
 "그것은 라티머 씨, 마누스 비셀의 사진입니다."
 "대체 무슨 말이지요?"
 "아까 말했듯이 비셀은 약삭빠르게 조사해 낸 디미트리오스에 대한 지식의 이용 방법에 대하여 그 나름대로 생각을 가지고 있었습니다. 이스탄불의 시체안치소에 누워 있던 그 사람——당신도 봤겠지만——은 라티머 씨, 그 생각을 실행하려고 시도해 본 뒤의 비셀이었습니다."
 "그러나 그것은 디미트리오스였습니다. 나는 분명히 보았습니다……."
 "당신은 디미트리오스가 죽인 비셀의 시체를 본 것입니다, 라티머 씨. 디미트리오스는 고맙게도 살아 있으며, 지극히 건강합니다."

C K 씨

 라티머는 눈을 동그랗게 떴다. 아래턱이 툭 떨어져서 보기 흉하리라는 것은 알고 있었지만, 어쩔 수 없었다. 디미트리오스가 살아 있다! 그 사실에 대해 좀더 열심히 물어보고 싶은 마음도 들지 않았다. 본능적으로 그것이 사실임을 알 수 있었다. 마치 증세를 어렴풋이 눈치채고 있던 위험한 병에 정말 걸려 있다는 사실을 의사로부터 들은 것 같은 기분이었다. 말로 표현할 수 없는 놀라움과 분노, 호기심, 그리고 약간의 두려움을 맛보고 있었다. 한편 이 뜻하지 않은 기묘한 상황에 대처하려고 재빠르게 머리를 굴리기 시작했다. 그는 입을 꾹 다물었다. 이윽고 그는 가냘픈 목소리로 말했다.
 "믿을 수 없군요……."
 피터스는 자기의 말이 가져온 효과에 굉장히 만족하고 있는 것 같았다.
 "나로서는 아주 뜻밖의 일입니다. 당신이 이 진상을 어렴풋이나마 눈치채지 못하고 있었다니. 물론 글로덱 씨는 알고 있었습니다. 그는 얼마 전에 내가 무엇을 물어 보았을 때 고개를 갸웃하고 있었습니다. 그런데 당신이 찾아갔기 때문에 더욱 호기심을 가졌습니다. 그가 그처럼 이것저것 물은 것은 그 때문입니다. 그러나 당신이 이스탄불에서 디미트리오스의 시체를 보았다고 말하는 순간 그는 눈치챈 것입니다. 그는 곧 당신이 나에게 아주 특이한 존재인 유일한 이유는, 당신이 디미트리오스로서 묻힌 사람의 얼굴을 보았다는 데 있다는 것을 알아차렸습니다. 그 점은 곧 알 수 있습니다. 당신으로서는 그렇지 않았을지 모르지만. 생각건대 시체보관소에서 예전에 한 번도 만난 일이 없는 사람을 보고 경찰이 디미트리오스 매클로포로스라고 했다면, 당신처럼 경찰을 믿고 있는 사람은 곧 사실로 받아들일 겁니다. 당신이 본 것은 디미트리오스가 아님을 나는 알고 있었습니다. 그러나 그것을 실증할 수가 없었지요. 그런데 당신은 할 수 있습니다. 당신은 마누스 비셀의 인상을 분별할 수 있으니까요."

그는 뜻이 담긴 듯 한동안 입을 다물고 있었다. 그러나 라티머가 아무 말도 하지 않자 덧붙여 말했다.

"경찰은 무엇을 근거로 그 시체를 디미트리오스라고 단정했을까요?"

"1년 전 리옹에서 디미트리오스 매클로포로스에게 발급된 프랑스의 신분증명서가 윗옷 안에 들어 있었습니다."

라티머는 기계적으로 지껄이며 글로덱이 영국 미스터리소설을 찬양하면서 앞으로 더 많은 발전이 있기를 바란다는 뜻의 축하의 말을 늘어놓던 일이며, 자신이 말한 농담에 웃음을 참지 못했던 일들을 떠올리고 있었다. 이게 무슨 꼴이람! 그는 자기를 바보로 알았을 것이다!

"프랑스의 신분증명서……." 피터스가 되뇌었다. "그거 재미있군. 정말 재미있군요."

"프랑스 당국에 의해 진짜로 확인되었고, 사진도 붙어 있었습니다."

피터스가 딱하다는 듯한 웃음을 띠었다.

"나는 당신에게 프랑스의 진짜 신분증명서를 열 장이라도 구해 드릴 수가 있습니다, 라티머 씨. 모두 디미트리오스 매클로포로스라는 이름으로 각기 다른 사진을 붙여서 말입니다. 보십시오!"

그는 녹색 거주허가서를 주머니에서 꺼내 펼치더니 기입사항을 손가락으로 가리고 사진을 보였다.

"이것이 나를 닮았습니까, 라티머 씨?"

라티머가 고개를 가로저었다.

"그러나" 하고 피터스는 힘주어 말했다. "3년 전 나의 진짜 사진입니다. 속이려고 노력하지는 않았습니다. 다만 내가 사진을 잘 받지 않는다고 말할 수밖에 없습니다. 사진을 잘 받는 사람은 거의 없습니다. 카메라는 늘 거짓말을 하거든요. 디미트리오스는 비셀과 비슷한 타입의 얼굴을 가진 사람이라면 누구의 사진이라도 쓸 수 있었을 겁니다. 내가 아까 보여드린 것도 비셀과 비슷한 사람의 사진이었습니다."

"디미트리오스가 살아 있다면 어디에 있습니까?"

"이곳 파리에." 피터스는 앞으로 다가앉으며 라티머의 무릎을 가볍게 두드렸다. "라티머 씨, 당신은 굉장히 이해력이 많은 것처럼 행동해 주었습니다. 모든 것을 이야기하지요." 아주 부드러운 말투였다.

"친절하시군요"라고 말하며 라티머는 쓸쓸하게 웃었다.

"아니, 그런 게 아닙니다. 당신은 알 권리가 있습니다."

진심어린 말투였다. 그는 자기는 공정한 것과 공정치 못한 것을 분명히 알고 있다고 말하고 싶은 듯한 표정으로 입을 꽉 다물었다.

"모든 것을 이야기하지요."

그는 다시 새 잎담배에 불을 붙였다.

"당신도 짐작하셨겠지만, 우리는 모두 디미트리오스에게 심한 분노를 느꼈습니다. 어떤 자는 복수하겠다고 했습니다. 그러나 라티머 씨, 나는 벽을 머리로 부수려는 어리석은 짓은 절대로 하지 않습니다. 디미트리오스는 모습을 감추어 도저히 찾을 도리가 없었습니다. 굴욕적인 교도소 생활은 과거의 일로 돌리고, 나는 머리에서 원한을 털어내고 정신적인 균형을 되찾기 위해 외국으로 갔습니다. 나는 방랑자가 된 겁니다, 라티머 씨. 여기서 좀 일을 하고 저기서 좀 일을 거들면서 여행을 하고 묵상을 하는 것이 나의 생활이었습니다. 2년 전 나는 로마에서 비셀을 만났습니다.

물론 나는 5년 동안이나 그 사람을 만나지 못했었습니다. 불쌍한 사람입니다! 계속 고생을 했습니다. 교도소에서 나와 몇 달인가 지났을 무렵, 그는 돈이 궁해 수표를 위조했습니다. 경찰은 그를 3년 동안 교도소에 가두었다가 나오자마자 국외로 쫓아냈습니다. 그는 거의 무일푼이었으나, 의지할 수 있는 친지들이 있는 프랑스에서는 일할 수가 없었습니다. 그가 괴로워했던 것도 무리는 아닙니다.

그는 나에게 돈을 빌려달라고 말했습니다. 우리는 어느 카페에서 만났지요. 그는 새 위조여권을 사기 위해 취리히로 가야 하는데 돈이 없다는 것이었습니다. 그가 가지고 있던 네덜란드 여권에는 본명이 씌어 있기 때문에 쓸 수 없었습니다. 나는 도와주고 싶은 생각이 들기 시작했습니다. 본디 그다지 좋아한 사람은 아니었지만 가엾게 여겨졌습니다. 그러나 거절하기로 했습니다.

내가 거절하자 그는 화를 내며 남자로서의 체면을 걸고 빌린 돈을 갚지 않을 것 같으냐고 나를 나무랐으나 헛일이었습니다. 그러자 그는 다시 애원했습니다. 돈을 갚을 수 있다는 것을 실증해 보이겠다면서 흥미 있는 이야기를 하기 시작했습니다.

아까 나는 비셀이 디미트리오스에 대해 다른 사람들보다 아는 것이 많았다고 말했었지요. 그것은 사실이었습니다. 그는 그것을 조사하느라고 고생을 많이 했습니다. 조사하기 시작한 것은 그가 권총을 꺼내 디미트리오스를 위협하자 디미트리오스가 그에게 등을 돌린 그날 저녁의 사건 직후였습니다. 그때까지 그런 대접을 받아본 일이 없었으므로 그는 자기에게 그런 굴욕을 준 사람에 대해 좀더 알아야겠다고 생각한 거지요. 적어도 나는 그렇게 생각하고 있습니다. 비셀은 디미트리오스가 우리를 배신하지 않을까 의심하고 있었다고 했지만, 그건 틀림없이 멋대로 지껄인 말일 겁니다. 그러나 이유야 어떻든 디미트리오스가 그 집에서 나오자 그는 뒤를 밟기로 한 것입니다.

그가 미행을 시도한 첫날밤에는 성공하지 못했습니다. 막다른 골목 입구에 대형 자동차가 기다리고 있다가 비셀이 타고서 뒤쫓아갈 택시를 미처 잡기 전에 디미트리오스를 태우고 사라져버렸기 때문입니다. 이틀째 밤에는 미리 운전기사가 딸린 차를 한 대 구했습니다. 그는 회의에 참석하지 않고 랑느거리에서 디미트리오스를 기다리고 있었습니다. 그 대형차가 나타났고 뒤를 따라갔습니다. 디미트리오스는 워글램 거리의 큰 아파트 앞에서 내려 안으로 들어가고, 차는 가버렸답니다. 비셀은 그 주소를 기억해 두었다가, 1주일쯤 뒤 디미트리오스가 이 방에서 회합에 참석하고 있을 시간을 이용하여 그 아파트를 찾아가 매클로포로스 씨의 방이 어디냐고 물었습니다. 물론 현관지기는 그런 이름을 가진 사람을 몰랐습니다. 비셀이 돈을 쥐어주고 디미트리오스의 모습을 말하자, 르쥬몽이라는 사람으로 세들어 있다는 사실을 알았습니다.

그런데 자부심이 강하긴 했지만 비셀도 결코 바보는 아니었습니다. 디미트리오스는 미행당할 것을 예상했을 터이므로 르쥬몽이라는 이름으로 빌린 방이 유일한 거처가 아니리라고 추측한 것입니다. 그래서 르쥬몽이 드나드는 것을 지켜보기로 했습니다. 얼마 안 되어 건물 뒤에 다른 출입구가 있는데, 디미트리오스가 그곳으로 나가는 것을 발견했습니다.

어느 날 밤 디미트리오스가 뒷문으로 나가는 것을 비셀이 미행했습니다. 멀리까지 갈 필요는 없었습니다. 그는 디미트리오스가 오슈 거리에서 조금 들어간 곳에 있는 큰 집에 살고 있다는 것을 알았습니다. 조사해 본 결과 그곳은 작위가 있는 아주 품위 있는 여자의 집이었습니다. 임시로 그 여자를 '백작부인'이라고 부르기로 하지요. 그 뒤 비셀은 디미트리오스가 그녀와 함께 오페라를 보러 가는 것을 목격했습니다. 디미트리오스는 정장을 하고, 대형 이스파노가 두 사람을 태우고 갔습니다.

거기까지 알아내자 비셀은 흥미를 잃었습니다. 디미트리오스가 살고 있는 곳을 알아낸 것만으로도 어느 정도 복수했다고 생각한 모양입니다. 게다가 길거리에서 기다리는 일에도 지쳤을 겁니다. 그의 호기심은 충족되었습니다. 결국 그가 발견한 것은 당연히 예상할 수 있었던 일뿐이었습니다. 디미트리오스는 많은 수입이 있는 사람입니다. 그 돈을 다른 부자들과 같은 식으로 쓰고 있는 데 지나지 않았던 겁니다.

비셀은 파리에서 체포되었을 때 디미트리오스에 대한 일은 거의 말하지 않았다고 했습니다. 그러나 본성이 흉포하고 자부심이 강한 자이니만큼 깊은 꿍꿍이속이 있었을 겁니다. 어쨌든 경찰한테 디미트리오스를 체포케 하려고 했어도 헛수고였을 겁니다. 비셀로서는 워글램 거리의 아파트와 오슈 거리에서 얼마 안 들어간 곳에 있는 백작부인의 집을 경찰에게 알리는 일이 고작이었을 테고, 이미 디미트리오스는 거처를 옮겼을 테니까요. 앞에서도 말했듯이 그 지식의 이용 방법에 대해 그는 다른 생각이 있었던 것입니다.

내가 보기에 처음에는 찾아내면 곧 디미트리오스를 죽일 작정이었을 겁니다. 그러나 가진 돈이 줄어듦에 따라 디미트리오스에 대한 그의 증오심은 좀더 합리적인 생각으로 바뀌었습니다. 그 호화스러운 이스파노며 훌륭한 백작부인의 집이 생각났겠지요. 그녀는 자기 애인이 헤로인 밀매로 돈을 벌고 있다는 것을 알게 되면 불안해 할 것이고, 디미트리오스는 그녀에게 걱정을 끼치지 않기 위해 상당한 액수의 돈을 내놓을지도 모른다고 생각한 겁니다. 그러나 디미트리오스와 그의 돈에 대한 것을 생각하는 일은 간단했지만, 그와 백작부인의 거처를 찾는 일은 쉬운 게 아니었습니다. 1932년 초 교도소를 나오자 비셀은 몇 달이고 디미트리오스를 찾았습니다. 이미 워글램 거리의 아파트에는 살고 있지 않았습니다. 백작부인의 집은 닫혀 있고, 문지기가 그녀는 비아리츠에 가 있다고 말했습니다. 비셀은 비아리츠로 가서 그녀가 친구 집에 머물고 있다는 사실을 알아냈습니다. 그러나 디미트리오스는 없었습니다. 비셀은 파리로 돌아갔습니다. 그때 그는 나로서도 아주 좋은 생각이라고 인정하지 않을 수 없는 일을 생각해 냈던 겁니다. 비셀 자신도 의기양양한 기분이었겠지요. 그러나 재수없게도 그는 한 발 늦었습니다. 어느 날 그는 디미트리오스가 마약 중독자였음을 생각해 내고, 그 역시 돈 많은 중독자들이 증세가 심해지면 취하는 것과 같은 일을 하고 있을지도 모른다고 생각한 겁니다. 즉 치료를 하기 위해 요양소에 들어가 있을지도 모른다고 생각했습니다.

파리 근교에는 그런 치료를 전문으로 하는 요양소가 다섯 군데나 있습니다. 동생을 위해 입원조건을 알아보고 싶다는 구실을 붙여서 비셸은 차례차례 그 요양소를 찾아다녔습니다. 그러면서 그는 르쥬몽이라는 친구로부터 들었다고 덧붙였지요. 네 번째로 찾은 요양소에서 그의 생각이 들어맞았다는 것이 증명되었습니다. 원장이 르쥬몽의 상태를 물었던 겁니다. 모르긴 해도 비셸은 아마 디미트리오스가 헤로인 중독의 치료를 받았다는 사실을 알고 일종의 속된 만족감을 맛보았을 겁니다. 치료는 아주 힘듭니다. 의사는 환자에게 마약을 계속 주지만, 차츰 양을 줄여갑니다. 환자는 괴로워서 견딜 수 없게 됩니다. 연방 하품을 하고, 땀을 흘리고, 떨고, 잠을 못자고, 식욕을 잃게 되지요. 죽음을 원하고 끊임없이 자살을 입에 담지만, 이미 자살할 만한 기력도 남아 있지 않습니다. 마약을 달라고 울부짖고 악을 쓰지만, 의사는 주지 않습니다. 환자는……아니, 이런 이야기로 당신을 지루하게 해서는 안되겠지요. 치료는 3개월 동안 계속되는데, 1주일에 5천 프랑이 듭니다. 치료가 끝나면 환자는 그 괴로움을 잊고 또 마약을 쓰기 시작할지도 모르지요. 아니면 현명해져서 천국을 잊어버릴지도 모르고요. 디미트리오스는 현명해진 모양입니다.

그는 비셸이 찾아가기 4개월 전에 퇴원했습니다. 그래서 비셸은 어떻게든 다른 좋은 방법을 생각해 내야만 했습니다. 그는 분명히 좋은 방법을 생각해 냈습니다. 그것을 생각해 내기 위해선 다시 한 번 비아리츠로 가야만 했는데, 그럴 돈이 없었습니다. 그래서 수표를 위조해 그것을 현금으로 바꿔가지고 그곳을 찾아갔습니다. 그는 디미트리오스와 백작부인이 애인관계니까, 그녀는 현재 그가 살고 있는 곳을 알고 있으리라 생각했던 거지요. 그러나 불쑥 그녀를 찾아가 그의 주소를 물어볼 수는 없었습니다. 비록 그를 위한 구실을 생각해 냈다 하더라도 그녀가 알고 있는 디미트리오스가 어떤 이름을 쓰고 있는지 짐작할 수 없었지요. 여러 가지로 곤란한 점이 있었습니다. 그러나 그는 그런 곤란을 타개할 방법을 생각해 냈습니다. 그는 며칠이고 그녀가 머물러 있는 별장을 감시했습니다. 그리고 집안 형편을 알게 되자 어느 날 오후 낮잠자고 있는 하인 둘 외에 아무도 없는 틈을 타서 그녀의 방으로 들어가 짐을 조사하여 마침내 편지를 찾아냈지요.

 디미트리오스는 우리와 일을 할 때도 글쓰기를 싫어하여, 우리들 중 누구하고도 편지를 주고받은 적이 없습니다. 그러나 비셀은 꼭 한 번 디미트리오스가 베르나에게 무슨 주소인지를 종이쪽지에 적어주었던 일을 기억하고 있었습니다. 그때의 일은 나도 기억하고 있지요. 묘한 필적이었습니다. 아주 교양이 없고 서투르며, 그러면서도 점잖뺀 글씨였습니다. 비셀이 찾은 것은 그 필적이었습니다. 그는 찾아냈습니다. 그 필적으로 된 편지가 아홉 통이나 있었습니다. 모두 다 로마의 고급 호텔에서 보낸 것이었습니다. 아, 미안합니다. 라티머 씨, 뭐라고 하셨지요?"
"그때 그가 로마에서 무엇을 하고 있었는지 나는 알고 있습니다. 어떤 유고슬라비아 정치가의 암살을 계획하고 있었습니다."
 피터스는 그다지 감탄한 듯한 표정은 보이지 않았다. 그는 무관심한 말투로 말했다.
"그럴 겁니다. 저 독특한 조직력이 없이는 오늘의 큰 일을 이룩하지 못했을 테니까요. 어디까지 이야기했던가요? 아, 그렇지, 편지 이야기였지요.

 편지는 모두 로마에서 보낸 것으로, 'C K'라는 머리글자로 서명되어 있었습니다. 편지 내용은 비셀의 예상과 전혀 달랐습니다. 아주 딱딱한 문장으로 가식적인 표현을 쓴 짧은 내용이었습니다. 대부분 자기는 건강하고, 하는 일이 재미있으며, 가까운 시일 안에 친애하는 친구를 만나게 될 일을 손꼽아 기다린다는 투였습니다.

친근감이 깃든 스스럼없는 말은 전혀 없었습니다. 그래도 어떤 편지에는 결혼하여 이탈리아 왕가(王家)의 한 사람이 된 친구를 만났다고 씌어 있었고, 또 어떤 편지에는 작위가 있는 루마니아 외교관을 소개받았다고 씌어 있었습니다. 그는 그런 사람과 만나는 것을 무척 좋아했던 것 같습니다. 점잖은 신사인 척하느라고 애쓴 흔적이 보였으므로 비셀은 디미트리오스가 자기의 입을 막기 위해 반드시 돈을 내리라고 확신했습니다. 호텔 이름을 적고 모든 것을 처음대로 해놓은 다음 로마로 가기 전에 우선 파리로 돌아왔습니다. 다음 날 아침 그는 파리에 도착했습니다. 그러나 경찰이 그를 기다리고 있었습니다. 그는 위조 솜씨가 서툴렀던 모양입니다.

그 불쌍한 사나이의 기분은 당신도 상상이 가리라 생각합니다. 그 뒤 끝없이 계속되는 것처럼 생각되는 그 3년 동안 그는 디미트리오스의 일만 생각했습니다. 그처럼 곧 손닿는 곳까지 갔으면서도 지금은 이렇게 떨어져 있다고 말입니다. 웬일인지 그는 또 교도소에 들어가게 된 것을 디미트리오스의 탓으로 생각하고 있었던 모양입니다. 그렇게 생각하니까 증오심이 끓어올라 반드시 복수해야겠다는 결의가 굳어졌습니다. 어느 정도 머리가 이상해졌을 거라고 나는 생각합니다. 감옥에서 나오자 곧 네덜란드에서 얼마쯤 돈을 만들어가지고 로마로 갔습니다. 그는 이미 3년이나 늦었지만 어떻게 해서든 디미트리오스를 쫓아갈 결심이었습니다. 네덜란드의 사립탐정이라면서 그는 로마의 그 호텔로 가서 3년 전에 묵었던 손님의 기록을 보여 달라고 부탁했습니다. 물론 숙박 장부는 이미 경찰에 넘어가버렸지만, 그 기간 동안의 계산서가 남아 있어 그는 그 머리글자를 가지고 조사했습니다. 그는 디미트리오스가 쓰고 있던 이름을 찾아냈습니다. 디미트리오스는 편지의 회송처를 남겨두었습니다. 파리 우체국으로 되어 있었습니다. 비셀은 새로운 어려움에 부닥뜨리게 되었습니다. 이름은 알았으나 프랑스로 가서 그 이름을 가진 자의 발자취를 더듬을 수 없다면 아무 소용도 없는 일입니다. 편지로 돈을 요구해 봐야 헛일입니다. 디미트리오스는 3년 동안이나 우체국에 유치한 우편을 찾아갈 리가 없으니까요. 그런데 비셀은 프랑스로 입국하려 해도 국경에서 쫓겨오든가 또는 교도소로 들어가게 될 위험이 있었습니다. 그는 어떻게 해서든지 새로운 이름과 위조여권을 입수해야 했는데, 그럴 돈이 없었던 것입니다.

나는 3천 프랑을 빌려주었습니다. 솔직히 말해서 라티머 씨, 나는 스스로 정말 바보라고 생각했습니다. 그러나 그가 불쌍했습니다. 그는 이미 내가 파리에서 알고 있던 비셀이 아니었습니다. 교도소 생활이 그를 못쓰게 만든 것입니다. 전에는 격렬한 성질이 눈에 나타나 있었지만, 지금은 그것이 입과 볼로 옮겨졌습니다. 나이를 먹었다는 느낌이 들었습니다. 나는 동정을 느끼고, 쫓아버리기 위해 돈을 주었습니다. 그의 이야기는 믿지 않았습니다. 그에게서 다시 소식이 있으리라고는 꿈에도 생각지 않았습니다. 그러므로 약 1년 전 3천 프랑의 수표를 동봉한 편지를 그에게서 받았을 때의 내 놀라움은 당신도 상상이 가리라고 생각합니다.

내용은 아주 짧은 것이었습니다. ‘전에 말했듯이 그를 발견했네. 여기 고맙다는 인사와 빌려 쓴 돈을 갚네. 자네의 놀란 얼굴을 생각하면 3천 프랑은 싼 것일세.’ 그뿐이었습니다. 서명도 없고, 주소도 적혀 있지 않았지요. 수표는 니스에서 뗀 것이었고, 편지도 니스에서 부친 것이었습니다.

라티머 씨, 나는 그 편지를 보고 생각했습니다. ‘비셀은 본디의 자부심을 만족시키기 위해서는 3천 프랑도 아깝지 않을 정도의 여유가 생겼으며, 이것은 또한 3천 프랑보다 훨씬 많은 돈을 가지고 있다는 뜻이다. 자부심이 강한 사람은 그렇게 해보겠다고 마음을 먹지만 실행하는 자는 없다. 디미트리오스가 돈을 준 것이 분명하다. 그는 어리석은 사람이 아니니까 돈을 주는 데는 훌륭한 이유가 있었을 것이다'라고요.

그 즈음 나는 하는 일 없이 세월을 보내고 있었습니다. 라티머 씨, 그냥 왔다 갔다 하면서 들뜬 마음으로 지내고 있었습니다. 나도 디미트리오스를 찾아내어 비셀처럼 신세져 보는 것도 재미있을 것 같은 생각이 들었습니다. 내 마음을 충동질한 것은 욕심이 아닙니다, 라티머 씨. 나는 당신이 그렇게 생각해 주지 않았으면 합니다. 나는 '흥미'를 품은 것입니다. 게다가 디미트리오스 덕분에 경험한 불쾌감과 굴욕감을 생각하니 그에게 받을 것이 있는 것처럼 느껴졌습니다. 이틀 동안 나는 거기에 대해 이것저것 생각해 보았습니다. 그리고 사흘째 되는 날 결심을 했고, 곧 로마로 떠났습니다.

당신도 상상할 수 있겠지만, 나는 고생을 했고 몇 번이나 실망을 맛보았습니다. 비셀이 나를 설득하기 위해 말했던 머리글자는 알고 있었지만, 그 호텔에 대해서는 굉장히 고급 호텔이라는 것뿐이었습니다. 유감스럽게도 로마에는 그런 호텔이 많이 있습니다. 한 집 한 집 차례로 조사를 시작했으나 다섯 번째 호텔이 시시한 이유를 내세워 1932년의 계산서를 보여주지 않으려고 하자 조사를 단념했습니다. 호텔을 뒤지는 대신 정부 부처에 있는 이탈리아 인 친구를 찾아갔습니다. 그는 나를 위해 영향력을 행사할 수 있었으므로 여러 가지 골치 아픈 수속을 하고 돈을 써서 가까스로 내무부에 있는 1932년의 보관문서를 열람할 수 있게 되었습니다. 그리하여 디미트리오스가 사용하고 있던 이름을 알았으며, 그것 말고도 비셀이 알아내지 못한 것까지 알았습니다. 디미트리오스는 내가 1932년에 실행했던 것처럼 돈만 있으면 다른 일은 눈감아주고 동정적으로 대우해주는 남아메리카의 어느 공화국 시민권을 샀습니다. 뜻밖에도 디미트리오스와 나는 같은 나라 사람이 되어 있었습니다.

 라티머 씨, 솔직히 말해서 나는 희망에 부풀어 파리로 돌아왔습니다. 그런데 굉장한 실망을 맛보게 되었습니다. 그 남아메리카 공화국의 영사는 아무 도움이 되지 못한 것입니다. C K라는 사람에 대한 말은 들어본 적이 없다는 거였습니다. 그리고 또 다른 종류의 실망이 기다리고 있었습니다. 오슈 거리에서 조금 들어간 곳에 있는 백작부인의 집은 2년 전부터 비어 있었습니다.

 품위 있고 돈 많은 여자의 거처쯤 간단히 찾아낼 수 있을 거라고 생각하시겠지요? 그러나 여간 어려운 일이 아니었습니다. 인명록에도 나와 있지 않았지요. 그녀는 파리에 사는 것 같지 않았습니다. 솔직히 말해서 조사를 단념해 버리려고 했을 때 곤란을 헤쳐 나갈 길이 생각났습니다. 백작부인 같은 상류사회 여자라면 겨울 스포츠 시즌이 막 끝난 즈음이니 반드시 어딘가에 가 있을 거라는 생각이 들었던 것입니다. 그래서 아세트에 의뢰하여 지난 3개월 동안에 발행된 프랑스, 스위스, 독일, 이탈리아의 겨울 스포츠 잡지와 사교잡지를 한 부씩 사들였습니다.

 생각다 못해 취한 일이었지만 결실을 보았습니다. 그런 잡지가 얼마나 되는지 모르시지요? 하나도 빠짐없이 샅샅이 훑어보는 데 1주일도 넘게 걸렸답니다. 그 1주일의 중간 즈음에 나는 하마터면 사회당원이 될 뻔했답니다. 다행히도 다 보고 났을 때 다시 유머 감각을 되찾긴 했지요. 말은 되풀이하다 보면 무의미해진다고 하지만, 비록 돈 많은 사람의 얼굴이라도 웃음 띤 얼굴을 자꾸만 보니 아주 하찮은 얼굴로 보이더군요. 그러나 찾고 있던 것을 찾아냈습니다. 2월호 독일 잡지에 백작부인이 겨울 스포츠를 위해 생테티엔에 와 있다는 작은 기사가 실려 있었습니다. 어떤 프랑스 잡지에는 그녀가 스케이트 복을 입은 패션 사진이 실려 있었습니다. 나는 생테티엔으로 갔습니다. 그곳에는 호텔이 많지 않았으므로, 이윽고 같은 무렵 C K가 생테티엔에 있었다는 사실을 알았습니다. 그는 칸의 주소를 써놓았더군요.

칸에서 나는 C K가 에스토릴에 별장을 가지고 있으나, 지금은 사업상 볼일이 있어서 외국에 나가 있다는 것을 알았습니다. 나는 갈수록 만족했습니다. 언제고 디미트리오스는 별장으로 돌아올 것입니다. 그동안 C K에 대하여 좀더 자세히 조사해 보기로 했습니다.

내가 예전부터 해온 말이지만, 이 세상에서 성공하는 비결은 앞으로 자기에게 도움이 될 만한 사람을 아는 데 있습니다. 나는 지금까지 수많은 중요한 사람들을 만났고 거래도 해왔지만, 언제나 그 사람들에게 도움이 되도록 신경을 써왔습니다. 그게 여기서 도움이 된 것입니다.

즉 비셀 같으면 정보를 얻기 위해 어둠 속을 헤매야 할 것을 나는 친구를 통해 입수했습니다. 그것도 생각보다 쉽게 C K라는 자가 그 특정사회에서 대단히 중요한 인물이 되어 있다는 것을 알았습니다. 사실 얼마나 중요한 존재인가를 알았을 때, 나는 깜짝 놀람과 동시에 대단히 기뻤습니다. 그리고 비셀은 디미트리오스한테서 얻어낸 돈으로 살고 있다는 것도 눈치챘습니다. 그런데 비셀은 무엇을 알고 있었을까요? 일찍이 디미트리오스가 마약밀매를 했다는 것뿐이지요. 그것도 이젠 실증하기가 매우 곤란합니다. 그는 여자 매매에 대해선 아무것도 모릅니다. 그러나 나는 알고 있습니다. 그밖에도 디미트리오스가 떳떳이 드러내기를 꺼리는 일이 있을 거라고 생각했습니다. 디미트리오스와 교섭을 시작하기 전에 그 일을 알 수만 있다면 돈을 요구할 경우 내 입장이 매우 강화되겠지요, 그래서 친구들에게 물어봐야겠다고 마음먹었습니다.

친구 가운데 두 사람이 정보를 제공해 주었습니다. 하나는 글로덱 씨이고, 또 하나는 루마니아 인 친구였습니다. 당신은 탈라트라는 이름으로 행세하던 디미트리오스와 글로덱 씨의 관계는 이미 알고 있습니다. 루마니아 인 친구는, 디미트리오스가 1930년대 끝무렵에 죽은——디미트리오스는 그의 죽음을 슬퍼했다더군요——루마니아 철위단(Garda de Fier ; 급진 민족주의·反자유주의·反유대주의·反공산주의·反서구주의를 내세운, 루마니아의 극우 파시스트 단체)의 지도자 코르넬리우 잘레아 코드레아누와 재정상의 수상쩍은 거래가 있었으며, 루마니아 경찰이 그에 대해 알고 있었으나 죄를 물을 생각은 없었다고 일러주었습니다.

그러나 그런 일은 범죄가 아닙니다. 사실 글로덱 씨의 이야기를 듣고 나는 굉장히 낙담했습니다. 그런 옛날 일로 유고슬라비아 정부가 범죄자를 넘겨달라는 요구를 할 리 없고, 프랑스에서도 디미트리오스가 1926년에 자기 나라를 위해 일종의 봉사를 했다고 하여 마약과 여자 매매에 대해 얼마쯤 너그럽게 봐줄지도 모릅니다. 나는 그리스에서 그에 대해 조사하기로 했습니다. 아테네에 도착하고 1주일이 지난 뒤에도 공식 기록 속에서 내가 찾는 디미트리오스에 관한 특정한 일을 하나도 발견하지 못하고 있었는데, 아테네의 신문에서 이스탄불 경찰이 디미트리오스 매클로포로스라는 스미르나 출신의 그리스 인 시체를 발견했다는 기사를 보았습니다."

그는 눈을 들어 라티머를 쳐다보았다.

"아셨습니까, 라티머 씨? 왜 내가 당신의 디미트리오스에 대한 관심을 좀처럼 이해할 수 없었던가를?"

라티머는 고개를 끄덕였다. 그는 이야기를 계속했다.

"물론 나도 구제위원회의 기록을 조사했습니다. 그러나 스미르나로 가는 대신 당신의 뒤를 쫓아서 소피아로 갔던 것입니다. 어떻습니까, 스미르나의 경찰기록에서 알아내신 것을 말해 주지 않겠습니까?"

"디미트리오스는 1922년 스미르나에서 숄렘이라는 유대인 고리대금업자를 죽인 범인으로 지목되고 있었지요. 그는 그리스로 도망쳤습니다. 그리고 2년 뒤 그는 케말 파샤 암살계획에 관계했습니다. 그는 그때도 보기 좋게 도망쳤으나, 터키 정부는 그 살인사건을 구실로 그에 대한 체포장을 발부했습니다."

"스미르나에서 살인! 이제야 확실해졌군요." 피터스가 싱긋 웃었다. "참으로 멋진 사나이입니다, 디미트리오스는. 그렇게 생각지 않습니까? 전혀 헛일을 하지 않거든요."

"무슨 뜻이지요?"

"내 이야기를 마치기로 하지요. 그러면 아시게 됩니다. 그 신문기사를 읽자 나는 곧 파리의 친구에게 C K의 거처를 가르쳐달라고 전보를 쳤습니다. 이틀 뒤에 회답이 왔는데, C K는 두 달 전에 세낸 그리스 디젤 요트로 친구들과 함께 에게 해를 유람하고 마침 칸으로 돌아왔다는 겁니다. 어떻게 된 일인지 이제 아셨습니까, 라티머 씨? 당신의 이야기로는 죽은 사람이 몸에 지니고 있던 신분증명서는 1년 전에 발급된 것이라고 했습니다. 그것은 즉 비셀이 나에게 3천 프랑을 보내오기 2, 3주일 전에 입수한 것입니다. 아시겠습니까? 비셀은 디미트리오스의 거처를 알아낸 순간 죽음의 선고를 받은 것입니다. 디미트리오스는 곧 그를 죽일 결심을 했을 겁니다. 그 까닭은 아시리라고 생각합니다. 비셀은 위험인물입니다. 굉장히 자부심이 강한 자였습니다. 술에 취하여 허풍을 떨고 싶어지면 언제 쓸데없는 말을 지껄일지 모릅니다. 어떻게 해서든지 죽여야 했던 것입니다.

그렇기는 하지만, 디미트리오스는 얼마나 머리가 좋은 사람인지 모릅니다! 물론 그는 곧 비셀을 죽일 수 있었습니다. 그러나 그렇게 하지 않았지요. 그의 빈틈없는 두뇌는 더 좋은 계획을 짜냈던 것입니다. 비셀을 죽여야 한다면 뭔가 자기에게 도움이 되는 방법으로 시체를 처리할 수 없을까 생각한 거지요. '스미르나에서의 옛일로 추궁당하는 몸을 지키는 데 이용하면 어떨까? 우선은 추궁당할 가능성이 없지만, 이 기회를 이용하여 확실히 해둘 수는 있다. 그 악당 디미트리오스 매클로포로스의 시체가 터키 경찰의 손에 넘어간다. 살인범 디미트리오스는 죽고, C K는 살아서 인생을 즐길 수 있다. 그러나 그러기 위해서는 비셀에게 어느 정도 협력해 줄 필요성이 있다. 안전하다고 생각하게끔 그를 속여야 한다.'

그래서 디미트리오스는 빙긋이 웃으며 돈을 준 다음, 비셀의 시체에 지니게 할 신분증명서를 입수하러 나섰지요. 그리하여 9개월 뒤인 6월 요트로 하는 유람여행에 친애하는 친구 비셀을 가자고 유인한 것입니다."

"그렇지만 어떻게 요트 여행 도중에 살인을 범할 수 있었을까요? 승무원은 어떻게 하고요? 그밖에도 승객이 있었을 게 아닙니까?"

피터스는 모든 것을 다 알고 있는 듯한 표정을 지었다.

"라티머 씨, 내가 디미트리오스였다면 어떻게 했겠나 이야기하지요. 우선 그리스의 요트를 전세 냅니다. 그리스의 요트를 세내는 데는 이유가 있습니다. 그 요트의 기지는 아테네의 항구 피레우스일 겁니다.

나는 비셀을 포함한 친구들이 나폴리에서 요트를 타도록 손을 써놓습니다. 그들을 태우고 항해를 떠났다가 한 달 뒤 나폴리로 돌아옵니다. 다른 사람은 다 내리지만, 나는 요트와 함께 피레우스로 돌아가기로 하고 배에 그대로 남습니다. 그리고 슬쩍 비셀을 불러

이스탄불에 꼭 해치워야 할 비밀을 요하는 일이 있어 요트로 갈 예정인데 같이 가주면 고맙겠다고 말합니다. 그리고 같이 가자고 하지 않은 데 대해 손님들이 화를 낼지도 모르니까 그들에겐 말하지 말고 모두들 가버리거든 살짝 배로 돌아오라고 말합니다. 자부심이 강한 가엾은 비셀이 이런 유혹을 뿌리칠 리가 없지요.

 선장에게는 비셀과 함께 이스탄불에서 내렸다가 볼일을 다 마치면 육로로 해서 파리로 돌아갈 거라고 말합니다. 선장은 이스탄불에서 피레우스로 배를 몰고 돌아가게 되겠지요. 이스탄불에서 비셀과 나는 함께 상륙합니다. 승무원에게는 그날 밤 묵을 호텔이 정해지는 대로 사람을 보내어 짐을 찾아가겠노라고 전해둡니다. 그리고 페라 거리에서 조금 들어간 골목에 있는, 전부터 알고 있는 술집으로 비셀을 데리고 갑니다. 그날 밤 나의 주머니에서 1만 프랑의 돈이 줄어듦과 동시에 비셀은 보스포루스 해협 바닥으로 가라앉지요. 부패하여 떠오르기 시작하면 조류에 휩쓸려 세라그리오 쪽으로 흘러가게 됩니다. 그 뒤 나는 비셀의 이름과 그의 여권으로 호텔에 방을 정하고, 비셀과 나의 짐을 보내달라는 편지를 들려 요트가 있는 곳으로 사람을 보냅니다. 다음날 아침 비셀로 둔갑하여 시치미 뚝 떼고 호텔을 나와 역으로 향합니다. 그의 짐은 비셀의 소지품으로서 잘 확인하여 살펴본 다음 역에 잠깐 맡깁니다. 그리고 열차를 타고 파리로 돌아갑니다. 만일 이스탄불에서 비셀에 대해 조회하는 자가 있어도 그는 열차를 타고 파리로 돌아간 것이 됩니다. 그러나 조회하는 자는 없습니다. 나의 친구들은 그가 나폴리에서 배를 내린 줄로만 알고 있으니까요. 선장과 승무원은 전혀 관심을 갖지 않습니다. 비셀은 가짜 여권을 가진 범인입니다. 그런 사람에겐 스스로 모습을 감출 이유가 확실히 있지요. 이로써 1권이 끝난 셈인가요?"

피터스가 두 손을 벌렸다.

"내가 그런 사태를 처리한다면 이상과 같이 해치울 겁니다. 디미트리오스의 방법은 좀 달랐을지도 모르지만, 우선은 이렇게 봅니다. 그러나 그가 틀림없이 했다고 생각되는 일이 한 가지 있습니다. 당신이 스미르나에 가기 몇 달 전에 거기서 당신이 조사한 것과 똑같은 경찰기록을 누가 조사해 갔다고 하셨지요? 그것은 보나마나 디미트리오스였을 겁니다. 그는 언제나 조심성이 많은 사람이었습니다. 경찰이 비셀의 시체를 찾아내도록 손을 쓰기 전에 그들이 자기 생김새에 대해 얼마나 알고 있는지 알아두고 싶었을 겁니다."

"그러나 내가 당신에게 말했던 그 사나이는 프랑스 인으로 보이는 사람이었습니다."

피터스가 비난하는 듯한 웃음을 띠었다.

"그렇다면 당신이 소피아에서 나에게 한 말은 사실이 아니었군요, 라티머 씨. 역시 당신은 그 수수께끼의 인물에 대해 조사해 보셨군요." 그는 어깨를 으쓱했다. "디미트리오스는 이제 프랑스 인으로 보입니다. 옷도 프랑스식으로 입지요."

"최근에 만났습니까?"

"어제 만났는데, 나를 알아보지 못하더군요."

"그럼, 그가 파리의 어디에 살고 있는지 확실히 알고 있군요?"

"확실히 알고 있습니다. 그가 하는 새로운 일의 내용을 안 순간, 어디로 가면 그를 찾아낼 수 있는지 알았습니다."

"그럼, 이제 그를 찾아낸 셈인데, 다음은?"

피터스는 미간을 찌푸렸다.

"아니, 무슨 말씀을 그렇게 하십니까, 라티머 씨? 당신은 그렇게 무딘 분이 아닐 텐데요. 당신은 이스탄불에서 매장된 사나이가 디미트리오스가 아님을 알고 있고, 증명할 수도 있습니다. 필요하다면 당신은 경찰의 서류철에 있는 사진이 비셀의 것이라고 증언할 수 있습니다. 그리고 나는 디미트리오스가 현재 쓰고 있는 이름과 그의 거처를 알고 있습니다. 비명에 간 비셀의 경우를 거울삼아 이 문제를 어떻게 끌고 나갈 것인가를 생각해보았습니다. 우리 두 사람이 침묵을 지키는 대가로 그에게 큰 돈을, 그러니까 백만 프랑을 요구하는 겁니다. 디미트리오스는 우리가 더 요구해올 것이라 생각하고 지불하겠지요. 그러나 우리는 그런 방법으로 목숨을 위험하게 할 바보는 아닙니다. 우리는 서로 50만 프랑――3천 파운드 가까운 돈입니다, 라티머 씨――으로 만족하고 조용히 모습을 감춥니다."

"현금거래의 협박이로군요. 신용거래가 아니라. 그런데 왜 나를 끌고 들어갑니까? 나의 도움 없이도 터키 경찰이 비셀의 생김새를 분간할 수 있을 텐데요?"

"어떻게 말입니까? 그들은 이미 디미트리오스로 단정하고 매장했습니다. 그 뒤로도 10여 명이나 되는 시체를 보아왔겠지요. 여러 주일이 지났고요. 16년 전의 살인에 대한 14년 동안의 혐의 때문에 돈많은 외국인에 대해 경비가 드는 범인 인도 수속을 할 만큼 비셀의 얼굴을 확실히 기억하고 있을까요? 라티머 씨, 디미트리오스는 나를 웃음거리로 만들 겁니다. 비셀에게 했던 것과 똑같이 나를 대접하겠지요. 내가 프랑스 경찰에 아무 말도 하지 못하도록 막고, 안전하게 나를 죽일 시기가 다가올 때까지 입막음을 하기 위해 가끔 몇 천 프랑씩 주겠지요. 그러나 당신은 비셀의 시체를 보았고, 그것이 비셀이었음을 알고 있습니다. 스미르나의 경찰기록도 보았고요. 그는 당신에 대해 아무것도 모릅니다. 그는 돈을 내든가, 정체불명의 인간을 상대로 위험을 저지를 수밖에 없습니다. 그러나 그는 조심성 있는 사람이기 때문에 그런 위험은 저지르지 않을 겁니다. 아시겠습니까? 우선 첫째, 디미트리오스에게 결코 우리들의 정체를 알리지 말아야 합니다. 그게 중요한 일입니다. 물론 그는 나라는 것을 알겠지만, 지금 쓰는 이름은 모릅니다. 당신도 뭔가 다른 이름을 생각해 봅시다. 영국인이니까 스미스 씨가 어떨까요? 나는 페타젠이라는 이름으로 그에게 연락을 하겠습니다. 그리고 백만 프랑을 받기 위해 우리가 택한 파리 교외의 어딘가에서 그와 만날 수 있도록 주선하겠습니다. 그가 우리 두 사람을 만나는 것은 그것이 마지막일 겁니다."
라티머는 웃었으나 그다지 힘 있는 웃음은 아니었다.
"당신은 진심으로 내가 그 계획에 동의할 거라고 생각하는 거요?"
"라티머 씨, 당신의 그 훈련을 쌓은 머리로 좀더 교묘한 계획을 생각해 낼 수 있다면 나는 기꺼이⋯⋯."
"나의 훈련을 쌓은 머리는 피터스 씨, 당신이 가르쳐준 모든 사실을 어떻게 경찰에 알리는 것이 좋을까, 그것을 생각하는 중이오."
피터스의 웃음이 흐려지며 낮은 목소리로 물었다.
"경찰? 라티머 씨, 어떤 사실을 경찰에 알리겠다는 겁니까?"
"그것은 즉⋯⋯."
라티머는 초조한 듯이 말을 꺼냈으나, 눈살을 찌푸리며 입을 다물어 버렸다.
"그렇지요." 피터스가 만족스러운 듯이 고개를 끄덕였다. "당신은 경찰에 알릴 만한 정보는 아무것도 가지고 있지 않습니다. 당신이 터키 비밀경찰에 말하면 그들은 물론 프랑스 경찰에 연락하여 비셀의 사진을 가져오게 한 다음 당신의 증언을 기록해 두겠지요. 그래, 그게 어떻다는 겁니까? 디미트리오스가 아직 살아 있다는 사실을 알았을 뿐입니다. 아시겠습니까? 나는 디미트리오스가 현재 쓰고 있는 이름을 그 머리글자도 일러주지 않았습니다. 당신은 비셀이나 내가 한 것처럼 로마에서 그의 발자취를 더듬을 수가 없습니다. 그리고 당신은 백작부인의 이름도 모릅니다. 또 프랑스 경찰은 국외로 추방한 네덜란드 인 범죄자의 운명에 대해 관심을 갖거나, 1922년 스미르나에서 사람을 죽인 뒤 가명을 쓰고 있는 그리스 인이 프랑스에 있다는 말을 듣고 흥분하지도 않을 겁니다. 아시겠습니까? 당신은 나 없이는 아무 행동도 할 수 없습니다. 물론 디미트리오스가 이쪽 의사를 받아들여주지 않는다면 경찰에 정보를 제공할 필요가 생길지도 모릅니다. 그러나 나는 디미트리오스가 고집스러운 태도로 나오리라고는 생각지 않습니다. 그는 머리가 굉장히 좋은 사람입니다. 어쨌든 라티머 씨, 왜 3천 파운드를 포기합니까?"

라티머는 상대방을 쳐다본 채 잠시 생각에 잠겨 있었다. 그러다가 입을 열었다.

"당신은 내가 그 3천 파운드를 받으려들지 않을지도 모른다는 가능성에 대해 생각해 본 일은 없소? 아무래도 당신은 오랜 세월 동안 범죄자들과 사귀어왔기 때문에 일반적인 사고방식을 이해하지 못하는 것 같군요."

"그런 도덕적인 결벽성은⋯⋯."

피터스는 진저리난다는 듯한 투로 말을 꺼냈으나 곧 생각을 달리한 것 같았다. 그는 헛기침을 했다. 그리고는 술 취한 친구에게 타이르는 듯한 온화한 어조로 말했다.

"당신이 바란다면 우리가 돈을 받은 다음 경찰에 알릴 수 있겠지요. 만일 디미트리오스가 우리에게 돈을 준 사실을 입증할 수 있다 하더라도, 그리고 아무리 그가 보복을 원한다 하더라도 경찰에 우리의 이름이나 거처를 알려줄 수는 없습니다. 아니, 그러는 편이 우리로서도 현명한 방법인 것 같군요, 라티머 씨. 그렇게 하면 디미트리오스가 이미 위험한 존재가 아니라는 것을 확인할 수 있습니다. 디미트리오스가 1931년에 했던 것처럼 경찰에 익명으로 상세한 자료를 보내주면 됩니다. '인과응보'라고나 할까요?"
그러다가 갑자기 그는 실망의 표정을 지었다.
"아니, 안됩니다. 그건 불가능합니다. 당신의 터키 인 친구들이 당신에게 의심을 갖게 될 테니까, 절대로 그런 위험을 저지르면 안됩니다!"
그러나 라티머는 그 말을 거의 듣지 않았다. 그는 자신이 말하려던 것이 얼마나 어리석은 짓이었던가를 알았으므로, 어떻게 하면 그 어리석음을 정당화할 수 있을까 하는 것을 생각하고 있었다. 피터스의 말이 옳다. 디미트리오스에게 법의 심판을 받게 하려 해도 그로서는 손쓸 도리가 없다. 바야흐로 두 가지 중 어느 하나를 택할 수밖에 없다. 디미트리오스와의 거래는 피터스에게 맡기고 아테네로 돌아가든가, 파리에 그대로 눌러 있으면서 어느 틈에 자기도 한 역할 맡고 있는 기괴한 희극의 마지막 장면을 보든가 둘 중 하나를 택해야 한다. 첫 번째 것은 문제 밖의 일이므로, 결국 두 번째로 정할 수밖에 없었다. 사실 선택의 여지 같은 것은 없었다. 시간을 벌기 위해 그는 담배를 집어 불을 붙였다. 가까스로 담배에서 눈을 들었다.
"좋소. 당신이 원하는 대로 하지요. 그러나 조건이 있습니다." 그는 천천히 말했다.
"조건?" 피터스의 입술이 긴장되었다. "반이면 충분하고도 남는다고 보는데요, 라티머 씨. 어쨌든 나의 노고와 그동안 든 비용만으로도……."
"잠깐만, 내가 말하려는 것은 그게 아닙니다. 몇 가지 조건이 있다는 거요. 첫째 조건은 당신도 쉽게 받아들일 수 있을 거요. 즉 당신이 디미트리오스한테서 받아낸 돈은 모두 당신이 가지라는 거요. 둘째 조건은……."

거기까지 이야기하고 라티머는 사이를 두었다. 피터스가 당황하는 모습을 보고 한순간 쾌감을 맛보았다. 그러는 동안 피터스가 젖은 눈을 가늘게 뜨고 있는 것을 알아차렸다. 피터스의 입에서 나온 말은 의혹에 차 있었다.

"아무래도 이해가 안 가는군요, 라티머 씨. 뭔가 쓸데없는 계획을 ……."

"아니오, 그게 아니오. 쓸데없는 계획도 아니고 아무것도 아니오, 피터스 씨. '도덕적인 결벽성'이라고 말한 것은 분명히 당신이었지요? 그 말이면 충분하오. 알겠소? 나는 상대가 디미트리오스인 이상 협박하여 돈을 뜯어내는 일을 도와줄 작정이오. 그러나 그 이익을 나누어받을 생각은 없소. 물론 그러는 편이 당신에게도 좋겠지만."

피터스는 무언가 생각에 잠겨 고개를 끄덕였다.

"하긴 당신이 그런 생각을 할 수 있다는 것은 나도 이해합니다. 당신 말대로 나로선 고마운 일입니다. 그런데 나머지 조건은 뭡니까?"

"이 역시 아무것도 아닌 일이오. 당신은 아리송한 말투로 디미트리오스가 중요한 인물이 되었다고 말했습니다. 그가 어떤 인물이 되었는지 확실히 가르쳐준다면 당신이 백만 프랑을 입수하는 데 도움을 드리지요."

피터스는 한순간 생각하다가 어깨를 움츠렸다.

"좋습니다, 당신에게 말 못할 이유는 없겠지요. 그것을 알아도 당신이 그가 현재 쓰고 있는 이름을 조사해 낼 수 있는 실마리가 되지는 않을 테니까요. 유라시안 신탁은행은 모나코에 등기되어 있으므로 그 등기 내용이 일반인에게 공개되지 않습니다. 디미트리오스는 그 은행의 이사 가운데 한 사람입니다."

회견

　라티머가 팔천사 골목길을 나와 볼테르 강가 쪽으로 천천히 걷기 시작했을 때는 새벽 2시였다.
　생 제르망 거리의 모퉁이에 아직도 문을 닫지 않은 카페가 있었다. 그곳으로 들어가서 카운터 저쪽에 있는, 너무 지루한 나머지 벙어리가 된 듯한 사나이로부터 맥주 한 잔을 받아들었다. 한 모금 마시자 비를 피하러 박물관에 들어온 사람처럼 멍하니 사방을 둘러보았다. 그는 곧장 호텔로 돌아가서 잘걸 그랬다고 생각했다. 돈을 치르고 택시를 타고 호텔로 돌아갔다.
　방으로 들어가자 라티머는 창가에 앉아서 시커멓게 흐르는 강 수면에 비치고 있는 불빛, 루브르 건너편 하늘을 물들이고 있는 희미한 거리의 빛을 바라보기 시작하였다. 과거의 사건——흑인 도리스의 고백이며 일라나 플레베사의 추억이며 블릭의 비극이며 흰 결정이 서쪽으로, 파리로 운반되어 무화과 짐꾸리는 인부를 부자로 만든 이야기 등이 머리에서 떠나지 않았다. 세 사람이 무참한 죽음을 당하고, 그밖에 숱한 사람이 디미트리오스에게 안락한 생활을 시키기 위해 비참하게 살아왔다. 이 세상에 정말로 사악한 인간이 있다면 바로 그 사나이가······.

그러나 선악이라는 말로 이 사나이를 설명하려 해봐야 헛일이다. 선악은 장식적인 추상관념에 지나지 않는다. 사업적인 성공, 실패, 손익이 새로운 신학의 기본 요소이다. 디미트리오스는 사악하다고 할 수 없다. 그는 일관된 논리의 소산이다. 그것은 무방비 도시의 포격으로 살해된 아이들의 시체와 루이사이트라고 불리는 독가스를 가져온 유럽 정글의 논리이다. 미켈란젤로의 《다비드》, 베토벤의 현악 4중주곡, 아인슈타인의 물리학 논리가 《거래소연감》이나 히틀러의 《나의 투쟁》 논리에 눌려버렸다.

더욱이 하고 라티머는 생각했다. 사람들이 루이사이트를 매매하는 일은 말릴 수가 없고, 수많은 아이들이 참살당한 데 대해서는 '비탄'할 수밖에 별도리가 없다 하더라도, 세상에 지독한 해를 끼치기 전에 편의주의의 어떤 특수한 일면을 저지할 방법은 존재한다. 대부분의 국제적 범죄자에게는 인간이 만든 법률의 손이 미치지 않으나 디미트리오스는 어느 하나의 법률의 손은 미칠 수 있는 범위 안에 있다. 그가 적어도 두 건의 살인을 범한 것은 굶주려서 한 덩어리의 빵을 훔친 것처럼 아주 명확한 법률 위반이다.

하지만 그가 법의 손이 닿는 범위 안에 있다고 말하기는 쉬우나, 그 사실을 경찰에 통보하는 방법은 그다지 쉬운 일이 아니다. 피터스 씨가 조심성 있게 지적했듯이 그 자신으로서는 경찰에게 알릴 만한 정보를 하나도 가지고 있지 않다. 그러나 현상이 반드시 그렇기만 할까? 그는 어느 정도의 정보를 가지고 있다. 디미트리오스가 살아 있으며 유라시안 신탁은행의 이사라는 것, 그가 오슈 거리에서 조금 들어간 곳에 집을 가지고 있는 백작부인과 아는 사이며 그나 그녀 중 어느 한 사람이 이스파노라는 호화로운 차를 소유하고 있으며, 둘 다

올해 겨울 스포츠 시즌에는 생테티엔에 머물렀던 일, 그가 6월에 그리스의 요트를 전세 낸 일, 또한 에스토릴에 별장을 가지고 있으며, 현재는 남아메리카 한 공화국의 시민이라는 것 등을 알고 있다. 그런 구체적인 조건을 갖춘 사람을 찾아내는 일은 아주 간단할 것이다. 비록 유라시안 신탁은행의 이사진 명부를 구할 수 없다 하더라도, 6월에 그리스의 요트를 전세 낸 사람들의 이름과 에스토릴에 별장을 가지고 있는 부유한 남아메리카 인들, 2월에 생테티엔에 있었던 남아메리카 인들의 이름을 조사할 수는 있을 것이다. 그런 리스트가 들어오면 어느 이름이──한사람 이상 있다고 보고──그 세 개의 리스트에 공통적으로 포함되어 있는가를 조사하기만 하면 되는 것이다.

그러나 그런 리스트를 어떻게 구할 것인가? 게다가 터키 경찰을 설득하여 비셀의 시체를 파내게 한 다음 그런 자료를 공식적으로 청구하는 데 성공했다 하더라도 내가 디미트리오스라고 단정한 사나이가 진짜 디미트리오스임을 입증할 만한 증거가 과연 있는가? 또 가령 허키 대령에게 그런 사실을 믿게 할 수 있다 하더라도 그것만으로 강력한 유라시안 신탁은행의 한 중역을 범인으로 터키에 넘겨줄 것을 프랑스에게 납득시킬 만한 증거가 될 수 있겠는가? 드레퓌스의 석방을 실현하는 데 12년이 걸렸다면 디미트리오스의 단죄에도 역시 그만한 세월이 걸릴 것이다.

라티머는 지친 모습으로 옷을 벗고 잠자리에 들었다.

아무래도 피터스의 협박계획에 가담하는 수밖에 없을 것 같았다. 눈을 감은 채 푹신한 침대에 누워, 앞으로 며칠 안에 자기가 법적으로 말해서 최악의 범죄자에 끼게 되는 것을 다만 기묘한 사건으로만 느끼게 되었다. 더구나 머리 한구석에서는 어떤 불안감이 느껴졌다. 이윽고 까닭이 밝혀지자 얼마쯤 충격을 받았다. 솔직히 말해서 그는 디미트리오스가 두려웠던 것이다. 디미트리오스는 위험한 인물이다.

바야흐로 잃는 게 훨씬 많은 처지에 놓인 그는 스미르나 아테네나 소피아에 있었을 때와는 비교도 안될 만큼 위험한 인간이다. 비셀은 그를 협박하다 죽었다. 이번에는 라티머 자신이 그를 협박하려 하고 있다. 디미트리오스는 어떤 필요성을 인정하면 망설이지 않고 사람을 죽여 왔다. 한 사나이가 마약 밀매자로서의 과거를 폭로하겠다고 협박했을 때 죽일 필요성을 인정한 그가, 두 사나이가 살인범으로서의 과거를 폭로하겠다고 협박할 경우 과연 망설일 것인가?

그건 그렇고, 아무튼 절대로 그런 기회를 주지 않도록 조심하는 것이 지금으로서는 가장 중요한 일이다. 피터스가 조심성 있는 예방수단을 강구할 것을 제안했다.

디미트리오스와의 첫 접촉은 편지로 이루어질 것이다. 라티머는 그 편지의 초안을 보고, 어느 미스터리소설 속에서 쓴 협박자의 편지투와 똑같다는 것을 알고는 유쾌해졌다. 먼저 오랜 세월이 지난 지금 C K 씨가 필자 및 필자와 함께 지낸 즐겁고 이득이 많았던 무렵의 일을 기억하고 계시기를 원하고 있다는 기분 나쁘게 여겨질 만큼 정중한 말로 시작하여, 그가 큰 성공을 거둔 사실을 알고 굉장히 기뻐하는 바이며, 이번 주 목요일 밤 9시에 모 호텔에서 만나 뵙게 되기를 간절히 바라고 있다고 씌어 있었다. 편지는 '성실한 우정'의 표현으로 끝을 맺고, 다시 우리가 서로 알고 있는 친구 비셀과 알고 지내던 어떤 사람을 우연히 만났는데 그 사람이 꼭 C K 씨를 만나보고 싶어하며, C K 씨가 목요일 밤 약속시간에 올 수 없는 일이 있다면 굉장히 유감스럽게 여기리라는 의미심장한 덧붙임이 씌어져 있었다.

디미트리오스는 목요일 아침 그 편지를 받을 것이다. 목요일 밤 8시 반에 '페타젠 씨'와 '스미스 씨'가 회견을 하기 위해 택한 호텔에 도착하여 '페타젠 씨'가 방을 정한다. 그 방에서 두 사람은 디미트리오스의 도착을 기다린다. 사정 설명이 끝나면 디미트리오스는 백만 프랑의 지불방법에 관한 지시를 다음날 아침 받게 된다는 말을 듣고 돌아가도 좋다고 허락을 받는다. 그 뒤 '페타젠 씨'와 '스미드 씨'가 호텔을 나간다.

이번에는 두 사람이 미행을 당하여 신원이 밝혀지는 일이 없도록 예방조치를 강구해야 한다. 피터스는 그 조치의 구체적인 내용에 대해서는 아무 말 하지 않고 다만 절대로 문제없다고 보증했다.

바로 그날 밤 두 번째 편지가 우체통 안으로 들어가고, 천 프랑 지폐로 백만 프랑을 가진 사람을 금요일 밤 11시에 뉴일리 묘지 밖 도로의 지정 장소로 보내라는 지시가 디미트리오스 앞으로 전달된다. 두 사나이가 탄 차가 그 지점에서 기다리고 있다. 두 사나이는 그 목적을 위해 피터스 씨가 고용한 사람들이다. 그 두 사람의 임무는 심부름꾼을 차에 태우고 내셔널 강변길을 슈렌느 방향으로 달리게 하여 미행당하고 있지 않다는 것이 확인되면 '페타젠' 씨와 '스미드 씨'가 돈을 받으려고 기다리고 있는 포트 드 생 클루에 가까운 레느 거리의 어느 지점으로 간다. 그 뒤 두 사람은 심부름꾼을 뉴일리로 되돌려 보낸다. 편지에는 심부름꾼이 여자여야 함을 분명히 밝힌다.

라티머는 심부름꾼이 여자여야 한다는 부분을 이해하기가 어려웠다. 피터스가 그 점을 설명해 주었다. 만일 디미트리오스 자신이 오면 머리가 비상한 사람이므로 차 안의 두 사람이 감쪽같이 속아서 '페타젠 씨'와 '스미드 씨'가 등에 총탄을 맞고 레느 거리의 길바닥에 쓰러지게 될 가능성이 없지 않다는 것이었다. 변장을 하고서 나타날지도 모르는 일이며, 어둠 속에서는 차 안에 있는 두 사람이 심부름꾼으로 온 사나이가 디미트리오스인지 아닌지를 알아낼 확실한 방법이 없다. 그러나 여자라면 그러한 잘못을 저지를 여지가 없다.

그렇다, 디미트리오스로부터 위해를 받으리라고 상상하는 것은 어리석은 일이라고 라티머는 생각했다. 남은 일은 자기가 우연히 그 발자취를 발견한 이 이상한 사나이와의 만남을 즐거운 마음으로 기다리고 있으면 되는 것이다. 그에 대하여 여러 가지 이야기를 들은 지금, 당사자와 직접 만나서 무화과 짐을 꾸리고 숄렘의 목에다 칼을 찌른 그 손과 일라나 플레베사며 래디슬로 글로덱이며 피터스가 그처럼 확실하게 기억하고 있는 눈을 실제로 본다면 묘한 기분이 들 것이다. 마담 터소의 '전율을 느끼는' 납인형이 생명을 얻은 듯한 기분이 들 것이다.

라티머는 한동안 커튼의 좁은 틈으로 내다보고 있었다. 바깥이 훤해지기 시작했다. 잠시 뒤 그는 잠에 빠져 들었다.

11시가 다 되었을 때 피터스에게서 걸려온 전화로 잠을 깼다. 디미트리오스에게 편지를 보냈다는 말과 '내일의 계획에 대하여 타협하기 위해서' 함께 저녁식사를 할 수 있겠느냐고 물어왔다. 라티머는 계획에 대한 타협은 이미 끝난 줄 알고 있었지만 어쨌든 승낙했다. 그는 방상느 동물원에서 오후를 지냈다.

피터스와의 저녁식사는 매우 지루했다. 계획에 관한 이야기는 거의 없었으므로 라티머는 이렇게 저녁식사에 초대한 것은 역시 피터스의 조심스러운 마음이 시킨 일이라고 판단했다. 이번 일에 금전적인 이해관계가 없는 협력자가 협력에 관한 생각을 바꾸지 않았다는 사실을 확인해 보고 싶었던 것이리라.

라티머는 머리가 아프다는 핑계로 10시가 넘자 그곳을 빠져나와 잠자리에 들었다. 다음날 아침 잠에서 깨어나니 정말로 머리가 아팠다. 어젯밤 저녁식사에서 주인 역할을 한 피터스가 좋은 술이라고 그처럼 권하던 부르고뉴 와인이 맛보다는 무척 싸구려였나보다는 생각이 들었다. 의식이 차츰 뚜렷해짐에 따라 두통 외에 뭔가 기분 나쁜 일이 일어나고 있는 것 같은 느낌이 들었다. 그러고 보니 생각났다. 그렇다! 이미 지금쯤은 디미트리오스가 첫 번째 편지를 받았을 것이다.

 침대 위에 일어나 앉아 생각해 보니, 마침내 한 가지 결론을 얻게 되었다. 즉 어디서 읽거나 자기가 쓰면서 협박행위를 미워하고 경멸하는 일은 아주 쉬우나, 그 행위를 실행하려면 적어도 자기가 품고 있는 것과는 비교도 안될 만큼 도의에 대한 대담성과 확고한 목적의식을 가질 필요가 있다는 결론에 이른 것이다. 비록 디미트리오스가 범죄자라 할지라도 그 결론에는 변함이 없었다. 살인은 어디까지나 살인이듯이 협박은 어디까지나 협박인 것이다. 맥베스가 던컨 왕을 죽인 최후의 순간에는 상대방이 악인이건 천사처럼 덕을 갖춘 사람이건 주저했음에 틀림없었을 것이다. 다행인지 불행인지 자기에게는 피터스라는 이름의 맥베스 부인이 있다.
 라티머는 아침식사를 하러 가기로 했다.
 하루가 끝없이 계속되는 것 같았다. 피터스는 차를 빌리고 그 차를 운전할 사람을 찾아 나서야 하므로, 저녁을 마치고 8시 15분 전에 라티머와 만나기로 했다. 라티머는 불로뉴 숲을 발길 닿는 대로 거닐면서 오전을 보내고 오후에는 영화를 보았다.
 6시가 다 되어 영화관을 나왔을 무렵부터 명치께가 조금 답답해져 옴을 느꼈다. 누가 거기를 한 대 후려친 것 같은 느낌이 들었다. 피터스가 권하여 먹은, 맛이 좀 이상한 부르고뉴 와인이 사라지기 직전에 발악을 하고 있는 것이라고 판단하고, 주입요법을 시도하려고 샹젤리제의 어느 카페에 들어가 술을 한 잔 마셨다. 그러나 답답한 느낌은 여전히 계속되었으며, 자신이 점점 그것을 의식하고 있다는 것을 깨달았다. 그러다가 네 명의 남녀가 뭔가 우스운 이야기인 듯 정신없이 지껄여대며 웃고 있는 것이 눈에 띈 순간 갑자기 그 답답한 느낌이 드는 원인을 알았다. 피터스를 만나기가 싫은 것이다. 협박하는 곳에 가고 싶지 않았다. 자기를 되도록 빠른 기회에 죽이려는 일만 염두에 두고 있는 사람과 만나고 싶지 않았다. 답답한 느낌의 원인은 배에 있는 것이 아니었다. 그는 두려워하고 있었던 것이다.

그렇다는 것을 깨닫자 라티머는 화가 치밀었다. 어째서 두려워해야 하는가? 두려워할 일은 아무것도 없다. 그 디미트리오스라는 사나이가 머리 좋고 위험한 악당임에는 분명하지만 초인은 아니다. 가령 피터스 같은 사나이가…… 특히 피터스는 이런 일에 익숙하다. 그러나 자기는 익숙하지 못하다. 디미트리오스가 살아 있다는 것을 알았을 때 미친 사람으로 취급될 것을 각오하고 곧 경찰서에 갔어야만 했다. 피터스의 비밀 이야기를 듣고 문제의 방향이 완전히 바뀌었다는 것과 아마추어 범죄학자──그것도 작가──가 지나친 참견을 하는 범위를 이미 벗어난 일 등을 좀더 빨리 깨달았어야 했다. 이처럼 무책임한 방법으로 진짜 살인범을 상대로 한다는 것은 허용할 수 없는 일이다. 이를테면 피터스와 그 사이에서 결정한 일을 영국 재판관은 뭐라고 할까? 한 마디 한 마디가 들려오는 것 같았다.

"이 라티머라는 사나이의 행동에 관해 여러분은 도저히 믿을 수 없는 설명을 당사자로부터 들었습니다. 그의 말에 의하면, 그 자신은 아주 총명하며 이 나라의 대학에서 책임 있는 지위를 차지하고 학문적인 저작도 있는 학자입니다. 그리고 그는 평균적인 지성 수준에 있는 사람이──물론 청년시절의 마음의 양식 정도로밖에 평가할 수 없는 일이기는 하나──적어도 기회가 있으면 범죄를 예방하고, 범죄자를 체포하는 데 경찰에 협력하는 일이 시비를 가릴 줄 아는 남녀의 의무임을 긍정한다는 뜻으로 가치를 인정할 수 있는 일종의 소설작가로 성공한 사람입니다. 가령 라티머의 설명을 인정한다고 하면, 여러분은 그가 스스로의 호기심을 만족시키는 일만 염두에 있었다고 말하는 어떤 연구를 수행하는 일을 유일한 목적으로 하여 법의 정신을 무시하고, 협박의 사전 공범인 피터스와 충분한 고려 끝에 공모한 것으로 결론지을 수밖에 없을 겁니다. 여러분이 이것을 지성 있는 성인의 행위가 아니라 정신박약아의 행위가 아닌가 하고 자문하는 건 상관없습니다. 그러나 동시에 라티머는 실제로 이 협박행위로 얻는 분담금을 받았던 것이며, 그의 설명은 이 사건에서 자기 역할이 법적, 도덕적으로 문제가 되지 않는다는 식으로 억측을 나열하는 것일 뿐이다라는 검찰 측의 의견도 신중히 고려해 주시기 바랍니다."

프랑스 재판관이라면 보나마나 더 심한 말을 할 것이다.

저녁식사를 하기에는 아직 이르나, 카페를 나와서 오페라극장 쪽으로 걸어갔다. 어쨌든 무슨 일을 해도 이미 뒤늦다고 생각했다. 피터스를 도와주겠다고 벌써 약속했던 것이다. 그러나 정말 때가 늦은 것일까? 지금 이 순간 경찰에 가면 반드시 무슨 수가 있을 것이다.

발길을 멈췄다. 이제 곧 해야 한다! 자신이 지나온 길을 천천히 걸어가는 경관이 있었다. 되돌아갔다. 저기 있다. 벽에 기대어 경찰봉을 휘두르며 문 안에 있는 사람과 이야기를 하고 있다. 라티머는 또 한순간 망설였으나 길을 건너가 경찰서로 가는 길을 물었다. 세 구역쯤 가면 된다고 일러주었다. 다시 걷기 시작했다.

경찰서 출입구는 좁아서 열심히 이야기하고 있는 세 경관만으로도 꽉 막혀 있었다. 경관들은 라티머에게 길을 비켜주었으나 이야기는 그치지 않았다. 안으로 들어가자 '문의는 2층으로'라고 씌어진 에나멜 칠을 한 푯말이 있고, 화살표가 한쪽은 가느다란 쇠난간이고 다른 한쪽은 기름 얼룩이 묻은 긴 벽으로 된 층계를 가리키고 있었다. 강한 장뇌 냄새와 약간의 분뇨 냄새가 풍겨왔다. 현관 옆방에서 은근한 말소리와 타이프라이터 소리가 들려왔다.

걸음을 옮길 때마다 결의가 흐려졌으나 층계를 올라가서 위층 방으로 들어갔다. 방은 높은 카운터로 칸막이를 쳐 놓고 있었다. 카운터 가장자리는 무수한 손바닥에 닿아 매끄럽게 닳아서 반짝거리고 있었다. 그 안쪽에서 제복을 입은 사나이가 손거울로 입 속을 들여다보고 있었다.

라티머는 걸음을 멈췄다. 말을 꺼내야 좋을지 아직도 결심이 서지 않았다.

"오늘 밤 살인범을 협박하기로 되어 있는데 협박하는 대신 당신네들에게 넘겨주기로 했습니다"라고 말하면 미치광이나 주정뱅이로 여겨질 가능성이 많다. 곧 행동을 취해야 할 긴급한 처지에 놓여 있지만 어쨌든 처음부터 이야기를 해야 한다. 그래서 우선 "몇 주일 전 이스탄불에 있을 때 1922년에 일어난 살인사건의 이야기를 들었습니다. 우연히 그 범인이 현재 파리에 있으며, 협박당하려 한다는 것을 알았습니다"라는 식으로 말하기로 했다.

제복의 사나이가 거울로 라티머의 모습을 흘끗 쳐다보고 홱 돌아섰다.

"무슨 일이오?"

"서장님을 만나고 싶습니다."

"무엇 때문에?"

"정보를 제공하고 싶습니다."

경관은 초조한 듯이 눈살을 찌푸렸다.

"무슨 정보를? 분명히 말해 주시오."

"협박사건에 관한 일입니다."

"당신이 협박당하고 있는 겁니까?"

"아닙니다. 다른 사람입니다. 아주 복잡하고 중대한 일입니다."

"신분증명서를……."

"신분증명서는 가지고 있지 않습니다. 나는 여행 중인 사람입니다. 나흘 전에 프랑스에 입국했습니다."

"그럼, 여권을."

"호텔에 두고 왔습니다."

사나이의 몸이 굳어졌다. 미간에 나타난 초조한 듯한 표정이 사라졌다. 그런 이야기라면 알고 있다, 오랜 경험으로 어떻게 다루어야 하는 지를 알고 있다는 것처럼. 경관은 자신있고 여유있는 어조로 말하기 시작했다.

"이건 굉장히 중대한 일입니다. 알고 있습니까? 당신은 영국인입니까?"

"그렇습니다."

사나이가 크게 숨을 들이마셨다.

"아시겠습니까, 여권은 언제나 주머니 속에 넣어가지고 다녀야 합니다. 법률에 그렇게 정해져 있지요. 이를테면 당신이 거리에서 교통사고를 목격하여 당신의 증언이 필요할 경우 경관은 당신이 사고 현장을 떠나도록 허락하기 전에 우선 신분증명서를 보여 달라고 합니다. 당신이 그때 신분증명서를 가지고 있지 않으면 경관은 당신을 체포할 수도 있습니다. 당신이 나이트클럽에 있고 경관이 신분증명서를 조사하려고 들어왔을 경우 가지고 있지 않으면 당신은 반드시 체포됩니다. 법률에 그렇게 정해져 있습니다. 아시겠습니까? 나는 필요사항을 들어둬야 합니다. 이름과 호텔 이름을 말씀해 주십시오."

라티머는 말했다. 그 사나이가 받아 적더니 수화기를 들고 '제7구'라고 교환수에게 말했다. 잠시 뒤 라티머의 이름과 주소를 말하고 사실인지 어떤지 확인해 달라고 했다. 이번에는 몇 분 동안 간격을 두고 고개를 끄덕이더니 "됐습니다, 알았소" 하고 말했다. 그리고 그쪽 말을 다시 더 듣고 나서 말했다. "그렇소, 여기 있습니다."

경관은 수화기를 놓고 라티머 쪽으로 돌아섰다.

"틀림없군요. 하지만 당신은 24시간 이내에 여권을 가지고 제7구 경찰서로 출두해야 합니다. 할 말은 그때 해주십시오. 아시겠습니까?"

사나이는 연필로 카운터를 두드려 강조하는 뜻을 나타냈다.

"여권은 언제나 몸에 지니고 다녀야 합니다. 그렇게 하는 것이 의무입니다. 당신은 영국인이니까 더 이상 뭐라고 말할 필요가 없을 것 같군요. 그러나 당신은 구경찰서에 출두해야만 합니다. 앞으로는 여권을 반드시 가지고 다니도록 하십시오. 그럼 안녕히 가십시오."

경관은 직무를 충실히 이행한 만족스러운 태도로 상냥하게 고개를 끄덕여보였다.

라티머는 분개하여 밖으로 나왔다. 남의 일에 무슨 참견이람! 그러나 그 사나이의 말이 옳다. 경찰서에 여권을 지니지 않고 들어간 자기가 바보였다. 할 말이라고! 어떤 뜻으로는 아슬아슬하게 모면한 것이다. 경우에 따라서는 그 사나이에게 자초지종을 말해야 했을 것이며, 지금쯤은 유치장에 들어가 있을는지도 모른다. 자초지종을 말하지 않고 끝났으나 아직도 잠재적인 협박자임에는 변함이 없다.

그러나 라티머는 경찰서에 간 일로 양심의 가책이 얼마쯤 누그러진 듯했다. 전처럼 무책임한 자신에게 신경을 쓰지 않아도 되었다. 적어도 경찰을 사건에 개입시키려는 노력은 했다. 그 노력이 결실을 보지는 못했지만 파리의 반대쪽까지 여권을 가지러 가서 다시 한 번 처음부터 되풀이하지 않는 한——그러나 그렇게 하는 것은 문제 밖이라고 편한 기분으로 생각했다——손쓸 도리가 없다. 8시 15분전에 하우스맨 큰 거리의 카페에서 피터스와 만나기로 되어 있다. 그러나 가벼운 저녁식사를 마쳤을 무렵 명치께의 기묘한 느낌이 되살아나서 커피와 함께 브랜디를 두 잔이나 마신 것도 구태여 시간을 보내기 위해서만은 아니었다. 약속 장소로 가면서 백만 프랑의 아주 적은 일부나마 받지 못한다는 것은 조금 유감스러운 일이라고 생각되었다. 호기심을 만족시키기 위해 지불하는 대가는, 신경을 소모해 가며 양심의 가책을 느끼게 되는 일을 생각하면 그 비율이 맞지 않을 정도로 비싸다.

피터스가 10분쯤 늦게 값싸 보이는 커다란 슈트케이스를 들고, 이제부터 어려운 수술을 시작하려는 외과 의사처럼 꾸민 듯한 실무적인 태도로 나타났다.

"여어, 라티머 씨!"라고 말하며 테이블 앞에 앉자 그는 딸기술을 주문했다.

"만사가 순조롭습니까?"

라티머는 자기의 질문이 얼마쯤 가식적인 것 같은 기분이 들었으나 사실 그 대답을 듣고 싶었다.

"지금까지는 순조롭습니다. 이쪽 주소를 알리지 않았으므로 물론 그에게서는 회답이 없습니다. 어쨌든 그쪽에서 어떻게 나오는지 두고 봅시다."

"그 슈트케이스에 무엇이 들어 있습니까?"

"헌 신문입니다. 호텔에 가게 되면 슈트케이스를 들고 있는 편이 좋습니다. 도저히 어쩔 수 없는 경우 외에는 호텔의 숙박자 카드에 기입하고 싶지 않습니다. 결국 르드뤼 롤랭 지하철 역 가까이에 있는 호텔로 결정했습니다. 아주 편리한 장소입니다."

"택시로 못 갑니까?"

"물론 갈 수 있습니다. 그러나……." 피터스는 숨은 뜻이 있는 듯 덧붙여 말했다. "돌아올 때는 지하철을 타고 돌아와야 하며, 그 까닭은 그때가 되면 알게 됩니다."

딸기술을 가져왔다. 피터스는 단숨에 들이마시고 몸을 부르르 떨면서 입술을 핥더니 떠날 시간이라고 말했다.
 디미트리오스와의 회견에 피터스가 택한 호텔은 르드뤼 거리에서 얼마 들어가지 않은 골목에 있었다. 작고 더러운 호텔이었다. 셔츠 차림의 사나이가 입 속에 잔뜩 든 음식을 씹어가며 '사무실'이라고 씌어 있는 방에서 나왔다.
 "전화로 방을 부탁했었는데요." 피터스가 말했다.
 "페타젠 씨지요?"
 "그렇소."
 사나이는 두 사람의 모습을 열심히 훑어보았다.
 "큰 방입니다. 혼자면 15프랑, 둘이면 20프랑. 서비스 요금은 12퍼센트 반입니다."
 "이분은 머물지 않을 거요."
 사나이는 사무실 바로 안쪽 열쇠걸이에서 열쇠를 떼어들더니 페타젠의 슈트케이스를 들고 3층 방으로 안내했다. 피터스는 방 안을 들여다보고 고개를 끄덕였다.
 "이것으로 됐소. 이제 곧 나의 친구가 찾아올 거요. 이 방으로 오도록 전해주시오."
 사나이는 물러갔다. 피터스는 침대에 걸터앉아 만족스러운 듯이 방을 둘러보았다.
 "굉장히 좋은 방이군. 값도 싸고."
 "그렇군요."
 헌 털 융단이 깔린 기다란 방으로 철제침대, 양복장, 나무를 구부려서 만든 의자 두개, 작은 테이블, 가리개, 에나멜을 칠한 쇠로 만든 비데가 있었다. 융단은 빨간 빛이었으며 세면기 옆이 닳아서 검게 빛나고 있었다. 벽지에는 덩굴을 떠받치고 있는 격자담, 보랏빛의 원반 모양과 형태가 뚜렷하지 않은 분홍빛 물체가 그려져 있었다. 커튼은 감색으로 두꺼웠으며 놋쇠고리로 매달아 놓았다.
 피터스는 시계를 보았다.
 "그가 올 때까지 앞으로 25분. 천천히 쉽시다. 침대 쪽이 좋을까요?"
 "아니 됐습니다. 이야기는 당신이 하시겠지요?"
 "그편이 좋을 것 같군요."
 피터스는 가슴주머니에서 권총을 꺼내어 탄환이 장전되어 있는지 확인하더니 외투 오른쪽 주머니 속에 집어넣었다.
 라티머는 그러한 준비를 말없이 보고 있었다. 이젠 가슴이 꽉 막힌 듯이 답답함을 느꼈다. 갑자기 라티머가 말했다.
 "아무래도 마음에 안 드는군요."
 "나도 마찬가지입니다." 타이르듯이 피터스가 말했다. "그러나 우리는 만일의 경우에 대비해야 합니다. 권총이 필요한 경우는 우선 없으리라고 봅니다. 걱정할 건 없습니다."
 라티머는 전에 보았던 미국의 갱 영화가 생각났다.
 "그가 들어와서 갑자기 우리를 쏘지 않는다고 말할 수는 없지 않을까요?"
 "그거 참, 그렇게 상상을 펼쳐나가지 마십시오, 라티머 씨. 디미트리오스는 그런 짓을 할 사나이가 아닙니다. 그렇게 되면 너무 시끄러워지고 자신이 위험해지지요. 아래층의 그 사나이가 그의 얼굴을 보게 되니까요. 아무튼 그는 그런 무모한 짓은 안합니다."
 "그는 어떤 방법을 씁니까?"
 "디미트리오스는 아주 신중한 사람입니다. 행동을 취하기 전에 신중히 생각합니다."
 "꼬박 하루 동안 신중히 생각할 시간이 있었던 셈이군요."
 "그렇지요. 그러나 그는 우리가 어느 정도의 일을 알고 있는지, 또 우리가 맡고 있는 일을 달리 알고 있는 자가 있는지 어떤지를 아직 모르고 있습니다. 그로서는 그런 일을 알아봐야 할 것입니다. 모든 것을 나에게 맡겨두십시오, 라티머 씨. 나는 디미트리오스가 어떻게 생각할 것인지를 알고 있습니다."

라티머는 비셀도 그렇게 생각했을 것이라고 지적하려다가 마음을 고쳐먹었다. 이때 꼭 말해 두어야 할 더 개인적인 다른 걱정이 있었던 것이다.

"당신은 디미트리오스가 백만 프랑을 지불하면 그와 우리의 관계는 그것으로 마지막이라고 했습니다. 하지만 그가 모든 일을 그대로 내버려두는 것으로는 만족하지 않을지도 모른다고 생각해 본 일이 있습니까? 우리가 더 이상 돈을 요구하지 않는다는 것을 알게 되면 그가 우리들을 찾으러 나설지도 모릅니다."

"스미드 씨와 페타젠 씨를? 그 이름으로 우리를 찾아내기는 무척 힘든 일이지요, 라티머 씨."

"그러나 그는 이미 당신의 얼굴을 알고 있습니다. 내 얼굴도 여기서 보게 됩니다. 이름이야 어찌되었든 얼굴은 알고 있을 게 아닙니까?"

"하지만 그러기 위해서는 우선 우리의 거처를 찾아내야 하겠지요."

"내 사진이 한두 번 신문에 난 일이 있습니다. 또 날지도 모르고요. 아니면 출판사가 내 사진을 책 표지에 크게 실을지도 모릅니다. 디미트리오스가 우연히 그것을 볼 가능성이 충분히 있지요. 그보다 더 우연한 사건도 일어나고 있으니까요."

피터스는 입을 꽉 다물었다.

"지나친 걱정이라고 생각하지만……." 그는 어깨를 움츠려보였다. "불안하다면 얼굴을 가리고 있는 게 좋겠군요. 안경을 쓰시겠습니까?"

"무엇을 읽을 때……."

"그럼, 쓰십시오. 모자도 쓰고, 외투 깃도 세우십시오. 너무 밝지 않은 그쪽 구석에 앉는 게 좋겠군요. 가리개를 등 쪽으로 하고, 그러면 얼굴의 윤곽이 흐릿해질 테니까요. 그곳에 말입니다."

라티머는 하라는 대로 했다. 외투 깃의 단추를 턱 있는 데까지 채우고 모자를 눈이 보이지 않게 푹 눌러쓴 다음 앉으라는 자리에 앉았다. 피터스가 입구에서 둘러보며 고개를 끄덕였다.

"그만하면 됐습니다. 그렇게까지 할 필요는 없다고 생각합니다만, 그 정도면 됐습니다. 이렇게 준비를 다하고 있는데 그가 나타나지 않는다면 좀 멋쩍은 기분이 들겠군요."

그렇지 않아도 라티머는 매우 멋쩍은 기분을 느끼고 있었으므로 신음 소리를 냈다.

"오지 않을 가능성이 있습니까?"

피터스는 다시 침대에 걸터앉으며 말했다.

"뭐라고 단언할 수가 없군요. 그가 오는 것을 방해할 수 있는 일이 얼마든지 있다고 봅니다. 어떤 이유로 내 편지를 받지 못했을지도 모릅니다. 또 어제 파리를 떠났을지도 모르고요. 그러나 편지를 받았다면 꼭 올 겁니다."

피터스는 시계를 보았다.

"8시 45분. 온다면 머지않아 나타날 겁니다."

두 사람은 입을 다물었다. 피터스는 주머니에 넣고 다니는 작은 가위로 손톱을 깎기 시작했다.

가위 소리와 피터스의 거친 숨소리만이 들릴 뿐 방 안은 조용하였다. 라티머로서는 조용함이 몸속에 스며드는 것 같았다. 방 네 구석에서 잿빛 액체가 흘러나오는 듯한 느낌의 조용함이었다. 라티머에게는 자기의 손목시계 소리가 귀에 들리기 시작했다. 시계로 시선을 돌릴 때까지 무한한 시간을 기다린 것 같은 느낌이 들었다. 보니 9시 10분 전이었다. 또 무한한 시간이 흘렀다. 시간을 보내기 위해 피터스에게 뭔가 할 말을 생각해 내려고 했다. 양복장에서 창문까지의 완전한 평행사변형 벽지 무늬를 세어보려고도 했다. 이번에는 피터스의 시계 소리가 들리는 것 같았다. 머리 위쪽에 있는 방에서 누군가가 의자를 움직이고 걸어 다니는 소리가 조용함을 한층 더 강조하고 있는 듯했다. 9시 4분 전.

그때 갑작스럽게 총소리만큼이나 큰 소리를 내며 문 밖의 층계가 삐걱거렸다.

피터스가 손톱을 깎다 말고 가위를 침대 위에 떨어뜨렸다. 그는 오른손을 외투 주머니에 넣었다.

소리가 사라졌다. 가슴의 고동을 아플 만큼 느끼며 라티머는 몸을 굳힌 채 문을 바라보고 있었다. 가벼운 노크 소리가 들렸다.

피터스가 일어서서 주머니에 손을 넣은 채 문을 열었다.

라티머가 보고 있노라니, 피터스는 한순간 어두컴컴한 층계의 층계참을 노려보더니 이윽고 한 발자국 물러섰다.

디미트리오스가 방으로 들어왔다.

디미트리오스의 가면

인간의 외모와 골격을 덮고 있는 피부는 생물학적인 작용의 산물이다. 그러나 얼굴은 인간 개개인이 스스로 만들어내는 것이다. 얼굴은 그 인간 개개인의 습관적인 감정 태도——당사자의 욕망을 채우기 위해 필요한 태도, 또는 당사자의 공포가 탐색을 좋아하는 사람의 눈으로부터 보호받기를 바라고 요구하는 태도——를 표명하는 도구이다. 사람은 악마의 가면처럼 얼굴을 쓰고 있다. 자기 감정을 보충해 주는 감정을 타인의 가슴 속에 불러일으키기 위한 도구이다. 그 당사자가 공포를 느끼면 타인도 자기에게 공포를 느끼게 해야 한다. 자기가 욕망을 가지면 타인도 자기에게 욕망을 갖게끔 해야 한다. 얼굴은 마음의 적나라한 모습을 감추는 막이다. 얼굴을 통해서 마음을 알아볼 수 있는 인간으로선 화가를 들 수 있지만, 아주 드물다. 그 밖의 사람들은 판단을 할 때 눈앞의 가면을 설명하기 위해 말과 행동에서 근거를 구하려고 한다. 더욱이 가면이 그 배후의 인간일 수 없는 사실을 본능적으로 알고 있으면서도 그 사람이 입증되면 대개 충격을 받는다. 자신의 이중성을 의식하지 못하는 사람은 언제나 타인의 이

중성에 충격을 받는 것이다. 라티머가 마침내 방 저쪽에서 자기를 쳐다보고 있는 디미트리오스의 얼굴에서 당연히 깃들어 있으리라고 생각했던 사악함을 찾아내려다가 느낀 것은 그러한 뜻에서의 충격이었다. 손에 모자를 들고, 세련된 프랑스 제 옷을 입고, 흰 머리를 깨끗이 빗어 넘기고, 날씬한 몸을 똑바로 세우고 있는 디미트리오스의 모습은 인격이 고결한 인간의 품위 있는 모습이었다.

그 기품은 외교계의 환영회에 참석한, 그다지 중요하지 않은 초대객에게서 볼 수 있는 종류의 것이었다. 키는 불가리아 경찰의 기록에 씌어져 있었던 1백 82센티미터보다 조금 더 큰 것 같았다. 살빛은 젊었을 때의 황백색이 중년이 되고부터 매끄럽고 창백한 빛깔로 바뀐 듯한 느낌이었다. 튀어나온 광대뼈, 알팍한 코, 새부리처럼 뾰족한 윗입술은 동유럽의 공사관 직원이라 해도 좋을 만한 풍모였다. 그의 외모에서 라티머의 선입관과 들어맞는 것은 눈빛뿐이었다.

짙은 갈색으로, 언뜻 보면 근시이든가 걱정을 하느라고 눈을 가늘게 뜨고 있는 느낌이다. 그러나 거기에 따르는 이마의 주름과 미간의 주름은 볼 수 없었다. 라티머는 불안과 근시를 연상케 하는 표정은 광대뼈가 튀어나오고 눈의 위치가 높은 데서 오는 착시 때문임을 알았다. 실제로는 얼굴이 무표정하고 도마뱀처럼 차가워 보였다.

한순간 갈색 눈이 라티머를 쳐다보았다. 피터스가 등 뒤에서 문을 닫자 디미트리오스가 그쪽으로 고개를 돌리며 사투리가 심한 프랑스어로 말했다.

"친구를 소개해 주십시오. 지금까지 본 일이 없는 것 같군요."

라티머는 하마터면 벌떡 일어설 뻔했다. 디미트리오스의 얼굴은 본모습을 드러내지 않았을지도 모르나 목소리는 분명히 정체를 나타냈다. 아주 거칠고 날카로웠으며, 꾸민 듯한 우아한 말투에 엄격함이 깃들어 있었다. 그는 조용한 어조로 이야기했지만, 라티머는 그가 자신의 목소리가 천하게 울려나온다는 것을 잘 알고 그것을 감추려 하고 있음을 알아차렸다. 그의 노력은 성공하지 못했다. 그 목소리는 방울뱀이 내는 소리처럼 공포를 느끼게 했다.

"이분은 스미스 씨요." 피터스가 말했다. "뒤에 의자가 있소, 거기에 앉으시오."

디미트리오스는 그 말을 무시했다.

"스미스 씨! 영국인, 비셀 씨를 아시는 것 같더군요."

"비셀을 보았소."

"우리가 말하려는 것은 그 일이오, 디미트리오스."

피터스가 말했다.

"그래요?" 디미트리오스는 의자에 앉으며 말했다. "그렇다면 어서 말하시오, 빨리 끝냅시다. 난 약속이 있소. 이런 일로 시간을 허비할 수는 없단 말이오."

피터스가 슬픈 듯이 고개를 저었다.

"조금도 달라지지 않았구려, 디미트리오스. 여전히 성급하고 아량이 없군. 오래간만에 만났는데 인사말 한 마디도 없다니. 나에게 그처럼 불쾌하게 굴고도 사과말조차 하지 않고, 그처럼 우리 모두를 경찰에 넘겨버린 것이 굉장히 박정한 일이었다고 생각되지 않소? 우리는 친구였소. 왜 그런 짓을 했지?"

"자네는 여전히 말이 많군." 디미트리오스가 말했다. "무엇이 필요한가?"

피터스가 신중히 침대 가장자리에 걸터앉았다.

"당신은 어디까지나 사무적인 이야기를 하고 싶어하는 듯하니, 말하겠소, 돈이오."

갈색 눈이 흘끔 피터스 쪽으로 움직였다.

"알고 있네. 그 돈 대신 무엇을 제공하겠다는 건가?"

"우리의 침묵이오, 디미트리오스. 대단히 가치가 있는……."
"그럴까? 얼마만한 가치가 있지?"
"아무리 적게 보아도 백만 프랑."
디미트리오스가 의자 뒤에 기대앉아 발을 꼬았다.
"그래, 그 침묵에 대하여 누가 그 돈을 지불한다는 거지?"
"당신이 지불하는 거지요, 디미트리오스. 그렇게 적은 돈을 요구하여 당신으로서는 기뻐하리라고 생각하는데……."
디미트리오스는 웃음을 지었다. 작고 얄팍한 입술이 천천히 다물어졌다. 그뿐이었다. 그러나 그 웃음에는 표현할 수 없는 잔인함을 연상케 하는 그 무엇이 담겨 있었다. 라티머는 그와 상대하는 것이 피터스여서 다행스럽게 여기는 듯한 표정을 띠었다. 그 순간 라티머는 디미트리오스가 아무리 성대한 옷차림을 하고 있다 할지라도 외교계의 환영회보다는 무서운 호랑이 떼들이 모이는 연회에 참석하는 편이 훨씬 어울린다고 생각했다. 그 웃음이 사라졌다.
"글쎄." 디미트리오스가 말했다. "어떤 뜻인지 분명히 말해 주겠나?"
자기라면 그 목소리에 깃들어 있는 위협에 곧 반응을 나타내리라고 생각된 라티머로서는 얼빠진 듯한 피터스의 망설임이 광기어린 무모함같이 여겨졌다. 피터스는 자기의 역할을 즐기고 있는 것 같았다.
"어디서부터 시작해야 좋을지 모르겠군요."
대답이 없었다.
피터스는 잠시 기다리고 있다가 어깨를 움츠리며 말을 이었다.
"경찰이 알면 기뻐할 일이 너무도 많소. 이를테면 1931년에 그들에게 그 자료를 보낸 것이 누구였는지 알려줄 수 있지요. 그리고 유라시안 신탁은행의 어엿한 한 중역이 실은 일찍이 알렉산드리아에 여자를 팔아넘기던 디미트리오스 매클로포로스였다는 사실을 알게 되면 그들은 몹시 놀랄걸요."

라티머의 눈에는 디미트리오스가 의자 위에서 얼마쯤 긴장을 푼 것처럼 보였다.

"그래, 그 일로 내가 백만 프랑을 지불하리라고 생각하는 건가, 페타젠? 자네는 너무 어린애 같군."

피터스가 빙그레 웃었다.

"어쩌면 그럴지도 모르지요, 디미트리오스. 당신은 그전부터 인생 문제에 대한 나의 단순한 태도를 경멸하는 경향이 있었지. 하지만 조금 전에 말한 일에 대한 우리의 침묵은 당신에게 대단한 값어치가 있을 거요. 그렇지 않소?"

디미트리오스는 한동안 상대방의 얼굴을 보고 있었다.

"왜 본론으로 들어가지 않나, 페타젠? 자네는 저 영국인의 말을 대신하고 있는 데 지나지 않는 건가?" 그는 얼굴을 돌렸다. "당신은 무슨 말을 하고 싶은 거요, 스미스 씨? 아니면 둘 다 자신이 없는 거요?"

"페타젠이 나를 대신해서 말할 거요." 라티머는 피터스가 빨리 용건을 끝내 주기를 간절히 바라고 있는 듯한 표정으로 중얼거렸다.

"내가 이야기를 계속해도 되겠소?" 피터스가 물었다.

"좋아."

"유고슬라비아 경찰도 당신에게 관심을 가지고 있을는지 모르오. 우리가 탈라트 씨의 거처를 그들에게……."

"설마!"

디미트리오스는 노골적으로 모멸하는 웃음을 보였다.

"글로덱이 지껄였군. 그 이야기 가지고는 한 푼도 안 나올 걸세. 그밖에는?"

"아테네, 1922년. 뭔가 생각나는 것이 있소, 디미트리오스? 기억하고 있겠지만 이름은 탈라디스요. 죄목은 강도와 살인미수. 어때, 그래도 웃을 수 있소?"

피터스의 얼굴에 라티머가 소피아에서 잠깐 본 일이 있었던 웃음기라고는 조금도 담겨져 있지 않은 무서운 표정이 떠올랐다. 디미트리오스는 눈 한 번 깜박하지 않고 피터스를 쳐다보고 있었다. 라티머는 그 순간 분위기가 소름이 끼치는 듯한 증오를 담은 무서운 상태로 바뀌는 것을 느꼈다. 그는 어렸을 적에 중년의 두 사나이가 거리에서 싸우는 것을 보았을 때와 같은 기분을 맛보았다. 피터스가 주머니에서 권총을 꺼내더니 두 손에 올려놓고 천천히 아래위로 움직였다.

"거기에 대하여 아무런 할 말도 없소, 디미트리오스? 그렇다면 계속하지. 같은 해 그보다 조금 전에 당신은 스미르나에서 고리대금업자를 죽였소. 이름이 뭐라고 했지요, 스미스 씨?"

"숄렘."

"그래, 숄렘이야. 스미스 씨가 명민하게도 그 사실을 알아냈지, 디미트리오스. 훌륭한 솜씨요. 그렇게 생각지 않소? 스미스 씨는 터키 비밀경찰과 아주 친하며 절대적인 신뢰를 받고 있소. 이래도 백만 프랑이 많다고 생각하오, 디미트리오스?"

디미트리오스는 두 사람의 얼굴을 쳐다보지도 않고 천천히 대답했다.

"숄렘을 죽인 사나이는 교수형을 받았어."

피터스 씨가 눈썹을 치켜올렸다.

"그게 사실입니까, 스미스 씨?"

"도리스 모하멧이라는 흑인이 그 사건에서 교수형을 받았으나, 매클로포로스가 공범임을 인정하는 고백을 했지요. 그리고 1924년 매클로포로스에 대한 체포장이 발부되었소. 죄목은 살인. 터키 경찰은 다른 이유로 그를 체포하려 하고 있었소. 아드리아노플에서 케말 파샤 암살계획에 관여했기 때문이오."
"알았소, 디미트리오스? 우리는 여러 가지 사실을 아주 자세하게 알고 있소. 더 계속할까요?"
피터스는 잠시 입을 다물었다.
디미트리오스는 똑바로 앞쪽을 보고 있었다. 얼굴 근육 하나 움직이지 않았다.
이윽고 피터스가 라티머 쪽을 보며 말했다.
"디미트리오스가 감명을 받은 것 같군요. 우리가 이야기를 계속해 주기를 바라는 듯하오.
 스미스 씨가 당신한테 비셀을 보았다는 말을 했소. 스미스 씨는 이스탄불의 시체보관소에서 그를 보았지요. 방금 말했듯이 이분은 터키 비밀경찰과 아주 친한 사이이므로 그들이 시체를 보여준 것이오. 그들은 디미트리오스 매클로포로스라는 악당의 시체라고 설명했다더군요. 그처럼 간단하게 속다니, 그들도 한심한 사람들이지. 그렇게 생각지 않소? 그러나 스미스 씨도 한순간은 속았다고 하오. 하지만 다행스럽게도 내가 디미트리오스는 살아 있다는 사실을 일러줄 수 있는 입장에 있었지."
피터스는 잠시 입을 다물었다.
"뭐, 할 말이 없소? 좋아, 아마 당신은 내가 어떻게 당신의 거처와 정체를 알았는지 묻고 싶겠지?"
또다시 침묵이 흘렀다.
"듣고 싶지 않소? 그리고 그 불쌍한 바보 비셀이 살해되었을 때 당신이 이스탄불에 있었다는 사실을 내가 어떻게 알았는지, 또한 스미스 씨가 시체보관소에 있던 죽은 사람의 얼굴이 비셀의 사진과 일치한다는 것을 어떻게 쉽사리 알 수 있었는지 듣고 싶지 않소?"
또 침묵이 계속되었다.

"듣고 싶지 않소? 그리고 죽은 살인범이 살아 있다는 묘한 사건에 대하여 터키 경관의 흥미를 환기시키는 일, 또 타보리아에서 그처럼 갑자기 모습을 감춘 스미르나의 피난민에 대하여 그리스 경찰의 흥미를 환기시키는 것이 우리에게 얼마나 쉬운 일인지 듣고 싶지 않소?

 설마 당신은 이렇듯 오랜 세월이 지났으므로 당신이 디미트리오스 매클로포로스, 또는 탈라디스, 또는 탈라트, 그리고 르쥬몽이라는 사실을 입증할 수 없으리라고 생각하는 것은 아니겠지? 대답하고 싶지 않소? 그럼, 내가 말하지. 우리가 그것을 입증하는 일은 누워서 떡먹기요. 나는 당신이 매클로포로스임을 증명할 수 있고, 그 점은 베르나, 르노틀, 갤린드, 또는 대공비도 마찬가지요. 누구든 한 사람쯤은 살아 있을 테고, 경찰은 그를 찾아낼 수 있을 거요. 그들 중 누구라도 기꺼이 당신을 교수대로 보내도록 애써 주리라는 것은 너무도 명백한 일이오. 스미스 씨는 이스탄불에서 매장된 사나이가 비셸임을 증언할 수 있소. 그리고 당신이 6월에 전세 낸 요트의 승무원이 있소. 그들은 비셸이 당신과 함께 이스탄불에 갔었던 일을 알고 있소. 워글램 거리의 아파트 관리인이 있소. 그는 당신을 르쥬몽으로 알고 있소. 그처럼 수많은 가명을 쓴 사나이에게는 지금 가지고 있는 여권도 당신의 신분을 지키는 데 그다지 도움이 되지 못할 거요. 어떻소? 또 비록 당신이 프랑스나 그리스의 경찰에 뇌물을 바친다 하더라도 스미스 씨가 잘 아는 터키 비밀 경찰은 그렇게 쉽사리 당신의 수완에 놀아나지 않을 거요. 교수대를 모면하는 데 백만 프랑이 많다고 여기시오, 디미트리오스?"

 피터스가 말을 끊었다. 디미트리오스는 몇 초 동안 계속 벽을 쳐다보고 있었다. 그러다가 가까스로 몸을 움직여 장갑을 낀 자기의 작은 손을 내려다보았다. 잔잔한 연못에 하나씩 돌을 던지듯 그의 입에서 말이 새어나왔다.
 "생각하고 있는 중일세, 왜 그렇게 적은 돈을 요구하는가 하고, 자네가 바라는 것은 그 백만 프랑뿐인가?"
 피터스 씨가 소리 내어 웃었다.
 "백만 프랑을 받은 뒤 우리가 경찰에 갈까봐 그러는 거요? 그런 짓은 하지 않소, 디미트리오스. 우리는 절대로 비열한 짓은 하지 않소. 이 백만 프랑은 당신이 나타내는 선의의 시초가 될 거요. 앞으로 얼마든지 선의를 표할 기회는 있소. 그러나 우리는 욕심을 부리지 않겠소."
 "그건 그렇겠지. 자네들은 내가 자포자기하는 것은 원하지 않을 테니까. 내가 비셀을 죽였다는 그 기묘한 환상을 품고 있는 것은 자네들뿐인가?"
 "우리 외에는 아무도 없소. 내일 천 프랑 지폐로 백만을 받겠소."
 "그렇게 빨리?"
 "내일 아침 당신은 우편으로 돈을 넘겨주는 방법에 대한 지시를 받을 거요. 그 지시를 정확하게 지킬 수 없다면 두 번 다시 기회가 없을 것이오. 곧 경찰에 연락할 테니까, 알겠소?"
 "분명히 알았네."
 자리에서 일어나며 디미트리오스는 무슨 생각이 떠오른 것 같았다. 그는 라티머 쪽으로 돌아서며 말했다.
 "당신은 거의 입을 열지 않았소. 나는 당신의 목숨이 페타젠의 손 안에 있다는 사실을 당신이 알고 있는지 모르겠다고 생각하고 있는 중이오. 이를테면 그가 당신의 본명과 거처를 나에게 일러줄 마음이 들면 내가 누구를 시켜서 당신을 살해하리라는 것은 확실한 일이 아니겠소?"
 피터스가 흰 틀니를 드러내보였다.

"어째서 내가 스미스 씨의 협력을 잃는 그런 짓을 한단 말이오? 스미스 씨는 아주 귀중한 존재요. 그는 비셀이 살해된 사실을 증명할 수 있소. 스미스 씨가 없으면 당신은 편한 마음으로 있을 수 있겠지?"
디미트리오스는 피터스의 말참견을 무시했다.
"자, 스미스 씨?"
라티머는 디미트리오스의 불안스러운 듯한 갈색 눈을 올려다보며 일라나 플레베사의 말을 생각해 냈다. 분명히 앞으로 고통을 주려는 사람의 눈이지만, 저런 눈을 가진 의사는 없다. 그 눈은 살기를 띠고 있었다.
라티머가 말했다.
"걱정 마시오. 페타젠이 나를 죽일 까닭은 없소. 저……"
피터스가 재빨리 끼어들었다.
"우리는 어리석은 자가 아니오. 디미트리오스, 이제 돌아가도 좋소."
"물론 돌아가지."
디미트리오스는 문 쪽으로 가더니 문 앞에서 멈춰 섰다.
"왜 그러지요?" 피터스가 물었다.
"스미스 씨에게 두 가지 물어볼 게 있소."
"무슨 질문이오?"
"당신이 비셀이라고 본 그 사나이는 발견되었을 때 어떤 옷차림을 하고 있었소?"
"값싼 감색 서지 양복. 1년 전 리옹에서 발급된 당신의 신분증명서가 옷 속에 꿰매어져 있더군요. 옷은 그리스 제였으며, 셔츠와 속옷은 프랑스 제였소."
"그래, 살해된 방법은?"

"옆구리를 칼로 찔러 바다 속에 집어던졌더군요."

피터스가 웃음지었다.

"만족스럽소, 디미트리오스?"

디미트리오스는 물끄러미 피터스를 바라보며 천천히 말했다.

"비셀은 욕심이 너무 많았어. 자네는 그렇게 욕심을 부리지 않겠지, 페타젠?"

피터스는 질세라 마주 쏘아보며 말했다.

"나는 절대로 신중을 기할 거요. 더 이상 물어볼 게 없소? 내일 아침에 지시서를 받게 될 것이오."

디미트리오스는 아무 말도 하지 않고 나가버렸다. 피터스는 문을 닫고 한동안 기다렸다가 다시 살짝 열었다. 그는 라티머에게 그대로 있으라는 몸짓을 해보이더니 층계 쪽으로 모습을 감췄다. 층계가 삐걱거리는 소리를 냈다. 1분쯤 뒤 피터스가 돌아왔다.

"갔습니다. 몇 분쯤 있다가 우리도 갑시다."

피터스는 다시 침대에 걸터앉아 가느다란 잎담배에 불을 붙여 물고는 갇혔던 몸이 풀려 나오기라도 한 듯이 만족스럽게 연기를 뿜어냈다. 그 얼굴에 독특하고 감미로운 웃음이 비바람이 스쳐간 뒤의 장미꽃처럼 나타났다.

"이거 정말 힘들군. 그가 바로 당신이 여러 가지로 이야기를 들었던 디미트리오스입니다. 그를 어떻게 생각합니까?"

"어떻게 생각해야 할는지 나도 모르겠군요. 지금까지의 그에 대한 것을 속속들이 알지 못했기 때문에 그다지 강한 불쾌감을 느끼지 않았는지도 모릅니다. 아무튼 어떻게 하면 재빨리 나를 죽일 수 있을까 생각하고 있는 상대방에게 냉정한 판단을 내릴 수는 없지요." 라티머는 한순간 주저하다가 다시 말을 이었다. "당신이 그를 그토록 미워하고 있는 줄은 몰랐습니다."

피터스는 웃음 짓지 않았다.

"솔직히 말해서 라티머 씨, 나 자신도 그 사실을 알고 몹시 놀랐습니다. 나는 그를 좋아하지 않았소. 믿지도 않았지요. 그처럼 우리 모두를 배신했으니 그런 기분은 이해할 수 있을 겁니다. 하지만 조금 전에 이 방에서 그의 모습을 볼 때까지 나는 내가 그를 죽여도 시원찮을 정도로 미워하고 있었다는 것을 몰랐습니다. 만일 내가 미신을 믿는 사람이었다면 불쌍한 비셀의 영혼이 나에게 옮겨왔다고 생각되었을 정도였지요."

피터스는 말을 끊고 숨을 죽이며 중얼거렸다.

"어리석은 생각이지."

그는 잠시 입을 다물고 있더니 갑자기 얼굴을 들었다.

"라티머 씨, 당신에게 고백해야 할 일이 있습니다. 비록 당신이 나의 제안에 동의했다 하더라도 당신은 분담금 50만 프랑을 받을 수 없으리라는 것을 이번 기회에 말해 두어야만 하겠습니다. 나는 당신에게 반을 나눠줄 생각은 조금도 없었습니다."

그는 한 대 맞을 각오를 하고 있는 듯 입을 꼭 다물었다.

"나도 그렇게 생각했습니다." 라티머가 무표정하게 말했다. "다만 당신이 나를 어떻게 속이려 하는가 보기 위해서 자칫하면 동의할 뻔했었지만. 아마 실제로 돈을 받을 시간은 나에게 말한 것보다 한 시간쯤 빨리 하여 내가 약속장소에 도착했을 때는 당신도 돈도 이미 사라져버린 뒤겠지요. 그렇지 않소?"

피터스는 저도 모르게 얼굴을 찡그렸다.

"나를 믿지 않은 것은 아주 현명한 일이었으나 동시에 박정한 처사였지만, 나로서는 당신을 나무랄 수가 없습니다. 그러나 당신을 속이려 했음을 인정하는 것은 일부러 면목이 서지 않는 생각을 하기 위해서가 아닙니다. 한 가지 물어볼 말이 있습니다."

"무엇입니까?"
"돈을 반씩 나누자는 나의 제안을 거절한 것은――실례되는 질문입니다만――내가 당신을 디미트리오스에게 팔리라고 생각했기 때문입니까?"
"그런 생각은 한 번도 해본 일이 없습니다."
피터스는 정중한 어조로 말했다.
"그거 참, 고마운 일이군요. 나는 당신에게 그런 사람으로 비춰지고 싶지는 않습니다. 당신은 나를 미워하고 있을지도 모르지만 나는 냉혹한 사람으로 여겨지고 싶지는 않습니다. 솔직히 말해서 나도 그런 것은 조금도 생각지 않았습니다.

 그게 디미트리오스입니다! 우리는 이번 일을 여러 모로 의논했습니다. 당신과 함께 우리는 서로 불신하며 배신을 예상하고 있었습니다. 그러나 그런 생각을 우리의 머릿속에 심어준 건 디미트리오스입니다. 나는 지금까지 사악하고 흉포한 사람을 많이 만나봤지만, 감히 말할 수 있습니다. 디미트리오스와 견줄 사람은 아무도 없습니다. 내가 당신을 배신할지도 모른다는 뜻을 그가 비춘 것은 무엇 때문이라고 생각합니까?"
"두 사람을 상대로 하여 싸우는 최선의 방법은 적끼리 싸우게 해야 한다는 원칙을 따른 것이겠지요."
피터스는 웃음을 지었다.
"아닙니다, 라티머 씨. 디미트리오스는 그렇듯 속들여다보이는 짓은 하지 않습니다. 그는 아주 교묘한 말로, 바로 이 나는 필요치 않은 동료이므로 그에게 나의 거처를 일러줌으로써 지극히 쉽게 나를 배제할 수 있다고 당신에게 알려주려 했던 것입니다."
"말하자면 나를 위해서 당신을 살해할 것을 제안했다는 겁니까?"
"그렇지요. 그러면 그는 당신만을 상대로 하면 되는 겁니다. 물론 그는……." 피터스는 생각에 잠기면서 덧붙여 말했다. "당신이 현재의 그의 이름을 모르고 있다는 사실을 알지 못하고 있습니다." 그는 일어서서 모자를 썼다. "그렇소, 나는 디미트리오스를 좋아하지 않습니다. 내 말을 오해하지 마십시오. 나에게 도덕적 결벽성은 없습니다. 그러나 디미트리오스는 잔인한 짐승입니다. 모든 경계수단을 강구하고 있는 지금도 나는 그가 무섭습니다. 나는 그 백만 프랑을 가지고 모습을 감춥니다. 그와의 거래가 끝난 뒤 나는 당신이 그를 경찰에 넘겨주어도 묵인할 수 있다면 물론 그렇게 합니다. 처지가 바뀐다면 그 역시 망설이지 않고 그렇게 할 겁니다. 그러나 불가능합니다."

"어째서?"

피터스는 이상스러운 표정으로 라티머를 보았다.

"디미트리오스가 당신에게 뭔가 묘한 영향을 미친 모양이군요. 나중에 경찰에 알린다는 것은 너무 위험합니다. 우리보고 백만 프랑에 대해 설명하라고 하면——디미트리오스가 아무 말 없이 잠자코 있으리라고는 도저히 생각할 수 없으므로——우리는 당황하게 됩니다. 유감스럽습니다만 이제 슬슬 가보기로 할까요? 방값은 테이블 위에 두고 갑시다. 슈트케이스는 팁 대신 주기로 하고요."

두 사람은 입을 다문 채 아래층으로 내려갔다. 열쇠를 돌려주자 셔츠 차림의 사나이가 숙박부를 가지고 나와 피터스에게 건네주었다. 피터스는 손을 저어 되돌아가게 했다. 그는 돌아와서 기입하겠다고 말했다.

거리로 나서자 피터스는 우뚝 멈춰서더니 라티머 쪽을 보고 섰다.

"미행당한 일이 있습니까?"

"내가 아는 바로는 없습니다."

"그럼, 지금부터 경험하게 될 겁니다. 디미트리오스가 우리의 거처를 알 수 있으리라고는 기대하지 않겠지만 언제나 빈틈없고 철저한 사람이니까요."

그는 라티머의 어깨 너머 쪽을 흘끔 보았다.

"아하, 저 사나이는 우리가 왔을 때에도 있었습니다. 돌아다보지 마십시오, 라티머 씨. 회색 레인코트에 검은 색 중절모를 쓴 사람입니다. 이제 곧 보일 겁니다."

라티머는 디미트리오스가 돌아가자 사라졌던 뱃속이 빈 듯한 기분이 몸을 뒤흔들 듯이 되살아나는 것 같은 기분을 느꼈다.

"어떻게 하면 좋지요?"

"처음에 말했듯이 지하철로 돌아가는 겁니다."

"그게 무슨 도움이 됩니까?"

"이제 알게 됩니다."

르드뤼 롤랭 지하철역은 90미터 남짓 떨어져 있었다. 두 사람은 그 쪽을 향해 걸었다. 라티머는 넓적다리의 근육이 굳어지며 뛰어가고 싶은 어리석은 충동에 사로잡혔다. 다리가 켕기어 의식적으로 발을 내디디고 있는 것처럼 느껴졌다.

"돌아다보면 안 됩니다." 피터스가 말했다.

두 사람은 지하철 층계를 내려갔다.

"이제부터는 나에게 바싹 붙어서 주십시오." 피터스가 말했다.

피터스가 2등표를 두 장 샀다. 두 사람은 차 타는 곳을 향해 터널 안을 걸어갔다.

긴 터널이었다. 두 사람이 용수철이 장치된 입구를 지나갈 때 라티머는 뒤를 돌아다보아도 상관없으리라는 생각이 들었다. 돌아다보니 회색 레인코트를 걸친 초라한 차림의 젊은이가 9미터쯤 뒤에서 따라 오고 있는 모습이 언뜻 보였다. 터널이 둘로 갈라져 있는 지점에 이르렀다. 한쪽에는 '샤랑튼 방면', 다른 한 쪽에는 '발라르 방면'이라는 푯말이 붙어 있었다. 피터스가 멈춰 섰다.
 "여기서 우리가 헤어지는 것처럼 보이게 하는 것이 좋을 것 같소."
그는 흘끔 곁눈질해 보며 말했다. "아, 저 사나이도 멈춰 섰군요. 앞으로 어떻게 할 것인지 궁리하고 있는 모양입니다. 뭐라고 말을 좀 하십시오, 라티머 씨. 너무 큰 소리는 내지 말고요. 들어보고 싶어서 그럽니다."
 "무엇을 듣고 싶다는 것입니까?"
 "오늘 아침에 30분쯤 여기서 열차 소리를 듣고 있었습니다."
 "대체 무엇 때문에? 나로서는……."
 피터스가 팔을 꽉 잡았으므로 라티머는 입을 다물었다. 다가오는 열차 소리가 멀리서 들려왔다.
 "발라르 행이오." 갑자기 피터스가 말했다. "자, 갑시다. 바짝 붙어 서서 너무 빨리 걷지 않도록……."
 두 사람은 오른쪽 터널을 내려갔다. 열차 소리가 점점 커졌다. 그들은 터널의 구부러진 부분을 돌았다. 저만큼 앞쪽에 녹색 자동문이 보였다.
 "빨리!" 피터스가 소리쳤다.
 열차는 이제 거의 플랫폼에 들어와 있었다. 자동문이 플랫폼의 입구를 천천히 차단하기 시작하고 있었다. 겨우 7센티미터 남짓한 공간을 남기고 라티머가 지나가자 열차의 브레이크 소음을 뚫고 누군가 달려오는 발자국 소리가 들렸다. 돌아다보니 피터스는 얼마쯤 배에 압박을 받긴 했으나 겨우 플랫폼으로 빠져나올 수 있었다. 그러나 회색 레인코트의 사나이는 마지막 순간이 되어 열심히 뛰었으나 출발이 너무 늦었다. 사나이는 분노로 얼굴을 붉힌 채 자동문 저쪽에서 주먹을 휘두르고 있었다.
 두 사람은 약간 숨을 헐떡이며 열차에 올라탔다.

"잘되었소!" 피터스가 기쁜 듯 헐떡거리며 말했다. "이제 내 말 뜻을 아셨습니까?"

"아주 교묘한 방법이로군요."

열차의 소음으로 더 이상 말을 할 수가 없었다.

피터스가 라티머의 팔을 잡았다. 샤트레에 닿았다. 두 사람은 열차에서 내려 오를레앙 문 행으로 바꿔타고 프랑시드까지 갔다. 렌느 거리를 걸으며 피터스 씨는 가볍게 콧노래를 부르고 있었다. 두 사람은 카페 앞을 지나갔다.

피터스가 콧노래를 멈췄다.

"커피를 마시겠습니까, 라티머 씨?"

"아니오, 그런데 디미트리오스에게 보낼 편지는?"

피터스는 주머니를 탁 쳤다.

"이미 썼습니다. 시간은 11시. 장소는 랭 거리와 장 졸레스 거리의 교차점입니다. 가보시겠소? 아니면 내일 파리를 떠나십니까?" 피터스는 라티머에게 대답할 틈도 주지 않고 말을 계속했다. "당신과 작별해야 한다니 유감스럽습니다, 라티머 씨. 당신은 아주 동정심이 많은 사람입니다. 우리의 만남은 대체적으로 아주 즐거웠던 것 같소. 그리고 나에게는 매우 유익했습니다." 그는 한숨을 쉬었다. "조금 미안한 생각이 듭니다, 라티머 씨. 당신은 그렇게 참아가며 협력을 해주었는데 아무런 보수도 없이 돌아가시니. 어떻습니까?" 그는 약간 걱정스러운 듯이 물었다. "그 돈 중에서 천 프랑만 받지 않겠습니까? 당신이 쓰신 비용에 보탬이 될 겁니다."

"아니, 괜찮습니다."

"그래요, 물론 그러시겠지요. 그럼, 라티머 씨, 와인을 한 잔 들기로 하지요. 그것이 좋겠습니다. 축배입니다! 갑시다. 그러나 아무것도 없으면 술도 맛이 없지요. 내일 밤 함께 돈을 받읍시다. 당신은 그 악당 디미트리오스가 얼마쯤이나마 피를 착취당하는 걸 보는 만족감을 얻을 수 있을 겁니다. 그런 다음 축배를 듭시다. 어떻습니까?"
두 사람은 막다른 골목이 있는 길모퉁이에서 걸음을 멈췄다. 라티머는 피터스의 젖은 눈을 바라보며 천천히 말했다.
"나는 이렇게 생각합니다. 디미트리오스가 당신의 말을 기만의 연막이라고 판단할 수 있지 않을까. 그럴 가능성이 있다면 돈을 실제로 받을 때까지 나를 파리에 붙들어두는 것이 상책이 아닌가 하는 생각을 당신이 하고 있을 거라고……."
피터스는 천천히 눈을 감더니 나무라는 듯한 어조로 말했다.
"라티머 씨, 나는 설마…… 설마 당신이 그처럼 악의적으로 해석하리라고는……."
"좋습니다, 있기로 하지요."
라티머는 초조한 듯이 말을 가로막았다.
이미 여러 날을 헛되이 보냈다. 앞으로 하루쯤이야 상관없겠지.
"내일 함께 가겠습니다. 단 조건이 있습니다. 와인은 샴페인이어야 할 것. 그것도 모로코 산이 아니라 프랑스 것으로, 1919년이나 20년이나 21년의 것으로서 뛰어난 것이어야 합니다. 한 병에 적어도 백 프랑은 하는 걸로."
피터스가 눈을 뜨고 씩씩하게 웃음 지었다.
"그렇게 하십시오, 라티머 씨."

낯선 거리

피터스와 라티머는 랭 거리와 장 졸레스 큰 거리의 교차점인 정해진 위치에 닿았다. 10시 반, 빌린 차가 뉴일리 묘지 맞은쪽에서 디미트리오스의 심부름꾼을 태우기로 되어 있는 시간이다.

추운 밤인데다 도착한 지 얼마 안 되어 비가 내렸으므로, 거리에서 생 클루 다리 방향으로 4미터 남짓 간 곳에 있는 건물의 정문 입구로 들어가 비를 피했다.

"여기까지 오는 데 얼마나 걸립니까?" 라티머가 물었다.

"11시까지 오라고 했습니다. 그러면 뉴일리에서 오는 데 30분의 여유가 있습니다. 더 빨리 올 수도 있지만, 미행당하지 않는지 완전히 확인하고서 오라고 일러뒀습니다. 수상쩍은 듯한 생각이 들면 차는 뉴일리로 되돌아갑니다. 절대로 위험을 범하지 않게끔 되어 있습니다. 차는 루노의 쿠페입니다. 꾹 참고 기다려야 합니다."

두 사람은 말없이 기다렸다. 때마침 빌린 루노같이 보이는 차가 강가 쪽에서 다가오자 피터스가 몸을 움직였다. 둥근 돌이 박힌 포장된 비탈을 흘러내려온 비가 두 사람의 발치에서 물웅덩이를 이루었다.

갑자기 피터스가 낮은 목소리로 외쳤다.
"조심하십시오!"
"왔습니까?"
"네."
라티머는 피터스의 어깨 너머로 보았다. 대형 루노가 왼쪽에서 다가오고 있었다. 보아하니 운전기사가 길을 잘 모르는지 차가 속도를 늦추기 시작했다. 전조등의 불빛 속에서 비가 반짝였다. 차가 두 사람 앞을 4미터 남짓 지나쳐 멎었다. 어둠 속에서 운전기사의 머리와 어깨의 윤곽이 흐릿하게 보였다. 뒤쪽 창문에는 블라인드가 내려져 있었다. 피터스는 외투주머니에 손을 집어넣으며 말했다.
"여기서 기다리고 계십시오."
피터스는 차 쪽으로 걸어갔다.
"염려 없나?"
운전기사에게 말하는 소리가 라티머에게 들렸다.
"네" 하는 대답이 들렸다.
피터스는 뒷문을 열고 올라타더니 곧 내려서 문을 닫았다.
"기다려"라고 말하고 피터스는 라티머에게로 돌아왔다.
"잘 되었소?" 라티머가 물었다.
"그런 것 같소. 성냥을 그어주십시오."
라티머가 성냥을 그었다. 꾸러미는 큰 책만한 크기로 두께가 5센티미터 남짓 되었으며 파란종이로 싸서 끈으로 묶여 있었다. 피터스가 한쪽 모서리의 포장을 찢자 단단한 천 프랑 짜리의 돈다발이 나타났다.
"아름답군!" 피터스가 한숨을 쉬듯 말했다.
"세지 않습니까?"
"그렇소." 피터스는 진지한 어조로 말했다. "집에 돌아가서 세기

낯선 거리 285

로 하겠습니다."

 피터스는 꾸러미를 외투 속에 집어넣고 보도로 나가 손을 들었다. 루노가 덜컹 움직이더니 크게 원을 그리며 돌아 웅덩이를 이룬 물을 튀기면서 왔던 방향으로 되돌아갔다. 피터스는 웃음 띤 얼굴로 사라져가는 차를 바라보고 있었다.

 "아주 아름다운 여자였소. 대체 누구일까? 그러나 나는 백만 프랑쪽이 더 좋습니다, 라티머 씨. 그럼, 이번에는 택시를 잡아타고 예정했던 대로 샴페인을 마시러 갑시다. 축배의 값어치가 있는 듯싶군요."

 포르트 드 생 클루 근처에서 택시를 잡았다. 피터스는 자신의 성공에 대하여 강의를 하기 시작했다.

 "디미트리오스 같은 사람을 상대할 경우에는 확고한 태도와 신중성이 반드시 필요합니다. 우리는 일의 내용을 분명히 그에게 제시했습니다. 우리의 요구에 응할 수밖에 별도리가 없다는 사실을 알려줬고, 그가 응했습니다. 백만 프랑. 아주 흡족한 결과입니다! 2백만 프랑을 요구했더라면 좋았을걸 하는 생각이 들 정도입니다. 하지만 너무 욕심을 부리는 것은 현명한 일이 못됩니다. 그는 지금 상태로서는 우리가 다시 요구해 오려니 여기고 비셀과 마찬가지로 우리를 해치울 시간이 있다고 생각할 겁니다. 머지않아 그는 잘못 생각했다는 것을 알게 되겠지요. 라티머 씨, 이번 일은 나에게 아주 만족스러운 결과를 가져다주었습니다. 나의 자랑일 뿐 아니라 금전적인 면으로 만족합니다. 그리고 어느 정도 불쌍한 비셀의 죽음에 대하여 보복을 한 것 같은 기분이 듭니다. 나는 고생을 했습니다. 이제야 그 보수를 얻게 된 것입니다."

 그는 가볍게 주머니를 두드렸다.

 "속았다는 사실을 알게 되었을 때의 디미트리오스의 얼굴을 볼 수 있다면 얼마나 유쾌할까요. 우리가 그때까지 이곳에 있지 못한다는 것이 유감스럽습니다."
"당신은 곧 파리를 떠납니까?"
"그렇게 하려고 생각합니다. 남아메리카를 여기저기 구경하며 다니고 싶습니다. 물론 나를 양자로 삼아준 그 나라는 아닙니다. 시민권을 주었을 때의 한 가지 조건이 그 나라에는 절대로 가지 않는다는 것이었습니다. 나는 감정적인 이유에서 새로운 모국을 한 번이라도 보고 싶기 때문에 그것은 아주 괴로운 조건입니다. 그러나 그 조건을 바꿀 수는 없습니다. 나는 세계 시민이고 그런 상태가 언제까지나 계속될 겁니다.

나이를 먹으면 노후를 평온하게 지낼 수 있는 어딘가에 토지와 집을 사게 되겠지요. 당신은 젊습니다. 나만큼만 나이를 먹으면 1년 1년이 짧게 느껴져서 머지않아 종말에 닿는다는 생각이 들 겁니다. 마치 밤늦게 낯선 거리로 다가가 따뜻한 열차에서 내려, 아무것도 모르는 호텔로 가는 것이 마음에 걸려 언제까지나 여행이 끝나지 않기를 바라는 것과 마찬가지입니다."
피터스는 창 밖을 내다보았다.
"이제 곧 집입니다. 당신의 샴페인은 사놓았습니다. 아주 비싼 것으로요. 그러나 약간의 사치에 도덕론을 펴지는 않겠습니다. 사치는 때로 즐거울 뿐 아니라 즐겁지 않을 때도 단순한 것의 고마움을 알려주는 효능이 있지요. 자, 도착했습니다!"
택시가 골목 입구에서 멎었다.
"잔돈이 없습니다. 주머니에 백만 프랑 들어 있는데! 좀 내주시겠습니까?"
두 사람은 골목을 걸어갔다.
"남아메리카로 가기 전에" 피터스가 말했다. "이 집들을 팔려고 합니다. 이익이 되지 않는 부동산은 가지고 있어 봐야 아무 소용없으니까요."

"간단히 팔리지 않을 것 같군요. 창문으로 내다보이는 전망도 좀 답답하고……."

"하루 종일 창 밖을 내다보고 있을 필요는 없지요. 손을 대면 아주 좋은 집이 됩니다."

두 사람은 긴 층계를 올라가기 시작했다. 3층에 이르자 피터스는 한숨을 쉬더니 외투를 벗고 열쇠꾸러미를 꺼냈다. 두 사람은 방문 앞까지 계속 올라갔다.

피터스는 문을 열고 불을 켜더니 가장 큰 의자 앞으로 가 외투주머니에서 꾸러미를 꺼내어 끈을 풀기 시작했다. 그는 아주 신중한 손놀림으로 꾸러미 속에서 돈다발을 꺼내어 들어올렸다. 이상스럽게도 피터스는 진짜 웃음을 띠었다.

"보십시오, 라티머 씨! 백만 프랑입니다! 당신은 이처럼 큰돈을 본 일이 있습니까? 6천 파운드에 가까운 큰돈입니다!" 그는 일어서며 말을 계속했다. "어쨌든 축배를 듭시다. 외투를 벗으십시오. 샴페인을 가지고 오겠습니다. 마음에 드시면 좋겠는데. 얼음은 없지만 물에 담가놓았습니다. 차가워졌을 겁니다."

피터스는 커튼으로 칸막이한 쪽으로 걸어갔다.

라티머는 외투를 벗으려고 돌아섰다. 문득 피터스가 아직도 커튼 저쪽으로 가지 못하고 이쪽에 서서 꼼짝도 못하고 있다는 것을 깨달았다. 라티머는 홱 돌아섰다.

한순간 정신을 잃을 것 같은 생각이 들었다. 머리에서 단번에 피가 모두 사라져버려 멍청해져버린 것 같았다. 강철 띠가 가슴을 옥죄는 듯했다. 라티머는 소리치고 싶었으나 눈을 둥그렇게 뜨고 바라보고 있을 뿐이었다. 피터스는 라티머에게로 등을 돌리고 선 채 두 손을 머리 위로 올리고 있었다. 금빛 커튼 사이에 디미트리오스가 권총을 들고 서 있었다. 디미트리오스가 비스듬히 앞으로 한 발자국 나왔으므로 몸의 한부분이 피터스의 그림자에 가려져 있었던 라티머는 정면으로 마주보게 되었다. 라티머도 외투를 떨어뜨리며 두 손을 들어올렸다. 디미트리오스가 눈썹을 치켜올렸다.

"나를 보고 그렇게 놀라는 것은 나를 우습게 보았다는 증거다, 페타젠. 아니, 카이에라고 부를까?"

피터스는 아무 말도 하지 않았다. 라티머는 그의 얼굴을 볼 수 없었으나 침을 삼키는 듯 목젖이 움직이는 게 보였다. 갈색 눈이 라티머 쪽을 흘끗 보았다.

"영국인도 여기 있으니까 아주 도움이 되겠군, 페타젠. 저 사나이의 이름과 주소를 가르쳐달라고 자네를 설득할 수고를 던 셈이야. 그토록 여러 가지 일을 알고 있으며 그처럼 얼굴을 감추려던 스미스 씨도 자네와 마찬가지로 다루기 쉬운 사람인 것 같군, 페타젠. 자네는 옛날부터 지나치게 영리해. 전에도 한 번 자네에게 이런 말을 한 적이 있지. 자네가 살로니카에서 관을 가지고 왔을 때였어. 기억하고 있나? 하지만 약은 꾀로는 현명함을 이겨낼 수가 없어. 내가 자네 생각을 꿰뚫어볼 수 없으리라고 진심으로 여기고 있었나?"

디미트리오스는 입술을 일그러뜨렸다.

"네 생각은 이러했겠지. '불쌍한 디미트리오스! 그 녀석은 아주 단순한 사나이다. 그 녀석은 이 영리한 페타젠이 세상의 흔한 공갈자처럼 요구를 거듭하리라고 생각하겠지. 내가 속이고 있는 것을 모르고 있을 거다. 그러나 만의 하나라도 알아차릴 수 없도록 지금까지의 공갈자가 한 적이 없는 일을 해두어야겠다. 내가 다시 요구한다고 그 녀석에게 알리는 거야. 불쌍한 디미트리오스는 그처럼

낯선 거리 289

어리석은 자이므로 그 말을 믿겠지. 불쌍한 디미트리오스에겐 총명함이 없어. 내가 교도소를 나와 한 달도 되기 전에 이 팔리지 않는 집 세 채를 카이에라는 사나이에게 파는 데 성공한 것을 비록 등기부를 보고 알았다고 한들 이 영리한 페타젠이 동시에 카이에라는 것은 꿈에도 생각지 못하겠지' 라고 말이야. 내가 세 채를 너의 명의로 살 때까지 모두 10년이 넘도록 빈 집이었다는 것을 몰랐던가, 페타젠? 너는 정말 바보로군."

디미트리오스는 말을 끊었다. 그는 불안한 듯한 갈색 눈을 가늘게 뜨며 입을 꼭 다물었다. 라티머는 디미트리오스가 당장 피터스를 죽이리라는 것을 알고 있었지만 너무도 가슴이 떨려 숨이 막힐 것만 같았다.

"돈다발을 떨어뜨려, 페타젠."

돈다발이 융단 위에 떨어져 부채처럼 퍼졌다.

디미트리오스가 권총을 들어올렸다. 갑자기 피터스는 무슨 일이 일어나려 하고 있는지 깨달은 모양이었다. 피터스는 소리쳤다.

"그러지 말아! 내 말을……."

디미트리오스가 쏘았다. 귀가 찢어질 듯한 두 발의 총소리와 함께 라티머는 총알 하나가 피터스의 몸에 박히는 소리를 들었다.

피터스는 토하는 듯한 소리를 내고 앞으로 쓰러져 목덜미에서 피를 흘리며 네 활개를 펴고 엎어졌다.

디미트리오스가 라티머를 보았다.

"이번에는 네 차례다."

그 순간 라티머는 뛰었다.

왜 그 순간을 택하여 뛰었는지 그는 끝내 이해할 수가 없었다. 왜 뛸 생각이 들었는지조차도 끝까지 몰랐다. 그는 자기 몸을 지키기 위한 본능적인 시도였으려니 했다. 그러나 자위본능이 어째서 자기를 디미트리오스가 금방 쏘려 하는 권총 방향으로 뛰게 했는지는 도저히 설명할 수 없었다. 그러나 그는 뜀으로써 죽음을 면했다. 오른쪽 발이 마룻바닥을 떠난 순간 디미트리오스가 방아쇠를 잡아당기는 몇 분의 1초 전에 그가 융단이 겹쳐져 불룩한 곳에 걸려 몸을 굽히는 순간 총알이 그 머리 위를 지나 벽에 박혔다.

눈은 거의 보이지 않았고 총화(총을 쏠 때 총구에서 번쩍이는 불빛)로 이마를 덴 채 라티머는 디미트리오스에게 덤벼들었다. 두 사람은 서로 상대방의 목을 붙잡고 쓰러졌는데 디미트리오스는 곧 무릎으로 라티머의 배를 걷어차고 굴러서 그로부터 떨어져갔다.

그전에 디미트리오스는 권총을 떨어뜨렸는데 그것을 막 집으려 하고 있었다. 라티머는 헐떡이며 가장 가까이 있는 물건 쪽으로 달려갔다. 모로코 식 테이블에 놓여 있는 두터운 놋쇠쟁반을 집어 들어 디미트리오스를 향해서 던졌다. 쟁반 가장자리가 권총으로 손을 뻗치려던 그의 머리를 때려 그는 비틀거렸다. 그러나 그 일격은 한순간 그를 저지한 데 지나지 않았다. 라티머는 테이블의 나무로 된 부분을 집어던지며 덤벼들었다. 테이블이 어깨에 맞아 디미트리오스가 뒤로 비틀거렸다. 다음 순간 라티머는 권총을 집어 들고 한 발자국 뒤로 물러서서, 아직도 어깨로 숨을 쉬며 손가락을 방아쇠에 걸었다.

얼굴이 새파래진 디미트리오스가 다가왔다. 라티머는 권총을 들어 올렸다.

"한 발자국이라도 움직이면 쏜다."

디미트리오스가 멈춰 섰다. 갈색 눈이 라티머의 눈을 쳐다보았다. 백발이 흩어졌다. 스카프가 외투에서 빠져나와 떨어지려 하고 있었다. 흉포한 얼굴이었다. 라티머는 호흡이 차츰 고르게 되어가고 있었으나 무릎의 힘이 완전히 빠져버렸다. 귀가 울리고 화약 연기로 인해 들이마시는 공기에 숨이 막힐 것 같았다. 지금으로서는 라티머가 주도권을 쥐고 있었지만 겁을 집어먹은 채 무력감에 사로잡혀 있는 듯했다.
"한 발자국이라도 움직이면 쏜다" 하고 라티머는 되뇌었다.
갈색 눈이 흘끔 마룻바닥 위의 돈다발 쪽으로 움직이더니 다시 그에게로 돌아왔다.
"어쩔 셈인가?" 갑자기 디미트리오스가 말했다. "경찰이 오면 둘 다 해명을 해야 된다. 나를 쏘면 저 백만 프랑이 손에 들어올 뿐이다. 나를 이대로 가게 하면 백만을 더 주지. 그것으로 충분할 것이다."
라티머는 상대방의 말을 무시했다. 피터스를 흘끔 볼 수 있는 곳까지 벽 쪽으로 조금씩 움직였다.
피터스는 그의 외투가 놓여 있는 긴 의자 쪽으로 기어가 눈을 반쯤 감고서 기대어 있었다. 코를 고는 것 같은 소리를 내며 입으로 숨을 쉬고 있었다. 총탄 한 발이 목옆에 큰 구멍을 뚫었으며 거기에서 피가 쿨쿨 흘러나오고 있었다. 두 발째는 가슴에 맞아서 옷을 태웠다. 상처는 지름 5센티미터쯤 되는 가짓빛 구멍을 이루고 있었다. 피는 거의 나오지 않았다. 피터스의 입술이 움직였다.
디미트리오스에게서 눈길을 떼지 않으면서 라티머는 피터스 옆으로 돌아갔다.
"기분이 어떻소?"
정말 어이없는 질문이었다. 묻는 순간 라티머는 그것을 깨달았다. 마음을 가라앉히려고 무척 애를 썼다. 한 사람이 총을 맞았고, 그 자신은 총을 쏜 사나이를 붙들고 있다. 자신이······.
"내 권총을" 피터스가 쉰 목소리로 말했다. "내 권총을 주시오. 외투······."
그밖에도 뭐라고 말했으나 들리지 않았다.

라티머는 조심스럽게 외투가 있는 쪽으로 가서 손으로 더듬어 권총을 찾았다. 디미트리오스는 소름이 끼칠 듯한 웃음을 입가에 띤 채 보고 있었다. 라티머가 권총을 찾아서 피터스에게 건네주었다. 그는 두 손으로 잡더니 안전장치를 풀었다.
"이번에는…… 가서 경찰을 불러주시오." 피터스는 헐떡이며 말했다.
"누가 총소리를 들었을 테니까 곧 경찰이 올 거요." 라티머가 달래듯이 말했다.
"여기는 못 찾습니다. 부르러 가시오." 피터스가 속삭였다.
라티머는 망설였다. 피터스의 말이 옳다. 이 골목은 벽으로 둘러싸여 있다. 총소리가 들렸는지도 모르지만, 발사된 2, 3초 사이에 우연히 골목 입구를 지나가는 사람이 없었다면 어디서 났는지 절대로 알 수가 없을 것이다.
"알았소. 전화가 어디 있습니까?" 라티머는 말했다.
"전화는 없소."
"그러나……."
라티머는 주저했다. 경관을 찾는 데 10분 넘게 걸릴지도 모른다. 중상을 입은 피터스를 디미트리오스 같은 사람과 함께 남겨두고 가도 괜찮을까? 그러나 달리 방법이 없다. 피터스는 의사의 치료를 받아야만 한다. 디미트리오스를 체포하는 것은 빠를수록 좋다. 라티머는 디미트리오스가 자신의 난처한 처지를 알고 있다는 사실을 알자 더욱 화가 났다. 흘끔 피터스 쪽을 보니 권총을 한쪽 무릎 위에 올려놓고 디미트리오스 쪽을 향해 겨누고 있었다. 피가 여전히 목에서 흘러나오고 있었다. 곧 의사의 치료를 받지 않으면 출혈이 심하여 죽어버릴 것이다.
"좋습니다. 되도록 빨리 돌아오겠습니다." 라티머가 말했다.
그는 입구 쪽으로 갔다.

"잠깐만, 라티머 씨!"

긴박하고 거친 목소리에 라티머는 저도 모르게 멈춰 섰다.

"왜 그러지요?"

"당신이 가면 저자가 나를 쏠 거요. 그것을 모르오? 왜 내 말을 듣지 않소?" 디미트리오스가 말했다.

라티머는 문을 열었다.

"쓸데없는 잔재주를 부리려고 하다가는 반드시 총을 맞을걸."

라티머는 권총 위로 몸을 구부리고 있는, 심하게 다친 사나이 쪽을 보았다.

"경관을 데리고 오겠소. 부득이한 경우 외에는 쏘지 마시오."

말을 마치고 라티머가 나가려고 하자 디미트리오스가 웃음을 터뜨렸다. 라티머는 저도 모르게 돌아섰다.

"그 웃음은 교수대에 올라갈 때까지 보류해 두게. 그때 필요할 거야." 라티머는 거칠게 말했다.

"생각하고 있었지." 디미트리오스가 말했다. "사람은 언제나 최후에는 우둔함에 지는 법이오. 자기 자신의 우둔함이 아니면 남의 우둔함에……." 그의 표정이 바뀌었다. "5백만이오, 라티머." 디미트리오스는 화나는 듯이 소리쳤다. "그래도 부족하오, 아니면 그 썩어가는 자에게 나를 죽이게 할 셈이오?"

라티머는 한순간 상대방을 쳐다보았다. 그의 말에는 대단한 설득력이 있었다. 그때 디미트리오스에게 설득되어 그를 믿었던 사람이 몇몇 있었던 일이 생각났다. 더 이상 기다리지 않았다. 라티머는 문을 닫았을 때 디미트리오스가 자기에게 뭐라고 외치는 소리를 들었다.

층계를 내려갔을 때 총소리가 들려왔다. 네 발 울렸다. 이어서 세 발. 그리고 마지막 한 발을 쏠 때까지 잠깐 간격이 있었다. 심장이 터질 듯이 놀라 돌아서서 방으로 달려갔다. 층계를 뛰어올라가는 그의 머릿속에 가득 차 있는 생각은 피터스에 관한 걱정뿐이었다는 사실을 묘하게 느낀 것은 그로부터 훨씬 뒤의 일이었다.
 디미트리오스는 보기에도 끔찍한 모습이었다. 피터스가 쏜 총탄이 빗나간 것은 한 발 뿐이었다. 두 발이 몸에 명중했다. 분명히 디미트리오스가 쓰러진 뒤에 발사된 네 발째는 두 눈 사이에 명중하여 머리 윗부분을 거의 반 이상이나 날려버렸다. 몸이 아직도 꿈틀거리고 있었다.
 권총을 손에서 떨어뜨린 피터스는 긴 의자에 기대어 머리를 의자 가장자리에 올려놓은 채 모래사장에 올라온 물고기처럼 입을 뻐끔거리고 있었다. 라티머가 옆에 서 있자 피터스는 갑자기 목이 메는지 입에서 피를 토해냈다.
 라티머는 정신없이 커튼 사이로 뛰어들었다. 디미트리오스는 죽었다. 그리고 피터스는 죽어가고 있다. 라티머 자신의 머릿속에 떠오른 것은 정신을 잃거나 구토를 해서는 안 된다는 생각뿐이었다. 마음을 가라앉히려고 애썼다. 무슨 일이든 해야만 한다. 피터스에게 물을 먹여줘야 한다. 부상자는 언제나 물을 찾는다. 세면기가 보이고 그 옆에 컵이 몇 개 있었다. 물 담은 컵을 가지고 바깥방으로 돌아갔다.
 피터스는 이미 몸을 움직이지 않았다. 입과 눈이 벌어져 있었다. 라티머는 옆에 무릎을 꿇고 앉아 그 입에 물을 조금 흘려 넣었다. 물이 도로 흘러나왔다. 컵을 내려놓고 맥을 짚어보았다. 맥박이 뛰지 않았다.
 라티머는 재빨리 일어서서 자기 손을 보았다. 피가 묻어 있다. 세면기 쪽으로 가서 손을 씻고 옆벽의 못에 걸려 있는 작고 더러운 수건에 닦았다.
 곧 경찰에 연락해야 한다는 것은 알고 있었다. 두 사나이가 서로 죽였다. 당연히 경찰에 알려야 할 일이다. 그러나 그들에게 뭐라고 하면 좋단 말인가? 과연 이 도살장에서 있었던 일을 어떻게 설명하면 될까? 골목 앞을 지나가다가 총소리를 들었다고 말할 수 있을까? 그런 그가 피터스와 함께 있었던 것을 누가 기억하고 있을는지도 모른다. 두 사람을 이리로 태워가지고 온 택시 운전기사가 있다. 그리고 경찰이 디미트리오스가 오늘 은행에서 백만 프랑을 찾아간 사실을 안다면…… 신문이 끝도 없이 계속되리라. 게다가 라티머 자신이 의심을 받으면 어떻게 하나?

라티머는 갑자기 정신이 뚜렷해지는 것 같았다. 곧 이곳에서 나가야만 하며 자신이 이곳에 있었던 흔적을 하나라도 남겨두어서는 안된다. 라티머는 재빨리 생각했다. 주머니 속에 든 권총은 디미트리오스의 것이다. 자기의 지문이 묻어 있다. 라티머는 주머니에서 총을 꺼내어 장갑을 끼고 손수건으로 정성껏 닦았다. 그리고 이를 악물고 바깥방으로 가서 디미트리오스 옆에 쪼그리고 앉아 시체의 오른쪽 손을 잡아 손가락을 총 머리와 방아쇠에 갖다대었다. 이윽고 그는 손가락을 떼고 총을 시체 옆 마룻바닥 위에 놓았다.

융단 위에 휴지조각처럼 흩어져 있는 천 프랑 짜리 지폐를 보면서 라티머는 생각했다. 이 돈은 누구의 것인가. 디미트리오스의 것인가, 아니면 피터스의 것인가? 그 속에는 살해된 고리대금업자 숄렘의 돈도, 1922년 아테네에서 훔친 돈도 들어 있다. 스탐볼리스키 암살계획에 힘을 빌려준 보수와 일라나 플레베사가 사취당한 돈도 들어 있다. 블릭이 훔쳐낸 해도의 돈, 여자 매매와 마약 밀매로 번 돈도 들어 있다. 대체 누구의 돈인가? 그거야 경찰이 결정해 주겠지. 이대로 놓아두는 것이 좋다. 누군가가 고개를 갸웃거릴 자료가 될 것이다.

그밖에 물이 든 컵이 있다. 물을 비우고 물기를 없애서 다른 컵과 같이 놓아두어야만 한다. 사방을 둘러보았다. 그밖에는 아무것도 없나? 없다. 아무것도 없나? 그렇다. 아니, 한 가지 있다. 저 쟁반과 테이블에 지문이 묻어 있다. 닦았다. 또 없을까? 있다, 문손잡이에 묻은 지문이 있다. 닦았다. 또? 없다. 컵을 가지고 세면기가 있는 곳으로 갔다. 컵을 닦아서 제자리에 놓고 발길을 돌렸다. 그때 축배를 들기 위해 피터스가 사둔 샴페인이 물 담긴 그릇 속에 채워져 있는 것을 알았다. 베르지의 1921년 제 작은 병이었다.

그가 골목에서 나가는 것을 본 사람은 아무도 없었다. 렌느 거리에 있는 카페를 찾아가 코냑을 주문했다.

그제야 머리끝부터 발끝까지 떨리기 시작했다. 어리석은 짓을 했다. 경찰에 통보를 했어야 하는 것이었는데. 지금도 늦지는 않다. 두 사람의 시체가 그대로 눈에 띄지 않게 되면 어떻게 되나? 파란 벽, 금빛 별무늬, 융단이 깔려 있는 소름끼칠 듯한 그 방에서 몇 주일이나 누워 있어 피가 엉기고 바싹 말라붙고, 먼지가 쌓이고, 살이 썩기 시작한다. 생각만 해도 소름이 끼쳤다. 어떻게 경찰에 알릴 도리가 없을까. 익명의 편지는 위험하다. 경찰은 사건에 제3자가 개입한 것을 금방 알아내어, 두 사나이가 서로 죽였다는 단순한 설명으로는 만족하지 않을 것이다. 그때 한 가지 생각이 떠올랐다. 요컨대 경관을 그 집으로 보내면 된다. 왜 가는가는 문제가 아니다.

신문걸이에 저녁신문이 걸려 있었다. 라티머는 테이블로 가지고 와서 열심히 훑어보았다. 그의 목적에 맞는 기사가 두 가지 있었다. 하나는 레퓨블릭 거리의 창고에서 값비싼 모피를 도난당했다는 기사, 또 하나는 클리시 거리에 있는 보석상의 창문을 깨고 들어간 두 사나이가 반지가 든 상자를 들고 도망쳤다는 내용의 기사였다.

처음 것이 자기 목적에 맞는다고 판단하고 웨이터를 불러 코냑 한 잔과 편지지를 갖다달라고 부탁했다. 브랜디를 단숨에 들이마시고 장갑을 꼈다. 편지지 한 장을 떼어 신중하게 조사했다. 카페에서 흔히 볼 수 있는 싸구려 편지지였다. 알아볼 만한 표시는 하나도 없다는 것을 확인하자 종이 한복판에는 대문자로 썼다.
 '카이에의 집을 조사하라——팔천사 골목 3호'.
 신문의 모피 도난사건 기사를 찢어내어 편지와 함께 접어서 봉투 속에 넣은 다음 겉봉에 제7구 경찰서장 앞이라고 썼다. 카페를 나오자 담뱃가게에서 우표를 사서 붙이고 우체통에 넣었다.
 두 시간쯤 눈을 뜬 채 침대에 누워 있다가 4시가 되자 위신경이 마침내 긴장을 견디지 못해 그는 구역질을 했다.
 이틀 뒤 파리의 세 가지 아침신문에 렌느 거리에서 조금 들어간 곳에 있는 아파트에서 프레데릭 피터스라는 남아메리카 인의 시체와, 현재 신원을 알 수 없는 역시 남아메리카 인으로 보이는 사나이의 시체가 함께 발견되었다는 간단한 기사가 나왔다. 기사에 의하면 두 사람은 사살되었으며, 아파트에서 상당한 액수의 현금이 발견된 것으로 보아 그들은 돈을 놓고 다투다가 서로 권총을 쏘아서 죽인 것이라고 보는 모양이었다. 사건에 관한 기사는 그것뿐이었으며, 그 즈음 시민들의 관심은 새로운 국제 위기와 교외에서 일어난 도끼 살인사건으로 나뉘어져 있었다.
 라티머가 그 기사를 읽은 것은 며칠 뒤의 일이었다.
 경찰이 그 편지를 받았을 아침 9시가 지난 지 얼마 안 되어 호텔을 나와 오리엔트 특급 열차를 타려고 역으로 향했다. 그날 첫 배달 편으로 편지가 와 있었다. 불가리아 우표와 소피아의 소인이 찍혀 있는 것으로 보아 마르커키스에게서 온 편지임을 알 수 있었다. 편지는 읽지 않고 주머니에 넣었다. 그날 늦게 특급열차가 벨포르 서쪽 구릉지대를 달리고 있을 때 편지 생각이 났다. 뜯어서 읽기 시작했다.

 친애하는 벗이여
 편지 정말 고맙습니다. 편지를 받았을 때 정말 기뻤습니다. 그리고 얼마쯤 놀라기도 했고요. 왜냐하면──용서를 구합니다──당신이 개시한 그 곤란한 일이 성공하리라고는 생각지 않았기 때문입니다. 세월은 우리의 수많은 영지(英知)를 묻어버렸으며, 그와 동시에 필연적으로 우리 대부분의 죄악도 묻혀버리게 됩니다. 베오그라드에서 묻어 버린 죄악이 어떻게 주네브에서 발굴되었는지, 가까운 시일 안에 그 이야기를 듣고 싶습니다.

편지 내용의 유라시안 신탁은행에 관한 부분에 참으로 흥미를 느꼈습니다. 여기 당신이 흥미를 느낄 만한 이야기가 있습니다.

아시다시피 최근 이 나라와 유고슬라비아 사이가 매우 긴장되어 있습니다. 사실 세르비아 인에게는 긴장할 이유가 있지요. 만일 독일과 그 지배 아래 있는 헝가리가 북으로부터 공격하고, 이탈리아가 남으로부터 알바니아를 통해 육로와 서쪽 바다로 쳐들어오고, 불가리아가 동으로부터 쳐들어올 경우, 유고슬라비아는 잠시도 버티어낼 수 없습니다. 그 나라가 살아남을 수 있는 유일한 기회는 러시아가 독일과 헝가리의 측면을 포위하고 루마니아를 통해 브코비나 철도 연변으로 공격을 개시할 경우에만 얻을 수 있습니다. 그러나 불가리아는 유고슬라비아로부터 위협을 받고 있는가? 유고슬라비아는 불가리아에게 위험한 존재인가? 이것은 생각하기만 해도 어이없는 일입니다. 더욱이 요 서너 달 동안 유고슬라비아가 불가리아를 공격할 준비를 갖추고 있다는 뜻의 선전이 이 나라에서 한창 퍼져나가고 있습니다. '국경 너머의 위협'이라는 것이 유포된 문구입니다.

그런 하찮은 선전이 위험성을 내포한 것이 아니라면 크게 웃어주고 싶은 심정입니다. 그러나 그 수법이 노리는 것이 무엇인가는 알고 있습니다. 그런 선전은 언제나 말로 시작되었다가 얼마 안 가서 행위로 옮겨갑니다. 허위의 뒷받침이 되는 사실이 없는 경우는 그 사실을 만들어내야 합니다.

　2주일 전에 예상했던 대로 국경사건이 일어났습니다. 불가리아 농민 몇 사람이 유고슬라비아 인——병사였다고 합니다——들이 쏘는 총을 맞아 농민 한 사람이 죽었습니다. 그것이 국민 사이에 격분을 불러일으켜 악귀 같은 세르비아 인을 저주하는 아우성이 일어났습니다. 신문사는 눈코 뜰 새 없이 바쁩니다. 그런 지 1주일 뒤에 우리 정부는 서부 지역의 방비를 강화하기 위한 고사포의 신규 구입을 발표했습니다. 구입처는 벨기에 회사로, 유라시안 신탁은행이 그쪽과 결정한 차관으로 사들이는 겁니다.

　어제 묘한 뉴스가 우리 사무실에 들어왔습니다.

　유고슬라비아 정부가 신중히 조사한 결과 농민에게 총을 쏜 네 사나이는 유고슬라비아의 병사이기는커녕 유고슬라비아 인도 아니라는 겁니다. 그 네 사람은 저마다 국적이 다르며, 그중 두 사람은 전에 테러 행위로 폴란드의 교도소에 들어갔던 일이 있답니다. 네 사람은 파리에서 왔다는 것 말고는 아무것도 모르는 어떤 사나이로부터 돈을 받고서 소동을 일으켰다고 합니다.

　그런데 할 이야기가 또 있습니다. 그 뉴스가 파리에 전달된 지 한 시간도 안 되어 나는 본사로부터 그 뉴스를 중지시키고, 우리 뉴스를 이용하고 있는 모든 신문사에 취소통지를 내라는 지시를 받았습니다. 재미있지 않습니까? 유라시안 신탁은행 같은 돈 많은 대기업이 그렇게 신경질적이리라고는 아무도 생각지 않을 테니까요.

　당신 쪽의 디미트리오스에 대해서는 뭐라고 해야 좋을까요?

　전에 어떤 희곡작가가 무대에서는 도저히 쓸 수 없는 상황이 몇 가지 있다는 말을 한 일이 있었습니다. 즉 관객이 찬성도 반대도 안하고 동정도 반감도 느끼지 않는 장면이나, 아무리 고뇌에 가득 차 있다 하더라도 거기서 아무런 진실도 추출할 수 없으며 아무리

궁리를 해도 관객에게 굴욕이나 고뇌를 주게 되는 장면입니다. 사람들은 그를 가리켜서 현실생활의 어리석고 모자라는 야비함과 상상세계에서의 이상적인 생활 차이에 의해 사고가 혼란된 불행한 사람이라고 할지도 모릅니다. 어쩌면 그런지도 모릅니다. 그러나 때로 나는, 그런 남자의 존재를 인정하고 있는 게 아닌가 하고 생각할 때가 있습니다.

사람들은 디미트리오스 같은 존재를 해명할 것인가, 아니면 불쾌감과 패배를 맛보면서 얼굴을 돌릴 것인가? 어쨌든 나는 그가 그의 생활방식과 마찬가지로 끔찍스럽고 야비한 죽음을 맞이한 데 대해 도리와 정의의 존재를 느낄 것만 같습니다. 그러나 그것은 아주 교활한 도피방법입니다. 그렇게 되면 디미트리오스는 해명되지 못하며, 그를 변호하는 것이나 마찬가지일 겁니다. 그를 대표로 하는 특수한 범죄자가 생겨나는 데는 뭔가 특수한 조건이 존재하고 있을 겁니다. 나는 그와 같은 조건의 정의를 시도해 보았으나 성공하지 못했습니다. 내가 알고 있는 것은 힘이 바로 정의이며, 혼돈과 난맥이 질서와 문명으로 가장하고 있는 한 그러한 조건이 존재한다는 것뿐입니다.

그럼, 그것을 바로잡는 방법은? 그러나 당신이 하품을 하고 있는 것이 보이므로 당신을 지루하게 하면 다시는 편지를 해주지 않아 파리의 생활을 즐기고 있는지, 새로운 블릭이나 플레베사들을 발견했는지, 또 가까운 시일 안에 소피아에서 만날 수 있는지…… 이런 것들을 물어볼 수 없게 되리라는 것을 잘 알고 있습니다. 내가 얻은 최근 정보로는 전쟁이 봄까지는 일어나지 않는다는 사실입니다. 그러니까 당분간 스키를 즐길 여유가 있습니다. 1월 끝 무렵쯤 되면 그곳은 아주 좋답니다. 길이 험하긴 하지만 어떻게 해서든지 가기만 하면 걸렌더는 아주 멋있습니다. 언제 오시게 되는지 알려주기를 고대하고 있겠습니다.
　진심으로 건강을 빕니다.

N. 마르커키스

　라티머는 편지를 접어서 주머니 속에 넣었다. 정말 좋은 사람이다, 마르커키스는. 틈이 생기면 편지를 써야겠지. 그러나 지금은 더 중요한 문제가 있다.
　동기와 교묘한 살인수단과 흥미 있는 한 무리의 피의자가 아무래도 필요하다. 그렇다. 피의자들은 흥미 있는 인물들이어야만 한다. 마지막으로 출판된 작품은 얼마쯤 답답한 것 같았다. 이번에 새로 쓰는 작품에는 좀더 유머를 집어넣어야만 한다. 동기에 대해서는 언제나 돈이 가장 확실한 근거가 된다. 유언장이나 생명보험이 시대에 뒤처지게 된 것은 참으로 유감스러운 일이다. 어떤 사나이가 아내에게 유산이 돌아가도록 노파를 죽이면 어떻게 되나. 생각해 볼 가치가 있을지도 모른다. 무대는? 영국의 시골 마을이라면 언제나 여러 가지 재미있는 일이 일어날 수 있을 것이다. 그렇지 않을까? 계절? 여름이다. 마을의 잔디밭에서는 크리켓 시합, 목사관에서는 가든 파티, 7월 저녁, 찻잔이 산뜻한 소리를 내고 물이 달콤한 향기를 풍긴다. 모두 사람들이 듣고 싶어 하는 일이다.
　라티머 자신도 즐겁게 듣는 일이다.
　창문 밖을 내다보았다. 해가 서쪽으로 기울고 구릉이 밤하늘 속으로 천천히 멀어져간다. 머지않아 벨포르 역에 닿을 열차가 속도를 늦추게 될 것이다. 앞으로 이틀! 그 동안에 뭔가 대략의 줄거리가 떠오르겠지.
　열차가 터널로 들어갔다.

스파이 소설의 거장 에릭 앰블러

스파이 소설은 모험소설과 미스터리로부터 생겨난 것이다. 영국에서는 그 시원을 '외투와 단검(cloak&dagger)'이라고 하는데, 20세기 초에 이르러 루큐의 《스파이의 고백》, 오펜하임의 《동쪽의 프린스》, 버컨의 《39계단》 등이 제1차 세계대전 후의 유럽의 복잡한 정치 정세와 얽혀 사건소설이나 내막소설 못지않게 읽혀지며 유행했다. 그 중에서 아스킨 틸다즈의 《사주(砂洲, 1903)》가 본격 스파이 소설의 시초라고 할 수 있겠다.

제1차 대전에서 독일이 패배하고 영국도 가상의 적국이 사라지자 스파이소설도 한때 사그라들었다. 그 뒤, 스파이소설은 인간불신이라는 우화로서 문학하는 사람들이 주목하게 되어, 서머셋 몸의 《비밀첩보부원(1928)》부터 그레엄 그린의 《밀사(1939)》까지 다양한 스파이의 심리나 체제의 폭로가 문학성 있게 그려졌다.

고전적 '외투와 단검' 이야기를 현대적 엔터테인먼트로서, 어른들의 읽을거리로 만든 것이 에릭 앰블러(Eric Ambler, 1909~1998)이며 《어두운 국경(1936)》은 그가 처음으로 스파이 스릴러 작가로 발을 내디딘 첫 작품이다. 이어서, 《공포의 배경(1937)》《어느 스파이의 묘비명(1938)》《배신의 길(1938)》 등 잇달아 문제작들을 발표한다.

《디미트리오스의 관(1939)》은 이런 스타일의 뛰어난 세 작품을 바탕으로 하여 단순히 쫓고 쫓기는 서스펜스에 그치지 않고 유럽의 불안과 의혹 시대에 숨겨진 처참한 인간악의 온갖 모습을 디미트리오스를 빌려 끈질기게 추구하는 새로운 중심과 압도적인 역량을 보여주고 있다. 만일 디미트리오스 자신을 움직이는 주인공으로 내세워 멜로드라마를 구성하는 소설 작법을 취했다면, 그것은 피카레스크식의 감칠 맛나는 소설에서 그쳤을 것이다. 그러나 앰블러는 추적자로서 작가의 분신인 학자이자 소설가인 라티머로 하여금 교묘하게 모습을 감춘 흉악한 궤적을 쫓아 직접 위험 속으로 뛰어들게 함으로써——라티머는 1969년작 《인터컴의 음모》에서도 등장한다——앰블러 자신이 품고 있는 '현대'에 대한 흥취와, 논평하는 법과, 미스터리소설관 등을 곳곳에서 선보이며, 조금도 손색없는 이야기 전개의 오락성과 문학적인 리얼리티를 동시에 획득한 것이다.

여행 중인 영국 추리작가 찰스 라티머는 이스탄불에서 알게 된 비밀경찰 장관인 허키 대령으로부터 각국의 경찰이 20년 전부터 뒤쫓고 있던 국제적 범죄자 디미트리오스 매클로포로스가 드디어 죽었다는 사실을 듣게 된다. 라티머는 시체 안치장에서 시체를 보는 도중, 이 인물에 대한 흥미가 생겨 그의 일대기를 철저하게 조사 기록하려고 작정한다.

디미트리오스의 범죄 경력은 허키 대령이 갖고 있는 자료에서도 알 수 있듯이, 1922년 유대인 대금업자를 살해하여 돈을 탈취한 것을 비롯하여 불가리아 소피아에서의 요인 암살계획, 아드리아노플의 케말 파샤 암살계획과도 관련되고 또, 베오그라드에서는 프랑스를 위해 스파이 행위를 한 바도 있었다. 그리고 1929년부터 수년에 걸쳐 파리를 중심으로 한 대규모 마약 밀매조직의 중추인물로서 거액의 이익을 추구했다. 그런데 무슨 이유인지 조직 구성원들을 경찰에 밀고한 뒤, 그들이 줄줄이 체포되는 것을 끝으로, 스르로는 이 조직에서 손을 떼고 소식을 끊어버렸다. 그래서 그 자신이 마약 중독자가 됐다는 미확인 소문도 있었다.

이상과 같은 예비 지식을 근거로 라티머는 스미르나에서 조사를 시작하여 대금업자를 죽인 디미트리오스가 바다를 통해 아테네로 향한 것을 밝혀낸다. 소피아에서는 디미트리오스와 관련된 정부(情婦)들을 만나 당시의 그에 대한 정보를 확인할 수 있었다. 다음에는 베오그라드에 갈 작정이었는데, 호텔에서 피터스란 남자가 자기 방을 샅샅이 뒤지는 광경을 목격하고 아연실색한다. 피터스도 디미트리오스에 대하여 똑같이 관심을 갖고 있어 남모르게 라티머의 뒤를 추적해 온 것이다.

피터스는 라티머의 지식과 자기의 정보를 통합하면 100만 프랑의 가치가 있다고 수수께끼 같은 이야기를 강조한다. 그리고 디미트리오스가 베오그라드에서 일으킨 스파이 사건의 진상을 아는 인물이 주네브(제나바)에 있다고 말하고 소개장까지 써주는 한편, 그 뒤 파리에 와서 꼭 자기를 만나달라고 요청한다.

주네브에 도착한 라티머는 피터스가 소개한 인물을 만난다. 그는 은퇴한 스파이로, 과거 유고슬라비아의 해군 기밀을 찾아낼 때 앞잡이로서 디미트리오스를 이용한 전말을 상세히 말해주었다. 다음, 파리에 도착한 라티머는 피터스가 사실은 디미트리오스의 마약 밀매 조직에 관여했던 한 사람이란 것을 알게 된다. 그리고 피터스는 이스탄불에서 디미트리오스란 이름으로 사망한 것은 다른 남자이며, 마약으로 번 큰돈을 가지고 현재 상당한 자본가로 생존하고 있다는 놀랄 만한 사실을 말한다. 일찍이 디미트리오스에게 배신당해 경찰에 체포당한 원한을 갖고 있는 피터스는, 디미트리오스의 뒷거래 과거를 파헤친 정보로 큰돈을 취득하려고 했지만 그것을 성공시키려면 라티머가 장악하고 있는 정보가 반드시 필요했다.

유럽을 무대로 거의 독창적인 변신과 도망을 거듭하는 악의 화신인 그리스 태생 디미트리오스 매클로포로스의 범죄력 조사 기록을 서술하는 부분에서 이른바 논픽션 소설식으로 된 경향이 없는 것은 아니다. 그러나 트루먼 캐포티처럼 '패배의 영웅'을 다루었다 해도 이 선구자 앰블러로서는 가장 개인적인 범죄가 가장 사회적인 범죄일 수 있는 유형적인 틀에 집어넣을 수 없는 주제를 이미 한 세대 빨리 잡았다고 할 수 있을지도 모른다.

디미트리오스는 유대인 고리대금업자를 죽인 살인범일 뿐만 아니라 정치적인 암살음모에 가담한 자이며, 국제 스파이이고, 노예 매매인이며, 마약밀매단의 우두머리이다. 또한 그 악업의 자취는 스미르나, 소피아, 아드리아노플, 베오그라드, 파리 등 제1차 세계대전의 황폐에서 아직 일어서지 못한 동지중해 및 발칸 지방에서 새로운 파시즘 대두의 공포에 떠는 유럽 중부에까지 이르고 있다. 그것은 오히려 두 차례 세계대전 사이에서 어지럽게 움직이는 그림자의 혼란 속을 물을 얻은 물고기처럼 돌아다니며, 언제나 국제 정치의 어두운 면에서 이룩되는 조직범죄에서 좋은 먹이를 얻으려는 범죄자라고 하는 편이 보다 적절한 것이다.

첫 작품이 나온 뒤로 평범한 시민이 어느 날 갑자기 스파이 사건과 국제적인 음모의 소용돌이 속으로 휩쓸려 들어가 그 사건과 싸우게 된다는 주제를 주로 다루어 온 앰블러는 물론 제2차 세계대전이 일어나기 전의 날카로운 정치적 예견자이기도 했다. 앰블러는 그러나 네 번째 작품인 《디미트리오스의 관》에서 그런 스파이 스릴러의 방정식에서 다시 한 발자국을 내딛어, 정치(범죄)소설과 모험(스릴러) 소설을 적극 결합시켜 보려고 했다.

이스탄불에서 터키 비밀경찰 장관인 허키 대령과 라티머가 만남으로써 디미트리오스가 쫓기는 인물로 결정되는 도입부가 바로 작가의 그러한 지향을 뚜렷이 선고하고 있다고 할 수 있다. 이리하여 독자는 앰블러의 당당한 도전을 받아 라티머와 함께 디미트리오스의 '관'을 검증하고 '죽은 자(死者)'를 추적함으로써 마침내 '산 자(生者)'로서 다시 나타나는 적으로부터 자기 자신도 죽음의 위험을 맞게 되는 듯 여겨진다.

즉 치밀한 가공적인 허구에 놀아나며, 마치 망원경을 거꾸로 하여 현세에서는 헤아릴 길 없는 이상자(異常者)로도 보이는 암흑의 화신의 소란스러운 활극을 자세히 냉정하게 바라보며, 아울러 감정이 옮겨갈 수 있는 상상력의 공간에 휩쓸려 들어가는 것이다.

앰블러는 그레엄 그린(1904~1992)과 더불어 조셉 콘래드(1857~1924)에 의한 근대 영국 정치소설——《노스트로모》《비밀첩보원》《서구인의 안목》등과, 이보다 앞선 《로드 짐》까지 포함하여——의 전통을 잇는 문학적인 적자(嫡子), 보다 정확히 말하자면 문학적인 서자(庶子)라고 할 만하다.

앰블러가 자신의 작품 《어떤 스파이의 묘비명》에 쓴 해설은 스파이 스릴러를 단순한 미스터리소설의 발전적인 분야에 둘 뿐 아니라 근대 문학 사상의 올바른 위치를 차지하게 하려는 아주 뛰어난 획기적인 수필임을 아무도 부정할 수 없을 것이다. 그는 자신이 주목할 만한 가공적인 스파이 소설을 쓰게 된 것은 드레퓌스 사건(프랑스의 대독방위 기밀누설 혐의로 유대계 장교 드레퓌스가 재판을 받았는데, 문호 에밀 졸라가 앞장서서 인권옹호의 필진을 동원하여 온 유럽에 파문을 일으켜 무죄가 되었음. 1894~1906)이라는 정치적 스캔들에 자극을 받은 뒤의 일이라고 말한 다음, 콘래드에 대하여 다음과 같이 썼다.

------《비밀 첩보원(본디 제목은 Secret Agent, 1906)》은 조셉 콘래드의 가장 뛰어난 작품이라고 단정한 평론가도 몇 있었다. 그러나 지금 내가 보고 있는 《영문학 작가 사전(에블리먼版 1938)》은 이 《비밀 첩보원》을 콘래드의 작품 목록 속에 넣지도 않았다. 기묘하게도 수많은 문학자의 스파이 소설에 대한 태도는, 진짜 스파이를 대하는 숱한 정치가며 장군의 태도와 똑같다.

이 문장에서도 알 수 있듯이 앰블러의 콘래드 평가는 《비밀 첩보원》에 집중되어 있어, 거기에서도 앰블러 자신이 스파이 스릴러의 문학적인 리얼리즘을 생애의 과업으로 스스로에게 부과한 그 지향의 일단을 알게 된다. 앰블러는 이리하여 그보다 앞선 루큐와 오펜하임이 즐겨 쓴 '외투와 단검' 식의 무서운 모험활극은 물론, 훨씬 더 앞서 존 버컨이 쓴 《39계단》 식의 소용돌이형 스릴러나, 서머셋 몸이 제1차 세계대전 중에 경험하여 소설보다도 기이한 스파이전을 심심풀이 삼아 고전 연작풍으로 만들어낸 《아슈덴》 같은 것과도 달리, 스파이 스릴러의 장르를 뛰어난 현대소설의 한 주류로 끌어올려 갱신시킨 것이다.

스파이 소설이 유행한 기초가 된 것은, 물론 〈007 시리즈〉의 제임스 본드의 대활약 덕분이지만, 이 시리즈도 〈죽는 것은 놈들이다〉가 방영되었던 때에는, 일부 마니아에게밖에 읽혀지지 않은 소설이었다. 그것이 영화화되자 세계적으로 유행하게 되어 버렸다.

이언 플레밍(1908~64)은 장편 12편과 단편집 2권을 남기고 죽었지만, 본드는 세계적인 영웅으로 지금까지 영화화되고 있다. 앰블러를 강경파라고 한다면, 이쪽은 온건파 스파이 소설로, 전편이 취향을 불문하는 놀이이기 때문에 가벼운 마음으로 읽을 수 있다. 판타스틱한 이야기를 리얼리즘으로 그려낸 재미가 있다. 대표작으로 〈죽는 것은 놈들이다(1954)〉〈닥터 노(1958)〉〈여왕폐하의 007(1963)〉이 있다.

미국은 모험소설과 스파이 소설만은 서투른지, 나폴레옹 소로나 닉 카터라 하는 매거진급의 페이퍼 스파이로 적당히 얼버무리는 정도였었지만, 1972년에 CIA 요원의 친구가 범인수사에 참여해 의외로 진범을 폭로하는 스파이 스릴러 《링가라 코드》를 쓰며 기염을 토했다. 치밀한 구성과 이야기의 전달방법은 영국풍으로 MWA상을 수상했다. 또한 스파이 소설로 프랑스의 드골 전 대통령의 암살을 청부받은 국제적 살인청부업자, 암호명 재칼과 그를 쫓는 프랑스 경찰 르베르 총경의 행동을 컷백으로 그려내 다큐멘터리적 재미가 흥미를 불러일으켰던 프레드릭 포사이스(1938~)의 《재칼의 날(1971)》을 빠뜨릴 수는 없다.

앰블러가 《공포의 여행(1940)》에서 《델체프 재판(1951)》를 쓰기까지 10년 동안 공백기간이 있었다. 그것이 실은 그 자신이 제2차 세계대전에 종군하여 영국 육군의 포병대와 영화 부대에서 일했기 때문에 생긴 공백만은 아닌 듯하다.

한때 런던 대학을 다녔으며, 몇 가지 직업을 거친 다음 28살로《공포의 배경》을 써서 일약 세상의 인정을 받은 그가 다섯 번째 작품을 발표한 뒤 40년대에 하나의 문학적인 갈림길에 섰던 사실을 《프리고 박사(Doctor Frigo, 1975)》를 발표한 뒤에 있었던 〈퍼블리셔즈 위클리〉지와의 인터뷰에서 고백하고 있기 때문이다. 젊은 나이로 문학에의 출발과 그 혁혁한 성공이 오히려 빠른 딜레마를 자각케 하여 그를 캐롤 리드(영국의 영화감독)와 함께 영화 제작의 길(시나리오)로 향하게 했으나, 이 딜레마의 벽은 10년 뒤 《델체프 재판》 이후의 작품에 의해 타파되는 독자와 문단에 대한 회답으로 나타났다.

앰블러는 사람들이 그것을 '디미트리오스만큼의 재미는 없다'라고 평가하리라는 사실을 알고 있었다고 한다. 〈뉴스위크〉의 평론가가 "앰블러는 초심으로 돌아가야 한다"라고 《프리고 박사》를 혹평한 일이 있다.

그런데 앰블러의 제2차 세계대전 후의 모든 작품은 황당무계하고 무익한 스파이 활극물에 반하여 차츰 국제 정치에 대한 분석이 날카로워지고, 국제 정치의 어두운 면을 등지는 인간상에 대한 파악이 깊어졌으며, 충성에 날뛰는, 배신으로 밀려나는, 반대하여 변해가는 자를 포함해서 생생하고 치밀하게 엮어지는 세계를 살피어 현대인의 비참과 오욕과 구제가 팽팽히 대결하는 드라마를 묘사하고 있다. 거기서 앰블러가 그레엄 그린의 전후 작품(엔터테인먼트로서의 《바나나 사나이》 및 《희극 배우》)과 경쟁이라도 벌이듯 《밤에 온 자(1956)》와 《무기의 길(1959)》 등을 쓴 모습을 그려볼 수 있다.

5대양 6대주에서 과거의 부와 자유를 보증한 식민지를 잃은, 몰락한 제국의 두 영국인 작가는 말하자면 유럽시민의 '죽고 싶지 않다', 또는 '계속 살아가고 싶다'는 문학적인 감각을 가장 예리하고 섬세하게 대표하고 있다고 한다면 지나친 말일까?

스릴과 서스펜스란 아마 그러한 밑바탕에 있을 것이다. 스파이 소설에서 심한 인간 불신과 의혹과 위험과 공포와 속도만이 인기였던 것은 구시대의 저속한 취미에 지나지 않는다. 앰블러는 그린과 마찬가지로 스파이 스릴러의 작품을 가장 가능성 있는 순문학의 한 분야로 끌어올려 성숙시키기에 이른 것이다. 그것이야말로 진짜 스파이에 대한 정치가와 장군의 자가당착에 빠진 태도나 다름없는 '많은 문학자가 취하는 스파이 소설에 대한 태도'에 대해 몸으로써 이의를 제기하여, 콘래드의 정치소설에 잇따른 '내 길의 재발견'에 대한 증명이라고 할 수 있을 것이다. 그리고 그것은 앰블러가 제2차 세계대전의 황폐와 변화무쌍한 전후 상황을 거쳐 인간적으로 원숙했다는 것을 말하고 있을 뿐 아니라 '정치사상의 오락화'와 '문학 상상력의 심화'라는 상반되는 두 개의 지주로 지탱된 인간성의 파악 없이는 성립할 수 없는 스파이 소설에서 참으로 당연한 결과였다고 생각된다.

그런데 그레엄 그린은 스릴러 소설에서 자기의 액션 장면이 졸렬함을 약간 아이러니컬하게 반성하여 '액션은 하나의 주어, 서술어, 목적어에 의해, 그리고 리듬에 의해 표현되는 것으로, 그밖에는 거의 아무것도 필요치 않다'라고 썼다. 이에 대해 앰블러는 액션을 다음과 같이 생각하고 있는 듯하다.

> '쓰고 있는 장면에서 액션 장면을 삽입할 경우가 떠오를 때 나는 그것을 피할 수 있는 방법을 찾기 시작한다. 나는 사람들이 액션이 일어날 것으로 기대하고 있지 않다는 사실을 알고 있기 때문이다.'

물론 이것은 전쟁 이후 앰블러의 작품에 가장 충실한 것으로 보이는 《프리고 박사》에 대한 인터뷰에서 대답한 말인데, 그가 지금까지 수없이 채용해 왔던 액션 장면에 대해 '가짜로서의 많은 허구의 폭력에 관심'을 쏟았던 일을 변명하고 있는 점이 흥미를 끈다. 스파이 소설가로서의 그린도 앰블러도 결국 액션 장면을 가짜로 보는 점에는 차이가 없으며, 이것은 잊지 말고 기억해 둬야 할 일이다.

《디미트리오스의 관》의 매력 한 가지를 더 덧붙이자면, 곳곳에 나오는 단역 인물들이 무척 생동감있게 살아 있다는 것이다. 라티머가 '화석화된 뼛조각으로 선사시대 동물의 완전한 골격을 맞추어나가듯' 디미트리오스를 조사해 나가는 동안에 만나는 그 인물들은 망명 러시아 인 통역원 무이쉬킨, 스파이 노릇을 했던 은퇴한 폴란드 인 글로덱, 소피아의 나이트클럽에 있는 일라나 플레베사 등 매우 다양하다.

특히 디미트리오스에게 돈을 들이고 인생의 희망을 걸었다가 배신당하여 천 프랑의 빚돈을 기억하고 있는 일라나 플레베사가 선명한 인상을 남겨, 앰블러가 단순한 스릴러 작가로 그치지 않는, 인간을 활기차게 묘사하는 필력을 지니고 있음을 말해 준다. 앰블러가 30살 남짓한 나이로 이 걸작을 썼다는 것은 놀라운 일이 아닐 수 없다.